Zu diesem Buch

»Das Buch ist eine Überraschung: wie konnte eine so begabte Erzählerin, ausgestattet mit Sinn für Stil und Form, Feinfühligkeit, Humor und Ironie sowie sicherem Gespür für persönliche und historisch-politische Situationen – lauter Tugenden, die der traditionellen angelsächsischen Literatur ihr besonderes Gesicht geben – dem Späherblick der Talentsucher auf dem deutschen Buchmarkt bisher verborgen bleiben? Ein Schicksalspanorama der Jahrhundertmitte entfaltet sich in diesen Geschichten, die sich ganz der leisen und zurückhaltenden Berichterstattung verschrieben haben. Das öffentliche Geschehen, das tief in das Leben einzelner eingreift, spiegelt sich in privaten Gefühlen, in der zögernden, tastenden Suche nach einer Beziehung, die es festzuhalten lohnt, nach erträumten Sicherheiten, die der vernichtenden Wirklichkeit nicht standhalten. Ein Begriff umreißt die Lage, in der sich alle Protagonisten in Mavis Gallants Erzählungen befinden: Exil. Selbst wenn sie an einem Ort sind, den sie selber gewählt haben, sind sie nicht bei sich zu Hause – sie taumeln und schwanken im Zwielicht ihrer Empfindungen, zwischen dumpfer Ergebenheit und hellem Bewußtsein, eingespannt in die Koordinaten der Erinnerung und einer zukunftslosen Gegenwart. Vor allem sind es die Frauen in diesen Lebensberichten, die sich tapfer und diskret, zuweilen mit Hilfe kleiner Betrügereien, durch ein ungeliebtes, fremdbestimmtes Dasein schlagen... Humor verbindet sich bei Mavis Gallant mit einem von den Umständen erzwungenen Pragmatismus, er trotzt offen dem Tod und der Verlassenheit, er ist kein Überlebensmittel, aber ein Kernpunkt der Philosophie dieser schönen, aus reicher Lebenserfahrung gestalteten Geschichten.« (Leonore Schwartz, »Der Tagesspiegel«)

Mavis Gallant, geboren 1922 in Montreal, begann ihre Karriere als Journalistin bei der Zeitung »The Standard«. Mit 28 Jahren verließ sie Kanada und lebt seither in Europa, vor allem in Frankreich. Fast alle ihre Erzählungen erschienen ursprünglich in der Zeitschrift »The New Yorker«, für die sie seit 1950 arbeitet. Seit 1956 hat sie zahlreiche Erzählbände, zwei Romane, Essays und ein Theaterstück veröffentlicht. 1991 erschien im Rowohlt Verlag »Blockstelle Pegnitz. Eine Novelle und fünf Erzählungen«.

Mavis Gallant

Späte Heimkehr

Eine Novelle
und acht Erzählungen

Aus dem Englischen
übertragen von Eva Bornemann
und Helga Pfetsch

Rowohlt

Die Originalausgabe erschien 1979
bei Macmillan, Canada unter dem Titel
»From the Fifteenth District«
© 1973, 1974, 1975, 1976, 1977, 1978, 1979
by Mavis Gallant

Veröffentlicht im Rowohlt Taschenbuch Verlag GmbH,
Reinbek bei Hamburg, Januar 1992
Copyright © der deutschen Ausgabe 1989
Deutsche Verlags-Anstalt GmbH, Stuttgart
Umschlaggestaltung Kathrin Kreitmeyer
Gesamtherstellung Clausen & Bosse, Leck
Printed in Germany
1080-ISBN 3 499 12995-7

INHALT

Die vier Jahreszeiten 9
Die Moslemfrau 51
Die Remission 101
Späte Heimkehr 155
Baum, Gabriel, 1935–( ) 183
Aus dem fünfzehnten Bezirk 213
Potter 221
Seine Mutter 279
Irina 295

H. T. gewidmet

DIE VIER JAHRESZEITEN

I

Die Schule, in die Carmela fast sechs Jahre gegangen war, hatte ein Dr. Barnes gegründet, ein Ausländer, der mit seinem Geld nichts Besseres anzufangen wußte. Sie bestand aus zwei Klassenzimmern mit lackierten Pulten, die am Boden festgenagelt und aus Stahlschränken, die aus England importiert waren; dann gab es einen Spielplatz, auf dem sich meistens streunende Hunde tummelten. Ein Sepiadruck des Stifters, wie er gerade ein Buch liest, hing neben einem Bild von Mussolini. Beide waren gleich gerahmt, was die Bedeutung von Dr. Barnes betonte – zumindest in Castel Vittorio. Über ihren Köpfen der König hoch zu Roß, mit all seinen Orden behangen. Auf der einen Seite an derselben Wand etwas hilflos ein Bild vom Herzen Jesu. Im Alter von zwölf Jahren war Carmela zu alt, ihre Zeit noch länger in der Schule zu vertrödeln, so vergaß sie schnell alles über Geschichte und Erdkunde, aber sie erinnerte sich an die Männer in ihren braunen Rahmen und an Jesus mit seinem brennenden Herzen. In jenem Jahr ging sie von zu Hause weg, gleich nach Ostern, und kam an die Ligurische Küste zwischen Ventimiglia und Bordighera. Sie sollte jetzt bei Mr. und Mrs. Unwin wohnen, für sie kochen und saubermachen und sich um die Zwillingstöchter Tessa und Clare kümmern. Deren Namen konnte Carmela leicht aussprechen. Den Unwins gehörte eine kleine Druckerei, und da es in jenem Teil der Welt eine große angloamerikanische Kolonie gab, fehlte es nie an Aufträgen. Sie lieferten persönliche Briefbögen, Rundschreiben und Ankündigungen für Büchereien, Konsulate, anglikanische Kirchengemeinden und die British Legion – manche waren gedruckt, manche nur vervielfältigt. Außerdem betätigte sich Mr. Unwin nebenher als Immobilienmakler. Sie wohnten in einer Villa auf einem Kakteenhügel. Weil es ständig zu trokken war, konnten dort nur Kakteen gedeihen. Eine elektrische Pumpe hätte vielleicht Abhilfe schaffen können, aber die konnten sich die Unwins nicht leisten. Mrs. Unwin arbeitete, wenn sie sich wohl genug fühlte, bei ihrem Mann in der Druckerei. Von Zeit zu Zeit bekam sie entsetzliche Kopfschmerzen, da sie allergisch gegen Pollen, Sonnenschein und starke Parfüms war. Früher hatten die Unwins eine Köchin, eine Zugehfrau und ein Kindermädchen gehabt, aber als Carmela in den Haushalt kam, entließen sie das Kindermädchen; Köchin und Zugehfrau waren schon länger als ein Jahr nicht mehr da. Aus dem Küchenfenster konnte man den Abhang hinunter in einen Garten sehen, wo gelegentlich blühende Bäume und Sträucher Duftwolken heraufschickten, um Mrs. Unwin zu quälen und mit Blättern und Blüten ihr Kaktusbeet zu verschandeln. Dort wohnte eine Amerikanerin, die man »die Marchesa« nannte. Für Mrs. Unwin war sie eine Feindin – jemand, der absichtlich Blumen züchtete, um andere zu ärgern.

Bisher war Carmela nirgendwo anders gewesen als in ihrem eigenen Dorf und in diesem Haus, aber das konnte Mrs. Unwin ja nicht wissen. Sie drückte Carmela ein abgeschabtes schwarzes Portemonnaie in die Hand und schickte sie den Hügel hinunter in das Geschäft, wo sie Möhren und ein knappes Pfund vom billigsten Rindfleisch zum Kochen kaufen sollte. Unterwegs kam Carmela an mauerumfriedeten Villen vorbei und an einer Klinik, die von ockerfarbenen Mauern, Zypressen und schmiedeeisern verzierten Balkonen gegen den Wind geschützt war. Nahe der Küste standen halbfertig gebaute Häuser. Dort, wo die Fenster immer noch Löcher in den Wänden waren, konnte man durch sie hindurchsehen und einen flüchtigen Blick auf das Meer werfen. Sie hörte, wie jemand in einem Italienisch, das eleganter als ihr eigenes war, sagte: »Abscheulich. Ich kann nur hoffen, sie fallen dem Bauunternehmer auf den Kopf. Unwin hat da auch investiert, aber er ist bankrott.« Die Frau, die diese Bemerkung machte, saß unter der hellblauen Markise eines Cafés, das Carmela so prächtig vorkam, daß sie den Blick abwenden mußte. Trotzdem erhaschte sie, wie bei ihrem kurzen Blick auf das Meer, die kleinen, runden Tische und die farbigen Eiscremeportionen in ihren Silberschalen. Auf einmal erkannte sie einen livrierten Chauffeur, der sich gegen einen sorgsam gepflegten Wagen lehnte. Er kam aus Castel Vittorio. Er ließ sich nicht anmerken, daß er Carmela kannte. In diesem Moment begann ihr wirkliches Leben, und sie zweifelte niemals mehr an seinem Sinn. Unter den Mächtigen und Merkwürdigen würde sie schweigend und aufmerksam sein. Von nun an würde sie wie ein kleiner Fisch schwimmen und lernen, unter Wasser zu atmen.

Anfangs verstand sie nicht immer alles, was gesagt wurde oder was Mrs. Unwin erwartete. Wenn Mrs. Unwin bemerkte: »Dort oben, wo du herstammst, blühen die Kastanienbäume wunderbar, aber der Blütenstaub ist natürlich tödlich für *mich*«, hielt Carmela beim Gemüseschälen für den englischen Eintopf inne, den sie gerade zuzubereiten lernte, und wartete, ob noch etwas komme. »Was habe ich denn jetzt wieder gesagt, was dich so verblüfft?« fragte Mrs. Unwin. »Du bist ja wie ein kleiner Spatz!« Carmela wartete immer noch und blickte zur Seite, das Haar ungleichmäßig geschnitten und hinter die Ohren gesteckt. Sie trug einen grauen Rock, eine Baumwollbluse und Sandalen. Eine formlose schwarze Strickjacke hing ihr über die Schultern. Strümpfe besaß sie nicht, auch keine Schuhe, keine zweite Garnitur Unterwäsche, keinen Morgenrock, keinen Mantel, aber sie besaß ein Medaillon an einer Halskette, das eine sizilianische Großmutter ihr vererbt hatte – die Großmutter, deren südlichen Namen sie trug. Mrs. Unwin hatte bereits Carmelas Ohren untersucht, um festzustellen, ob sie Löcher in den Ohrläppchen hatte. Sie konnte das nicht ausstehen – so etwas Eitles, und wie verstümmelnd. Als sie Carmelas Ohren losließ, hatte sie zu ihrem Mann gesagt: »Gut. Mussolini räumt mit alldem auf. Nur mit den Medaillons nicht.«

»Habe ich ›Kastanie‹ womöglich irgendwie merkwürdig ausgesprochen? Mein Italienisch kann doch nicht so schlecht sein.« Sie holte ein kleines, grüngebundenes Wörterbuch aus ihrer Kitteltasche und blätterte es schnell durch. Sie mußte den Kopf schräg legen und ein Auge zukneifen wegen der Zigarette, die sie im Munde hielt. »Ich meine damit nicht Roßkastanien«, sagte sie, und die Zigarette tanzte. »Wie komisch das auf italienisch klingt, übrigens. Ich meine die spanischen Kastanien. Angeblich blühen sie ziemlich spät im Jahr.«

»Jede Blume hat ihre eigene Jahreszeit«, sagte das Kind.

Carmela glaubte, aus diesem Gespräch Hintergedanken herauszuhören, die sie jedoch noch nicht erkennen konnte. Sie vermochte dieser Mischung aus Englisch und tonlosem Italienisch nicht recht zu folgen. Außerdem hatte sie noch nie eine Frau rauchen sehen.

»Aber deine Familie *wohnt* doch oben im Nervia-Tal?« beharrte Mrs. Unwin. »Dein Vater, deine Mutter, deine Schwestern und Kusinen und deine Tanten?« Sie scherzte und wurde deshalb furchterregend. »Maria, Liliana, Ignazio, Francamaria...« Weitere Dienstbotennamen fielen ihr nicht ein.

»Ich glaube schon«, sagte Carmela.

Ihre Mutter war herunter nach Bordighera gekommen, um in der Wäscherei eines großen Hotels zu arbeiten. Ihr kleiner Bruder wurde bei einem Steinmetz in die Lehre geschickt. Ihr Vater war möglicherweise tot. Das Schwarz und Grau, das sie trug, war Halbtrauer. »Mussolini möchte diese Großfamilien abschaffen«, sagte Mrs. Unwin zuversichtlich. Sie saß auf einem hohen Hocker und arrangierte Blumen in einer Kupferschale. Plötzlich drückte sie die Zigarette aus und trank etwas aus einer Teetasse. Sie erschien Carmela unnatürlich groß. Ihre Hände waren fleckig, sommersprossig, *alt*, aber sie war die Mutter von Tessa und Clare, die noch keine drei Jahre waren und immer noch »die Babys« genannt wurden. Die weißen Rosen, die sie auf etwas Grausames und Spitzes spießte, waren von dem Chauffeur aus Castel Vittorio an der Küchentür abgegeben worden. Diesmal hatte er Carmela zögernd zugenickt.

»Kennst du ihn?« fragte Mrs. Unwin sofort.

»Ich glaube, ich habe ihn in der Stadt gesehen«, erwiderte Carmela.

»Also, das ist hinterlistig«, sagte Mrs. Unwin, aber ohne Tadel in der Stimme, »denn er weiß, wer *du* bist, weil er sich für deine ganze Familie verbürgt hat. ›Fleißig, nüchtern, der Stolz des Nervia-Tals.‹ Ich hoffe, es wird da keine Klagen geben«, fügte sie in einem anderen Ton hinzu. »Du weißt, was ich meine. Männer, Gekicher, mit ihnen in den Hauseingängen schmusen, lange Telefongespräche.«

Die weißen Rosen waren eine versöhnliche Geste: Ein Hund, der den unmittelbaren Nachbarn gehörte, hatte etwas Kostbares im Garten der Unwins ausgegraben. Plötzlich meinte Mrs. Unwin, *sie* hätte keine Zeit, in rosa Chiffon im Garten herumzuschlendern, mit einem breitkrempigen Hut und einer Gießkanne; sie hätte keine Zeit, Jazzmusiker für Partys zu mieten oder Federbälle über die Hecke zu jagen und sie dann von einem Dienstboten auflesen zu lassen; sie hätte noch weniger Zeit, einen Chauffeur als Liebhaber zu haben. Carmela konnte alldem nicht folgen. Sie fühlte sich angeklagt.

»Ich weiß nicht, Signora«, sagte sie, als habe man irgendeine klipp und klare Ja-oder-Nein-Antwort erwartet.

Wo die Rosen herstammten, da war alles weiß, grün, üppig, süß duftend. Pflanzen, die Carmela nicht benennen konnte, beugten sich unter der Last ihrer Blüten. Von weitem hörte sie ein Radio. All das gehörte der Marchesa. Sie war es, die »abscheulich« gesagt hatte.

Im Mai streckten Pollen aus dem Garten der Marchesa Mrs. Unwin nieder. Auch von einem hohen, baumartigen Strauch im Garten der Marchesa wurde sie überfallen, eine Art Stechapfel namens Datura, von dem einige der glockenförmigen, cremefarbenen Blüten über das Kaktusbeet hingen. Ihr Duft, stärker als der von Jasmin, war Gift für Mrs. Unwins Nervensystem. Von ihrem verdunkelten Zimmer aus ließ sie Carmela rufen. Mit einem kleinen Schlüssel öffnete sie eine Lederschatulle und zeigte ihr einen brillantumrandeten Saphir und einen ungefaßten Smaragd. Sie erklärte Carmela die Namen der Edelsteine. »Ich halte nichts von Verstecken. Ich sage dir, wo sie sind, und daß der Schlüssel in meinem Taschentuchbehälter ist.« Und wieder glaubte Carmela, sie würde wegen irgend etwas angeklagt.

Inzwischen saßen die Babys auf dem Bett der Mutter. Es waren friedliche, schläfrige Kinder mit strohgelbem Haar, das Carmela gerne bürstete; eines nur war ermüdend: Sie waren zu faul zu laufen. Entweder die eine oder die andere mußte, Carmelas linke Hüfte umklammernd, wie ein kleines Äffchen von ihr getragen werden. Als Folge davon fing sie an, mit leicht zur Seite gekrümmtem Rückgrat zu stehen. Ihre Erinnerung an jenen Frühling war das Gewicht von Clare oder Tessa, die ihre Schulter herunterzogen, und daß sie immer hungrig war. Niemals hatte Carmela Menschen gekannt, die so wenig aßen wie die Unwins, nicht einmal bei den Armen. Zum Mittagessen teilten sie sich ein dünnes Kotelett oder die Gemüsereste eines Eintopfs oder aßen je ein Ei oder eine Scheibe gekochten Schinken. Das Essen der Kinder und das von Carmela war kaum reichlicher. Es war nicht Mrs. Unwins Absicht, ihren eigenen Kindern zu wenig zu essen zu geben; sie glaubte allen Ernstes, daß das Wenige genug sei. Außerdem war Fleisch teuer. Obst war teuer. Auch Käse, Butter, Kaffee, Milch und Brot. Die Unwins waren knapp bei Kasse. Sie besaßen zwar ein Haus, eine Druckerei, Mobiliar, einen Garten, ein Auto, und sie hatten Carmela, aber sie hatten nichts übrig. Der Teppich im Wohnzimmer war abgetreten und löchrig, und die weinrote Tapete zeigte pfingstrosenförmige Schimmelflecke. Mrs. Unwin zählte das Kleingeld ab, das sie Carmela für ihre Einkäufe gab, und sie zählte das Wechselgeld.

Jeden Freitag schickten die Unwins Carmela über die Grenze nach Frankreich, wo ein paar Sachen wie Schokolade und Bananen billiger waren. Aber das war nicht der einzige Grund; anscheinend bekam man von in Italien angebautem Gemüse Typhus. Carmela nahm einen Bus bis kurz vor die Grenze, ging hinüber (die Zöllner auf beiden Seiten kannten sie inzwischen) und dann eine enge Straße den Hügel hinab bis zu einer Allee am Meeresufer. Sie ging nie weiter als bis zum Marktplatz. Immer brachte sie französisches Stangenbrot mit, denn dies gehörte zu den wenigen Dingen, die Mr. Unwin gerne aß. Seine chronische Appetitlosigkeit war einer der Gründe, weshalb so wenig Nahrungsmittel im Haus waren. Carmela brach sich jedesmal ein Stück Kruste ab und aß es auf der Stelle. Dann brach sie das andere Ende ab, damit der Laib symmetrisch war, aber sie behielt sich diese zweite Kruste übrig für später.

Carmela hatte zwei andere Gründe, in diesem Frühling besorgt zu sein. Einer hatte mit dem Zimmer zu tun, in dem sie schlief; der andere war das Meer. Obwohl sie ihr Leben lang nur ein paar Kilometer vom Meer entfernt gewohnt hatte, beunruhigte es sie, ihm so nahe zu sein. Nachts hörte sie, wie hohe Wellen sich an den Fundamenten der Stadt brachen. Sie träumte, von der Flut eingeschlossen zu sein, sich auf die Dächer flüchten zu müssen. In diesem Traum erschien ihr der Tod unausweichlich. Im Garten, wo sie die Zwillinge zum Laufen überreden wollte, sagte sie zu dem Chauffeur aus Castel Vittorio: »Was passiert, wenn das Meer herauskommt?« Er war hemdsärmelig und führte gerade die Hunde der Marchesa draußen spazieren. Er hielt inne und lachte. »Was meinst du, ›heraus‹?«

»Heraus, herauf«, sagte Carmela. »Herauf, heraus von wo es ist.«

»Es kommt weder herauf *noch* heraus«, sagte er. »Es bleibt wo es ist.«

»Was ist dort, wo wir es nicht sehen können?«

»Mehr Wasser«, sagte er. »Und dann Afrika.«

Carmela bekreuzigte sich – nicht, weil sie sich nun noch mehr fürchtete, sondern um ihres Vaters willen, der wahrscheinlich dort gestorben war. Er war für einen Krieg eingezogen worden und niemals zurückgekommen. Keine Nachricht hatte es gegeben, kein Telegramm, keine Glückwünsche von Mussolini und natürlich auch keine Rente.

Was ihr Zimmer betraf, so lag es neben der Speisekammer,

war fast höher als lang, mit gekacheltem Boden und einer schönen Aussicht, wenn man die wollte. Jemand war hier gestorben – ein Verwandter von Mrs. Unwin; er war auf einen langen Besuch gekommen, und man fand ihn auf den Kacheln, mit dem Schalter einer elektrischen Klingel in der Hand.

»Ein friedlicher Tod«, sagte Mrs. Unwin völlig gelassen. Sie sprach, als ob Carmela die Geschichte des Hauses kennen müßte. »Hatte nicht einmal Zeit zu läuten.«

Der alte Mann hatte ein schwaches Herz; er konnte keine Treppen steigen. Wer hätte die Klingel gehört? Sie schellte irgendwo im Korridor. Die Dienstboten, die man damals beschäftigte, schliefen nicht im Hause, und die Unwins nahmen Schlafmixturen, gelbe und grüne, die in der Küche zubereitet und ins Schlafzimmer hinaufgebracht wurden. Carmela spürte die traurige Gegenwart des armen Verwandten, der krank in ein gesundes Klima gekommen war und dem dann das schäbigste Zimmer gegeben wurde; der nach Luft gerungen hatte, in Panik verfallen war und nach der Klingel gegriffen hatte, auf die er gestürzt war. Der Chauffeur aus Castel Vittorio erzählte die Geschichte anders: Dieses Haus hätte dem alten Mann gehört. Die Unwins hatten versprochen, sich zu seinen Lebzeiten um ihn zu kümmern als Entgelt für den Besitz. Aber inzwischen waren so viele Schulden aufgelaufen, daß sie kein Kapital mehr beschaffen konnten. Sie waren völlig verarmt und überall an der Küste mehr oder weniger dafür bekannt, stets zahlungsunfähig zu sein. Der Chauffeur hatte angeblich ein paarmal den Geist des Onkels im Garten gesehen, und Carmela selbst würde sicher noch oft genug den dumpfen Aufschlag hören, mit dem sein Körper zwischen ihrem Bett und der Tür auf den Boden fiel. Unter dem Bett – unter jedem Bett, soviel sie wußte –, wohnte ein Teufel oder ein Dämon und lauerte ihr auf. Nicht um alles Geld der Welt hätte sie sich je auf die Bettkante gesetzt und die Füße herunterhängen lassen. Nachts verkroch sie sich unter das Bettzeug und ließ sich nur einen Maulwurfstunnel zum Atmen. Sie vergewisserte sich, daß auch nicht die kleinste Haarsträhne zu sehen war.

Die Morgenstunden waren zärtlich – erst rosa, dann perlmutt, dann blau. Das Haus war still, die Zwillinge waren wach und lächelten. Von ihrem Fenster im oben gelegenen Zimmer sah das Meer aus wie ein seidenes Kissen. Weiße Segel schwammen vorbei – Federn. Die Brise, die hereinwehte, wollte ihr wohl, und der Duft aus dem Garten der Marchesa war eine besondere Belohnung. Nach einer Weile hatten sich Carmelas Phantome beruhigt. Die Weichheit jenes Junimonats wiegte sie ein. Der Onkel schlief friedlich irgendwo, und auch der Teufel unter dem Bett war zu schläfrig geworden, um die Hand auszustrecken.

II

Ende Juni riß Carmelas kleiner Bruder von seiner Lehrstelle bei dem Steinmetz aus und erschien an der Küchentür. Sein blondes Haar war dunkel vor Schweiß, und Schmutz und Schweißspuren waren auf seinem Gesicht. Sie gab ihm ein Stück Brot, das sie von einem Baguette aufgehoben hatte, und eine Tasse von der Milch, die für die Kinder im Kühlschrank stand. Die Speisekammer war mit einem Vorhängeschloß verriegelt; Mrs. Unwin schloß sie auf, wenn es Zeit für den Tee war. Just in dem Augenblick, da Carmela die Tasse abspülte, hörte sie: »Wer ist da, Carmela?« Es war, Gott sei Dank, er und nicht sie.

»Ein Bettler«, sagte Carmela.

Der Vater der Babys war kurzsichtig. Er trug dicke Brillengläser, schrie nie, lächelte selten. Er sah auf den Jungen im Türeingang hinab und sagte zu ihm: »Warum bettelst du? Wer schickt dich betteln?« Die Hand des Kindes hatte sich fest um etwas geschlossen, vielleicht etwas, das es gestohlen hatte. Mr. Unwin war nicht unfreundlich; er war nur streng. Die kleine Faust dreht sich hin und her in seinem Griff, aber es gelang ihm, die geballte Faust zu öffnen; alles, was zutage kam, war eine zerquetschte Brotkruste und eine schmutzige Handfläche. »Warum bettelst du?« wiederholte er. »Heutzutage braucht in Italien niemand zu betteln. Wer hat dich geschickt? Dein Vater? Deine Mutter? Sitzen sie zu Hause und

tun nichts und verlangen von dir, daß du um Geld bettelst?«
Es war klar, daß er sich mit einer derartigen Ungerechtigkeit
niemals abfinden würde. Das Kind blieb stumm, und bald
darauf hatte Mr. Unwin eine Hand in der seinen, mit der er
nichts anzufangen wußte. Er las in ihren Linien, die schmutzverkrustet waren und deutlich ein schwarzes M zeigten. »Wo
wohnst du?« sagte er und ließ die Hand los. »Du darfst hier
oben nicht herumlungern. Man wird die Polizei benachrichtigen.« Damit wollte er nicht etwa sagen, daß er es tun würde.

»Er geht dahin zurück, wo er herkommt«, sagte Carmela.
Das Kind sah sie mit einer solch erwachsenen Traurigkeit an,
und sie wendete sich so ernst ab, als sie die Tasse abtrocknete
und wieder auf das Regal stellte, daß Mr. Unwin später zu
seiner Frau sagen würde – und Carmela sollte es hören: »Sie
waren wie ein Liebespaar.«

»Gib ihm etwas«, sagte er zu Carmela, die entgegnete, daß
sie es tun würde, ohne jedoch zu erwähnen, daß die Speisekammer verschlossen sei; denn das wußte er doch, oder?

Carmela verstand jetzt Englisch, aber das ahnte niemand.
Als sie hörte, wie die Unwins später einmal sagten, sie
brauchten einen Steinmetz, weil die Bauordnungen von ihnen
verlangten, entweder eine Hecke zu pflanzen oder eine Mauer
zu errichten anstelle des durchhängenden Drahtzauns, der
ihren Garten umgab, sagte sie nichts; und als sie einander
fragten, ob es sich lohnen würde, mit Carmela zu reden, ob sie
vielleicht jemanden wüßte, der vertrauenswürdig und billig
wäre, zeigte sich in ihrem Gesicht jener ungewisse Ausdruck,
der »nein« bedeutete. Es war die Marchesa gewesen, die sich
über den Drahtzaun der Unwins beschwert hatte. Er sei so
unansehnlich, daß es den Wert ihres eigenen Grundstücks
mindere. Mrs. Unwin beteuerte ihrem Mann, daß sie den
bitteren Geschmack mit ins Grab nehmen würde.

Das Licht, das die Hausgespenster hatte einschlafen lassen,
brachte Mrs. Unwin nichts als Verzweiflung. Sie blieb in ihrem verdunkelten Schlafzimmer, und oft vergaß sie sogar, das
Wechselgeld zu zählen, das Carmela in dem schwarzen Portemonnaie zurückbrachte. Dr. Chaffee von der Klinik am Fuß

des Hügels rief an, um seinen Besuch bei Mrs. Unwin anzusagen. Er wollte sich auch die Kinder ansehen; ihr Vater hatte ihm erzählt, daß Tessa und Clare zu träge seien zu laufen. Dr. Chaffee war weder Italiener noch Engländer. Der englische Arzt, der sich so gut auf die Kinder verstand und so taktvoll zu ihren Eltern war, war weggezogen. Er hatte Angst vor einem Krieg. Mrs. Unwin meinte, das sei recht jämmerlich von ihm. Mussolini wolle doch keinen Krieg und Hitler schon gar nicht. Was war Dr. Chaffees Meinung? Er hatte in Berlin gelebt.

»Ich meine, man sollte sich nicht sorgen, wenn man eine Situation doch nicht ändern kann«, sagte er. Er trug immer noch merkwürdig dunkle Kleidung, die eher zu einem anderen Klima gepaßt hätte.

»Ich bin nicht besorgt«, sagte sie und hob die Hände schützend ans Gesicht. Carmela zog die Vorhänge etwas zurück, damit der Arzt die Zwillinge im Tageslicht untersuchen konnte. Sie seien nicht faul, sagte er. Sie hätten Rachitis. Das hätte Carmela ihm auch sagen können. Außerdem wußte sie, daß das unheilbar war.

Mrs. Unwin schien gekränkt. »Unser englischer Arzt nannte es Knochenerweichung.« »Sie müssen viel Milch trinken«, sagte Dr. Chaffee. »Und nicht das entrahmte Zeug. Frisches Obst, Lebertran.« Während er sprach, schrieb er etwas auf einen Rezeptblock. »Und im August dürfen sie nicht mehr hier an der Küste sein.«

Mrs. Unwins Hände glitten vorwärts, bis sie ihr Gesicht bedeckten. »Ich war zu alt«, sagte sie. »Ich hatte kein Recht, diese verkrüppelten Babys in die Welt zu setzen.« Darüber schien Dr. Chaffee nicht beunruhigt. Er zog Carmela ans Licht und sagte: »Und wie steht es mit diesem Kind? Wie alt ist es?«

Carmela entsann sich, daß sie ja kein Englisch konnte; stumm sah sie von einem zum anderen. Dr. Chaffee wiederholte die Frage auf italienisch, richtete sie direkt an Carmela und nannte sie »kleines Mädchen«.

»Fast dreizehn«, antwortete Carmela.

»Großer Gott, sie sieht ja wie eine Neunjährige aus.«

Mrs. Unwins Hände lösten sich. Sie trug jene Grimasse, die ihre Art zu Lächeln war. »Also bin ich in allem nachlässig? Ich habe sie nicht in die Welt gesetzt. Verraten Sie mir bitte, wie man es anstellt, daß sie wie fast dreizehn aussieht.«

»Wohl teilweise vererbt.«

Dann fingen sie an zu plaudern, und Mrs. Unwin zeigte ein breites Lächeln. »Ich werde alles tun, was Sie sagen«, sagte Mrs. Unwin.

Nachdem der Arzt sich verabschiedet hatte – Carmela sah ihn in seinem dunklen Anzug, wie er innehielt, um sich den Datura-Baum anzusehen – ließ Mrs. Unwin sie wieder zu sich kommen. »Der Arzt meint, daß dein Wachstumsproblem wohl auf die Spaghetti zurückzuführen ist«, sagte sie ernsthaft, als ob sie nicht bis auf den letzten Krümel gewußt hätte, was Carmela zu den Mahlzeiten zu essen bekam. »Du sollst Fleisch essen und frisches Gemüse. Und nimm dies. Vergiß es nicht. Dr. Chaffee hat sich bemüht.« Sie gab Carmela eine kleine, bernsteinfarbene Flasche mit dunklen Tabletten, die angeblich Eisen enthielten. Natürlich nahm Carmela keine einzige, zumal sie jeder Form von Medizin mißtraute, aber die Flasche blieb viele Jahre lang ein Teil ihrer Habseligkeiten mit dem Rang eines persönlichen Besitzes.

Noch etwas geschah um diese Zeit; Mrs. Unwin zahlte Carmela die erste Rate ihres Lohnes aus.

Mrs. Unwin behauptete, daß die Tauben im Garten der Marchesa mehr Lärm machten als nötig. Gegen sieben Uhr in der Frühe war der Himmel schwer und drohte schon mit dem nachmittäglichen Gewitter. Carmela, die ins Freie gerannt war, um die trockene Wäsche von der Leine zu holen, spürte in ihrem Gesicht eine Brise, die wie warmes Wasser war. Sie bewegte sich durch Hitze und Hausarbeit wie durch einen langen Traum. Jemand hatte bei Mrs. Unwin den Druck von Gedichten in Auftrag gegeben. Mrs. Unwin schob die Vorhänge in ihrem Schlafzimmer beiseite, und trotz ihrer Kopfschmerzen, die sie fast blind machten, band sie einhundertundfünfzig Exemplare mit der Hand. Eines Freitags, nachdem Carmela auf der französischen Seite ihre Einkäufe gemacht hatte, ging sie, um sich ein Wunder, von dem sie gehört hatte, zu besehen – zwei Reihen von Platanen, deren Äste sich zu einem Tunnel zusammenbogen. Die Stämme dieser Bäume erwiesen sich als dick und sperrig, sie verstellten Carmelas Sicht auf die Geschäfte zu beiden Seiten der Straße. Wie die meisten Bäume standen sie einfach nur im Wege und blockierten die Aussicht auf etwas Interessantes. Sie erwähnte dies Mrs. Unwin gegenüber, die in der Küche hin und her ging, während sie – einen Strohhut auf dem Kopf – aus einer Teetasse trank.

»Wo es keine Bäume gibt, da sind auch keine Nachtigallen«, sagte Mrs. Unwin. »Wenn ich mich wohl fühle, höre ich sie gerne.«

»Was, diese Dinger, die nachts solchen Lärm machen?«

»Nicht Lärm, Gesang«, sagte Mrs. Unwin und umfaßte ihre Tasse.

»Jede Kreatur hat ihren eigenen Augenblick«, sagte Carmela.

»Was bist *du* doch für eine spröde Kreatur«, rief Mrs. Unwin, warf den Kopf zurück und zeigte die Zähne. Carmela war froh, sie zum Lachen gebracht zu haben, aber sie beschloß, künftig vorsichtiger zu sein: Bis hierher und nicht weiter durfte ein Gedankenaustausch gehen.

Dr. Chaffees Rat folgend, mieteten sich die Unwins für den Monat August eine Wohnung in einem Dorf, das landeinwärts lag. Sie zwängten sich mit den Zwillingen und Carmela und mit viel Gepäck in den Wagen, fuhren vorbei an der Landstraße, die ins Nervia-Tal führte, und kletterten hinauf in eine Hügellandschaft, die Carmela nie gesehen hatte.

»Du bist doch irgendwo hier geboren, oder?« sagte Mrs. Unwin, ohne eine Antwort zu erwarten.

Carmela, die inzwischen alle Stimmen von Mrs. Unwin zu kennen meinte, antwortete nicht, aber Mr. Unwin sagte: »Du weißt doch ganz genau, daß es die andere Straße war.«

Offenbar war es ihm wichtig, daß seine Frau sich geirrt hatte.

Mrs. Unwin und Carmela teilten sich die Zwillinge. Beide wollten jedoch auf Carmelas Schoß sitzen. Mrs. Unwin war kein bißchen eifersüchtig; manche ernste Dinge fand sie umwerfend komisch. Die Mädchen schliefen, und als sie aufwachten, wurden sie zappelig. Mr. Unwin hielt an, damit sie beide bei Carmela im Fond sitzen konnten. Es war kaum Platz für sie selber, obwohl sie, wie Dr. Chaffee gesagt hatte, klein war, denn die Rücksitze waren voll mit Bettlaken und Bettdecken und sogar Kochgeschirr. Nach vier Stunden kamen sie zu einem Dorf, wo überall Gras wuchs und Holzhäuser in braunen Pastellfarben standen. Ihre Sommerwohnung bestand aus einem halben Haus mit einem langen, geschnitzten Balkon und Matten statt Teppichen und roten Vorhängen an Messingringen. Es roch aufregend nach Möbelpolitur und frischer Seife. Die Unwins stapelten alles Gepäck auf einen Haufen auf den Boden und packten erst einmal nur einen Teekessel, eine Teekanne und drei Keramikbecher aus. Carmela hörte Mr. Unwin mit dem Hausbesitzer in seinem merkwürdig nasalen Italienisch reden und von ihr, Carmela, als »der jungen Dame, die verantwortlich sein wird«, sprechen. Inzwischen tranken sie Tee, Mrs. Unwin saß auf einer unbezogenen Roßhaarmatratze, Carmela stand mit dem Rücken an der Wand. Mrs. Unwin sprach mit ihr, wie sie es niemals zuvor getan hatte und wie sie es nie wieder tun würde. Immer noch erschien sie Carmela sehr groß und häßlich, aber ihr Gesicht war glatt und ihre Stimme gedämpft, und Carmela dachte, daß sie vielleicht eigentlich gar nicht so alt war. Sie sagte: »Wenn es Krieg gibt, kann es sein, daß wir aus England das wenige Geld, was dort ist, nicht herausbekommen können. Wir werden Italien nie verlassen. Ich glaube an die Bewegung. Die Italiener wissen, daß sie uns vertrauen können. Die Deutschen sind, nun, wie sie eben immer waren, und leider haben wir Briten uns keine Mühe gegeben, ihnen halbwegs entgegenzukommen. Dr. Chaffee sagt, du seiest so zuverlässig wie eine Erwachsene, Carmela. Und ich will ihm glauben. Ich möchte, daß du den Zwillingen das Alphabet beibringst. Willst du das? Vergiß nicht, das englische Alphabet hat ein ›W‹. Irgendwo nahe dem Ende. Bring ihnen italienische Gedichte und Lieder bei. Dr. Chaffee meint, ich solle mich jetzt so wenig wie möglich aufregen. In der Klinik werde ich mich einer längeren Behandlung unterziehen. Heilbäder. Feuchte Laken. Ich nehme an, ich muß an Wunder glauben.« Sie sprach weiter in diesem Ton, saß auf der Kante der unbezogenen Matratze und starrte über ihren Becher mit Tee hinweg, sie bestand nur aus Knien und Ellbogen. Und Carmela rührte sich nicht, noch antwortete sie, noch nippte sie an ihrem Tee. Sie wollte das Bett machen und die Zwillinge hinlegen, denn sie hatten ja keinen Nachmittagsschlaf gehabt – es sei denn, das unruhige Einnikken im Wagen zählte. Mrs. Unwin sagte: »Ich hatte eigentlich einen besseren Süden als diesen hier erwartet. Zuerst gingen wir nach Amalfi. Ich hatte meinen Sohn in England gelassen. Als kleinen Jungen. Als ich ihn besuchen durfte, sagte er: ›»Guten Tag.‹ Niemand sprach mit mir. Wir kamen zurück nach Italien. Das Mondlicht glitzerte in seinen Augen. Ehe die Zwillinge kamen. ›Denke nicht, fühle lieber‹, hat er zu mir gesagt. Oder umgekehrt. Aber es bedeutete nur, wieder gebunden zu sein – diesmal durch Armut und durch den Klatsch schlecht erzogener Leute. Es gab keinen Ausweg – Heirat, Geburt, Patriotismus, das Dunkel. Derselbe Kreis – Taufe, Konfirmation, Gebete für die Toten. Der Rest Schweigen.«

Vom Türeingang her sagte Mr. Unwin: »*Ellen.*« Er kam auf sie zu mit einem Gang, den Carmela noch nie bei ihm gesehen hatte, schlurfend. »Was ist in der Tasse?« fragte er.

Sie lächelte ihm zu und sagte: »Tee.«

Er nahm die Tasse, roch an ihr. »Stimmt.« Dann half er Mrs. Unwin auf die Beine.

Beim Auspacken und Bettenmachen verspürte Carmela eine weiche, jubelnde Glückseligkeit. Früh am nächsten Morgen würden die Unwins nach Hause fahren. Mr. Unwin gab Carmela eine Handvoll Geld – zog es aus der Brieftasche, ohne es zu zählen – sagte: »Das muß reichen, nicht wahr?« mit steigender Betonung, die vertuschte, daß dies ein Befehl war. Es war mehr Geld, als ihr jemals an der Küste anvertraut worden war und in der Tat mehr, als sie jemals auf einem Haufen gesehen hatte. Sie brachte die Zwillinge zu Bett auf mit Nachthemden bezogenen Kissen (sie und Mrs. Unwin hatten beide nicht daran gedacht, Bezüge mitzubringen) und teilte sich dann mit den Unwins das mitgebrachte Abendbrot. Sie waren neu, der Ort war neu, sie schickten Carmela zu Bett, man kümmerte sich nicht um den Abwasch.

Ein Gewitter riß sie aus tiefem Schlaf. In unwillkürlicher Angst zog sich ihr Herz eng zusammen. Durch das Stampfen von Pferdehufen hindurch konnte sie Mr. Unwins leise Stimme hören. Als das Gewitter sich verzogen hatte, war das Haus ganz still. Ein Nachtfalter und eine Stechmücke belästigten sie. Sie zog das Bettuch über den Kopf, wie sie es einst gegen die Geister gemacht hatte, schlief ein und hatte ihren Meerestraum. Sie erwachte und hörte immer noch, wie in der Nähe eine Stechmücke summte. An der Wand entlang lief eine weiße Leiter aus Lichtsprossen, was sie für die Morgendämmerung hielt. Im Halbschlaf stand sie auf, öffnete die Fensterläden und sah draußen eine Mondspur über dem Dorf wie früher über dem Meer; eine bleiche Straßenlaterne war zu sehen und eine zusammengerollte Katze auf der Straße. Carmela hatte sie geweckt, und sie verzog sich mit peitschendem Schwanz. Carmela hatte das Gefühl, an einem wirklichen Ort zu sein. Den Meerestraum träumte sie nicht wieder.

Als nächstes hörte Carmela, wie die Zwillinge Ball spielten und, immer noch in ihren Nachthemden, dem Ball nachstolperten. Die Unwins, die noch früher aufgestanden waren, hatten das Frühstück bereitet. Sie begrüßen Carmela, als gehöre sie zur Familie. Der Sturm hatte den Himmel klar gefegt. Ach, welch ein Glück! Niemals vorher, niemals wieder. Bald nach dem Frühstück fuhren sie ab, aber zuvor hatten sie mit Carmela eine List ersonnen, die Zwillinge abzulenken. Am späten Nachmittag kam ein so dichter, tief liegender Nebel herunter, daß Carmela, die so etwas noch nie gesehen hatte, dachte, es müsse der Rauch brennender Bäume sein.

Ohne Vorwarnung tauchten eines Samstags die Unwins mit dem Wagen auf; mit ihnen kam Mrs. Unwins Sohn Douglas, der in England lebte. Er war noch größer als die Unwins, hatte ein langes Gesicht, dunkles, glattes Haar und trug eine Hornbrille. Mit ihm kam ein Mädchen, das er vielleicht heiraten würde. »Sei doch kein solcher Narr«, hörte Carmela Mrs. Unwin in der Küche zu Douglas sagen. Niemand ahnte, wieviel Carmela nun verstand. Das Mädchen hatte einen rötlichen Sonnenbrand auf Wangen und Nase. Ihr Haar war ähnlich dem von Carmela geschnitten, aber mit Metallspangen gehalten. Sie packte ein dünnes Stickmuster und ein großes Stramintuch aus und fing an, mit einer flachen Nadel darauf herumzustechen. Es sollte ein Kissenbezug werden. Carmela gefielen die Farben nicht besonders, es waren dunkelgrüne und braune Töne. Das Mädchen sah von dem Stickmuster auf das Stramin und dann wieder auf das Stickmuster. Ihr Sonnenbrand hatte ihr so zugesetzt, daß sie stumm blieb. Douglas erklärte seiner Mutter, daß sie nicht immer so unfreundlich sei. Carmela dachte, es sei ein Fluch, so hochgeschossen und häßlich zu sein wie diese Leute.

Für eine Nacht drängten sie sich alle in die Wohnung. Mrs. Unwin prüfte Carmelas Rechnungen, erkundigte sich jedoch nicht, wieviel Geld sie überhaupt bekommen hatte. Am folgenden Tag reisten die Eltern ab, Douglas und sein reizbares Mädchen, das Carmela mit »Miss Hermione« anzusprechen hatte – nur, daß sie den Namen natürlich nicht aussprechen konnte –, blieben zurück. Miss Hermione belegte das Schlafzimmer der Unwins, Douglas bekam Carmelas Zimmer und Carmela schlief auf einem Feldbett neben den Zwillingen. Jede Nacht sagte Miss Hermione »Nein, ich habe *nein* gesagt« zu Douglas und schlug ihre Tür zu. Carmela nahm an, sie sitze hinter der Tür und sticke. Sie aß auch Sachen, die sie in ihrem Koffer mitgebracht hatte. Carmela, die jeden Tag Miss Hermiones Bett machte, entdeckte Schokoladenkrümel. Eines Abends, als Miss Hermione sich zurückgezogen hatte, ranzige Schokolade aß und einen Kissenbezug bestickte, kam Douglas in die Küche, wo Carmela an dem steinernen Spülbecken abwusch.

»Brauchst du Hilfe?« fragte er. Natürlich verstand sie kein Englisch, drehte sich nicht einmal um. Er lehnte sich gegen das Abtropfbrett, wo sie ihn nicht übersehen konnte. Er verschränkte die Arme und sah Carmela an. Dann fing er an, durch die Zähne zu pfeifen, wie es Menschen tun, die sich langweilen, und dann mußte er nach oben gelangt und die Birne, die an einem Kabel hing, berührt haben. Es war nur die Geste von jemandem, der sich eben langweilte, aber die schaukelnden Schatten und der hochgeschossene, häßliche, durch die Zähne pfeifende Junge – sie waren wie Carmelas Meerestraum. Sie ließ ihre kleine Spülbürste fallen und lief hinaus. Sie glaubte, sich schreien zu hören. »Ach stell dich doch nicht so an!« rief er ihr nach und war so rätselhaft wie seine Mutter es einst schien.

Er langweilte sich *tatsächlich*; am folgenden Tag sagte er es. Was konnte man hier schon tun außer die Berge anzustarren? Er ging hinunter, wo der Hausbesitzer wohnte, zusammen hörten sie sich die schlechten Nachrichten im Radio an. Er konnte nicht viel von dem Italienischen verstehen, aber manchmal erwischten sie die Nachrichten der BBC, und wenn Douglas etwas verstand, erschien ihm seine Lage nur noch schlimmer.

»Ach, laß uns doch abfahren, um Himmels willen«, sagte Miss Hermione und faltete ihren bestickten Bezug säuberlich zweimal.

Douglas drückte seine Hände gegen seinen Kopf, genauso, wie seine Mutter es immer tat. Dann sagte er: »Ich will nicht darin verwickelt werden.«

»Das Leben beim Militär wird dir nichts schaden«, antwortete Miss Hermione. Ohne Stickerei, die ihre Hände beschäftigte, rutschte sie dauernd herum; erst hatte sie ihre Hände um ein Knie gefaltet, dann wieder deutete sie mit den Zehen ihrer langen Füße nach unten.

An dem Tag, als sie abreisten, stürmte es. Sie bezahlten den Hausbesitzer, daß er sie bis zu einer Bushaltestelle fuhr; Carmela sah sie nie wieder. Miss Hermione ließ eine grüne Haarschleife liegen. Carmela bewahrte sie jahrelang auf. Sowie die beiden verschwunden waren, legte sich der Wind. Carmela und die Zwillinge kletterten einen kleinen Weg jenseits des Dorfes hinauf und setzten sich ins hohe Gras. Am Himmel war eine kleine, cremefarbene Wolke. In Augenhöhe wehten die Gräser wie Spitzen, jenseits davon blauschwarze Berge. Sie versuchte, den Zwillingen das Alphabet beizubringen, aber wo sie das »W« einreihen sollte, wußte sie nicht genau. Die Mädchen alberten und wollten nicht zuhören. Also brachte sie ihnen Lieder bei.

III

Im September fiel sie zurück in ein Leben, das ihr vertraut war. Sie hatte seine Farben in sich aufgenommen. Das Meer war grüner als alles, abgesehen von Mrs. Unwins Smaragd, blauer als ihr Saphir, durchsichtiger als blaues, weißes, durchsichtiges Glas. Als sie mit den beiden Zwillingen an der Hand ins seichte Wasser watete, sah sie ihre sechs Füße unter der Wasseroberfläche wie Seegetier. Die Sonne wurde weiß wie ein Stein; irgend etwas stach in der Hitze, wie dünner, harter, unsichtbarer Regen. Irgendo war Krieg, aber nicht in Italien. Außerdem hatte etwas viel Wichtigeres als der Krieg stattgefunden. Dies war es: Ein neuer englischer Pfarrer war gekommen. Jetzt, da England im Krieg war, wußte er nicht, ob er bleiben könne. Er hatte jemandem gesagt, der es wiederum den Unwins berichtet hatte, daß er so lange bleiben würde, wie er eine Gemeinde zu betreuen hätte. Die Unwins, die Agnostiker waren, wußten nicht, wie sie ihn anreden sollten. Er hieß Dunn, aber darum ging es nicht. Er war nicht der Vikar, nur ein Stellvertreter. Seinen Vorgänger hatten sie einfach »Ted« genannt, hatten aber nicht die Absicht, Mr. Dunn »Horace« zu nennen. Sie einigten sich dann auf »Padre«. »Padre«, das war nicht feierlich, deutete eine ironische Distanz an, die sie zur Kirche halten wollten, und es war außerdem nicht unhöflich.

Carmela hatte begriffen, daß die Beziehungen der Unwins zu den übrigen Mitgliedern der ausländischen Kolonie mehr als kompliziert waren. Da gab es zwei Klassen von Engländern, wie die Schichten eines Schelfs. Nahe dem Grund war ein

Sockel aus Hoteliers, Zahnärzten, aus Leuten, die Obst und Wein verkauften – nicht zum Vergnügen, sondern als Lebensunterhalt. Näher am Licht befanden sich die amerikanische Marchesa und Leute wie Miss Barnes und ihre Gesellschafterin Miss Lewis. Die beiden bewohnten schäbige Zimmer auf dem Dachboden eines Hotels, dessen Besitzer ihnen nicht viel Geld abverlangte, weil Miss Barnes für eine wichtige Persönlichkeit gehalten wurde – ihr Vater war es gewesen, der die Dorfschulen gegründet und sie der italienischen Regierung gestiftet hatte. Zwischen diesen beiden Schichten schwammen die Unwins und stießen gegen die eine oder andere, je nach dem, wie die gesellschaftliche Strömung sie entweder nach oben trieb oder nach unten zog. Noch weiter unten als die Engländer befanden sich die Russen, Österreicher oder Ungarn, egal, ob reich oder arm, deren Hauptbeschäftigung angeblich der Erwerb britischer Pässe für ihre Kinder war. Da Pässe durch Heirat zu haben waren – jedenfalls glaubte man das –, hielt die britische Kolonie an ihren Söhnen fest. Carmela hatte mitbekommen, daß Mrs. Unwin bemerkte, Hermione hätte jedenfalls etwas, was für sie spreche – sie sei durch und durch englisch.

Mrs. Unwin lächelte immer noch manchmal, aber nicht so, wie sie im August gelächelt hatte. Jetzt war daraus ein Totenkopfgrinsen geworden. Wenn sie sich aufregte, bekam ihre Haut ziegelrote und weiße Flecken. Carmela hatte Mrs. Unwin nie zuvor so lächeln und so fleckig gesehen wie an dem Nachmittag, als Miss Barnes und Miss Lewis zum Tee kamen. Eigentlich war Miss Barnes gekommen, weil sie noch weitere Gedichte ihres verstorbenen Vaters drucken lassen wollte.

»Carmela, Tee!« hatte Mrs. Unwin gerufen.

Weil man ihr immer wieder sagte, sie solle das gute Porzellanservice nicht anrühren, brachte Carmela den Tee in Keramikbechern, die sie bereits in der Küche gefüllt hatte.

»Dummkopf!« sagte Mrs. Unwin.

»Das ist eigentlich eine Beleidigung«, bemerkte Miss Lewis.

»Carmela weiß, daß Hunde, die bellen, nicht beißen«, sagte

Mrs. Unwin und lächelte wieder – diesmal war es eine zukkende Grimasse.

Aber Miss Lewis fuhr fort. »Sie sind doch weiß Gott lange genug hier unten gewesen, um zu wissen, was man zu ihnen sagen darf und was nicht.«

Mrs. Unwins Gesicht, das nun nicht mehr fleckig war, hatte ganz die Farbe angenommen, welche die Engländer karmesin nennen. Carmela sah das Zimmer durch Mrs. Unwins Augen: Es schien sich zu bewegen und zu kriechen, mit seiner Kupferschale und den Romanen aus England, den verblichenen kretonnebezogenen Stühlen und der fleckigen Tapete. All diese toten Dinge schienen sich in Bewegung gesetzt zu haben, weil Miss Lewis derart mit Mrs. Unwin gesprochen hatte. Mrs. Unwin lächelte unentwegt mit zurückgezogener Oberlippe.

Miss Barnes, die wegen eines verstauchten Knies im Rollstuhl saß, langte hinüber und tätschelte die Hand ihrer Gesellschafterin. »Charlotte ist kommunistisch angehaucht«, bemerkte sie, und das mit einer Stimme und einer Betonung, die das Ganze ins Lächerliche zog. Ihr Blick schweifte durch das Zimmer, blieb aber nur an der kupfernen Schale mit den Dahlien hängen, die diesmal darin waren.

»Von der Marchesa. Wie lieb von ihr. Kommt immer mit einem Blumenstrauß!« rief Mrs. Unwin.

»Frances ist ein Schatz«, sagte Miss Barnes.

»Bitte doch Mr. Unwin, sich zu uns zu setzen, Carmela«, sagte Mrs. Unwin und zitterte dabei ein wenig. Seither hieß die Marchesa bei ihr nur noch »Frances«.

Schade, daß dieser Besuch durch die Ankunft des neuen Pfarrers verdorben wurde. Es war sein erster offizieller Gemeindebesuch. Er hätte sich keine unpassendere Zeit aussuchen können. Er war ein junger Mann mit einer Gesichtsfarbe, die so wechselhaft war wie die von Mrs. Unwin. Unbekümmert ließ er sich auf einen der verblaßten Sessel fallen und erklärte, er sei damit beschäftigt gewesen, leere Flaschen aus dem Pfarrhaus zu räumen. Keine Ginflaschen, wie das in England typisch wäre, nein, grüne Flaschen mit einem Bodensatz von Rotwein, wie roter Staub. Das ganze Haus sei ein wüstes Durcheinander, fügte er hinzu, beklagte sich aber nicht; nein, er sagte es, als ob dies alles ein Witz sei und sie alle jung genug, sich dafür zu interessieren.

In dem allgemeinen Schock nahm Miss Barnes die Sache in die Hand: Ted – eigentlich Dr. Edward Stonehouse – war auf Kosten seiner Gemeinde repatriiert worden, in der Pfarre gab es nichts mehr für ihn zu tun. Er hatte die Gemeinde schon allerhand gekostet – zweimal hatten sie ihn hinauf in die Berge geschickt, um sein Asthma zu kurieren. Alle hatten ihn verehrt; niemand würde sich bei seinem Nachfolger wegen Asthma oder irgend etwas anderem Gedanken machen. Miss Barnes stellte das klar.

»Er hat eine recht ansehnliche Bibliothek hinterlassen«, sagte der junge Mann nach einer Weile. »Allerdings ziemlich schmutzig.«

»Von Gesangbüchern hätte ich nicht angenommen, daß sie Schmutz enthalten«, sagte die kommunistisch angehauchte Miss Lewis.

»Ich meinte verstaubt«, sagte der Geistliche zerstreut. Mrs. Unwin gab Carmela ein Zeichen, und diese schenkte dem Geistlichen mit ruhiger Hand Tee ein. »Was ich zu ändern beabsichtige, wird kein Geld kosten«, sagte er, als habe er laut gedacht. Er kam zu sich und sah suchend in die erstaunten Gesichter. »Nun, ich dachte an den Hinweis draußen: ›Abendandacht täglich mittags‹.«

»Weshalb sollte man das ändern?« fragte Miss Barnes in ihrem Rollstuhl. »Ich gebe zu, es war eine Innovation des guten alten Dr. Stonehouse, aber wir sind jetzt so daran gewöhnt.«

»Und *wurde* die Abendandacht wirklich täglich mittags gehalten?«

»Nein«, sagte Miss Barnes, »weil das eine Zeit ist, wo die meisten Menschen ans Mittagessen denken.«

»Bitte bring uns noch etwas Brot und Butter, Carmela«, sagte Mrs. Unwin.

Als Carmela zurückkam, sagte er gerade: »Und die andere

Sache, der ich mich ebenfalls annehmen möchte...« – als ob er das Wort »ändern« vermeiden wolle –, »ist die Turmuhr.«

»Die Uhr war eine Spende«, sagte Miss Barnes und verlor etwas von ihrer Bestimmtheit. Sie sah sich bei den anderen nach Unterstützung um. »Das Geld wurde gesammelt. Der Herzog von Connaught hat sie eingeweiht.«

»Doch wohl nicht Connaught«, murmelte der Geistliche und klang in Carmelas Ohren nicht etwa streitlustig, sondern wohlwollend entschieden. Vielleicht wollte er einen Witz machen, oder möglicherweise hielt er die ganze Unterhaltung für einen Witz. Carmela warf dem fremden Mann einen Seitenblick zu, ihm, der nicht erfaßt hatte, wie ernst es ihnen allen zumute war.

»Mein Vater war zugegen«, sagte Miss Barnes. »Es gibt eine Gedenktafel.«

»Stimmt, die habe ich gesehen«, sagte er. »Connaught wird nicht erwähnt. Aber ich kann mich irren« – denn endlich hatte er gemerkt, wie Miss Barnes' Gesellschafterin Miss Lewis die Brauen hochzog und mit den Augenlidern flatterte. »Alles, was ich zu ändern beabsichtige... ist..., daß sie die richtige Zeit anzeigt.«

»Was stimmt denn mit der Zeit nicht?« sagte Mrs. Unwin, weil sie Miss Barnes ablösen wollte.

»Sie geht nach.«

»Sie ist immer nachgegangen«, sagte Miss Barnes. »Wenn Sie sorgfältiger hinsehen würden als auf die Gedenktafel, würde Ihnen ein viereckiges Pappschild auffallen, auf das Ihr Vorgänger in großen Buchstaben die Worte GEHT NACH geschrieben hat; er befestigte es unter der Uhr. Auf diese Weise mußte an der Uhr, mit der einige von uns Erinnerungen verbinden – mein Vater war bei ihrer Einweihung –, auf diese Weise mußte an dem Uhrwerk nicht herumgepfuscht werden.«

»Vielleicht gestattet man mir, das Schild doch zu ändern und die Worte ›geht nach‹ auf italienisch hinzuzufügen.« Er nahm das Ganze *immer noch* als Spiel, soviel konnte Carmela sehen. Sie stand in der Nähe, hatte ein Auge auf den Teller mit Butterbroten und lauschte mit einem Ohr auf die Zwillinge, die jeden Augenblick von ihrem Nachmittagsschlaf aufwachen würden.

»Kein Italiener würde sich die Mühe machen, auf eine englische Kirchturmuhr zu schauen«, sagte Miss Barnes. »Und keiner von uns hat einen Zug verpaßt. Mr. Dunn – lassen Sie mich Ihnen einen Rat geben: Mischen Sie sich nicht ein. Wir sind eine Herde, die einen Schäfer braucht, nichts weiter.«

»Richtig!« schrie Mrs. Unwin und war wieder weiß und ziegelrot gefleckt. »Um Himmels willen, Padre... keine Einmischung!«

Der Geistliche sah aus wie jemand, dessen Augen in einem Blinde-Kuh-Spiel verbunden waren und dem man die Binde plötzlich herunterreißt. Mr. Unwin hatte bis jetzt kein Wort gesprochen. Nun aber sagte er bedächtig: »Ich hoffe, Sie sind kein Gelehrter, Padre. Ihr Vorgänger war es, und seine Predigten waren dementsprechend unendlich langweilig.«

»Stonehouse ein Gelehrter?« fragte Mr. Dunn.

»Ja, leider. Ich hätte meine Frau, wie man so schön sagt, zurück zur Herde bringen können, aber seine Predigten waren so ermüdend – immer nur über die Hebräer und die Griechen.«

Der Geistliche fing Carmelas starren Blick auf, nahm sie wahr. Er lächelte. Dieses Gesicht mit seinem Lächeln ließ sie ihr ganzes Leben lang nicht mehr los. In ihren Augen war es nicht etwa ein attraktives Gesicht – für einen Mann war er zu hellhäutig, er errötete und erblaßte zu schnell. »Vielleicht wird jetzt keine Zeit mehr für die Griechen und die Hebräer sein«, sagte er milde.

»Wir *sind* im Krieg, nicht wahr?«

»Wir?« fragte Miss Barnes.

»Unsinn, Padre«, sagte Mrs. Unwin forsch. »Lesen Sie doch die Zeitungen.«

»England«, sagte der Geistliche und hielt inne. Mr. Unwin war der ruhigste Mann von der Welt, aber manchmal konnte er so wild aussehen wie seine Frau. Bei dem Wort »England« stand er von seinem Stuhl auf und ging hinaus, um den Union

Jack zu holen, der auf einer metallenen Fahnenstange in der Eingangshalle in einer Ecke lehnte. Die Stange war zu lang, um aufrecht durch die Tür zu gehen; Mr. Unwin marschierte vorwärts, als wolle er jemanden mit einem langen Speer attackieren. »Nun, Padre, was sagen Sie dazu?« fragte er. Der Geistliche starrte darauf, als habe er noch nie eine Flagge gesehen, als sei es ein ungewöhnliches Blatt, ein Pudding oder vielleicht ein Gerippe. »Wird diese Flagge am Jahrestag des Waffenstillstandes gesenkt werden müssen?« fragte Mr. Unwin. »Sie geht nämlich nicht durch das Kirchenportal, ohne gesenkt zu werden. Ich hatte die Ehre, diese Flagge während der Gedenkgottesdienste für die britische Legion zu tragen. Aber ich werde nicht länger eine Flagge tragen, die gesenkt werden muß, jetzt, wo England im Krieg ist. Denn in dieser einen Sache stimme ich mit Ihnen überein, Padre. Ich gebe zu, daß England im Krieg *ist*, zu Recht oder zu Unrecht. Der Türsturz am Kirchenportal muß angehoben werden. Das sehen Sie doch ein, oder? Ihr Vorgänger weigerte sich, das Portal zu ändern. Warum, ist mir schleierhaft. Architektonisch ist es wertlos.«

»Das ist doch nicht Ihr Ernst«, sagte Miss Barnes. »Die Tür ist genauso wichtig für uns wie die Zeit der Abendandacht.«

»Dann sage ich nichts mehr«, sagte Mr. Unwin. Er stellte die Flagge in eine Ecke und wurde sofort wieder er selbst. Zu Carmela sagte er: »Der Padre hat genügend Tee gehabt. Bitte, bring uns ein paar Gläser, ja?«

Worauf die drei Frauen im Chor antworteten: »Nicht für mich!«

»Nun, ich nehme an, Sie werden Ihre erste Visite nicht vergessen«, sagte Mr. Unwin.

»Darauf können Sie sich verlassen«, entgegnete der junge Mann.

Im Oktober war dann der Strand windig und fremd, mit braunen, seetangbeschwerten Wellen, die weit ins Land hineinschwemmten. Ein paar übriggebliebene Badegäste saßen da, wo sie vor der eisigen Gischt geschützt waren. Es waren Ausländer; die meisten englischen Gäste waren verschwunden. Mrs. Unwin dachte sich eine Regel aus, wonach die kleinen Mädchen bis zum fünfzehnten Oktober baden mußten. Carmela hatte Mitleid mit ihren blauen, zitternden Lippen; sie wickelte Frottiertücher um ihre Körper und hielt sie in ihren Armen. Dann kam der fünfzehnte Oktober, und die Strandtortur war vorüber. Sie erinnerte sich kaum an ein anderes Leben. Sie konnte jetzt Englisch lesen und hatte sich angewöhnt, ihre Augen über einen Brief wandern zu lassen, ohne ihn in die Hand zu nehmen. Was die Unwins betraf, so waren sie genauso an Carmela gewöhnt wie an den Teppich, dessen Risse inzwischen ein Teil des ursprünglichen Musters geworden waren. Im November führte eine Einladung zum Mittagessen, die Miss Barnes angenommen hatte, zu einem Anfall von roten und weißen Flecken bei Mrs. Unwin. Zwei Tage lang übte Carmela servieren und abservieren. Die Mahlzeit ging einigermaßen störungsfrei über die Bühne, obwohl Carmela wie angenagelt dastand, als Miss Barnes plötzlich schrie: »Huhn! Huhn! Wie wunderbar! Huhn!« Miss Barnes schien nicht zu wissen, weshalb sie das sagte; schließlich wurde ihr bewußt, daß sie die Hände in die Luft streckte und ließ sie fallen. Danach dachte Carmela an sie immer als »Miss Huhn«. An jenem Tag hörte sie, wie Miss Huhn sagte: »Hitler wird aus den Italienern niemals Rassisten machen. Es liegt ihnen einfach nicht.« Und dann: »Natürlich sollte man die italienischen Männer nicht ernst nehmen«, kam es von Miss Lewis, die sich geistesabwesend mit ihrer kleinen perlenbestickten Handtasche fächelte und dabei über irgendeine vergangene obskure Erfahrung lächelte. Später dann hörte Carmela, wie Miss Barnes bestimmt sagte: »Charlotte irrt sich. Südländer reden zwar, aber sie tun keiner Fliege etwas zuleide.«

Am gleichen Tage erfuhr Carmela, daß die erste Predigt, die der neue Geistliche gehalten hatte, die Keuschheit, die zweite die Pflicht, die dritte die Selbstbeherrschung zum Thema gehabt hatten. Aber die vierte handelte über Toleranz – »ein schlüpfriges Pflaster« nach Mrs. Unwins Meinung. Und am

11. November, in einem besonderen Gottesdienst, der nur schlecht besucht war, mit Flagge und allem Drum und Dran, und den wenigen Mitgliedern der British Legion, die noch nicht geflohen waren, hatte er über Pazifismus gepredigt. Nun ja – Italien war nicht im Krieg, also war es in Ordnung. Aber zwei Polizisten in Zivil waren anwesend und gaben sich als anglikanische Gemeindemitglieder aus. Glücklicherweise schienen sie kein Englisch zu verstehen. »Der Padre hat versucht, mich mit dieser Predigt zu blamieren«, sagte Mrs. Unwin.

»Weshalb gerade dich, Ellen?« fragte ihr Mann.

»Weil er meine Ansichten kennt«, sagte Mrs. Unwin. »Ich hatte den Mut, sie zu äußern.«

Miss Lewis sah aus, als wolle sie lieber nichts entgegnen, dann aber entschloß sie sich, mit einer distanziert klingenden, quieksenden Stimme zu sagen: »Ich verstehe nicht, weshalb eine Agnostikerin überhaupt in die Kirche geht.«

»Um zu erfahren, was er vorhat«, sagte Mrs. Unwin.

»Deshalb war doch wohl die Polizei da, oder?«

Mr. Unwin erklärte, daß er sich geweigert habe, dem Gottesdienst zum Waffenstillstandstag beizuwohnen; die Angelegenheit mit dem Senken der Flagge wäre nie bereinigt worden.

»Ich habe dem Padre einen Brief geschrieben«, sagte Mrs. Unwin. »Was gehen uns denn irgendwelche Griechen oder Hebräer an? Unsere Einkünfte sind geschrumpft, wir wissen nicht, ob wir über die Runden kommen. Mussolini hat diesem Land Ordnung und Frieden gebracht, ob es nun Mr. Dunne gefällt oder nicht.«

»Hört, hört«, sagte Miss Huhn. Mr. Unwin nickte bedächtig und beifällig. Miss Lewis sah vor sich hin und schürzte die Lippen wie jemand, der die Glockenschläge zählt.

IV

Trotz der Elektrizitätsgebühren mußte ab vier Uhr früh in der Küche Licht brennen. Wenn Carmela die Hand hob, um die Teebecher vom Regal zu nehmen, warf dies einen Schatten. Nachts schlief sie mit ihrer schwarzen Strickjacke um die Beine gewickelt. Wenn sie mit dem Fuß auf den Fliesenboden trat, zitterte sie vor Kälte und vor Angst. Sie fürchtete sich vor dem Krieg und vor dem Gespenst des Onkels, das, ermuntert durch die früh einfallende Dunkelheit, wieder im Garten herumgeisterte. Jede zweite Villa an der Hügelstraße hatte die Jalousien heruntergelassen. Sie blickte hinaus auf das ferne Meer, auf das eine Sonne schien, die doppelt so weit entfernt war wie früher. Die Marchesa ließ in ihrem Garten einen Luftschutzraum bauen. Um Platz dafür zu schaffen, mußte der Rosengarten gerodet werden. Bis jetzt konnte man von der Küche der Unwins aus nur etwas Schlammiges Längliches sehen wie ein ausgehobenes, großes Grab. Nur zentimeterweise ging es voran; die Männer konnten bei Regenwetter nicht weitergraben, und dieser Winter war verregnet. Mrs. Unwin, die nun wegen des Daturabaums – der Ursache für ihre angeschlagene Gesundheit – eine Klage angestrengt hatte, stand auf der Terrasse und bombardierte die Arbeiter jenseits der Hecke der Marchesa mit Bemerkungen – oder waren es Drohungen? Sie trug Stiefel und einen braunen Pelzmantel, der wie ein Kimono aussah. Bei den Arbeitern waren auch Carmelas kleiner Bruder und dessen Chef. Der Chef hieß Lucio; er ging langsam bis an die Hecke.

Mrs. Unwin rief: »Würden Sie für uns eine wirklich wichtige Arbeit tun?«

Mr. Unwin kam dann jedesmal heraus, sah seine Frau an und ging wieder ins Haus. Mit Carmela und den Zwillingen sprach er sanft, aber das geschah nicht oft. Es gab nur drei Dinge, die er essen konnte – Carmelas Gemüsesuppe, Carmelas Käsereisauflauf und französisches Stangenbrot. Für Mrs. Unwin war die Marchesa nun nicht mehr »Frances«, und der Chauffeur hatte es aufgegeben, zur Küchentür zu kommen.

Wegen des Prozesses gab es böses Blut; es handelte sich um eine Zivilsache, und die konnte sich leicht über die nächsten zehn Jahre hinziehen. Dann hörte eines Tages das Graben auf. Die Marchesa war mit ihren Hunden nach Amerika abgereist und hatte alles, einschließlich des Chauffeurs zurückgelassen. Kurz nach Weihnachten fing der Garten an zu blühen mit Wellen von Narzissen, Anemonen, Iris und Osterglocken; danach kamen die großen weißen Margeriten und Mimosen und dann blühten zugleich alle Geranien, die nicht mit den Rosensträuchern ausgerottet worden waren – weiß, lachsfarben, scharlachrot, gestreift wie Pfefferminzbonbons. Die Flut der Farben dauerte so lange wie der Regen. Danach vertrockneten die Blumen, und der Garten verwandelte sich in eine Wüste.

Mrs. Unwin sagte, die Marchesa sei davongelaufen wie ein verschreckter Hase. Wohingegen sie, obwohl sie keine Aristokratin sei, obwohl sie arm sei, nun ihr Vertrauen auf Mussolini und seinen Wunsch nach Frieden deutlich machen werde, indem sie um ihren Besitz eine Mauer bauen lasse. Dazu wurde Lucio angestellt. Mrs. Unwin nannte ihn »einen lieben alten Gauner«. Gespannt wartete sie auf ihre Kopfschmerzen. Aber jetzt war das Wetter genau richtig für sie: kein Blütenstaub. Dunkelheit. Nicht zu viel Sonne. Lange, kalte Abende. Eine Zeitlang erblühte sie wie der Nachbargarten, bis sie eine Entdeckung machte, die sie wieder niederstreckte.

Sie und Mr. Unwin ließen Carmela kommen; gemeinsam zeigten sie auf einen blonden Jungen, der Steine trug. Mr. Unwin fragte: »Wer ist das?«

»Er ist mein Bruder«, sagte Carmela.

»Er kommt mir bekannt vor«, sagte Mr. Unwin.

»Er hat mich einmal besucht.«

»Aber Carmela«, sagte Mr. Unwin mit sanfter Stimme, wie immer, »wußtest du denn nicht, daß wir einen Steinmetz brauchten? Dabei war dein eigener Bruder Lehrling bei Lucio. Und du hast uns kein Wort davon gesagt. Warum denn, Carmela? Das ist ja wie eine Lüge.«

Mrs. Unwins Stimme klang schärfer. »Du gibst also zu, daß er dein Bruder ist?«

»Ja.«

»Und du hast gehört, daß ich jemanden für die Mauern haben wollte?«

»Ja.«

»Das heißt, du traust mir nicht.« All das freudige Fieber war aus ihr gewichen. Bald war sie wieder in ihrem braunen Kimonomantel draußen auf der Terrasse, bereit, Fremde zu beleidigen. Aber da war nur Lucio. Und der war nicht mehr ihr »lieber alter Gauner«, sondern er spuckte in ihre Richtung, ballte die Faust und bezeichnete sie als etwas, für das Carmela kein englisches Wort hatte.

Inzwischen fingen die Italiener an, im Ausland geborene Juden auszuweisen. Die Unwins staunten, wer alles davon betroffen war. Natürlich betraf es die Blums und die Wiesels, aber es war ein Schock für sie, Mrs. Teodoris und die Delaroses in einem anderen Licht zu sehen oder den lieben Dr. Chaffee in Schwierigkeiten zu wissen. Die Unwins waren froh, daß so etwas in ihrem Lande nicht vorkam – jedenfalls nicht seit dem Mittelalter –, aber trotzdem wäre es nicht wünschenswert gewesen, wenn all diese guten Leute nun nach England gehen würden. Auch Miss Barnes hatte gemeint, daß sie hoffe, man werde eine andere Lösung finden. Alle rauften sich jetzt natürlich um Ausreisevisa, aber durch Heirat würden sie sicherlich keine bekommen: Die englischen Söhne und Töchter waren längst nach Hause gereist.

Carmela ging noch immer jeden Freitag hinüber nach Frankreich. Die Grenze war offen, es gab Busse und Züge, obwohl Dr. Chaffee und die anderen sie nicht benutzen durften. Von Zeit zu Zeit wurden kleine Gruppen von Auslandsjuden zusammengetrommelt und nach Frankreich geschickt, wo die Franzosen sie dann wieder zurückschickten wie die Federbälle der Marchesa. Juden, die darauf warteten, von Frankreich wieder nach Italien versandt zu werden, wurden im Hof des Technikums für Jungen versammelt. Dort saßen sie auf ihren Koffern, und die Leute kamen und spähten durch den Zaun. Carmela begegnete einer versprengten Gruppe von

Flüchtlingen – das war ein neues Wort für sie –, wie sie mit vorgehaltener Waffe die gewundene Straße zur Grenze auf der französischen Seite getrieben wurde. Unter ihnen war auch in seinem dunklen Anzug Dr. Chaffee. Sie entsann sich, wie sie die Tabletten, die er ihr gegeben hatte, nicht genommen hatte – wie sie nicht einmal den Metallverschluß der Flasche aufgeschraubt hatte. Ob er es wohl gewußt hatte? Sie sah ihn voller Scham und Reue an, ehe sie den Kopf wegwandte. Als hätte er auf ihrem Gesicht einen ihm erwünschten Ausdruck gesehen, hielt er einen Augenblick inne, lächelte, schüttelte den Kopf. Er sagte »nein« zu irgend etwas. Verschreckt blickte sie verstohlen wieder hin, und diesmal hob er die Hand mit der Handfläche nach außen – ein merkwürdiger Gruß, der eigentlich kein Gruß war. Man stieß ihn weiter. Sie sah ihn nie wieder.

»Was *soll* das ganze Gerede bedeuten?« sagte Mrs. Unwin. »Miss Lewis ist voll davon. Hast du irgend etwas an der Grenze beobachten können, Carmela?«

»Nein, leider nicht«, sagte sie.

»Ich wette, der Padre steckt dahinter«, sagte Mrs. Unwin. »Er hat einmal zu viel über die Toleranz gepredigt. Das hat die Italiener aufgebracht.« Ihrem Mann gegenüber wiederholte sie Miss Barnes' Meinung, daß Mussolini keine Ahnung habe, was sich da abspielte.

Im März blies der Wind wie im Herbst. Der Ostwind schien eine dunklere Farbe zu haben. Zweimal in einer Nacht wurde Carmela vom Schlagen der Brandung geweckt. Auf dem Markt sah es aus, als ob die Leute ihre Füße aus etwas Grauem, Klebrigen herauszögen – ihren eigenen Schatten. Die Italiener veränderten sich; selbst die Schalterbeamten auf der Post waren nun frech zu den Ausländern. Mrs. Unwin machte dafür den Padre verantwortlich. Sie ging, um sich seine Fastenpredigten anzuhören, und natürlich ertappte sie ihn. Er predigte fünf Fastenbotschaften, und mit jeder Predigt schritt die Jahreszeit vorwärts und das Meer wurde erst hell, dann tiefblau, und der Garten der Marchesa duftete bunter und süßer. Wie er es im Herbst getan hatte, fing der Padre behutsam an und sprach über Geduld, Enthaltsamkeit und Güte. So weit so gut, sagte Mrs. Unwin. Aber die vierte Predigt handelte vom Mut, die fünfte von der Tyrannei, am Palmsonntag sprach er über Gerechtigkeit, und am Karfreitag nahm er seinen Text aus dem Buche Hiob: »Siehe, ob ich schon schreie über Frevel, so werde ich doch nicht erhört; ich rufe, und ist kein Recht da.« Am Ostersonntag erwähnte er Hitlers Namen.

Mrs. Unwin schlug den Karfreitagstext nach und fand die Kapitelüberschrift: »Hiobs fünfte Gegenrede: er klagt über die Härte der Freunde«. Sie las es ihrem Mann vor und fügte hinzu: »Damit war ich gemeint.«

»Weshalb du?«

»Weil ich zugeschlagen habe, und wo ich zuschlage, da tut's weh«, rief sie.

»Was hast du damit beabsichtigt?« Seine Stimme hatte sich soweit erhoben, wie sie nur konnte oder wollte. Er bemerkte Carmela und verstummte.

Später, Ende Mai, gewann Mrs. Unwin ihren Prozeß gegen die Marchesa. Die rasche Entscheidung war beispiellos, Mr. Unwin meinte, das Gericht habe keine Lust gehabt, aber seine Frau hatte eine andere Erklärung: Es sollte eine Belohnung dafür sein, daß die Unwins nicht davongelaufen waren. Alle Daturaäste, die in den Garten der Unwins hingen, sollten abgesägt, und falls Mrs. Unwins Kopfschmerzen andauerten, würde der Baum gefällt werden. Die Unwins engagierten einen Mann, der den Baum beschnitt, aber es war nur ein kleiner Triumph, denn die Marchesa war nicht dabei, um zuzusehen.

In der Nacht, bevor der Mann kam, um den Baum zu beschneiden, ließ ein Kriegsschiff spielerisch Scheinwerfer über die Hügel und die Stadt gleiten. Das Ufer war beleuchtet wie von gelben Laternenketten. Wie ein Freudenfeuer stieg der Duft des Stechapfels in die Luft.

Plötzlich sagte Mrs. Unwin: »Ach, ist das jetzt noch wichtig?« Vielleicht war es am Ende gar nicht der Stechapfel gewesen, der die Schuld hatte. Aber am nächsten Vormittag, als der Mann mit Axt und Säge kam, wurde er nicht fortgeschickt. Er sagte: »Sie haben mich bestellt, und jetzt bin ich hier.« Carmela hatte ihn vorher noch nie gesehen. Er erklärte ihr, es gehöre sich nicht, für Ausländer zu arbeiten und daß die bald überhaupt nicht mehr da wären. Er schnitt ein Loch in die Hecke und begann, den Stamm des Stechapfels anzusägen.

»Der gehört uns nicht!« rief Mrs. Unwin.

Der Mann entgegnete: »Sie haben mich engagiert, und nun bin ich hier« und sägte weiter.

Auf der Straße, wo früher der Chauffeur die Hunde der Marchesa spazierengeführt hatte, bewegte sich eine Kolonne von Armeefahrzeugen wie Krebse auf dem Meeresboden.

V

Auf beiden Seiten wurde die Grenze für Juden undurchlässiger gemacht – selbst für diejenigen, die keine Flüchtlinge waren. Einige Flüchtlinge versuchten, auf einem Fischerboot nach Monaco zu entkommen; es hieß, von Monaco würde niemand wieder nach Italien zurückgeschickt. Sie bezahlten einheimische Fischer, die sie nachts an der Küste entlangruderten und die sie oft in irgendeiner französischen Bucht auf dem Trockenen sitzen ließen, und dann begann das Federballspiel von neuem. Carmela hörte, daß eine Frau sich von einer Brücke in die Schlucht mit dem ausgetrockneten Flußbett, durch das die Grenze zwischen Frankreich und Italien verlief, gestürzt habe. Lucio gab sein Handwerk als Steinmetz auf und kaufte sich einen Anteil an einem Fischerboot. Carmelas Bruder nahm er mit.

Carmelas Mutter wurde gekündigt, weil das Hotel, in dem sie arbeitete, geschlossen wurde. Sie schickte Carmela eine Nachricht, in der sie sie bat, so lange bei den Unwins zu bleiben, wie diese sie behalten wollten, denn zu Hause könnten sie nun jedes bißchen Geld brauchen. Möglich, daß Carmelas Bruder etwas bei dem Bootshandel mit den Juden verdiente, aber wie lange würde das dauern? Und wie hoch war der Anteil des kleinen Jungen?

Jemand in dem Geschäft am Ort berichtete Carmela, daß alle Ausländer interniert würden – sogar Miss Barnes. Sie erwähnte es beiläufig, denn ihre eigene Lage war ja nun von den Unwins abhängig. Mrs. Unwin schalt Carmela, Gerüchte zu verbreiten. Am selben Tag wurde der Kopierer der Unwins beschlagnahmt und weggetragen, aber ob dafür Schulden oder Politik verantwortlich waren, war sich Carmela nicht sicher. Zusammen mit dem Kopierer konfiszierte die Polizei einen Haufen Flugblätter von der British Legion, in denen ein Gartenfest für den 24. Mai, den Geburtstag der Königin Viktoria, angekündigt wurde. Nun konzentrierte sich der schärfste Verdacht auf diese Feierlichkeit, obwohl der italienische Oberkommandierende der Region sie früher immer mit seiner Frau und seinen Töchtern besucht hatte. Dann wurde die Druckerei auf einmal behördlich geschlossen und versiegelt. Mr. Unwin sah sich gezwungen, zur örtlichen Polizeistation zu gehen und zu erklären, er habe seine Steuern bezahlt und niemals etwas gedruckt, was illegal oder gegen Mussolini war. Während er weg war, kam ein Wagen voller Miliz und hämmerte an die Tür.

»Sie können nicht einmal richtig italienisch sprechen«, sagte Mrs. Unwin. »Carmela – frag sie, was sie wollen.« Aber es waren Kalabresen, und auch Carmela verstand sie nicht, trotz ihrer sizilianischen Großmutter. Sie berichtete Mrs. Unwin, daß sie sie nicht verstehen könne. Zur gleichen Zeit entschloß sie sich, ihren Lohn anzufordern, denn seit den ersten drei Monaten hatte sie keinen mehr bekommen.

Mr. Unwin kam von der Polizeistation zurück, aber nichts wurde im Beisein von Carmela gesagt. Jetzt kam niemand mehr über die Grenze. Carmela würde nie wieder auf der französischen Seite einkaufen können. Als sie ihren Lohn erwähnte, sagte Mrs. Unwin: »Aber Carmela, du hattest die Kinder doch immer so gern!«

An einem frühen Nachmittag stürmte Mrs. Unwin in die

Küche. Ihre Haare waren zerzaust, als hätte sie sie gerauft. Sie sagte: »Es ist passiert, Carmela. Begreifst du das? Begreifst du das Schreckliche unserer Situation? Wir können kein Geld mehr aus England bekommen und können auch nichts mehr von der hiesigen Bank abheben. Du mußt nach Hause zurückgehen, zu deiner Familie. Wir gehen zurück nach England, auf einem Kohlentrimmer. Ich nehme die Kinder, Mr. Unwin wird versuchen, uns später zu folgen. Du mußt heute noch nach Hause fahren, sofort. Warum weinst du?« sagte sie und nun raufte sie sich wirklich die Haare. »Wir werden dich voll ausbezahlen, mit Zinsen, sobald all dies vorüber ist.«

Carmela hatte den Kopf auf die Küchentischplatte gelegt. Schmerzen wie Flügel drückten ihr auf die Schultern, bis ihr Schluchzen sie auseinanderriß.

»Warum weinst du denn?« fragte Mrs. Unwin wieder. »Dir kann doch nichts passieren. Und du wirst dankbar für das Geld sein, wenn Mussolini erst seinen Krieg verloren hat.« Sie tätschelte dem Kind die zerbrechlichen Schultern. »Trotzdem, wie kann er verlieren? Selbst ich sehe nicht, wie. Möglich, daß wir am Ende alle lachen – ach, ich weiß nicht, was ich sage. Carmela, ich bitte dich, erschreck die Kinder nicht.«

Zum letztenmal ging Carmela in das Zimmer, das sie mit einem Gespenst und einem Dämon geteilt hatte. Sie wußte, daß ihre Mutter ihr die Geschichte nie glauben und sie schlagen würde. »Lebt wohl, ihr Kleinen«, sagte sie, obwohl sie es nicht hören konnten. Auf diese Weise verabschiedete sie sich von ihnen, ohne sie zu erschrecken. Sie packte ihre Habseligkeiten und ging in die Küche zurück, weil sie nicht wußte, wohin sie gehen sollte. All das geschah, während Carmela das Mittagessen abräumte. Die Speisekammer war noch nicht abgeschlossen. Sie nahm sich einen Laib Brot, schnitt ihn in drei Stücke und versteckte sie in ihrem Koffer. Viele Jahre später erst kam ihr in den Sinn, daß sie sich statt ihres Lohnes einen Edelstein aus der Lederschatulle hätte nehmen sollen. Nur Angst hätte sie zurückgehalten, wenn es ihr beizeiten eingefallen wäre. Zum letztenmal sah sie hinüber zur Villa der

Marchesa mit den verschlossenen Fensterläden. Schon zweimal war sie ausgeplündert worden. Jedesmal war die Polizei gekommen, hatte sich alles angesehen und war wieder gegangen. Der tiefe Graben des unfertigen Bombenkellers wurde von der ganzen Nachbarschaft als Abladeplatz für unwillkommene neugeborene Kätzchen genutzt. Der Chauffeur strich ein wenig ums Haus herum, selbst so etwas wie ein Kater, und verschwand dann ebenfalls.

Als Mrs. Unwin Carmelas Koffer durchsuchte – Carmela hatte es erwartet, man tat das bei Dienstboten –, fand sie das Brot, sah es verständnislos an und schloß den Deckel. Carmela wartete. Mrs. Unwin küßte sie auf die Stirn und sagte: »Viel Glück. Wir werden es alle nötig haben. Du wirst den Kindern fehlen.«

Nun, da das Schlimmste vorbei war, erschien Mr. Unwin; er würde Carmela bis zur Autobushaltestelle im Nervia-Tal fahren. Den ganzen Weg nach Hause konnte er sie nicht begleiten, weil er nicht genug Benzin hatte und auch wegen all der anderen Dinge, die er bis zum Abend erledigen mußte. Dies war zweifellos der schlimmste Tag im Leben der Unwins.

»Ist es klug, so offen herumzufahren?« fragte seine Frau.

»Du erwartest doch wohl nicht, daß wir uns verstecken oder katzbuckeln? Solange ich frei bin, mache ich von meiner Freiheit Gebrauch.«

»Das hast du mir bereits vor Jahren erklärt«, sagte seine Frau. Diesmal überlegte sich Carmela nicht, was ihr Lächeln bedeutete. Es hatte seine Wichtigkeit verloren.

Mr. Unwin nahm Carmelas Koffer und verstaute ihn im Kofferraum. Sie saß vorne, wo gewöhnlich Mrs. Unwins Platz war. Mr. Unwin erklärte noch einmal, er werde bis zur Straße des Nervia-Tals fahren, wo sie dann mit dem Bus weiterreisen könne. Er erkundigte sich nicht, ob es eine Verbindung nach Castel Vittorio gebe oder, falls es sie gebe, wie oft am Tag. Sie fuhren den Hügel hinunter, den Carmela an jenem ersten Tag zu dem Geschäft im Ort gegangen war. Die meisten der schönen Villen waren verlassen, weshalb sie irgendwie unfertig aussahen. Das Wort der Marchesa fiel ihr wieder ein: »Abscheulich.« Sie fuhren an Dr. Chaffees Klinik vorbei und bogen ab auf die Küstenstraße. Dort war die Haltestelle, an der Carmela jeden Freitag auf den Bus zur Grenze gewartet hatte – jeden Freitag ihres Lebens, so schien es ihr. Dort war auch das Café mit der hellblauen Markise. Nur eine Person, ein Mann, saß heute darunter.

»Hallo«, sagte Mr. Unwin. Er bremste plötzlich und stieg aus. »Essen Sie gern Eis, Padre?« sagte er.

»Ich habe mich zwei Nächte lang mit der Polizei unterhalten«, sagte der Geistliche. »Ich möchte gern gesehen werden.«

»Sie auch, ja?« sagte Mr. Unwin. Er schien vergessen zu haben, wieviel er noch bis abends erledigen mußte und daß er und der Padre jemals über Toleranz oder Hitler oder das Senken der Flagge verschiedener Meinung gewesen waren.

»Steig doch aus, Carmela«, rief er über seine Schulter. »Diese jungen Dinger sind ewig hungrig«, sagte er beiläufig, als habe Carmela ihn ratzekahl gegessen.

»Ich lade Sie ein«, sagte der Padre. Mr. Unwin hatte nichts dagegen. Da saßen sie nun, Polizei hin oder her, Krieg hin oder her. Es war eines der überraschenden Ereignisse, deren sich Carmela später noch entsann. Als man ihr ein Eis brachte und es ihr vorsetzte, wagte sie zuerst nicht, es zu essen. Erstens war es zu schön – Pistazie, Vanille, Mandarine, drei Farben in einer langstieligen Silberschale, die auf einem Spitzendeckchen auf einem Glasteller stand. Dazu bekam Carmela kaltes Wasser in einem hohen, beschlagenen Glas, einen langstieligen, zarten flachen Löffel und noch einen Teller mit drei übereinander liegenden Waffeln. Ihre Tränen hatten sie erschöpft; fast traurig nahm sie den Löffel zur Hand.

»Ich will nicht, daß man behauptet, ich sei davongelaufen«, sagte der Geistliche. »Ich gebe zu, man *möchte* es fast tun. Auf anonyme Briefe war ich nicht gefaßt.« Die mädchenhaften Wangen röteten sich. Es fiel Carmela auf, daß er unrasiert war; sie konnte sich ihn nicht mit Bart vorstellen.

»Anonyme Anzeigen bei der Polizei?« fragte Mr. Unwin. »Auf englisch noch dazu?«

»Zuerst eine. Dann mehr.«

»Auf *englisch*?«

»Gewiß, auf englisch. Sie mußten den Lehrer bemühen, sie zu übersetzen.«

»Nicht einmal meinem schlimmsten Feinde...«, fing Mr. Unwin an.

»Sicherlich nicht, davon bin ich überzeugt. Wenn ich aber Haß erweckt haben sollte, dann war ich erfolglos. Einige der Briefe kamen zu mir. Ich habe sie niemals erwähnt. Und als es dann keine Reaktion gab – ich vermute, es war mal was anderes, es bei der Polizei zu versuchen.«

»Die Briefe, die Sie bekamen – waren sie handgeschrieben?« fragte Mr. Unwin. »Zeigen Sie mir einen. Ich werde ihn nicht lesen.«

»Tut mir leid, ich habe sie vernichtet.«

Carmela sah sich die Häuser an, an denen seit über einem Jahr nicht mehr gebaut wurde – ein Denkmal für Mr. Unwins Befähigung als Kapitalanleger, das begriff sie jetzt; hinter ihnen das Meer, das sie nun nicht mehr ängstigen würde. Sie ließ einen Löffel Pistazieneis im Munde zergehen und schluckte es bedauernd hinunter. »Natürlich kennen Sie die Geschichte«, sagte Mr. Unwin, »und haben den Klatsch mitbekommen.«

»Klatsch höre ich mir nie an«, sagte der Geistliche. Sie hatten füreinander nichts übrig, sie würden einander wohl auch nie wieder begegnen. Carmela spürte das, auch wenn Mr. Unwin es nicht spürte. »Nichts braucht erklärt zu werden. Wichtig ist nur, wie wir alles überstehen. Man hat mir gesagt, ich könne abreisen. Man hat mir *nahegelegt* abzureisen. Zum Henker mit ihnen. Sie können mich getrost internieren oder was immer sie wollen. Ich will nicht, daß sie sich einbilden, wir ließen uns schikanieren.«

Mr. Unwin sprach ruhig; ihre Worte überschnitten sich. Er wollte erklären, auch wenn es jetzt keinen Zweck mehr hatte, ob der Geistliche sich noch darum scherte oder nicht. »... Und als wir schließlich doch heirateten, hatten wir uns so sehr auseinandergelebt, daß sie kaum mehr einen Anspruch hatte. Ich schickte sie zu einem Neurologen, der wissen wollte, ob sie vor mir Angst habe.« Die Altersfalten um seine Augen herum gaben ihm etwas Heimlichtuerisches. Er sah aus wie jemand, der zugleich unparteiisch aber auch hartnäckig war. »Man riet ihr, Kinder zu haben. Das würde ihr guttun, auch gegen ihr Schuldgefühl. Es würde dafür sorgen, daß sie mehr in der Gegenwart lebte.« Dann seien sie hierhergekommen, wo es eine berühmte Klinik und einen ausgezeichneten Arzt gab – den armen Dr. Chaffee. Der war nun weg. Zwischen ihrem zweiten Nervenzusammenbruch und der Geburt der Zwillinge, irgendwann in dieser leeren Zeit, wurde geheiratet. Die anglikanische Kirche ließ es nicht immer zu. Aber der alte Ted Stonehouse war nachsichtig. Jahrelang hätten sie nichts als Ferien gehabt, ein Urlaubsleben, immer in dem puritanischen Glauben, daß sie eines Tages dafür zu zahlen hätten. Und sie hatten bezahlt, versicherte er dem jüngeren Mann, mit einem Blick auf ihre Vergangenheit – eine ruinierte Vergangenheit, ein schrecklicher Unfall. Manchmal könne er die Trümmer auf der Straße verstreut sehen – ein Damenschuh, eine verkohlte Landkarte. Und sie heirateten, bekamen die Zwillinge, und die Ferienzeit war zu Ende. Und sie veränderte sich allmählich, wurde grausam, trank Zeug aus Teetassen. Vernachlässigte die Babys. Hatte vor sich selber Angst. Wußte, daß sie grausam war. Grausam zu ihrem eigenen Großonkel. Besuchte nie sein Grab. Vor nicht allzu langer Zeit war Mr. Unwin dort gewesen, hatte sich die Hände an den Nesseln verbrannt. »Was soll's, ich jäte auch niemals Unkraut auf einem Grab«, sagte der Geistliche.

»Mir geht es genauso.«

»Nun, Padre, wir haben uns alle das Leben ausgesucht«, sagte Mr. Unwin. »Ich habe den Glauben an meines aufgegeben.«

»Hören Sie auf, an Ihr Leben zu glauben«, sagte der jüngere Mann. »Denken Sie an die Sakramente – ob Sie an sie glauben oder nicht. Sie könnten auf Umwegen ankommen. Verstehen Sie?«

»Wo ankommen?« fragte Mr. Unwin. »Was erreichen? Ich

stehe niemals morgens auf, ohne mich aus dem Bett zu zwingen und ohne Tränen in den Augen zu haben. Manchmal mußte ich aufhören mit dem Rasieren, weil ich vor Tränen nicht sehen konnte. Ich habe den Sonnenaufgang durch den Tränenschleier eines Kindes beobachtet, das zum erstenmal in die Schule muß. Wenn ich mir einen Tag im Bett gestattet hätte, würde mich nichts auf der Welt je wieder zum Aufstehen bewogen haben. Meine Kinder nicht, mein Leben nicht, mein Vaterland nicht. Wie ich Carmela beneidete – wenn ich sie bei der Arbeit singen hörte.«

»Und wie steht es um dich, Carmela?« fragte der Geistliche und war scheinbar erleichtert, ihr seine Aufmerksamkeit widmen zu können.

Carmela legte den Löffel hin und sagte ganz einfach: »Ich habe gerade meinen Weg in den Himmel gegessen.«

»Dann habe ich nicht ganz und gar versagt«, entgegnete der Geistliche.

Mr. Unwin lachte, dann putzte er sich die Nase. »Steigen Sie ein in mein Auto, Padre«, sagte er. »Und überlegen Sie es sich genau, ob Sie bleiben wollen. Wenn ich Sie wäre, würde ich mit den anderen diesen Kohlentrimmer nehmen.«

An einer Wegkreuzung, die sie beide für eine Bushaltestelle hielten, verließen sie Carmela. Mr. Unwin holte den Koffer heraus und drückte ihr Geld in die Hand, ohne es nachzuzählen, wie damals im vergangenen August.

»Du wirst den Kindern fehlen«, sagte er, was offenbar Lebewohl bei den Unwins bedeutete.

Sowie das Auto nicht mehr zu sehen war, machte sie sich auf den Weg. Es gab in der Tat einen Autobus, aber der hielt nicht hier, um Fahrgäste aufzunehmen. Jedenfalls würde er erst am späten Nachmittag kommen und auch nicht bis Castel Vittorio fahren. Nach einer halben Stunde befand sie sich in einer ganz anderen Landschaft – abgeschieden, einsam und dicht mit Grün bestanden. Ein Bauer nahm sie auf seinem Gespann mit bis Dolceaqua. Sie fuhren an einem mit Stuck verzierten Hotel vorbei, wo manchmal im August Gäste von der Küste abstiegen, um der Hitze zu entfliehen. Es war mit Brettern zugenagelt wie die Villen, die hinter ihr lagen. Hinter Dolceaqua mußte sie wieder zu Fuß gehen. Die Dörfer im Tal sahen genauso aus wie vor einem Jahr. Sie hatte sie ganz vergessen. Sie wollte den Geschmack der verschiedenen Eissorten nicht verlieren, aber ihr war nur deren Anblick geblieben – das Rosaorange, das Zartgrüne, das Weiße mit Vanilletupfen wie Pfeffer. Sie wechselte ihren Pappkoffer mit seiner Verschnürung von einer Hand in die andere. Er war nicht schwer, aber unbequem; gewiß war er leichter zu tragen als eine der Zwillinge. Manchmal hielt sie inne und hockte sich neben den Koffer in einer Ruhestellung, die sie ebenfalls vergessen hatte und die sie nun ganz natürlich wieder einnahm. Es war ein warmer, klarer Junitag mit hochgetürmten Wolken, die wie Schlagsahne auf einem Glasteller aussahen. Sie sah hinauf durch unsichtbares Glas auf einen phantastischen Turm aus Sahne. Die Palmen der Küste waren Gestrüpp und Weinbergen gewichen, dann Eichen und Buchen und blühenden Edelkastanien. Sie dachte wieder an die zwei Männer und ihr seltsames Gespräch; sie gehörten bereits zur entfernten Vergangenheit. Eine nähere Erinnerung waren das Schulgebäude und Miss Barnes und Mussolini und der König im hölzernen Rahmen. Ein bei Sonnenaufgang weinender Mr. Unwin war von Anfang an nicht glaubhaft gewesen. Er verblaßte als erstes. Seine Tränen starben mit ihm. Der Geistliche errötete wie ein junges Mädchen und wünschte, Mr. Unwin würde aufhören zu reden. Alle beide verschwanden dann hinter Dr. Chaffee, und wie er in seinem dunklen Anzug den Hügel hinaufstolperte. Er hob die Hand. Was sie im Augenblick an Erinnerung behielt, war ein Lächeln, diese eine Geste, der gelassene Segen dieses Mannes.

Aus dem Englischen übertragen von Eva Bornemann

DIE MOSLEMFRAU

In Südfrankreich, in dem Bürozimmer eines Hotels nahe dem Haus, in dem Katherine Mansfield (von der niemand in diesem Hotel jemals etwas gehört hatte) »Die Töchter des verstorbenen Oberst« schrieb, verkündete Netta Ashers Vater, daß sich in Europa nie wieder eine von Menschen angezettelte Katastrophe ereignen würde. Die Toten des letzten Krieges, der zum Scheitern verurteilte Unsinn der russischen Bolschewiken habe endlich den Europäern die Köpfe zurechtgesetzt. Was die Menschen heute wollten, sei, im Leben voranzukommen. Wenn er »Leben« sagte, meinte er dessen kommerziellen Aspekt.

Wer hätte Mr. Asher widersprochen? Netta gewiß nicht. Sie verstand nicht so genau, was er meinte, wie es sein französischer Notar scheinbar tat, aber sie hörte mit Interesse und Achtung zu und beobachtete, wie er Dokumente unterzeichnete, die, das wußte sie, ihr ganzes Leben bestimmten. Er verlängerte den langen Mietvertrag, den ihre Familie für das Hotel Prince Albert and Albion hatte. Damals war Netta elf Jahre alt. Einhundert Jahre, sagte Mr. Asher, sollten sie zumindest für die Blüte ihrer Jahre versorgen, wobei er nur halb scherzte, denn natürlich hielt er seine Nachkommen für unsterblich.

Netta vermutete, sie würde ohne weiteres über hundert Jahre alt werden – jedenfalls noch Jahre danach leben. Sie wußte, daß ihr Vater sie erst mit sechsundzwanzig Jahren verheiratet sehen wollte, und daß sie dann zwei Kinder haben sollte, zuerst einen Jungen. Netta, ihr Vater und der Notar schüttelten sich die Hände zur Bestätigung des Vertrages, und sie bekam ihr erstes Glas Champagner. Das Datum auf der Flasche war 1909, das Jahr ihrer Geburt. Netta erklärte tapfer, der Wein sei köstlich, aber ihr Vater versprach ihr, sie würde später weit bessere Jahrgänge kennenlernen.

Netta entsann sich des Händedrucks, aber wohl nicht der Bedingungen. Als der Mietvertrag noch achtundachtzig Jahre zu laufen hatte, heiratete sie ihren Vetter Jack Ross, der nicht gerade das war, was ihrem Vater vorgeschwebt hatte. Noch würde es das nützliche Kinderpaar geben – Jack konnte Kinder nicht ausstehen. Wie Netta stammte auch er aus einer Hotelierfamilie, wo Kinder als Plage galten. Bis jetzt hatte Netta noch nie einen Hauch von Mütterlichkeit oder irgend etwas dergleichen gezeigt, aber Mr. Asher meinte, Jack würde so etwas wie einen guter Vater abgeben – zumindest einen gütigen. Da sie das Hotel noch zu seinen Lebzeiten übernahm, tröstete sie ihn zumindest in einem Punkt. Für Netta war das Hotel eine Lebensaufgabe; als Mr. Asher im Sterben lag, sagte er: »Sie verhält sich so, wie ich es von ihr erwartet habe.« Das stimmte in bezug auf die Tendenz von Nettas Verhalten, war aber falsch bezüglich des Verlaufs.

Das Hotel der Ashers lag nicht unten an der Seeseite, obwohl man Boote und Meer von den nach Süden gelegenen Zimmern aus sehen konnte.

Auf der gegenüberliegenden Straßenseite befanden sich stattliche Villen, und dahinter und zu beiden Seiten standen gesunde Olivenbäume und ein ausgedehntes Zitronenwäldchen. Das Hotel war tief ockerfarben gestrichen, mit weißen Verzierungen. Es hatte weiße Markisen und grüne Fensterläden und schwarze, eisenvergitterte Balkone, glänzend wie chinesische Lackdosen. Es gab zwei Tennisplätze, einen Teich mit Wasserlilien, einen verglasten Wintergarten, einen symmetrisch angelegten Rosengarten und Bäume, in denen Nachtigallen sangen. Wenn im Sommer die Dämmerung kam, leuchteten *belles-de-nuit* rosa, zitronengelb und weiß, und wenn sie abends gesprengt waren, gaben sie einen Duft von sich, der von Pflanze zu Pflanze anders war und zu den Farbtönen der Blüten zu passen schien. Im Mai waren die Nächte voller Sterne und Leuchtkäfer, vom Rosengarten aus hätte man den Zwillingspuls von Zigaretten auf einem der Balkone sehen können, wo Jack und Netta saßen und ihren letzten Brandy-mit-Soda tranken, ehe sie zu Bett gingen. Die Fensterläden der meisten Zimmer waren dann schon geschlossen, denn kein Reisender hätte auch nur im Traum daran gedacht, außer im Winter in den Süden zu fahren. Deshalb hatten Jack und Netta und ein paar Hotelangestellte das ganze Haus für sich allein. Netta engagierte Handwerker, welche die Räume, die es nötig hatten, frisch strichen – das blaue Spielzimmer und die Bar mit den roten Wänden und den weißen Speisesaal, wo viktorianische Spiegel glänzende Wände reflektierten und wehende Vorhänge und Ansichten der ligurischen Küste aus dem vorigen Jahrhundert, das Werk eines Großonkels Asher. Alles in den oberen und unteren Stockwerken wurde eingeweicht, trockengerieben und poliert, sogar die Bilder wurden mit weichen Tüchern und gewöhnlicher Kernseife abgewaschen. Den Boiler ließ Netta ebenfalls instand setzen, die Wäsche wurde geflickt und neue Monogramme gestickt, die Spiegel neu versilbert und die Fensterläden aus den Angeln gehoben und geschrubbt und fichtennadelgrün gestrichen, um in der Sonne des nächsten Jahres wieder auszubleichen. Unterdessen redete Jack von Dekorateuren und geschulten Gärtnern, schrieb sogar einigen und pfefferte Tennisbälle gegen die große, neue Garagentür. Außerdem las er Bücher, übersetzte zum Spaß Gedichte und übte sich auf der Klarinette. Früher hatte er einmal Musik studiert und glaubte noch immer, daß ein wichtiges Leben, ein Musikerleben, nicht allzu fern vor ihm liege. Eines Sommers und nur, um sich selber zu prüfen, übersetzte er ein paar Seiten von St. John Perse, die für Netta so nichtssagend wie die Garagenwand waren – in jeder Sprache.

Netta genoß jede Minute ihres Lebens, und sie glaubte, auch Jack habe ein gutes Leben; schließlich konnte er fast das halbe Jahr seinen Hobbys nachgehen. Sobald die Gartenanlagen und Zimmer und der Keller und der Dachboden in Ordnung gebracht waren, packten Jack und sie die Koffer und verreisten irgendwohin. Jack plante die Reisen. Nie war er so gut gelaunt, wie wenn er die Baedeker besorgte und ihre viel beklebten Koffer hervorholte. Aber Netta verreiste nicht gerne. Ihr hätte es genügt, jeden Tag ihres Lebens dieselbe Sonne aus demselben Meer von demselben Fenster aus aufgehen zu sehen. Sie liebte Jack, und gleich nach ihm das Hotel. Es war ein Ort, an den früher die Leute reisten, um an der Schwindsucht zu sterben; trotzdem fühlte man keine Spur von Gefahr. Wenn Netta mit ihren Handwerkern durch die mit Tüchern zugedeckten Sommerräume ging, die Grillen zirpen und Jack beginnen, innehalten, wieder irgendeine ihr ganz fremde Musik spielen hörte (fremd, auch wenn ihr Gedächtnis ihr automatisch den Namen des Komponisten gab), fiel ihr ein, daß hier die Toten niemals die Lebenden hatten korrumpieren dürfen; die Toten waren für einen Ausflug angezogen und entfernt worden, sowie sich die erste Totenstarre gelöst hatte. Manche wurden in Rollstühlen hinausgeschoben, sitzend, und wieder andere lagen auf tragbaren Feldbetten, als ob sie sich nur ausruhen.

Deshalb herrscht hier keine triste Atmosphäre, sagte sie immer zu sich selbst. Der Tod ist weggefegt, ausrangiert worden. Wenn in einem Zimmer die Fensterläden geschlossen werden, dann nur zum Schlafen oder für die Liebe. Netta konnte leicht so denken, denn weder sie noch Jack waren jemals krank. Sie wußten nicht, was es heißt, schlaflos zu sein und sie liebten sich jeden Tag ihres Lebens – sie hatten geheiratet, damit sie es konnten.

Früher war der Frühling die Jahreszeit gewesen, in der gestorben wurde. Gebrechliche, die sich durch den dunklen Trost des Winters gekämpft hatten, bekamen es mit der Angst zu tun, wenn die Nacht wich. Sie fühlten sich schutzlos. Darüber wußte Netta Bescheid, und auch über den Unterschied zwischen Dunkelheit und Helle, aber weder die eine noch die andere machte ihr etwas aus. Sie hatte keine Angst vor dem Tod oder den Toten – sie waren nichts als kaltes, schweres Mobiliar. Mit angeborenem Instinkt hätte sie ihnen die Kinnladen hochbinden und die Augen schließen können, genauso wie andere Frauen von Geburt an die Temperatur für Säuglingsmilch zu kennen schienen.

»Es gibt keine Gespenster«, konnte sie sagen und dann das Zimmer betreten, in dem ihre Mutter und dann ihr Vater gestorben waren. »Andernfalls wüßte ich es.«

Netta hielt es für selbstverständlich, daß nun, da sie verheiratet war, Jack genauso über Helle und Dunkelheit, Tod und Liebe empfand wie sie. Sie ähnelten einander in mancher Hinsicht (keine davon körperlich) wie Zwillinge, sprachen beide etwa die gleiche Sprache mit dem gleichen Akzent, erzählten sich die gleichen Witze – meist über andere Leute – hatten fast ihr ganzes Leben, soweit es ihre Familien gestatteten, miteinander verbracht. Andere Männer fand Netta langweilig – langsamer vielleicht und ohne diese gesprochene Kurzschrift, in der sie und Jack sich verständigten. Sie sprach nie darüber. Einmal hatten beide die Vorstellung, daß sie, weil sie ja englisch waren, niemals zuviel sagen sollten. Beide waren sie im Ausland geboren, und deshalb arbeiteten sie hart an einem Engländertum, das auf naive Weise ungenau war und in der Hauptsache in ihren Wertvorstellungen wurzelte. Ein Jahrhundert lang hatten ihre Familien Gastwirtschaften an diesem Küstenstrich betrieben, selbst noch vor der Zeit, als Dr. James Henry Bennet die »Genueser Riviera« entdeckte. In einem der Führer für diese Region ist von einem »Mr. Ross« als einem Hotelbesitzer die Rede, der bereit sei, englische Schecks zu akzeptieren, und ein »Mr. Asher« wird erwähnt als ein zuverlässiger Lieferant englischer Lebensmittel. Die vertrauenswürdigsten Schiffsmakler im Jahre 1860 sind die Gebrüder Montale, die zur anglikanischen Kirche konvertiert und Besitzer eines britischen *laissez-passer* nach Malta und Ägypten sind. Diese Familien, inzwischen verflochten wie Haarzöpfe, waren Verbindungen von Netta und Jack und immer noch im Geschäft, sogar über Marseille und Genua hinaus. Kein Wunder, daß andere Männer Netta langweilten, und daß jeder den anderen für vertraut und einzigartig hielt. Aber natürlich waren sie einander auch unähnlich. Als sie einmal jemand fragte,

»Sind Sie mit dem Dichter Montale verwandt?« antwortete Netta, »Mit wem?« und Jack sagte, »Ich wünschte, wir wären es.«

In der Familie gab es keine Dichter. Außer dem Großonkel, der Landschaften gemalt hatte, war die einzige Person, die etwas Besonderes versuchte, Jack mit seiner Musik gewesen. Ihm gestattete man es, bis zu einem gewissen Punkt zu studieren; sein Vater konnte keine Hotels verwalten – war in der Tat ein Versager und mußte viermal von seinen Vettern mit einer Kaution freigekauft werden, und eine Zeitlang glaubte man, auch Jack würde sich als Niete erweisen. Deshalb sollte die Musik genügen, wenn er schon zu nichts anderem taugte.

Informationen dieser Art über die Bedeutung von Versagen hatte Netta Jahre zuvor gesammelt als sie zum erstenmal ihren kleinen Vetter bemerkte. Jacks Vater und Mutter – kommerzielle Stümper – waren ins Prince Albert and Albion gekommen, um eine Krise zu überstehen. Sie befanden sich irgendwo zwischen drohendem Offenbarungseid und komplettem Ruin, aber man war höflich: Netta machte vor ihrem Onkel und ihrer Tante einen Knicks. Aber sie hatte nur Augen für Jack. Sie konnte noch nicht lesen, aber sie konnte menschliche Haltungen bewerten und einordnen. Sie stellte sich neben ihn und sog an ihrer Unterlippe, die Hände hinter dem Rücken. Zum erstenmal war ihr die Schönheit eines anderen Kindes bewußt geworden. Er war jünger als sie, eingesperrt in eine Art tragbaren Käfig, in dem er sich unablässig bewegte, wie ein Krebs, und an dem Gitter hing, über das er ohne weiteres hätte klettern können. Er war blond wie seine irische Mutter und tief von der Sonne gebräunt. Sein blauer Blick war nicht der eines Babys – dazu war er zu herausfordernd. Bis auf ein kurzes Höschen, das zu groß war und jeden Moment herunterzufallen drohte, war er nackt. Die Sonnenbräune, die Unbekleidetheit waren die Folge davon, daß seine Mutter leichtsinnig und eher sonderbar war. Netta – deren Mutter perfekt war – trug Stiefel, Strümpfe, ein langärmeliges Kleid und eine weißen Sonnenhut. Sie hörte die Erwachsenen lachen und Jack mit einem Boxer vergleichen. Sie ging mit weit aufgerissenen Augen um sein Gefängnis herum, und der blauäugige Boxer starrte zurück.

Die Familie Ross blieb sehr lange, verschickte in dieser Zeit Telegramme und bemühte sich, Geld aufzutreiben. Niemand kümmerte sich groß um Jack. Oft lag er auf einer Marmorstufe der Treppe und beobachtete die Hotelgäste auf ihrem Weg zum Spielzimmer oder in den Speisesaal. Eines Nachts und aus einem Grunde, den Reue innerhalb einer Minute zunichte machen würde, versetzte ihm Netta einen so brutalen Fußtritt (obwohl er ihr eigentlich nicht im Wege war), daß ein Bein lange Zeit gelähmt blieb.

»*Warum* hast du das nur getan?« fragte ihr Vater – dies geschah in dem Zimmer, wo sie bei trocken Brot und Wasser eingesperrt war. Netta hatte darauf keine Antwort. Sie liebte Jack, aber wer würde ihr das jetzt noch abnehmen? Jack lernte laufen, dann rennen und später auch Schifahren und Tennisspielen; aber ihr lebenslanges Geschenk war ein gestörtes Gleichgewicht, ein plötzliches, schiefes Einknicken eines Knies. Inzwischen hatte man Jacks Eltern ein kleines Hotel in Bandol zur Verwaltung übergeben. Mr. Asher, der ihnen einen Bankkredit verschafft hatte, hielt ein Auge darauf. Oft ließ er sich in einem hoteleigenen Wagen nach Bandol chauffieren, mit Netta an seiner Seite. Als dann nach Jahren die Familien herausbekamen, daß sich Cousin und Cousine ineinander verliebt hatten, trennte man sie, ohne viel Aufhebens zu machen. Netta war unabhängig und ließ sich nichts sagen. Außerdem wollte ihr Vater kein Zerwürfnis, seine Frau lebte nicht mehr und er brauchte Netta. Jack, dessen Interesse an Musik bis zu diesem Zeitpunkt nicht ernstgenommen worden war, verfrachtete man mir nichts dir nichts zum Studium nach England. Netta bemerkte, daß er insgeheim bestürzt war. Er wollte fast alles werden, solang es nur unmöglich war, und dann auch lediglich als Gnadenakt. Nettas Vater hielt es für seine Pflicht, Netta klarzumachen, daß die Ehe bestenfalls eine dürre Abmachung sei, unerträglich ohne einen steten Zufluß von goldenen Guineen und frischem Blut. Als Cousin und Cousine konnten Jack und Netta einander nichts bringen außer schalem Geld. Aber nichts konnte sie abhalten. Sie heirateten vier Monate nach Jacks einundzwanzigstem Geburtstag. Bei ihrer Hochzeit hörte Netta, wie jemand sagte: »Sie braucht keinen Ehemann«, was sich vielleicht auf die praktische, sachliche Person bezog, als die sie nun erschien. Sie sah so trocken, so ausgebrannt aus wie jemand, der nach innen lebt. Ihre dunklen Augen glühten aus einem mageren Gesicht. Ihr Körper war der einer Vierzehnjährigen. Jack, groß und blond und mit vierzig vielleicht, wenn er nicht aufpaßte, korpulent, sah so alt aus wie er war, und schien durchaus im heiratsfähigen Alter.

Netta konnte nicht begreifen, weshalb sie, da sie ihn ja so sehr liebte, Jack nicht ähnlicher sah. Schon früher hatte sie sich Gedanken darüber gemacht, wenn sie nicht genau das gleiche im gleichen Augenblick dachten. Während der geheimen Stelldicheins ihrer langen Verlobungszeit war ihr aufgefallen, wie sie, selbst ehe sie sich Aufwiedersehen sagten, so gut wie getrennt waren – sie hatten angefangen, sich zu »entflechten«, wie sie es nannte. Während sie einen letzten Drink, meist in einem Bahnhofsbüfett nahmen, spürte sie, daß Jack woanders war und an das Nächstbeste dachte, nicht an Netta. Das Nächstbeste konnte zwar bloß ein Buch sein, das er zu Ende lesen wollte, aber es reichte, daß sie sich ausgestoßen vorkam. Wiederholt hatte er Netta erklärt: »Ich halte dich nicht fest. Du bist frei«, weil er meinte, es müsse gesagt werden und natürlich auch, weil er selber frei sein wollte. Aber in Nettas Ohren hatte »Freiheit« einen kalten Klang. Will ich das wirklich, fragte sie sich. Ist es das, was er mir bieten sollte? Ihre Abschiede waren oft fast endgültig, und zwar nicht, weil Jack etwas Falsches gesagt oder getan hatte, sondern weil sie zwischen sich jene sexuelle Hochspannung erzeugt hatten, die zu Auseinandersetzungen führt. Keine zehn Minuten, nachdem sie übereingekommen waren, daß niemand auf der Welt das wissen könne, was sie wußten, verfluchte der eine von ihnen – gleich wer – den anderen wegen irgendeiner Kleinigkeit. Und doch waren – und blieben – sie sehr verliebt, und wenn sie getrennt waren, schickte Netta ihm Briefe, die vor Verliebtheit fast verzweifelt waren.

Natürlich beantwortete Jack die Briefe, aber er war vorsichtig. Nettas Ausflüge ins Reich des Gefühls waren Teil ihrer offenbar unbegrenzten Fähigkeit, leidenschaftlich zu sein, was in so krassem Gegensatz zu ihrer Erscheinung stand, die selbst in der Kindheit trocken und zynisch war. Mit Ausnahme der einen oder anderen erotischen Anspielung am Ende (die Netta zuerst las) hätten Jacks Mitteilungen jeder Cousine gelten können, die er besonders gern hatte. Liebe war Erinnerung, und mit Erinnerungen zu spielen war nicht seine Sache; er brauchte Nettas Anwesenheit. Sobald er sie sah, wußte er, was ihm gefehlt hatte. Aber Netta hatte sich inzwischen vergessen gefühlt, und zu jedem neuen Treffen kam sie aggressiv und verletzt und voll der körperlichen Anzeichen ihrer Zweifel und Verletzungen – Fieberblasen, Ausschlag, unregelmäßige Menstruation, rätselhafte Fieberanfälle. Wenn sie mit ihm darüber sprechen wollte, sagte er nur: »Wir werden das doch wohl nicht nochmals durchkauen, oder?« Was Netta anlangte, hatte er sich mit dem herkömmlichen Glauben zufriedengegeben, aber Netta, die einen wilderen, geheimnisvolleren Gott hatte, verlangte minütlich ein Gebet, von nicht enden wollenden Wundern und Offenbarungen ganz zu schweigen.

Als sie dann endlich heirateten, waren beide erleichtert, daß es nun ein Ende hatte mit den Belastungen ewiger Abschiede und gespannter Auseinandersetzungen auf Bahnhöfen. Insgeheim machte jeder den anderen für vergangene Gewalttätigkeiten verantwortlich, und beide glaubten, daß sie sich nun, da sie ganz offen zusammenleben konnten, ohne Einmischung, niemals wieder streiten würden. Netta wollte nicht, daß Jack jener kalten Freiheit nachtrauerte, die er ihr vergebens angeboten hatte. Er sollte seine Freiheit haben und seine Musik und andere Menschen und, ach, alles, was er haben wollte – alles, was ihn davon abhalten könnte, sie freizugeben. Als erstes sorgte Netta dafür, daß sie das beste Zimmer im Hotel bekamen. Bis jetzt hatte sie nie wirklich ein eigenes Zimmer gehabt. Die privaten Appartements der Familie wurden in einer Krise regelmäßig aufgegeben: Alle packten ihre Sachen und zogen aus, wenn Betten benötigt wurden. Sie und Jack waren unordentlich, weil beide in ihrer Kindheit andauernd durch Hotelkorridore gezogen waren, mit Armen voll Gürteln, Regenmänteln, mit Tennisschuhen, die ihnen an zusammengeknüpften Schnürsenkeln über die Schultern hingen, mit Büchern und Pullovern und Bündeln grauen Flanells. Beide hatten sie ihre Schularbeiten in Salonecken machen müssen, wo Tassen und Gläser klirrten, andere Kinder herumtollten und englische Stimmen alles übertönten. Jack, der eine Art Erziehung genossen hatte, entsann sich an seine Internate als Orte, wo man sein festes Bett hatte. Netta wählte für ihre Ehe ein Südzimmer mit einem großen Balkon und einer blendendweißen Markise. Die Möbel waren aus Zitronenholz, die vor langer Zeit von Russen für ihre eigenen Villen an die Riviera gebracht worden waren. Nettas Mutter hatte Chintzbezüge zu dem Zitronenholz ausgesucht; das Resultat war in Nettas Augen nicht bizarr, sondern bezaubernd. Überall hingen Spiegel; wenn an heißen Nachmittagen die Fensterläden geschlossen waren, leuchtete das einfallende Licht grün wie ein Wald an den Wänden und blau wie Meerwasser in den Spiegeln. Etwas Freischwebendes, die Schwerkraft Verneinendes umgab Netta nun. Sie wurde ordentlich, schweigsam, weniger introvertiert und so wachsam und reflektierend wie ihre Schlafzimmerspiegel. Gott sei Dank blieb Jack wie er war; jegliche Veränderung hätte sie beunruhigt, genauso wie eine Veränderung einer oft vorgelesenen Geschichte ein kleines Kind beunruhigt. Sie war leidenschaftlich, ja fast unnatürlich glücklich.

Eines Tages hörte sie zufällig, wie ein englischer Arzt, dessen Frau jeden Nachmittag im Hotel Bridge spielte, eine Bemerkung fallenließ, die sich auf sie, Netta, bezog: Er nannte sie »die kleine Moslemfrau«. Es war liebevoll gemeint, denn der Arzt mochte sie. Sie fragte sich, ob er wohl durch Wände sehen und beobachten könne, wie sie Kleidungsstücke und nasse Frottiertücher vom Boden aufhob, die Jack als Zeichen seiner Anwesenheit verstreut hatte. Der Name sprach sich herum und machte in der klatschsüchtigen, englischen Kolonie die Runde. Netta war der letzte Mensch auf der Welt, der jemand absichtlich belauscht hätte (diese Art Neugier war ihr fremd), aber sie spitzte die Ohren, wenn es um ihre Ehe ging. Für Jack hatte sie eine besondere Antenne, für Nuancen, geheime Absichten, unschuldige Widersprüche. Möglich, daß »Moslemfrau« mehrere Dinge bedeutete, und möglich auch, daß es für jedermann, der Augen im Kopf hatte, klar war, daß Jack, ohne die geringste böse Absicht eine bestimmte Art hatte, mit Frauen umzugehen. Für Netta waren die, die ihn attraktiv fanden, verwirrend in ihrer Vielfalt. Sie hatte sie bereits katalogisiert – elegante ältere Semester mit messerscharfen Zungen, sanfte, kluge junge Mädchen, die das Unerreichbare liebten; der Typ der unberührten Tochter, die, schlau mit ihrer Jungfräulichkeit taktierend, sich fragte, ob Jack Vater genug sein würde, das Opfer zu rechtfertigen. Und dann gab es noch eine andere Sorte – handfest, sonnengebräunt, dunkel gekleidet – die Netta nur in der Sprache der Horoskope beschreiben konnte: Glücksstein – Brillanten. Glücksfarbe Schwarz. Ausdrucksweise schlimm, verglichen mit der Nettas. Ihr fiel auf, daß selbst, wenn Jack eine Frau überhaupt nicht interessierte, er es sich niemals anmerken ließ; er adoptierte jede, die an ihm Gefallen fand. Er nahm – dachte Netta – ein stammesbewußtes, väterliches Gebaren an, das zu einem so jungen Mann nicht recht paßte. Das Komplott der Anziehung interessierte ihn, gleichgültig, was dabei herauskam. Er war wie jemand, der mehrere Romane gleichzeitig las oder wie jemand, der Schach simultan spielt.

Netta wollte nicht, daß ihre Ehe versteinerte. Sie sagte nichts außer: »Nun hör mir mal zu, Jack, ich bin schon länger in diesem Hotelgeschäft als du. Man sollte nicht allzu vertraulich mit den Gästen sein.« Zu Weihnachten schenkten ihm die älteren Frauen Packungen teurer Seife. »Sie meinen wohl, jemand hier sollte sich mal gründlich waschen«, bemerkte Netta. Außerhalb ihres umzäunten Gebiets aus privaten Witzen und ihrer Liebe erstreckte sich eine Landschaft, die zu offen, zu lichtdurchflutet war, um sich ernsthaft darüber zu unterhalten. Und außerdem wann auch? Jack erwachte schnell und früh am Morgen und lächelte so natürlich wie ein Kind. Er wußte, wo er war, welcher Wochentag es war, wie spät es war. Der beste Augenblick des Tages war immer die erste Zigarette. Wenn irgend etwas Unerfreuliches passierte, dann nie vor sechs Uhr abends. Nachts sah er finster drein, was manchmal mit einer finsteren Stimmung einherging. Netta erzählte ihm dann, sie könne ein Kreuzfahrtschiff am schwarzen Horizont schwimmen sehen wie ein Stück der Milchstraße, und dann bekam sie diesen finsteren Blick als Antwort. Aber das dauerte nie an. Sein Gedächtnis war zu kurz, er schmollte nie lange, gleichgültig, welches Bruchstück der Nacht ihm durch den Kopf ging. Sie dagegen wußte, da sie ja ihr ganzes Leben lang andere Paare erlebt hatte, daß zumindest sie und Jack niemals jene ehelichen Geräusche machten, die als Konversation galten und die genausogut Wauwau oder Quackquack hätten sein können.

Wenn es jedoch geschah, daß Jack sich zu einer anderen Frau hingezogen fühlte, wenn die Gezeiten der Anziehung unverhofft in entgegengesetzer Richtung liefen, dann entdeckte er in sich ein großes Bedürfnis, mit seiner Frau zu sprechen. Sie saßen fast die ganze lange Nacht draußen auf ihrem Balkon, und er erzählte ihr von seiner irischen Mutter. Die Exzentrizität seiner Mutter – »Veras Verrücktheit« in bezug auf die Familie – hatte Jack davon abgehalten, irgend etwas ernst zu nehmen. Er hatte gefürchtet, ihre wahnsinnige Aufmerksamkeit auf sich zu lenken. Ungezählte Male hatte sie Tuberkulose und Krebs simuliert und ihren unmittelbar bevorstehenden Tod angekündigt. Ein Telefonanruf aus einem Krankenhaus hatte sie einmal als bei einem Verkehrsunfall umgekommen erklärt. »Es ist ein neues Leben, ein neues Leben«, hatte ihr Ehemann gestammelt, als er den Hörer hinlegte. Damals erschien Jack sein Vater als schön. Frauen sind schön, wenn sie sich verlieben, sagte Jack; manchmal dauere das Strahlen ein paar Stunden, manchmal sogar ein paar Tage.

»Du weißt doch«, sagte Jack, als ob Netta es wisse, »wie das ist, dieser Ausdruck von Staunen im Gesicht eines jungen Mädchens...«

Nun, dasselbe Leuchten hatte Jacks Vater durchflutet, als er dachte, seine Frau sei tot, und es hielt an, bis ein Taxi die verrückte Vera mit der fröhlichen Ankündigung zurückbrachte, daß sie sich diesmal wirklich einen gelungenen Aprilscherz geleistet habe. Nach dem Tod von Jacks Vater wurde sie gewalttätig. »Von ihr wegzukommen war eine Form der Gewalttätigkeit bei mir«, sagte Jack. »Aber es ist mir gelungen.« Deshalb war er so verschwiegen; deshalb war er so unabhängig. Niemals hatte er gewollt, daß eine Frau sein Leben bestimmen konnte.

Netta hörte sich alles ruhig an. Ihr schien, daß er sich seine eigenen Gefühle sozusagen en passant ausdachte. Der Garten duftete kühl nach Jasmin und Mimosen. Sie fragte sich, wer sein neues Mädchen war und ob er wohl aus Versehen ihren Namen fallenlassen würde. Aber er wollte ihr nur beibringen, daß seine Mutter – verrückt, verwöhnt, teuflisch, was auch immer – bei Jack und Netta wohnen müsse, es sei denn, Netta wäre einverstanden, daß sie ihr ein Einkommen gewährten. Ein Einkommen würde ihr erlauben, da zu bleiben, wo sie war – im Moment in einer Rudolf-Steiner-Gemeinde in der Schweiz, wo man sich mittelalterlicher Gartenkunst und dem Goethe-Studium widmete. Die Erziehung, die Nettas Vater ihr gegeben hatte, verhinderte, an eine solche Ausgabe auch nur zu denken. »Du bereust doch nicht, was du mir erzählt hast?« fragte sie. Ihr war klar, daß die neue Situation allein ihre Last sein würde, eine Sträflingskette, vielleicht manchmal ein bösartiger Witz. Jack zögerte kaum, ehe er behauptete, daß er, wenn es um Netta ginge, niemals etwas bereue. Aber was ihn jetzt wirklich bewege, sei seine Mutter.

»In Aufzügen bekommt sie Platzangst«, sagte er. »Sie darf nicht höher wohnen als im zweiten Stock.« Dabei klang er wie ein Mann, der eine legale Konkubine in seinen Haushalt bringen wollte und dabei ängstlich darauf bedacht war, all seinen Frauen gleiche Rechte einzuräumen. »Und ich hoffe auch, daß sie Freunde finden wird«, sagt er, »denn in ihrem Alter ist das nicht so einfach. Ohne Freunde kann man nicht leben.« Damit wollte er vermutlich andeuten, daß er keine hatte. Netta war mit dem Gedanken großgeworden, keine Freunde zu haben: Man kann kein Hotel verwalten und ungezählte persönliche Bindungen haben. Sie erwartete von den Menschen, daß sie höflich und pünktlich waren und meinten, was sie sagten, und das war alles. Jack schloß leicht Freundschaft, aber er erwartete dafür auch beträchtlichen Zeitvertreib.

Trocken bemerkte Netta: »Falls sie Bridge spielt, kann sie mit Mrs. Blackley spielen.« Das war die Ehefrau des Arztes, der zuerst von einer »Moslemfrau« gesprochen hatte. Er war der Gesundheit seiner Frau wegen an die Riviera gekommen; die beiden gehörten zu einer Subkolonie, die hier in ihren Wohnungen im Exil lebten. Seine Praxis beschränkte sich auf Hypochonder und Rheumapatienten. Er hatte viel freie Zeit. Netta sah ihn oft, wie er im Leseraum des Hotels stand und Bücher durchblätterte – er beschäftigte sich gern mit Büchern. Netta, die nicht las, mochte kein Buch anfassen, es sei denn, es war neu. Der Arzt hatte eine Spracheigenheit, die Jack gerne parodierte. Er trennte Worte mit einer zusätzlichen Silbe ab, nur manche allerdings und auch nicht jedesmal. »Es geht hier um den Sti-hil«, sagte er für »Stil« oder – dies war Jacks Lieblingswort: »Nun ja, am Ende dreht sich alles nur um Se-hex.« »E-ebbe und Flu-ut der Hormone«, so beschrieb er einmal das Verhalten der Heiligen – dabei hatte Netta ihn zweimal angesehen. Er war ein überzeugter Agnostiker und der erste Mensch, von dem Netta erfuhr, daß ein magischer Dr. Freud existierte. Als Nettas Vater an Lungenentzündung starb, hatten des Arztes Worte, »Netta, es tut mir so lei-eid« so von Herzen geklungen, daß sie sie nicht anders hätte gesagt haben wollen.

Georgina, seine Frau, konnte willentlich ihren Blutdruck senken oder ihren Herzschlag fast aufhören lassen. Manchmal fragte sich Netta, weshalb Dr. Blackley sie in ein mildes Klima gebracht habe statt zu dem Mann in Wien, den er so bewunderte. Georgina ging es so gut, daß sie aggressiv Bridge spielen konnte – mit Jack oder wem immer, der gut genug war. In der Regel kam ihr Mann und holte sie am Nachmittag ab, wenn die Bridgespieler eine Teepause einlegten. Als er einmal sofort zu einem Patienten zurück mußte, der ihn brauchte, sagte sie: »Kannst du denn überhaupt nichts richtig machen?« Netta meinte damals, sie verstehe endlich sein resigniertes Wiederholen von »Es dreht sich alles um Se-hex«. »Ach, bloß keine Erklärungen. Du langweilst mich«, sagte seine Frau und wandte ihm den Rücken zu.

Netta ging mit ihm hinaus zu seinem Wagen. Sie trug einen indischen Schal, der ihrer Mutter gehört hatte. Der Wind zerzauste ihr Haar, sie mußte es zurückhalten. Sie sagte: »Weshalb bringen Sie sie nicht um?«

»Weil ich kein verzweifelter Mensch bin«, antwortete er. Er sah Netta ins Gesicht, sie blickte zu ihm auf, denn sie mußte fast zu jedem aufsehen außer zu Kindern, und dann sagte er: »Ich frage mich, weshalb wir nicht miteinander geschlafen haben.«

»Wer?« sagte Netta. »Sie und Ihre Frau? Ach so, Sie meinen mich.« Sie war nicht gekränkt, sie rückte nur brüsk ihren Schal zurecht und sagte: »Aussichtslos. Niemals mit einem Gast«, obwohl das natürlich nicht der Grund war.

»Sie müßten es vielleicht doch, wenn der Gast zum Beispiel ein Maharadscha wäre«, sagte er, um alles harmlos erscheinen zu lassen. »Man sagt mir, es sei Tei-eil der Höflichkeit, die sie erwarten.«

»Die steigen nicht bei uns ab«, sagte Netta. Dies hatte ihr den Doktor nicht etwa weniger sympathisch gemacht. Sie hatte, seiner Frau wegen, eher Mitleid mit ihm, und auch, weil er nicht Jack war und Netta nicht haben konnte.

»Ich liebe Sie wirklich«, sagte der Arzt und setzte sich endlich in seinen Wagen. »Ungeheu-euerlich.« Sie sah ihm nach, als er wegfuhr, als ob auch sie ihn liebte und ihn vielleicht nie mehr wiedersehen würde. Es kam ihr nie in den Sinn, irgend etwas von diesem Gespräch Jack gegenüber zu erwähnen.

Aber in eben diesem Frühling, vielleicht, weil der Arzt es erwähnt hatte, kamen sie tatsächlich ins Maharadscha-Geschäft – drei kleine Schwestern mit ebenholzschwarzen Lokken, männlichen Brauen, großen Köpfen und zierlichen Händen und Füßen. Sie hatten vier Zimmer, eins für die Gouvernante. Ein Chauffeur, der zu jeder Zeit bereit sein mußte, wohnte woanders. Die Gouvernante, eine Niederländerin, hatte ein vollkommenes Dreieck von einer Nase, sagte »wem« statt »wen« und sprach es »wehm« aus. Die Mädchen sollten Französisch, Tennis und Schwimmen lernen. Der Chauffeur kam mit einer Friseuse, die ihnen ihr langes Haar abschnitt; es lag auf dem Teppich der Gouvernante und hätte genügt, ein großes Kissen zu stopfen. Ihre Zehen- und Fingernägel wurden spitz gefeilt und sahen aus wie die Zähne junger Katzen. Lächelnd kamen die drei die Marmortreppe herunter, in den Händen neue Tennisschläger, in blauen Leinenröcken und dunkelblauen Blazerjacken. Als sie am Spielzimmer vorbeigingen, sah Mrs. Blackley von ihrem Bridgespiel auf. Sie war es, die sich dagegen aussprach, daß die drei ihre Tennisstunden im englischen Tennis-Club bekamen, und zwar aus Gründen, die für sie durchaus ersichtlich waren.

Laut sagte sie: »Sie müssen Weiß tragen.«

»Und warum bitte seehr?« rief die Gouvernante mit der spitzen Dreiecksnase. »Sie können nur in Weiß auf die Plätze. Es ist ein privater Club. Ganz weiß.«

»Und wehm, glauben Sie, daß Sie sind?« fragte die Gouvernante und wollte weiterstolzieren. Aber die Mädchen mit ihren frisch geschorenen Köpfen und den verletzlichen, entblößten Nacken hatten gespürt, woher der Wind wehte, und weigerten sich zu gehen.

»Wehm, in der Tat«, sagte Georgina Blackley, fummelte an ihrem Blatt herum und sah glücklich aus.

»Die Schneiderin meiner Frau könnte ihnen im Handumdrehen weiße Tenniskleider nähen«, sagte Jack. Vielleicht konnte er Kinder doch ein wenig leiden.

»Wehm könnte das«, murmelte Georgina.

Aber es erwies sich, daß es der Gouvernante nicht gestattet war, ihre Kleider auszusuchen; also erteilte Jack den Kindern Tennisstunden im Hotel. Sechs Wochen lang trotteten sie auf den Plätzen herum, sahen engelhaft in Blau oder hoffnungslos ausländisch aus, je nachdem, wer sie sah. Natürlich verliebten sie sich in Jack und schenkten ihm leidenschaftliche Loyalität, die sie nirgendwo anders loswerden konnten. Netta beobachtete die Übergabe dieses sanften, besorgten Geschenks. Nachdem sie abgereist waren, war Jack einige Abende lang schlechter Laune und sprach danach nie wieder von ihnen; sie mußten selbstverständlich weinend von ihm losgerissen werden.

Als das geschah, waren die Rosses beinahe fünf Jahre verheiratet. Da sie kinderlos waren, fiel es ihnen nicht leicht zu entscheiden, wer von ihnen das Kind sein sollte. Netta hatte einmal aufgeschnappt »Er ist ein Schatz, aber sie hat die Hosen an, glauben Sie mir. Und außerdem ist sie so *kleinlich*.« Sie bekam aber auch mit, wie jemand sagte: »Er ist ein faules Miststück. Er tyrannisiert sie. Sie ist eine Närrin.« Sie ging in sich in der Frage der Kinder. Von wem war das erste Nein gekommen, von Jack oder von Netta? Das einzige Kind, das sie je bewundert hatte, war Jack, und zwar nicht als Kind, sondern als ein Kämpfer, der ihr die Stirn bot. Sie und Jack gehörten nicht zu der Sorte, die Kinder wie Tiere produzierten, und Jacks verrückte Mutter würde wahrscheinlich sehr bald kindisch genug sein, um von ihnen betreut werden zu müssen. Jack hatte immer noch den Wunsch, so stammesmäßig wie er dachte, die Hälfte der Frauen, die sich in ihn verliebten, zu adoptieren. Die einzige Frau, die sich einer Adoption widersetzte, war Netta – immer noch ausgebrannt, immer noch brennend und – wenn man so will – immer noch vierzehn Jahre alt. Seine Mutter war inzwischen angekommen, war aus einem Zug gestiegen mit einem schlauen, ihren eigenen Scherzen geltenden Gesichtsausdruck – so mußte sie schon damals ausgesehen haben, an jenem 1. April. Anfangs war sie keine große Belastung, obwohl sie über ein entzündetes Bein klagte. Nach jahrelangen Täuschungsmanövern hatte sie endlich wirklich etwas. Nettas Taktik des Schweigens gab Jacks Mutter Selbstvertrauen. Sie fing an, sich über seine Musik lustig zu machen. »Das ganze Geld, und wofür, bitte?« Oder »Was wir für Unsummen auf seine Erziehung verschwendet haben! Die vielen Stunden, die er mit der Nase in einem Buch vergeudet hat. Immer dieses Schmökern – wenn es ihn wenigstens irgendwohin gebracht hätte.« Netta bemerkte, daß er nun mehr Zeit beim Bridge oder mit seinen Kumpanen in der Bar verbrachte. Sie dachte lange darüber nach und entscheid, daß es sie nichts anginge. Seine Mutter hatte früher gut ausgesehen; vielleicht sah er sie immer noch so. Sie stammte aus einer heruntergekommenen Familie, hatte aber eine Vergangenheit und sprach von den Ashers und Rosses, als ob sie sie gekannt hätte, als diese noch wandernde Kesselflicker waren. Englische Gäste, die bei Jack und Netta eine zwar fast unmerkliche, aber feste Grenze zogen, kannten, wenn es um seine verrückte Mutter ging, keine standesmäßige Zurückhaltung: Sie nahmen sie beim Wort, wenn sie über sich sprach. Sie begann, sich wie eine Art vornehmer Gast zu verhalten und lud viele Leute zu sich an den Tisch, wo sie dann zu unmöglichen Zeiten spezielle Weine und Gerichte bestellte und ihren Freunden an der Bar endlose Runden spendierte.

Netta sagte sich: Jack will es eben so haben. Es ist ja auch sein Zuhause. Sie fing an, ihr eigenes Leben zu führen und überließ Jack seine Mutter. Mit dem Schal ihrer Mutter über den Schultern hockte sie über einer neuen, modernen Rechenmaschine und stanzte Konten aus. Nun sagten die Leute: »Seltsames Paar.« Sie runzelte die Stirn und lächelte insgeheim; keiner dieser Leute wußte, was sie zusammenhielt oder wie eng sie aneinander gebunden waren. Sie hatte es sich zur Gewohnheit gemacht, sich bei den Partys ihrer Schwiegermutter zu entschuldigen. »Ich habe leider noch so viel zu tun.« Dann lachten sie immer, denn sie glaubten, es sei Nettas Umschreibung dafür, ihr Personal zu schikanieren. Sie glaubten, daß die Bediensteten die Arbeit taten und Netta die Profite einstrich und zu beschäftigt sei, um ein Auge auf Jack zu haben – der nun, inzwischen sechsundzwanzig, so attraktiv war, wie er nie wieder sein würde.

Eine Frau namens Iris Cordier war eine der neuen Freundinnen von Jacks Mutter. Hochgewachsen, laut, im Winter matt, bleich, erinnerte sie Netta an einen blonden Pinguin. Ihre

Stimme, die sich zwischen einem Piepsen und einem Muhen bewegte, war typisch für die distinguierte, literarische Familie, aus der ihr Vater stammte. Ihre Mutter, eine Französin, war jahrelang immer wieder in Kliniken gewesen. Die Cordiers machten die Riviera unsicher; Iris kümmerte sich um ihre Eltern und deren Diät. Jetzt bewohnte sie ein Appartement irgendwo in Roquebrune mit dem überlebenden Elternteil – der Mutter, wie Netta glaubte. Iris hielt inne und warf einen Blick in das Bürozimmer, in dem Mr. Asher einst den hundert Jahre währenden Mietvertrag unterzeichnet hatte. Sie war unterwegs zum Mittagessen – natürlich als Gast von Jacks Mutter.

»Nanu, sind Sie nicht Miss Asher?«

»Ich war es.« Iris war, wie Dr. Blackley, vermutlich jünger, als sie aussah. Aus ihrer eigenen Kindheit erinnerte sich Netta an eine verzweifelte, heranwachsende Iris mit zu alten Eltern, die wie Handschellen ihr Leben festhielten. »Wie geht es Ihrer Mutter?« Netta hätte fast gesagt: »Wie geht es Mrs. Cordier?« aber das klang unterwürfig.

»Ich wußte nicht, daß Sie sie kannten.«

»Ich entsinne mich aber genau an sie. Auch an Ihren Vater. Er war ein netter Mensch.«

»Und ist es noch immer«, sagte Iris pikiert. »Er wohnt mit mir zusammen und wird es auch immer tun. Französische Töchter lassen ihre Eltern nicht im Stich.« Nichts hatte in Nettas Ohren jemals englischer geklungen. »Und Ihre Eltern?«

»Sind beide verstorben. Ich bin mit Jack Ross verheiratet.«

»Das hat mir ja niemand erzählt«, sagte Iris, und zwar auf eine Weise, die Netta zu denken gab – um Gottes willen, auch Iris? Was sie betraf, hätte Jack niemals als eine väterliche Gestalt erscheinen können; aber möglicherweise war es diesmal umgekehrt, und Iris hatte die mütterliche, stammesbewußte Rolle übernommen. Der Gedanke, daß Jack oder irgendein Mann sich an diesen eisernen Busen hätte werfen können, ließ Netta lächeln. Als ob sie verblüfft sei, bedeckte Iris ihren Mund. Es schien, als habe sie Angst zurückzulächeln.

Was soll's, na wenn schon, dann ist es eben auch Iris, dachte

Netta und wandte sich unvermittelt wieder ihren Konten zu. Der Zufall aber wollte es, daß Netta im Irrtum war (sie hätte sich nie bei einer Rechnung geirrt). An jenem Tag begegnete Jack Iris zum erstenmal.

Das Endergebnis dieser Irrtümer und Begegnungen war eine Einladung nach Roquebrune, um Iris' Vater zu besuchen. Jacks Mutter wurde unbarmherzig ausgeschlossen, obwohl Iris ihr wahrscheinlich wegen des Mittagessens eine Einladung schuldete. Netta vermutete, daß Iris zu der Überzeugung gekommen war, man müsse an Netta vorbei, um zu Jack zu kommen – ein Denkfehler, wie er im Buche steht. Vielleicht war es auch Netta, was Iris haben wollte. In diesem Falle wurde der Irrtum zur Farce. Netta hatte so gut wie niemals Privathäuser von innen gesehen. Sie sah sich um, es interessierte sie nicht sehr, denn sie verließ ihr eigenes Haus nur sehr ungern. Dann sah sie Iris' Vater, der offenbar zu alt und gebrechlich war, um sich von seinem Lehnstuhl zu erheben. Er lächelte und nickte und streichelte dabei eine betagte Katze. Er sagte zu Netta: »Sie ähneln Ihrer Mutter. Eine liebenswerte Frau. Gefällig und ruhig. Ich habe immer zu ihr gesagt, daß ich mich danach sehnte, in ihrem Hotel zu wohnen und versorgt zu werden.«

Nicht von mir, dachte Netta.

Iris' Bernsteinarmbänder klirrten, während sie jeden durch die Vorstellungsprozedur zerrte und schubste. Jack und Netta waren eingeladen worden, einen jungen Amerikaner, den Netta häufig an ihrer eigenen Bar hatte sitzen sehen, kennenzulernen und ein Paar namens Sandy und Sandra Braunsweg, die sich als Englisch-Schweizer und Zwillinge erwiesen. Iris' lange Arme hielten sie umschlungen, während sie Netta zurief: »Kennen Sie denn diese Babys nicht?« Sie waren, wie die Rosses, Mitte zwanzig. Jack schaute zu, blauäugig, interessiert, alles Neue anlächelnd. Netta vermutete, sie würde nun einen Eindruck von den Knapp-bei-Kasse-Snobs bekommen – Snobs weswegen? »Intelli-um-genzija«, wie Dr. Blackley vielleicht gesagt hätte. Da sie nun ein Wort gefunden hatte, war Netta bereit, wieder nach Hause zu gehen, aber sie waren ja gerade erst angekommen. Der Amerikaner wandte sich Netta zu. Er sah angeödet aus, erstaunt darüber. Er sucht den Ausdruck für »angeödet«, stellte sie fest. Dann kann er auch nach Hause gehen. Die Riviera war kein Ort für Amerikaner. Sie konnten nicht den ganzen Tag lang auf Post und die Tageszeitungen warten und darauf, daß die Uhr ihnen sagte, wann es an der Zeit war, etwas zu trinken. Sie machten das Beste daraus, wenn sie sich mit einem Haus belastet sahen, das sie, ohne es vorher gesehen zu haben, unbesonnen gemietet hatten. Netta hatte sie häufig als Pensionsgäste zu den Mahlzeiten: Ein Hotelspeisesaal war ein Ort, wo man Leute traf. Sie bezahlten eine Gebühr für die Benutzung der Tennisplätze, und sie mochten die Bar. Netta bemerkte dann immer, wie Jack jeden Akzent in Hörweite annahm.

Jack bemühte sich jetzt um den alten Herrn, Iris' Vater. Obwohl es Mr. Cordier nichts anging, sagte er: »Meine Frau und ich sind Cousin und Cousine und auch zweimal Cousin und Cousine zweiten Grades.«

»Das sieht man Ihnen aber nicht an.«

Plötzlich redeten alle gleichzeitig, und es dauerte einen Augenblick, bis Netta wieder Jacks Stimme hörte. Diesmal sagte er: »Wir kommen aus einer Familie großer . . .« Es ging unter. Was nun? Großer Gastwirte? Selbstquäler? Geizhälse? Was auch immer es war, der alte Mr. Cordier nickte weiter mit dem Kopf, zum Zeichen, daß er es guthieß.

»Junge Männer wie Sie kommen leider viel zu selten zu uns«, sagte er.

»Wie wahr!« rief Iris. »Hier unten leben wir in einer trübseligen Welt kranker Frauen.«

Netta empfand dies als gefühllos gegenüber dem Amerikaner, Mr. Cordier und dem männlichen Braunsweg-Zwilling, aber keiner von ihnen sah gekränkt aus. »Für Frauen habe ich nichts übrig«, sagte Iris. Sie setzte ihr Whiskyglas so abrupt hin, daß es überschwappte und klopfte mit den Knöcheln auf den Tisch. »Und soll ich Ihnen sagen, warum? Weil Frauen einfach nicht rund laufen. Sie laufen einfach nicht rund.« Niemand bezweifelte dies. Iris sprach weiter. Frauen seien schlecht informiert. Virile Konversationen könne es nur mit Männern geben. Frauen waren durch Angst mit der Vergangenheit verbunden, wogegen Männer ein angstfreies Geschichtsbewußtsein hätten. »Männer laufen rund«, sagte sie und starrte Jack an.

»Ich hänge nicht an der Vergangenheit«, sagte Netta bedächtig. »Der Vergangenheit kann ich nichts abgewinnen.« Sie war nicht an eine allgemeine Unterhaltung gewöhnt. Sie glaubte, jedes Wort verlange ein Abwägen und eine Entgegnung. »Nichts war schlimmer als die frühere Art, Kinder anzuziehen. Und unsere Mütter erst – diese ondulierten Haare, die weißen Lippen. Ich denke an diese bleichen Profile und frage mich, ob diese Frauen jemals jung waren.«

Arme Netta, die sich doch so durch und durch englisch vorkam, sie verbreitete Konsternierung, weil sie plötzlich ausländisch geschwätzig wurde. Sie sprach das Englisch ständig im Ausland lebender Kinder, als ob sie laut lese. Die Zwillinge sahen schockiert aus. Aber sie hatte den Amerikaner angesprochen. Er saß neben ihr auf einem abgewetzten Samtsofa. Er war so groß, daß sie, wenn er sich setzte, ein paar Zentimeter in seine Richtung rutschte. Er war Sandra Braunswegs spezieller Freund: Sie waren zusammen in London gewesen. Er versuchte sich im Schreiben.

»Was meinen Sie?« fragte Netta. »Was wollen Sie schreiben?«

»Ach wissen Sie – zuerst mal einen Roman«, sagte er. Sein Vater hatte ihn ein Jahr lang finanziell unterstützt, und dann noch eins. Er erwähnte, was Sandra alles hatte ertragen müssen und wie sie ihn tatsächlich getreten und geknufft habe, wenn er zu amerikanisch wirkte. In London hätte sie in den Boden sinken können, als er eine Kellnerin fragte: »Fräulein, wo ist hier die Toilette?«

Netta sagte: »Und es machte Ihnen nichts aus, wenn man Sie korrigierte?«

»O nein. Es war freundschaftlich gemeint.«

Inzwischen hörte Jack Sandra zu, die ihm von ihren englischen Ahnen und ihrer englischen Erziehung erzählte. »Ich hatte viele Jahre eine unleugbar ausgezeichnete Schulerziehung«, sagte sie. »Mitten Todd.«

»Was ist das?« fragte Jack.

»In der Nähe von Bristol. Ich habe dort ausgezeichnete Mädchen aus Italien, aus Spanien kennengelernt. Ich habe *ihn* zu Besuch dorthin mitgenommen«, sagte sie und schloß großzügig den Amerikaner in die Unterhaltung ein. »Ich sagte: ›Besorg dir eine gelbe Krawatte.‹ Und er ging sofort und kaufte sich eine. Ich trug ein Schiaparelli-Kostüm. Zwar in Genf besorgt, aber doch echt ... Eine gelbe Jacke zu einem grauen Rock. Und dann kamen wir zu meiner ausgezeichneten Schule, und obwohl es nieselte, sagte ich: ›Nimm das Wagenverdeck herunter.‹ Er tat es sofort und dann begriff er es. Das Wageninnere paßte vollkommen zu dem Gelb und Grau.« Die Zwillinge waren Waisen. Iris war wie eine Mutter.

»Als Mama starb, wußten wir nicht wohin mit all dem Chippendale«, sagte Sandra. »Iris nahm uns viel davon ab.«

Netta dachte, sie ist zu albern. Wie kann er darauf eingehen? Die Grübchen und Sommerprossen und die weichen kleinen Hände des Mädchens waren nichts, das Netta jemals hätte beschreiben können: Niemals in ihrem Leben hatte sie an ein Wort wie »hübsch« nur gedacht. Die Leute waren entweder schön oder sie waren es nicht. Ihre Glückseligkeit war stets groß genug gewesen, Raum für Verzweiflung zu lassen. Sie wußte, manche Menschen dachten, Jack sei glücklich und sie sei es nicht.

»Und was veranlaßte Sie, Ihren jungen Cousin zu heiraten?« dröhnte der alte Herr. Mag sein, daß seine Herkunft ihm gestattete, impertinente Fragen zu stellen; wahrscheinlich hatte er es immer schon getan. Er streichelte seine Katze; er war selbstsicher. Er war der Sprecher für einen Raum voller verwunderter Menschen.

»Jack war ein launisches Kind, und ich versprach seiner Mutter, mich um ihn zu kümmern«, sagte Netta. Auf ihre hoffnungslos unenglische Art glaubte sie, sie habe etwas Komisches gesagt.

Um elf Uhr war das Hotelauto, das die Rosses abholen sollte, nirgendwo zu sehen. Sie schleppten sich mühsam bei Mondlicht nach Hause. Während der letzten Stunde des abends war Jack von virilen Gesprächen aufgespießt worden, zuerst mit Iris, dann mit Sandra, der Netta bereits den Spitznamen »Chippendale« verpaßt hatte. Es erwies sich, daß Iris recht hatte, sich auf Männer und ihren »Rundlauf« zu konzentrieren – Jack hielt Sandra sogar für recht hübsch.

»Hübscher als ich?« fragte Netta, ohne auch nur die geringste Vorstellung zu haben, was sie meinte, aber in dem Wissen, daß sie etwas Dummes gesagt hatte.

»Nicht so attraktiv«, entgegnete Jack. Direkt aus seiner Kindheit kam sein leichtes Hinken zurück. *Sie* hatte seinen Unfall verursacht.

»Aber sie drückt sich nicht immer klar aus«, sagte Netta. »Mitten Todd zum Beispiel.«

»Von wem sprichst du eigentlich?«

»Und *du*?«

»Von Iris natürlich.«

Als hätten sie sich auf einmal gestritten, schwiegen sie nun. Schweigend gingen sie in ihr Zimmer und machten sich zum Schlafen fertig. Jack goß sich einen Whisky ein, trat auf die am Boden liegenden Kleidungsstücke und trug sein Glas ins Badezimmer. Durch die halboffene Tür rief er unvermittelt: »Weshalb hast du bloß diese idiotische Bemerkung gemacht, du hättest versprochen, dich um mich zu kümmern?«

»Es schien so unwahrscheinlich, ich dachte, sie würden lachen.« Sie sah sich im Spiegel seine hingeworfenen Kleider aufheben.

Er sagte: »Stimmt es?«

Sie schwieg darauf so lange, daß er herüberkam, um sich zu vergewissern, daß sie noch im Zimmer war. Sie sagte: »Nein, deine Mutter hat das oder so etwas Ähnliches nie gesagt.«

»Wir hätten nicht nach Roquebrune gehen sollen«, sagte Jack. »Ich fürchte, diese verdammten Leute werden uns lästig werden. Iris will, daß ihr Vater mit der Katze bei uns wohnt, während sie einen Monat nach England fährt. Wie kommen wir da heraus?«

»Indem wir nein sagen.«

»Das kann ich aber so schlecht.«

»Wie oft habe ich dir schon gesagt, dich nicht mit Frauen anzufreunden«, sagte sie und meinte es wieder scherzhaft, aber Scherze waren für sie Ersatz für Tränenausbrüche.

Ehe dies heilen konnte, zog Iris' Vater ein; die Katze brachte er in einem Korb mit. Er besah sich sein Zimmer und sagte: »Mittelgroß.« Er besah sich sein Bett und sagte: »Angemessen lang.« Er hatte, kurz gesagt, einen Tick für Maße. Wenn er zum Beispiel Bücher aus dem Lesezimmer nahm, schrieb er manchmal auf die Innenseite des Buchumschlages: »Dieser Band enthält etwa 70 000 Worte.«

Netta hatte Iris' Vater nicht haben wollen, aber Jack hatte ja gesagt. Sie wollte die kranke Katze nicht haben, aber dazu hatte Jack ebenfalls ja gesagt. Der alte Herr, der ohne Iris verloren war, lebte auf seine Mahlzeiten hin. So erschien er eine Stunde zu früh vor den verschlossenen Türen des Speisesaals und wartete, bis die Speisekarte getippt und aufgehängt war. Mit einer Stimme, die der von Iris in bezug auf Lautstärke gleichkam, las er, allein, laut vor: »Consommé. Du liebe Güte, schon wieder? Und gibt es eine Wahl zwischen Fisch und Kotelett? Ich kann unmöglich soviel essen. Ein kleiner Salat, ein weichgekochtes Ei. Das ist alles, was ich gern hätte.« Das war natürlich Unsinn, weil Mr. Cordier das Menü und mehr aß, und wenn es zwei Sorten Pudding oder einen Pudding und Eiscreme gab, aß er beides und bestellte Gebäck, Obst und Käse zum Nachtisch. Eines Tages, als Dr. Blackley ihn wegen eines Schwächeanfalls behandelt hatte, ließ Netta Iris eine Nachricht zukommen; Iris war schon zwei Wochen wieder zu Hause, schien es aber nicht eilig zu haben, ihren Vater wieder zu sich zu nehmen.

»Keith Blackley meint, Ihr Vater sollte eine Diät halten.«

»Das darf er nicht«, war Iris' Antwort. »Unser anderer Arzt meint, Diät verursache Krebs.«

»Das haben Sie sicher falsch verstanden«, sagte Netta.

»Es ist wie mit diesen dummen Leuten, die rauchen, um schlank zu bleiben«, sagte Iris. »Diät halten.«

»Blackley hat nicht gesagt, er solle rauchen, nur, daß er weniger von allem essen sollte.«

»Mein Vater hat noch nie in seinem Leben geraucht«, rief Iris. »Und was seine Diät betrifft, so habe ich sein Essen seit Jahren genau abgewogen. Er wird nicht ewig hier sein. Sobald er genug von Hotels hat, nehme ich ihn wieder zu mir.«

Er blieb eine lange Zeit, und die Katze blieb auch, und dem Personal fielen beide zur Last. Als die Katze zu krank war, um laufen zu können, trug sie der alte Herr auf einen Weg hinter den Tennisplätzen und legte sie zum Sterben auf den Kies. Netta kam mit seinem Tee auf einem Tablett zu ihm hinaus (das tat sie nicht für jeden, aber es war schon eine Wohltat, ihn aus dem Weg zu haben), und dort sah sie die Katze, die auf der Seite lag, die Augen weit geöffnet, wie tief in Gedanken. Sie sah unabgeleckten Schmutz in ihrem Fell und Ameisen, die ihre Pfoten untersuchten. Der alte Herr mit seinem Panamahut in einem Gartenstuhl, die Hände über einem Stock gefaltet. »Ach, Netta, bitte nehmen Sie sie fort. Ich bin zu alt, um irgend etwas sterben zu sehen. Ich weiß, was sie tun wird«, sagte er gleichgültig und senkte die Stimme, als Netta näher kam. »Ich weiß es. Sie wird sich auf den Rücken legen und einen Schrei ausstoßen. Ich habe ihn oft gehört.«

Netta stellte ihr Tablett auf einen Gartentisch und zog die Tablettdecke unter die Katze. Die Eile und Obszönität der Ameisen machte sie wütend. »Es gehört sich nicht, sie zu stören«, sagte sie. »Sie möchte nicht beobachtet werden.«

»Ich sitze immer hier«, sagte der alte Herr.

Jack, der gerade mit Chippendale zu den Tennisplätzen kam, machte den Eindruck, als amüsiere es ihn, daß die beiden sich unterhielten. Dann begriff er, nahm Katze und Tablettdecke hoch und ging fort mit der Katze über der Schulter. Er legte sie in den Schatten eines Judasbaumes, und innerhalb einer Stunde war sie tot. Iris' Vater sagte: »Ich habe niemand hier, mit dem ich reden kann. Das ist mein Problem.

Das Leichentuch war zu klein für meine arme Polly. Meine Tochter soll mich holen.«

Am selben Abend sagte Jacks Mutter: »Ich bin sicher, ihr hättet nichts dagegen, wenn ich auch eine aufopfernde Tochter hätte, die mich abholen würde.« Weil der Katze so viel Aufmerksamkeit zuteil wurde, war sie der Auffassung, sie wäre nicht lästig genug gewesen. Sie hatte sich angewöhnt zu sagen: »Mein Bein stirbt ab, ehe ich sterbe« und Jack anzuflehen, ihr Bein aufzubewahren, sollte es amputiert werden, und es mit ihr zusammen zu beerdigen. Jetzt wollte sie Jack fast dauernd neben sich haben, damit sie sich auf ihn stützen konnte. Nachdem sie stundenlang am Bridgetisch gesessen hatte, fiel es ihr schwer, zwei Treppen zu steigen; nichts konnte sie dazu bewegen, den Aufzug zu benutzen.

»Aus deiner Musik ist nie etwas geworden«, sagte sie oft und lehnte sich an ihn. »Natürlich hast du jetzt eine Frau, um dich abzulenken. Ich bräuchte eine Tochter. Wie jede Frau.« Netta gelang es, sie allein zu erwischen und zwang sie, sich hinzusetzen, während sie stehenblieb und auf sie hinabschaute. »Hör zu, Tante Vera, ich verbiete dir, ich verbiete dir ganz energisch, Jack zum Krankenpfleger zu machen, und ich werde dich mit meinen eigenen Händen erwürgen, wenn du weiterhin sagst, daß nichts aus seiner Musik geworden ist. Du sollst es weder in meiner Gegenwart noch anderswo sagen. Ist das klar?«

Jacks Mutter erreichte ihr Zimmer ohne Hilfe. Etwa eine Stunde später fand der Gärtner sie in einem weichen Goldlackbeet. »Nur ein paar Zentimeter weiter links, und sie wäre auf einem Rechen gelandet«, sagte er zu Netta. Als Netta sich niederkniete, lebte sie noch. Bei ihrem Sturz hatte sie die Pflanzen zerdrückt, die gelbgeflammten *giroflées de Nice*. Netta dachte, daß sie nun, zum erstenmal, einen der Todesgerüche einatme. Die Arme und Beine der Tante waren verdreht und verrenkt, der Rock war hochgerutscht und ließ ihr geschwollenes Bein sehen. Offenbar hatte sie sich mitsamt ihrem Spazierstock aus dem Fenster gestürzt, denn der lag auf dem Weg. Häufig schlief sie nachmittags in einem Lehnsessel, ein Auge ein wenig geöffnet. Dieses Auge öffnete sie jetzt, und als sie sah, daß Netta bei ihr war, sagte sie: »Mein Sohn.« Netta dachte, ich habe sie nie gekannt. Und wenn ich sie gekannt hätte, dann waren es Jack oder ich selbst, die ich nicht verstehen konnte. Netta fürchtete sich, Anweisungen zu geben und den Leuten zu sagen, ihre Tante nicht anzufassen, ehe Dr. Blackley gerufen werden konnte, weil sie wußte, daß sie immer alles falsch gemacht hatte. Dann war Jack zur Stelle, der seine Mutter aufstützte und Erde und Blätter aus ihrem Haar strich. Ihr Kopf fiel auf seine Schulter. Netta glaubte, aus der plötzlichen Schwere entnehmen zu können, daß ihre Tante gestorben sei, aber sie seufzte und öffnete das eine Auge wieder. Diesmal sagte sie: »Arzt?« Netta überließ den anderen, mit ihrer sterbenden – nein, ermordeten – Tante die falschen Dinge zu tun. Mit ruhiger Stimme sagte sie ins Telefon: »Ich fürchte, meine Tante ist aus dem zweiten Stock gesprungen oder gefallen.«

Auf dem Nachttisch seiner Mutter fand Jack einen Brief, der begann: »Warum Netta die Schuld geben? Ich verzeihe.« In der Morgendämmerung saßen er und Netta an einem Spieltisch, auf dem die Zigarettenstummel vom Vortag noch nicht aus dem Aschenbecher geleert waren, und er fragte nicht, was denn Netta gesagt oder getan habe, das Verzeihung erfordere. Den Brief schoben sie hin und her. Erst las er ihn, dann Netta. Es erschien ihnen natürlich, nichts zu sagen. Jack hatte fast die ganze Nacht an der Seite seiner Mutter gesessen. Jeder schlief eine Stunde, jeder für sich in einem der leeren Zimmer, genauso wie damals, als ihre Eltern mit Betten und Gästen und Doppel- und Einzelquartieren jonglierten. Als der Arzt zu seiner zweiten Visite zurückkam, war Jack gut angezogen und machte einen hellwachen Eindruck. Er saß in der Bar vor einem schwarzen Kaffee und las einen Reiseroman von Evelyn Waugh, *Ferien in Europa*. Netta, die viel unordentlicher und verschlafener aussah, überlegte, ob Jack nun wünschte, er könne wegfahren und auf der »Stella Polaris« von Monte Carlo aus fortsegeln.

Dr. Blackley sagte: »Ihr zwei seid mir aber ein tristes Paar. Sie hat keine Schm-merzen, müßt ihr wissen.« Netta nahm an, dies sei die umständliche Art der Ärzte, einen Tod zu verkünden, etwa wie: »Sie wurde von ihrem Leiden erlöst.« Aber Jack, der den Arzt scharf ansah, hatte eine andere Bedeutung herausgehört. »Sprang oder fiel«, sagte Dr. Blackley. »Weder fiel sie noch sprang sie. Sie ist dort oben und amüsiert sich kööstlich.« Netta ging hinaus und durch die Lounge und die Marmorstufen hinauf. In dem verdunkelten Zimmer, wo Jack fast die ganze Nacht verbracht hatte, setzte sie sich auf den Stuhl. Ihre Tante sah nicht aus wie jemand, den sie kannte, nicht einmal wie Jack. Sie starrte in das fremde Gesicht und sagte: »Tante Vera, Keit Blackley meint, dir fehlt eigentlich nichts. Du mußt dich geirrt haben. Vielleicht bist du auf dem Weg ohnmächtig geworden, weil der Duft des Goldlacks dich überwältigt hat. Was soll ich Jack sagen?«

Jacks Mutter drehte sich auf die Seite und stützte sich langsam, behutsam auf einen Ellbogen. »Nun ja, Netta«, sagte sie, »ich glaube wohl, der Narr hat recht. Aber da ich eine ganze Menge Schlafmittel bekommen habe, möchte ich lieber hier oben bleiben.«

Netta fragte: »Hast du Hunger?«

»Ich hätte gern ein englisches Schinkensandwich und etwa soviel Gin mit einem Eiswürfel drin.«

Ein paar Tage danach kam sie wieder zum Essen herunter. Sie wußten, daß sie die Treppen heruntergeschlichen war, ihren Stock über den Weg geworfen und sich dann schwer auf ein Goldlackbeet hatte fallen lassen – sogar ihren Rock hatte sie etwas hochgezogen, damit es authentisch aussah; aber sie war auch jemand, der von jenseits der Grenzen zurückgekommen war, von der anderen Seite der Mauer. Einmal erklärte sie: »Es war, als ob man einen Kopfsprung macht und plötzlich merkt, das Meer enthält kein Wasser.« Und dann wieder: »Es ist nicht wahr, daß vor einem dann das ganze Leben vorbeizieht. Man sieht, wie die Blumen einem entgegenschwimmen. Auch ein kurzer Sturz dauert lange.«

Dieser Zwischenfall hatte alle verändert. Das Opfer selbst wurde tief religiös.

»Wir sind alle hoffnungslose Ungläubige!« rief Iris, die

eines Nachmittags in der Bar saß. »Zumindest hoffe ich, daß wir es sind. Aber wenn ich Sie ansehe, Vera, denke ich, es muß doch was an der Religion dran sein. Sie sehen tatsächlich abstinent aus.«

»Ich hoffe, daß man mir erlaubt, Gott zu lieben«, sagte Jacks Mutter.

Jack sah oder hörte seine Mutter nicht. Er lehnte sich gegen die Bar und las. Es war sein Lieblingsplatz. Selbst an den sonnigsten Nachmittagen las er bei dem rotbeschirmten Lampenlicht. Netta war nur anwesend, weil sie die Vorräte zu überprüfen hatte. Wohl wissend, daß sie sich heraushalten sollte, sagte sie trotzdem: »Religion ist mehr als Liebe. Sie soll einem sagen, warum man existiert und was man von seiner Existenz erwartet.«

»Haben Sie denn überhaupt keine religiösen Gefühle.« Dies war die einzige ernsthafte und fast die einzige freundliche Frage, die Iris je an Netta richtete.

»Nein«, entgegnete Netta. »Ich führe ein Geschäft.«

»Ich liebe Gott wie Jack einmal die Musik geliebt hat«, sagte seine Mutter. »Wenigstens sagte er das, wenn wir seine Musikstunden bezahlten.«

»Adam und Eva hatten Gott«, sagte Netta. »Sie hatten niemanden *außer* Gott. Und es hat ihnen herzlich wenig genützt.« Soweit ging ihre Auseinandersetzung. Jack hatte keine Bewegung gemacht, außer die Seiten umzublättern. Nun las er ruhig aber vorsichtig weiter, als ob jeder Autor es auf ihn abgesehen habe. Dies war eine der Auswirkungen des Zwischenfalls mit seiner Mutter. Die andere war, daß er das Bridgespiel aufgab und wieder zu seiner Klarinette fand. Iris hämmerte auf dem Klavier im alten Musikzimmer, das meistens zum Radiohören benutzt wurde, eine Begleitung. Sie ist der einzige Mensch, dachte Netta, der Mozart so spielt, daß er sich wie irische Volkstanzmusik anhört. Dann kam Iris die Idee, es sei an der Zeit, daß Jack ein Konzert gebe. Aber ehe dies zur Krise werden konnte, überlegte Iris es sich anders und meinte, was Jack brauche, sei ein Urlaub. Auch Netta fand, daß er etwas brauchte, er schien ihr erschöpft von

Liebe, von Freundschaft, von Ehemann-Sein, von jemandes Sohn-Sein, von seinen Versuchen, aus Lektüre eine Welt und einen Lebenssinn zu gewinnen. Eine Reise nach England, um dort anregende Leute zu treffen, sagte Iris. Um Iris mit ihrem lästigen Vater auf der Reise beizustehen. Um Kunstgalerien und Buchhandlungen zu besuchen, um in Konzerte zu gehen. Um Menschen zu begegnen. Um sich mit ihnen zu unterhalten.

Dies war eine heiße, beunruhigende Jahreszeit, und viele Menschen planten Reisen – nicht, um Leute zu treffen, sondern aus Angst vor einem Krieg. Ende März war das Hotel so gut wie leer. Netta, deren Vater gewußt hatte, daß nicht noch eine Katastrophe hereinbrechen würde, bestellte ihre Handwerker wie immer. Als sie Jacks Kleider packte, hörte sie, wie die Heizkörper entleert und zur Neulackierung fertiggemacht wurden. Sie waren niemals zuvor getrennt gewesen. Immer wieder versicherten sie sich, daß es ja nur für einen kurzen Urlaub sei – drei, vier Wochen. Sie war überrascht, wie ordentlich die Ehe als solche war, wie viele Jahre und Gefühle gefaltet und säuberlich weggepackt werden konnten. Einmal ging sie zum Fenster, weil er ihre Tränen nicht sehen und denken sollte, sie wolle ihn erpressen. Als sie hinaussah, bemerkte sie den Amerikaner, Chippendales Geliebten, wie er aus Langeweile einen Tennisball gegen die Garagentür schmetterte, genauso wie Jack es während der ersten Sommer ihres gemeinsamen Lebens getan hatte; er war ins Hotel gekommen, um einen Partner zu finden, aber in dieser Saison gab es niemanden. Plötzlich wußte sie ganz genau, daß, sollte Jack sterben, sie sich noch in der Trauergemeinde nach einem Mann umsehen würde, mit dem sie leben könnte. Sie würde nicht allein von dem Begräbnis zurückkommen.

Kummer und Erinnerung, ja, dachte sie, aber was geschieht um drei Uhr nachts.

Im Juni war fast jeder, den Netta kannte, entweder verschwunden oder, wie die Blackleys, im Begriff zu packen. Netta ließ sich neue Tischtücher machen und bestellte neue, weiße Markisen und zwei Dutzend Rosensträucher aus der Baumschule in Cap Cerrat. Jeden Tag kam der Amerikaner, folgte ihr von Zimmer zu Zimmer und redete. Er hatte nichts Besseres zu tun. Die Schweizer Zwillinge waren in England. Sein Vater, der bisher seine Karriere als Schriftsteller finanziert hatte, war plötzlich anderer Meinung geworden, ausgerechnet jetzt, da der Sohn das Geld brauchte, um aus Europa herauszukommen. Er hatte zwar Pläne, wie er allein leben könne, aber dazu brauchte er etwas Kapital. Er wollte ein Restaurant an der Riviera eröffnen, in dem nichts weiter als Hühnerpastete serviert würde. Oder aber ein riesiges und teures Café, wo die Leute zahlen müßten, um sich ihre eigenen Sandwiches zu bereiten. Er behauptete, er sehe die Nahrung der Zukunft, aber alles, was Netta sehen konnte, waren Kunden, die ihr Geld zurückfordern würden. Er fing sie hinter der Bar ab und sagte, er liebe sie; neben Netta sähen alle anderen Frauen wie Stoffpuppen aus. Er könne sich immer noch an den Schock erinnern, als sie sich begegneten, die kluge Antwort, die sie Iris gegeben habe über die Bindung an die Vergangenheit.

Netta ließ ihn phantasieren, bis er sie um ein Darlehen bat. Sie lachte und fragte sich, ob es wohl für das Hühnerpastetenrestaurant sei. Nein – er wollte Geld für eine Überfahrt vom Hafen von Cannes. Sie sagte ganz fröhlich: »Ich kann nicht zugleich Venus und Barclays Bank sein. Sie müssen wählen.«

Er sagte: »Kann Venus denn nicht mal mit einem Kreditbrief aufkreuzen?«

Sie schüttelte den Kopf. »Nie und nimmer.«

Aber als es Juli geworden und Jack nicht zurückgekommen war, belegte er sie wieder mit Beschlag. Diesmal ging es nicht um Geld; sein Vater hätte nicht nur nachgegeben, sondern ihn praktisch nach Hause beordert. Er war nach ihrer Schätzung etwa zweiundzwanzig. Er konnte immer noch erfolgreich elterliche Hilfe erflehen und von Frauen Nachsicht erwarten. Sie sagte, und das nur freundschaftlich: »Ich werde Ihnen ein sehr hübsches Zimmer zeigen.«

Ein paar Tage darauf kam Dr. Blackley, um sich zu verabschieden.

»Wollen Sie wirklich hierbleiben?« fragte er.

»Die übrigen einundachtzig Jahre dieses Vertrages sind meine Verantwortung«, sagte Netta. »Ich werde bald dreißig. Es ist eine lange Pacht. Außerdem ist da noch Jacks Mutter, und sie wird nicht fortgehen. Jetzt hat Jack eine Möglichkeit, Amerika zu besuchen. Mir kommt es nicht vernünftig vor, aber sie ermuntert ihn dazu. Plötzlich stellt sie sich vor, er sei sehr reich und werde sie nachkommen lassen. Ich habe die Grenze dessen entdeckt, was man Menschen gegenüber empfinden kann. Ich habe noch etwas anderes entdeckt«, sagte sie unvermittelt. »Es ist, daß Sex und Liebe nichts miteinander zu tun haben. Nur durch Zufall decken sie sich manchmal. Man meint, das werde so weitergehen, und deshalb heiratet man. Ich vermute, daß Männer mit diesem Wissen geboren sind und Frauen es durch Zufall lernen.«

»Es tu-hut mir leid.«

»Um Himmels willen, lassen Sie das. Ich bin erleichtert.«

Sie hatte kein Gefühl von Schuld, nur von Erstaunen. Jack als eine Erinnerung war wie in einem Sperrgebiet – die Tennisplätze, das Spielzimmer, die Bar. Sie sah ihn beim Bridge mit Mrs. Blackley und beim Ausschenken von Drinks für vorübergehende Freunde. Er ging durch die Lounge inmitten eines Pulks kleiner, dunkelhaariger Mädchen in Blau. In dem spiegelbehangenen Schlafzimmer gab es nur Netta. Ihre Träume waren von ihm gereinigt. Die Spiegel reflektierten immer noch ihre blau-silbrigen Wasserschatten, aber sie gaben nicht mehr die Stimmungen und Gesten einer Moslemfrau wider.

Etwa fünf Jahre später schrieb Netta an Jack. Der Krieg hatte ihn in Amerika überrascht, während der Reise, die seine Mutter ihm so gewünscht hatte. Seine Behinderung hatte ihn vom Kriegsdienst befreit. Wie seine Mutter (nun tot) es hätte formulieren können, all diese Lektüre war ihm endlich zu etwas nütze: Die letzten Jahre verbrachte er damit, eine Kolumne über Aspekte europäischer Kultur zu veröffentlichen – als Teil einer gewissenhaften Anstrengung, die Großbritannien für den Westen machte. Viel mehr wußte Netta nicht von ihm.

Ein Vertreter des belgischen Roten Kreuzes war, offenbar von Jack beauftragt, erschienen, um sich zu vergewissern, daß sie noch lebte. Sie saß im Büro ihres Vaters, eingehüllt in einen Mantel und einen Schal, denn nun konnte man keinen Teil des Hotels mehr heizen, und sie versuchte, mit dem Brief voranzukommen, den sie im Geiste viele Jahre lang mit Unterbrechungen geschrieben hatte.

»Im Juni 1940 wurden wir evakuiert«, begann sie zum zehnten- oder elftenmal. »Im Oktober war ich zurück. Italiener hatten das Hotel beschlagnahmt. Den Spiegel hinter der Bar benutzten sie als Zielscheibe für ihre Schießübungen. Merkwürdigerweise ist er nicht zersplittert. Er ist mit Spinnweben bedeckt, und das Einschußloch ist die Spinne. Tante Vera hat mir viel Kummer gemacht; sie verschwand und wurde schließlich in einem der Dachzimmer gefunden.

Die Italiener machten sie zu ihrem Maskottchen. Fotografierten sie. Ihr gefiel das sehr. Alle, die abmagerten, wollten fotografiert werden, als wüßten sie, sie würden eines Tages diesen einschüchternden Beweis gegen jene Lieben verwenden, die zufällig nicht zu hungern brauchten. Schuldig bis ans Lebensende. Nach einer anfänglichen Härtezeit, während der sie sich häufig und auf ihren Wunsch hin hatte fotografieren lassen, brachten ihr die Italiener Essen und kümmerten sich rührend um sie. Sie war ihre Mama. Wir waren annektiertes Gebiet, und am Ende hatten wir die gleichen Lebensmittel wie die Italiener. Die Fotos deiner untergewichtigen Mutter stehen hier auf meinem Schreibtisch. Sie vergrub ihren britischen Paß und verriet nie, wo. Vielleicht unter dem Judasbaum zusammen mit Mr. Cordiers Katze Polly. Sie blieb so verrückt und verwöhnt wie eh und je, und dies wurde gefährlich, als das Leben aufhörte, alltäglich zu sein. Sie beklagte sich bei den Italienern über mich. Damals war eine Beschwerde eine Sache von Gefängnis oder Tod, wenn sie bei der falschen Person landete. Ich hatte Glück, denn es gab die richtige Person für die Beschwerde.

Zwei Jahre später kamen die Deutschen und ein paar Franzosen, die das Hotel übernahmen. Die Italiener wurden in ein anderes Hotel gesperrt, ohne Essen und Wasser, und ein paar Menschen setzten ihr Leben aufs Spiel, um ihnen Wasser zu bringen (denn nicht jedermann bevorzugt die neue Situation, das kannst Du mir glauben). Als sie im Sterben lag, fragte ich sie, ob sie eine Botschaft für einen ganz bestimmten italienischen Offizier habe, der, dessen Liebling sie gewesen war, und sie sagte: ›Nein, warum denn?‹ Sie starb ohne ein Wort für irgend jemanden. Sie wurde als ›Rossini‹ begraben, denn die Italiener änderten die Namen der Leute. Sie hatte behauptet, sie sei Französin, ihr Name sei Ross, und darauf wurde ein ziviler Sonderstatus für uns geschaffen – die beiden Damen Rossini.

Die Unterlagen waren völlig chaotisch. Ich hätte zu den Deutschen gehen und erklären sollen, meine tote Tante sei britische Staatsangehörige, aber natürlich tat ich das lieber nicht. Die Sterbeurkunde und die Erlaubnis, sie zu begraben, lauten auf eine Vera Rossini. Sie liegen hier auf meinem Schreibtisch für Dich, zusammen mit ihren Fotos.

Wahrscheinlich wunderst Du Dich, wo ich all dieses Schreibpapier gefunden habe. Die Deutschen haben es zurückgelassen. Als wir unter Beschuß standen, nahm ich die wenigen Bücher, die in der Bibliothek übriggeblieben waren, hinunter in den ehemaligen Weinkeller und las bei Kerzenlicht. Wahrscheinlich fragst Du Dich, wo die Kerzen herkamen. Eine lange Geschichte. Ich habe sogar Lack für die Heizkörper, große Kübel voll, die noch niemals geöffnet wurden.

Ich hause in einem Zimmer, dem alten Wohnzimmer meiner Mutter. Der Büroraum kann zwar benutzt werden, aber die Akten sind verschwunden. Als die Italiener hier waren, war Deine Mutter ihre Mutter, aber ich war nicht ihre Moslemfrau, obwohl ich Männer immer noch respektiere. Einer schrie ›*Luce, Luce*‹, weil Deine Mutter auf ein Licht zeigte. Sie sagte: ›Verpiß dich, du elendes Würstchen‹, und er sagte: ›Großmama, ich sagte *luce*, nicht ›*Duce*‹.

Vor nicht zu langer Zeit krochen wir aus unseren zerschossenen Häusern heraus wie Höhlenbewohner. Wenn Du das Hotel wiedersiehst, wird es in Betrieb sein. Ich werde die

Heizkörper gestrichen haben. Lange Dornensträucher wachsen durch die Fenster des Spielzimmers. In dem alten Musikzimmer liegen Blätter, die der Wind hereingeweht hat , und ich habe Skorpione gesehen und ihr Rascheln gehört, wie das Rascheln des Todes. Alles, was nicht niet- und nagelfest war, ist geplündert. Laken, Bettzeug, Matratzen. Die Nachbarn haben tüchtig mitgeholfen. Und dabei ihr Leben riskiert. Als die Italiener hier waren, gab es Reis und Öl. Deine Mutter, die verrückt war, hat Körner ausgestreut, um die Mäuse zu füttern.

Als die Deutschen kamen, mußten wir unter dem Vichy-Regime leben, was bedeutete, daß jede Region von dem zu existieren hatte, was sie erzeugen konnte. Da unsere nichts erzeugt, magerten wir wieder ab. Tante Vera starb aber wohlgenährt. Weißt du, was es bedeutet, wenn ich sage, sie pflegte sich über mich zu beschweren?

Schick mir ein paar Bücher. Hauptsache, sie sind auf englisch. Ich habe die anderen drei Sprachen satt, in denen ich mir so viele Drohungen, so viel Prahlerei, so viele Lügen anhören mußte.

Eine Zeitlang bildete ich mir ein, die Menschen wüßten gern, wie es war, als die Italiener gingen und die Deutschen kamen. Es war so: Sie kamen zusammen mit dem ersten, im Schrittempo fahrenden Wagen, der die französische Flagge trug. Der ranghöchste französische Beamte der Region. Kein Deutscher. Nein, nur ein Kerl, der seine Stellung wiederbekam. Die Leute vom belgischen Roten Kreuz waren völlig desinteressiert und erklärten mir, niemand würde es je wissen wollen.

Ich vermute, daß Du bereits die Legende von all dem kennst. Die Legende muß anders, ganz anders sein, nichts von vor Heimweh nächtelang schluchzenden Italienern. Die Deutschen waren nicht real, sie hatten sich für die Ereignisse dieser Zeit hergerichtet. Saßen in dem weißen Speisesaal, aßen von irgendwelchen Tellern mit irgendwelchen Löffeln, die nicht zerbrochen oder geplündert waren, schlürften Suppen, die größtenteils aus Wasser bestanden, durften sich nicht beklagen. Nur als sie sich zurückzogen, entwickelten sich Gesichter, und ich merkte, daß einige Todesangst hatten und viele alt waren. Eine Radiosendung aus irgendeiner neutralen Ecke riet der lokalen Bevölkerung, sie nicht anzugreifen, während sie auf dem Rückzug waren, das würde wilde Tiere aus ihnen machen. Aber sie wurden doch attackiert, und zwar von einigen jungen Männern, die aus einem Fenster schossen. Acht Geiseln wurden genommen, einschließlich des Sohnes des Mannes, der den Maharadscha-Töchtern das schwarze Haar gestutzt hatte, und sie wurden an die Wand eines Cafés gestellt und erschossen; das war auf der mehr oder weniger italienischen Seite der Grenze. Und der Besitzer des Cafés wurde ebenfalls umgebracht, aber später und von Zivilisten. Er soll der Gestapo einmal Namen verraten haben, oder es war etwas anderes. Jedenfalls befand er sich zur falschen Zeit auf der falschen Seite der richtigen Seite, und man warf ihn in die tiefe Schlucht zwischen den beiden Grenzen.

In einem der Bergdörfer blieben Deutsche, bis niemand mehr am Leben war. Zu der Zeit war ich im ehemaligen Weinkeller und las bei Kerzenlicht Bücher.

Das belgische Team vom Roten Kreuz fand das Gerippe eines deutschen Deserteurs in einer Höhle und nahm den Helm und den Schädel als Andenken mit nach Knokke-le-Zoute. Mein Krieg ist vorbei. Unsere Familie hat fast seit den napoleonischen Abenteuern zusammengehalten. Nun ist sie zerstreut. Sentimentalität genügt nicht, eine Familie intakt zu halten – nur gemeinsamer Stolz und gemeinsames Geld.«

Diese wahre Geschichte klang so unwahrscheinlich, daß sie sich entschloß, sie niemals abzuschicken. Statt dessen schrieb sie einen vernünftigen Brief und bat um Zucker und Reis und neue Bücher; nichts durfte älter sein als 1940.

Jack antwortete sofort: Es gebe keine neuen Autoren (danach hatte er sich erkundigt), Zucker war nicht erhältlich, und für Reis standen die Leute Schlange, Schuhe waren rationiert. Es gab nur Damenstrümpfe aus Baumwolle, und die berühmten amerikanischen Beine sahen schrecklich aus. Butter oder

Fleisch oder Büchsenananas waren nicht aufzutreiben. In den Restaurants bekamen die Gäste statt Butter winzige Golfbälle aus Rahmkäse. Er vermute, daß all dies in Nettas Ohren wie Lappalien klinge. Sie bekam eine Mitteilung, daß ein CARE-Paket für sie beim Postamt abzuholen sei. Das bedeutete, daß Jack seinen Namen und sein Geld einer Adressenliste gegeben hatte. Zuerst weigerte sie sich, die Bestätigung zu unterschreiben. Dann überlegte sie es sich anders und fand heraus, daß es keineswegs von Jack stammte, sondern von dem Amerikaner, den sie einst in ein so hübsches Zimmer geführt hatte. Jack schickte Reis und Zucker und köstlichen Kaffee, vergaß aber die Bücher. Seine Briefe folgten; manchmal kamen morgens gleich drei auf einmal. Tagelang ließ sie sie ungeöffnet. Als sie sich hinsetzte, um sie zu beantworten, konnte sie sich an nur unwahrscheinliche Dinge erinnern.

Iris kam zurück. Sie war die erste. In England war sie rundlich geworden – die Folge davon, daß sie jedes alkoholische Getränk trank, das ihr in die Hände kam, und unverdrossen ihre Süßigkeitsration aufaß: Es würde eben, wenn die Deutschen jemals landeten, weniger Gin und Schokolade geben. Ihren nun behäbigen Hintern pflanzte sie in einen bequemen Stuhl – einen der wenigen, welche die erste Welle der Italiener nicht mit Zigarettenlöchern versehen oder zum Zeitvertreib mit Bajonetten in Stücke gehackt hatten – und erklärte, Jack habe in Amerika mit einer Frau gelebt, und um Klatsch zu vermeiden, sie als seine Frau bezeichnet. Noch eine Mrs. Ross. Als Netta herausfand, daß es das Grübchengesicht Chippendale war, mußte sie laut lachen.

»Ich hab sie gesehen«, sagte Iris. »Ich meine zusammen. Zwei Spaniels. Sie war Jacks Fußabtreter.«

Netta fühlte sich leicht, erleichtert. Sie würde Jack nichts von den in den Kolonnaden der Place Masséna in Nizza aufgehängten Partisanen zu berichten brauchen. Als Iris fertig war, sagte Netta: »Und seine Musik?«

»Weiß ich nicht.«

»Wie können Sie etwas so Wichtiges nicht wissen?«

»Jack hat eben seine Chance verpaßt. Statt dessen hat er

alles versaut«, sagte Iris. »Übrigens: Mein Vater lebt noch. Für einige von uns ist das Leben wirklich zu unglaublich.«

Bald darauf tauchte ein dunkelhäutiges, etwa zwanzig Jahre altes Mädchen auf. Ihre Aufmachung, ein graues, bis zum Hals zugeknöpftes Kleid, ließ sie wie uniformiert erscheinen. Sie öffnete den Reißverschluß einer militärisch aussehenden Tasche und rief in einem nicht zu plazierenden Akzent: »*Hallo, hallo*, Mrs. Ross? Ein paar kleine Geschenke für Sie«, wickelte eine Flasche Haig's Whisky, vier Dosen Corned Beef, ein Glas Honig und sechs Paar amerikanische Nylonstrümpfe aus, die Netta noch nie gesehen hatte und die so viel wert waren wie Gold unter der Matratze. Netta sah zu dem hochgewachsenen Mädchen auf.

»Erinnern Sie sich? Ich war die mittlere Schwester. Mit«, fuhr sie ernsthaft fort »den üblichen Problemen der mittleren Schwester.« An Jack, für den sie einst so geschwärmt hatte, konnte sie sich kaum entsinnen. Aber die Erinnerung an Netta war ihr geblieben. »Ich entsinne mich, wie Sie gelacht haben«, sagte sie, aber ohne diese Erinnerung zu mögen. Sie war ein schwermütiges, tragisches Mädchen. »Sie waren der erste erwachsene Mensch, den ich jemals lachen gehört habe. Nachts im Bett klang es herüber von Ihrem Balkon. Dort saßen sie vermutlich und rauchten mit Ihrem gutaussehenden Mann. Ich mußte immer lachen, wenn ich es nur hörte.«

Sie hatte einen persischen Journalisten geheiratet, der entdeckt hatte, daß politische Gefangene in den Vereinigten Staaten unter menschenunwürdigen Bedingungen in den Zinngruben arbeiten mußten. Präsident Truman hatte sie dorthin geschickt. Überall in der Welt wollten sich Menschen zusammentun, um sie herauszubekommen. Das Mädchen sagte, sie sei in Deutschland und Österreich gewesen, habe die Lager besucht, sie seien alle gleich, und das liege bereits in der Vergangenheit, und die Zukunft, das seien die Gefangenen in den Zinngruben.

Netta sagte: »In welchem Teil des Landes liegen die Zinngruben?«

Die mittlere Schwester sah sie traurig an und sagte: »Gibt es mehr als einen Teil?«

Zum erstenmal seit Jahren konnte Netta Jack deutlich sehen. Schweigend teilten sie sich einen Witz; er hatte ihn auch begriffen. Sie und das junge Mädchen aßen in einer Ecke des ramponierten Speisesaals zu Mittag. In die Tische waren Initialen eingekerbt. Es gab keine Tischtücher. Eins der Ölbilder des Großonkels hing noch an der Wand. Es zeigte den Quai Laurenti, eine ländliche Straße neben dem Meer. Netta, die mit der Vergangenheit nichts anzufangen wußte, entdeckte nun eine Vergangenheit, der sie nachtrauern konnte. In einer dunklen, sanften Stille – einer Stille, die von der Unmöglichkeit, irgend etwas Wirkliches erzählen zu können, bestimmt war – zählte sie die Risse in den Wänden. Wenn die Stille schwand, vernahm sie Motorsägen, welche die Olivenbäume und den Zitronenhain abholzten. Mit einem Gefühl der Erlösung begriff sie, daß es bald nichts mehr zu verderben gab. Das Ölbild ihres Großonkels, das sich magisch hätte verwandeln sollen, war unverändert geblieben. Nun bereute sie alles, selbst die drei ängstlichen Mädchen in blauem Leinen. Jede unheilvolle Phase zwischen damals und jetzt schien unmittelbar mit Georgina Blackleys Bemerkung über »weiß« zusammenzuhängen, nur um drei Kinder in ihre Schranken zu weisen.

In ihrem zugeknöpften Grau stocherte die mittlere Schwester jetzt im Corned Beef herum und sagte, sie habe ihren Vater, ihre Mutter, ihre Schwestern und vor allem die holländische Gouvernante gehaßt.

»Wo ist sie jetzt?« fragte Netta.

»Hoffentlich tot.« Und dies von jemandem, der Lager besucht hatte. Netta saß und hörte zu, den Kopf in die Hand gestützt. Der Tod machte den Tod alltäglich: Das hatte sie immer gewußt. Weder die Besiegten auf ihrer Flucht noch die Sieger, die zurückgekommen waren, um im Schutt zu stöbern, schienen halb so nachtragend wie ein tragisches junges Mädchen, das ihre Gouvernante nicht ausstehen konnte.

Dr. Blackley kam zurück und sah ausgesprochen vergnügt aus. Damals gefiel den Männern das Soldatenleben noch. Es verjüngte sie, wenn sie dies Gefühl brauchten, und es führte sie weg von zu Hause. Der Krieg brachte eine Abwechslung, die nur wenige Männer von sich aus bewerkstelligen konnten. Der Arzt sah auch um viele Jahre jünger aus und bei sehr guter Gesundheit. Seine Frau war nicht bei ihm. Sie hatte alles überlebt, und die Entbehrungen, die sie erlitt, hatten ihre Gesundheit vollkommen wieder hergestellt – was es wiederum ihrem Ehemann erleichterte, sie zu verlassen. In der Tat war er nie zurückgegangen, außer um die notwendigen Formalitäten zu erledigen.

»Georgina hatte vieles, was ich achte und bewundere«, sagte er, wie es Ehegatten aus der Entfernung zu sagen pflegen. Sein Krieg hatte auf Malta stattgefunden. Er war hierhergekommen, so bald er konnte, zurück zu der zerschossenen, angefressenen, trüben Küste (als hätte er nicht genug davon in Malta zu sehen bekommen), um Netta zu bitten, sich von Jack scheiden zu lassen und ihn zu heiraten oder mit ihm zusammenzuleben – was immer sie wollte und unter jeder Bedingung.

Aber sie wollte gar nichts, zumindest nicht von ihm.

»Eine Erinnerung kann man nicht besiegen«, sagte er. »Ich hatte immer geglaubt, zwischen Ihnen beiden gab es nichts als Se-hex.«

»Stimmt«, sagte Netta. »Soweit ich mich erinnere.«

»Jeder bemerkte es. Sie sind einfach mitten am Tag verschwunden. Haben sich in Lu-huft aufgelöst.«

»Ja, das haben wir.«

»Aber man kann nicht von Erinnerungen leben«, entgegnete er. »Obwohl ich Sie natürlich wegen ihrer Treue respektiere.«

»Worüber Sie reden ist etwas, an das man keine spezifische Erinnerung hat«, sagte Netta. »Man entsinnt sich nur an die Saison. An Orte, Räume. Es ist genauso abstrakt, sich zu erinnern wie darüber zu lesen. Deshalb langweilt es mich, wenn man darüber spricht, außer man behandelt es als

Scherz, und es langweilt mich in Büchern, es sei denn, es ist Poesie.«

»Sie haben nie Gedichte gelesen.«

»Aber jetzt tue ich es.«

»Das dachte ich«, sagte er.

»Dieser Mangel an Erinnerung ist es, weshalb die Menschen einander untreu werden, wie man es so seltsam nennt. Wenn ich geschlossene Fensterläden sehe, weiß ich, daß hinter ihnen ein Liebespaar ist. So funktioniert die Erinnerung. Alles übrige ist nichts als Konvention und belangloses Geplauder.«

»Warum ein Liebespaar? Warum nicht jemand, der ein Schläfchen nach einem üppigen Mittagessen hält?«

»Nein. Ein Liebespaar.«

»Oder ein Mann in mittleren Jahren, der sich in der Badewanne die Zehennägel schneidet«, sagte er mit unerwartetem Nachdruck. »Und der eine Bifokalbrille trägt, damit er seine eigenen Füße sehen kann.«

»Nein, ein Liebespaar. Immer.«

Er sagte: »Hat er Ihnen gefehlt?«

»Wer?«

»Von wem, zum Teufel, reden wir denn?«

»Von dem italienischen Kommandanten, der hier einquartiert war. Er war kein Gast. Er war gezwungenermaßen hier. Ich verstieß gegen keine Regel. Ohne ihn wäre ich in jeder Hinsicht zugrunde gegangen. Vielleicht ist er inzwischen zu Hause bei seiner Frau. Oder auf jener Festung bei Turin, wo er andere Männer hingeschickt hat. Oder tot.« Sie sah den Arzt an und sagte: »Was soll ich nun tun? Hier sitzen und weinen?«

»Ich kann Sie mir nicht mit einem Rohling vorstellen.«

»Das habe ich nicht gesagt.«

»Fehlt er Ihnen immer noch?«

»Jacks Abwesenheit war wie ein Krebsgeschwür, das bestimmt Wurzeln geschlagen hat und mich am Ende umbringen wird«, sagte Netta.

»Sie werden uns noch alle begra-haben«, sagte er, wie Ärzte mit Todgeweihten reden.

»Ich habe nicht gesagt, ich werde es nicht tun«, sagte Netta.

Plötzlich stand sie auf und glättete ihren Rock, wie sie es zu tun pflegte, wenn die Hotelgäste vertraulich wurden. »Schluß mit der Konversation«, bedeutete es.

»Seien Sie nicht zu streng mit Jack«, sagte er.

»Ich bin streng mit mir«, antwortete sie.

Nachdem er gegangen war, schickte er ihr ein Buchpaket, auf gräulichem Papier gedruckt, mit verbogenen Einbänden aus der Kriegszeit. Für Netta waren alle Titel neu. Da war *Fireman Flower* und Carys *Des Pudels Kern* und *Vier Quartette* und *The Stuff to Give the Troops* und *Better Than a Kick in the Pants* und Waughs *Ohne Furcht und Tadel*. Dazu hatte er eine Notiz gelegt, daß das nächste Paket Henry Green und Dylan Thomas enthalten werde. Sie vermutete, daß er keinen Dank erwartete, aber sie dankte ihm dennoch. Der letzte Satz des Briefes lautete: »Bitte vergessen Sie nicht, falls es Sie nicht allzusehr kränkt, daß ich schon einmal nein gesagt habe.« Gegen die Bar gelehnt wie Jack und mit einem Glas Haig's der mittleren Schwester griffbereit, schlug sie *Better Than a Kick in the Pants* auf und las: »... zwei Faschisten kamen herein, der eine hochgewachsen und mager und brutal aussehend; der andere mit nur einem Arm und dem leeren Ärmel mit einer Sicherheitsnadel an die Schulter gesteckt. Beide waren sehr jung und trugen Schwarzhemden.«

Ach, dachte Netta, wer außer mir kennt das alles? Niemand wird jemals begreifen, wie gern ich die Wahrheit, die Wahrheit, die Wahrheit kenne, und sie legte den Kopf auf die Hände, die Ellbogen auf der zerschrammten Bartheke, und ließ die ersten Tränen ihres Nachkriegs über die Handgelenke fließen.

Wer als letzter zurückkam, hätte eigentlich der erste sein sollen. Jack schrieb, daß er aus nördlicher Richtung bis Nizza mit dem Bus komme. Damals war das durchaus üblich und viel billiger als mit der Bahn. Netta vermutete, daß er ein wenig knapp bei Kasse sei und nichts von seiner Arbeit während des Krieges beiseite gelegt habe. Der Bus kam um sechs Uhr nachmittags an und hielt am Fuß der Place Masséna. Der Himmel war spätnachmittäglich tiefblau, die Sonne fahl. Vom nahen

Park konnte sie die Vögel hören. Der Platz war, wie sie ihn immer gesehen hatte, ein elegantes Wohnzimmer mit einer blauen Decke. Er war fast menschenleer. Jack blinzelte in dieses schmucke Licht und sagte: »Ich lasse mein Zeug vorläufig im Busbüro« – vielleicht hatte er gemerkt, daß Netta ihn nirgendwo hin eingeladen hatte. Er legte seine Fahrkarte auf den Schalter, und sie merkte, daß er nicht von wer weiß wie weit angereist kam: Offensichtlich hatte er die Reise in Etappen zurückgelegt. Um sich herum verbreitete er Londoner Kneipenluft, er war wochenlang in London gewesen.

Ein mürrischer Mann, der in Eile war und seinen ersten abendlichen Drink haben wollte, sagte: »Das Büro schließt jetzt, wir bewahren hier kein Gepäck auf.«

»Früher waren die Leute zuvorkommend«, sagte Jack.

»Autobusleute?«

»Einfach Leute.«

Der plötzlich scharfe Ton, mit dem er sprach, überraschte sie. Soweit es seine Art zu sprechen betraf, was wieder etwas anderes ist, benahm er sich wie der Erbe großer Ländereien, der nach einer Weltreise zurückgekehrt war. Möglich, daß die Ländereien inzwischen heruntergekommen waren. Sie gab dem mürrischen Mann tausend Franc, eine neue, pastellfarbene Banknote, auf der das gelassene Gesicht eines Mädchens wie ein Opal schimmerte. Sie sagte: »Wir kommen gleich wieder.«

Dann überquerte sie in diagonaler Richtung den Platz – Jack natürlich neben ihr. Er fragte nicht, wohin es ging, obwohl er ihr ein Lächeln abzwang, indem er sagte: »Bist du mit dem Wagen da?« als ob er eins der Hotelautos irgendwo in der Nähe geparkt erwartete, möglicherweise mit einem Chauffeur, der den Schlag öffnete; vielleicht auch noch mit kaltem Huhn und einer Flasche Wein in einem Picknickkorb. Er sagte: »Ich hatte vergessen, daß man hier für jede Kleinigkeit ein Trinkgeld hinterläßt.« Er zog seinen Bestimmungsort nicht in Zweifel, der nicht weiter entfernt war als ein Café am entgegengesetzten Ende des Platzes. Was sie in diesem Augenblick empfand, war heftige Abscheu. Sie dachte, ich will ihn nicht, und wischte irgendein unsichtbares, fliegendes Etwas von sich weg – eine Fledermaus oder ein Stück Papier. Überrascht sah er sie an. Vielleicht dachte er, Not und Entbehrung hätten Netta zu denken gelehrt.

Das ist es also, die Freiheit, die er mir immer angeboten hat, dachte sie und lächelte in den schönen Himmel hinauf.

Sie gingen langsam den fast menschenleeren Platz entlang und hielten nur inne, als ein klappriger Peugeot oder ein altes Fahrrad, die kein anderes Ziel fanden, in ihre Richtung schwankte. In der Sicherheit des Bürgersteigs gingen sie bis zu den Kolonnaden, unter denen man die Partisanen aufgehängt hatte. Netta schien es, als wären die Leichname erst am Vortag heruntergeholt worden. Jack, der diese Todesart nur vom Hörensagen kannte, suchte sich einen Cafétisch fast unter den baumelnden Füßen eines armen jungen Kerls aus.

»Neben mir im Bus saß eine Frau, die sich den ganzen Winter über einen Igel in einem Korb voller Sägespäne hielt«, sagte er. »Er kann Milch aus einem Weinglas trinken.« Dann zögerte er: »Es tut mir leid wegen der Bücher, um die du mich gebeten hast. Damals hingen mir Bücher zum Hals heraus. Mir stand all dieses Gerede und diese Kultur und dieses patriotische Geschwafel bis hier.«

»Ich vermute, drüben ist alles sehr anders«, sagte Netta.

»Das kann man wohl sagen!«

Offenbar erwartete er weitere Fragen von ihr, also sagte sie: »Was trägt man jetzt dort?«

»Augenblicklich sind Karos und Schottenmuster modern. Und sie essen zu merkwürdigen Zeiten. Erdbeeren mit Sahne gerade wenn man glaubt, es sei Zeit für einen Drink.«

Sie sagte: »Hast du die Zinngruben besucht, wo Truman seine politischen Gefangenen hinschickt?«

»*Zinn*gruben?« fragte Jack. »Nein.«

»Erinnerst du dich an die drei kleinen Mädchen des Maharadschas?« Keiner konnte den anderen richtig verstehen. Sie waren taub für einander.

Mit leiser Stimme sprach Netta weiter. »Also, wie ich es

verstehe, brachte sie erst einen Amerikaner nach London und nachher nahm sie einen Engländer mit nach Amerika.«

Er war mit Frauen zu vertraut, spielte zu nahe am Netz, um Punkte zu vergeben und zu fragen »Wer? Was?«

»Es war ebenso rasch vorüber wie es begann«, sagte er. »Aber dann kam der Krieg und wir saßen fest. Sie und ich wurden Freunde«, sagte er. »Ich mag sie ziemlich gern« – was Netta mit »Es ist ein unteriridischer Fluß, der eines Tages doch noch an die Oberfläche kommen kann« übersetzte. »Du würdest sie nicht wiedererkennen. Sie hat sich sehr verändert. Ich habe ihr so viel vom Süden erzählt, hier unten, daß sie am Ende ein spottbilliges Grundstück in Bandol aufgetrieben hat. Der Bürgermeister hat es dann für sie so arrangiert, daß neben ihrem Besitz ein Obstgarten angelegt wird, so daß sie keine Nachbarn hat. Es hat sie so gut wie nichts gekostet. Er hat zu ihr gesagt: ›Sie sind sehr hübsch.‹«

»Noch nie hat jemand ein günstiges Grundstück nur wegen eines hübschen Gesichts bekommen«, sagte Netta.

»War es nicht ein Glücksfall?« sagte Jack. Er konnte sich selber nicht mehr hören, geschweige denn Netta. »Der Krieg hat uns durcheinandergebracht in Amerika. Sie machte sich Vorwürfe, weil sie nicht aktiv teilnahm. In der Tat reiste sie mit ihrem Schweizer Paß, was es noch schlimmer machte. Ihr Bruder wurde über Bremen abgeschossen. Und nun braucht sie Geborgenheit. In gewisser Weise war es zwischen uns wie mit dem Zauberer und seinem Lehrling, und dann ist sie auf einmal erwachsen geworden. Es wird ihr bessergehen, wenn sie ein Dach über dem Kopf hat. Nun schreibt sie ein wenig. Ihre Gedichte sind nicht schlecht«, sagte er, als ob Netta ihre Verse angezweifelt habe.

»Ist sie jetzt in Bandol und schreibt Gedichte?«

»Das nicht.« Plötzlich lachte er. »Da gibt es ja noch kein Dach. Und du weißt doch, die Leute sitzen nicht da und schreiben einfach. Sie denken nur, daß sie es tun werden.«

»Wer hat dich ersetzt?« fragte Netta. »Ein neuer Zauberer?«

»Ach *der* ..., in einem starken Licht sieht er aus wie

Georg II. oder wie Queen Anne. Queen Anne und Lady Mary hat sie mal jemand genannt.« Das mußte Iris gewesen sein. Queen Anne und Lady Mary war nicht schlecht – besser als King Charles und sein Spaniel. Allmählich gefiel ihr seine Geschichte. Er merkte es und sagte beiläufig: »Du warst mir zu gegenwärtig, als daß ich ein anderes Leben hätte bewältigen können. Ich konnte mir einfach nicht vorstellen, daß ich fern von dir einfach so weiter mache. Ich wollte nicht älter werden, ohne mit mir im reinen zu sein.«

Aber er hatte sie verloren; sie träumte inzwischen einen Tagtraum von Jack, der einen dieser purpurroten Sonnenbrände hatte, die sich die Leute beim Golfspielen zuziehen. Sie sah ihn, wie er ein Kabriolett fuhr, mit großen, weichen Sommersprossen auf seinem purpurroten Schädel. Sie sah den Hund seiner Mätresse auf dem Vordersitz und wie die Ohren des Hundes wie Wimpel flogen. Der Abscheu, den sie empfand, brachte ihr nicht etwa Distanz, sondern eine traumhafte Wirklichkeit nur noch näher. Er muß jetzt etwa vierunddreißig sein, dachte sie. Ein schreckliches Alter für einen Mann, der sich vierunddreißig nie hätte vorstellen können.

»Na ja, mag sein, du hast es verpatzt«, sagte sie und zitierte Iris.

»Wieso verpatzt? Ich bin hier. *Er* –«

»Queen Anne?«

»Ja, hm, eigentlich heißt er Gerald; trägt nur braun. Braunen Anzug, braune Krawatte, braune Schuhe. Ich sagte: ›*Der* kann nicht nach Mitten Todd gehen. Paßt nicht.‹«

»Harmoniert nicht«, verbesserte sie.

»Stimmt. Harmoniert nicht mit –«

»Und was ist mit Geralds Frau? Ich bin sicher, er hat eine.«

»Lucretia.«

»Das kann doch nicht wahr sein.«

»Doch, Ehrenwort. Als ich sie das letztemal gesehen habe, waren sie alle beisammen. Redeten miteinander.«

Netta fiel ein, was die mittlere Schwester über das Gelächter auf dem Balkon gesagt hatte. Sie konnte ihm nicht ins Gesicht sehen. Einfach nur eine Begegnung der Blicke, und sie hätte wie verrückt in ihre Hände gelacht. Das Hysterische ihres eigenen Gelächters stoppte sie plötzlich. Worüber sprachen sie denn? Er rückte seinen Stuhl näher und wagte es, sie beim Handgelenk zu fassen.

»Nun sag mir bitte«, sagte er, als handle es sich bei ihnen um zwei Betrüger, die Klarheit in ihre Lügengeschichten bekommen wollten, »wie war's mit dir? Hat es jemals ...« Die Glasur des Lachens war weder aus seinem Gesicht noch aus seiner Stimme gewichen. Sie erkannte, daß er sie sich zur Aufgabe machen würde, wenn sie es zuließe. Als sie einen Rückzieher machte, fühlte sie sich von etwas anderem festgehalten, wie durch eine Nebelwand. Sie tastete nach dieser anderen, unsichtbaren Hand, aber sie löste sich auf. Es war eine verlorene, gleichgültige Hand; sie fühlte Nettas Wärme nicht. Sie begriff: Er ist tot ... Jack, für den es keine Gespenster gab, der taub für deren Stimmen war, wurde dies erspart. Ihm würde alles erspart bleiben, das sah sie. Sie beneidete ihn um seine Unempfindlichkeit, sein herzhaftes, unhysterisches Lachen.

Vielleicht habe ich ihm deshalb damals den Fußtritt versetzt, dachte sie. Ich war immer eifersüchtig. Nicht auf Frauen. Ich beneidete ihn um sein kurzes Gedächtnis, seine bequeme Phantasie. Und bald werde ich siebenunddreißig, und ich habe ein düsteres, ein genaues, ein tödliches Gedächtnis.

Er hielt noch immer ihr Handgelenk fest, drehte es um und sagte: »Nanu, da sind ja Farbflecken.«

»Mein Gott, wo steckt bloß der Kellner?« rief sie, als sei dies die einzig wichtige Sache. Jack sah genau seinem Alter entsprechend aus. Sie sah aus wie ein ausgebranntes Kind, dem man eine Gespenstergeschichte erzählt hat. Verzweifelt suchte sie den Kellner zu finden, drehte sich nach dem Cafè hinter ihnen um und sah einen letzten langen Strahl der Nachmittagssonne auf den Spiegel über der Bar fallen – ein Aufblitzen in einem Tunnel; Hände, die mit Feuer jonglierten. Dieses unerwartete Spiel, mit einigem Abstand und ins Haus hinein versetzt, ausgebreitet für jeden, für jeden, der ohne zu blinzeln zuschauen konnte, war eine komplette Geschichte. Es war der Glanz auf dem Spiegelglas, der einzige Teil eines Lebens oder einer Liebe oder eines Versprechens, der niemals verborgen, verändert oder verdorben werden konnte.

Hoffnungslos, wollte sie zu ihm sagen. Er konnte jetzt ihr Gesicht lesen. Sie rief sich ins Gedächtnis zurück, wenn ich es ausspreche, bin ich frei. Dann kann ich die Heizkörper in Ruhe zu Ende lackieren. Kann jedes Buch der Welt lesen. Hätte ich mich auf mein Gedächtnis als Orientierung verlassen, wäre ich niemals aus dem Weinkeller gekrochen. Erinnerung ist das, was einen daran hindern sollte, einen Hund zu kaufen, nachdem der erste gestorben ist, aber das tut sie eben nie. Wenigstens sollte sie einen davon abhalten, zweimal zu dem gleichen Menschen ja zu sagen.

»Ich habe dich immer geliebt« verkündete er nun – es war wirklich eine Verkündigung, und zwar mit einer neuen Stimme, die nichts als Tatsachen behauptete.

Das Dunkel, die Gespenster, das Kerzenlicht, ihre Tränen auf der zerschrammten Bar – *sie* waren wirklich. Trotzdem, ob sie es nun sehen wollte oder nicht, tanzte das Licht der Phantasie über den ganzen Platz. Sie wagte es nicht, sich wieder nach dem Spiegel umzudrehen, aus Furcht, daß sie die zwei durcheinanderbringen und vergessen könne, welcher Glanz wirklich war. Eine strahlendweiße Markise in einer Nebenstraße erschien ihr von unzerstörbarer Schönheit. Das von ihr beschützte Fenster war von Traurigkeit und Schatten ausgehöhlt. Und mit derselben tiefen Traurigkeit sagte sie: »Ich glaube dir.« Die Welle des Abscheus verebbte, wurde zurückgesogen unter eine andere Welle – ein übermächtiges, kindisches Verlangen nach etwas Simplem wie wahrer Liebe.

In ihrem Gesicht zeigte sich nichts. Es war erstarrt in halbwüchsiger Halsstarrigkeit, und dies war eines ihrer einstigen gemeinsamen Treffen, wenn sie, störrisch und verletzt, in ein Leben zurückberredet werden mußte, wie Jack es leben wollte. Es war dieselbe Reise, im selben Tempo. Nun erschien ihr der Platz voll von unsichtbarem Verkehr – zuerst wispernde Autoreifen, dann ein leises, hohes Kreischen, dann ein stetes

Lärmen. Falls Jack irgend etwas hörte, so war es nur das Blut in den Adern und seine lauten, fröhlichen Gedanken. Für einen praktisch denkenden Romantiker wie Jack, der nichts lieber wollte, als Netta auf der Stelle ins Bett zu bekommen, war, was sie hörte, nur die E-ebbe und Flu-ut der Hormone, wie Dr. Blackley es nannte. Sie fing das Erstaunen auf seinem Gesicht auf.

Jetzt war ihm klar, was er hatte entbehren müssen. *Jetzt* entsann er sich. Es war Netta gewesen, die ganze Zeit über.

Ihre abendlichen Schatten begleiteten sie über den langgestreckten Platz. »Ich habe zwar noch ein Auto«, sagte sie. »Aber kein Benzin. Es gibt ja die Bahn.« Aber das Geräusch war noch immer in ihren Ohren, wie von lautem Verkehr, der näher kam und sich wieder entfernte. Ihre eigene, ruhige Stimme übertönte ihn. »Hoffnungslos.« Das mußte er gehört haben. Es war ja so laut wie ein Schrei. Er hielt sie leicht beim Arm. Er war so hoffnungsvoll wie der Morgen. Dies war *sein* Morgen – das erste Licht auf dem Spiegel, die erste Zigarette. Er zog sie in einen Torweg, wo niemand sie sehen konnte. Was soll ich tun, fragte sie ihre Gespenster, als ihn meinen Arm festhalten, meine Schritte führen lassen?

Nachher sagte Jack, daß der Spaziergang mit Netta zurück über die Blace Masséna das beglückendste Ereignis in seinem Leben gewesen sei. Da sie kein glaubwürdiges Gegenereignis an seine Stelle setzen konnte, ließ sie die Erinnerung bestehen.

Aus dem Englischen übertragen von Eva Bornemann

DIE REMISSION

Sobald sich herausstellte, daß Alec Webb viel kränker war, als irgend jemand für nötig befand, ihm zu sagen, zerriß er sein Leben in England und ging zum Sterben an die Riviera. Es war die Zeit zu Beginn der Regierung der neuen Elizabeth, und die Leute taten es immer noch – sie wanderten aus mit dem einzigen Ziel: der Hoffnung auf einen gnadenvollen Himmel. Die Alternative (sagte Alec zu seiner einzigen Schwester) war, sich beim Staatlichen Gesundheitsdienst für den Tod anzustellen, auf einer vorschriftsmäßigen Matratze und einer Gummiunterlage zu liegen und dem Sterbensröcheln anderer Männer zuzuhören.

Alec – so formulierten es die Nachrufe später – war verheiratet mit Barbara und Vater dreier Kinder: Will, Molly und James. Weder ihm noch irgend jemand anderem war es in den Sinn gekommen, daß der Rückzug aus England ein ungewöhnlicher Gewaltakt sein könne, der das Leben seiner Kinder wie das seine entzweireißen und verwunden könne. Der Unterschied war, daß ihr Leben noch kaum zu wachsen begonnen hatte, noch nicht erblüht war.

Die fünf Webbs kamen im Lauf eines besonders heißen Septembers auf dem Gut an, das Lou Mas hieß. Das rätselhafte Lou Mas, bisher nur ein Name auf einer Übertragungsurkunde, nahm als ein rosafarbenes Haus Gestalt an, eingezwängt in die Seite eines Hügels zwischen einer Autostraße und dem Meer. Den Baustil identifizierte Alec als Edwardian-Riviera. Barbara vermutete, er meine damit die Unmenge von Balkonen und Fensterbrüstungen und die schlanken, rein dekorativen Säulen im Garten. In dem neuen, südlichen Licht erschien ihr alles glänzend und feucht, wie Farbe geradewegs aus einem Malkasten aufgetragen. Eine der ersten Gesten von Alec war, den Arm zu heben und seine Augen gegen dieses Gleißen zu schützen. Die Reise hat ihn erschöpft, dachte sie. In Träumen hatte man ihr versichert, daß ihr Klimawechsel unwiderruflich sei; nicht nur Alec, sondern keiner von ihnen könne je zurück. Sie erzählte ihm nichts davon, obwohl zu besseren Zeiten dies jenen Teil seines Geistes interessiert hätte, den er brachliegen ließ: Da er durch und durch rational war, hatte er einen klugen Respekt vor dem zweiten Gesicht.

Noch niemals waren die Kinder in einem Haus dieser Größe gewesen. Sie jagten einander und schlitterten auf den Böden herum, bis Alec sie höflich ersuchte, doch bitte draußen zu spielen, obwohl einer der Gründe, weshalb er hierherkommen wollte, war, die ihm verbleibende Zeit in ihrer Nähe zu verbringen. Auf der mit Steinplatten belegten Veranda vor dem Haus sahen die Kinder hinunter auf Terrassen mit Olivenbäumen, auf eine Eisenbahnlinie, dahinter auf das Meer. Zwischen den Bäumen stand ein leerstehendes Ferienhäuschen, das zu betreten Barbara ihnen verboten hatte. Die Kinder waren zehn, elf und zwölf, das Mädchen die mittlere. Da sie dort in keine Schule zu gehen brauchten und niemand von den Leuten, die in ihrer Nachbarschaft wohnten, kannten, und da ihre Mutter zuviel zu tun hatte, um Ablenkung für sie zu ersinnen, beugten sie sich über eine Steinbalustrade, winkten den Zügen nach und hofften auf eine Antwort oder vielleicht auf eine Enthauptung. Sie waren oft vor leichtsinnigen Reisenden gewarnt worden und vor dem Schlimmsten, das passieren könne. Ihre Mutter kam heraus und legte die Arme um Will, den Ältesten. Sie küßte ihn auf den Kopf. »Seht euch doch das Meer an«, sagte sie. »Haben wir nicht Glück?« Sie sahen es sich an, aber das riesige, flache Meer war bloß eine Linie, die jeder von ihnen auf einem Blatt Papier hätte zeichnen können. Es war da, aber mehr auch nicht, Züge waren interessanter – und auch die verfallene Hütte. Innerhalb einer Woche hatte James sich die Hand beim Einbruch an einer Glasscherbe geschnitten, aber inzwischen hatte Barbara ihr Verbot vergessen.

Die Sonne, die Alec hatte haben wollen, erwies sich als gnadenlos, und er verbrachte die meiste Zeit im Haus, wanderte von einem Zimmer zum anderen, auf der Suche nach irgendeiner düsteren englischen Höhle, in der er Schutz suchen könnte. Oft saß er nur so da, ohne zu lesen, tatenlos in einem Zimmer, dessen einziges, nicht sehr sauberes Fenster direkt auf den kahlen Hügel hinter dem Haus ging. Feuchtigkeit und Reste wintriger Gewitterstürme hatten beruhigende, vergilbte Muster auf die Zimmerwände gezeichnet. Er vermutete, daß das Zimmer einst für jemandes glücklose, hilflose, bezahlte Gesellschafterin bestimmt war, die erstaunt gewesen wäre bei dem Gedanken, ein sterbender Mann könne darin Zuflucht suchen. Am Spätnachmittag zog er sich dann in sein Schlafzimmer zurück, wo draußen auf dem Balkon ein winkliger Schatten des Daches nach und nach die Sonne verdrängte. Barbara stellte seinen Liegestuhl auf den noch heißen Kacheln auf. Er streckte sich aus, öffnete ein Buch, fand die Seite, die er suchte, und schloß sofort die Augen.

Barbara kniete sich in einem Dreieck aus Licht in eine Ecke. Sie hatte ihre Kleider ausgezogen und trug nur einen Sonnenhut; Bougainvillea stand dort so dicht, daß sie niemand sehen konnte. Sie sagte: »Soll ich dir vorlesen?« Nein; er tat alles selbst oder fast alles. Er war – immer – gebadet, rasiert, frisiert und angezogen. Seine Kinder konnten sich nicht erinnern, ihn jemals mit ungekämmtem oder wirrem Haar gesehen zu haben, obwohl es ihnen bestimmt nichts ausgemacht hätte. Er roch nicht nach Schweiß oder Krankheit oder Medikamenten oder Angst.

Als es später im Herbst zu regnen begann, spielten die Kinder im Haus. Barbara versuchte, sie ruhig zu halten. Oben in der Stadt gab es eine französische Schule, aber weder Alec noch Barbara wußten viel darüber; und übrigens hätte es keinen Zweck gehabt, daß sie sich eingewöhnten. Er hörte, wie die Kinder um Fahrräder baten, damit sie auf der Landstraße radeln konnten, und er hörte auch, wie Barbara nein sagte, die

Straße sei gefährlich. Sie mußte es sich aber anders überlegt haben, denn als nächstes hörte er, wie sie die Vor- und Nachteile französischer Fahrräder diskutierten. Eines der Kinder – es war James – wollte wissen, was sie kosteten.

»So etwas sollst du nie erwähnen«, sagte Barbara. »Du darfst nicht über Geld sprechen.«

Alec hinterließ kein Geld, nur die drei Kinder – vier, wenn man seine Frau Barbara mitrechnete. Barbara sagte oft, sie könne mit Geld nicht umgehen, sie habe keinen Sinn dafür. »Gott sei Dank bin ich irisch«, sagte sie dann. »Ich habe keine Zinssätze im Kopf.« Ihren Charakter erklärte sie damit, irischer Abstammung zu sein, so wie manche Leute ihre Talente und Schwächen den Sternzeichen zuschreiben. Alles echt Irische war längst verflogen. Übriggeblieben war nur eine traditionelle katholische Erziehung und eine weitere Eigenschaft, besonders ausgeprägt im Falle von Barbara, nämlich eine leidenschaftliche Antiklerikalität. Alec vermutete, daß sie sich aus irgendeinem rätselhaften Grund an Ahnen rächen wolle, die sie im Himmel wohl nicht wieder erkannt hätte. Ihre Familie, die Laceys, lebte seit Generationen in Wales. Ihre Brüder betrachteten sich als Waliser.

Es waren Barbaras drei walisische Brüder, die das Kapital für Lou Mas aufgebracht hatten. Häuser wie dieses waren damals mühelos zu haben. Sie standen, verfallend, am unbeliebten Ende der Küste, manchmal von gelegentlichem Artilleriebeschuß beschädigt, schwer heizbar, teuer instand zu setzen. Was die Brüder an Lou Mas als wertvoll angesehen hatten, war nicht die Villa, mit der sie nichts anzufangen wußten, sondern die ungenützte Strandlage, für die jeder von ihnen einen anderen Plan hatte. Der älteste Bruder war Partner in einer Baufirma, ein zweiter war Geschäftsführer eines Ferienhotels und spielte mit dem Gedanken, eines Tages sein eigenes zu bauen. Der jüngst, Mike, Barbaras Lieblingsbruder, war von der Royal Air Force zur Handelsluftfahrt übergewechselt. Wie Alec war auch er in Kriegsgefangenschaft gewesen. Dies, aber nur dies hatten die beiden Männer gemeinsam. Mike war derjenige von den dreien, der am weitesten gereist war. An

Stelle des rosafarbenen Hauses mit seinen dicken Mauern und hohen Decken sah er im Geiste einen dieser zerbrechlichen, dominosteinförmigen Quader, die um die Mittelmeerbucht herum entstanden und die den Rand des Meeres wie ein Schraubstock aus weißem Gips umspannten.

Die Steuergesetzgebung des Vereinigten Königreiches erschwerte es den Laceys, im Ausland Besitz zu haben; deshalb waren Alec und Barbara als Eigentümer von Lou Mas angegeben, während Desmond, der Bauingenieur, die Vollmacht besaß, dies war eine leicht zu handhabende Operation, weil Alec viel zu redlich war und Barbara eine Urkunde nicht von einem Karo-As unterscheiden konnte. Als daher die ersten Spähtrupps aus der örtlichen englischen Kolonie zu Besuch kamen, um herauszufinden, was für Leute die Webbs waren, und Barbara ihnen erzählte, Lou Mas gehöre ihrer Familie, sagte sie die Wahrheit. Ihre Besucher murmelten, daß sie die Vaughan-Thorpes sehr geschätzt hatten und betrübt waren, als sie wegzogen – ein Hinweis auf die Vorbesitzer, deren Großeltern Lou Mas gebaut hatten. Barbara empfand dies nicht etwa als Brüskierung: Sie wunderte sich nur einfach, weshalb ein Krieg, aus dem ihre Brüder so glänzend hervorgegangen waren, Alec, dessen Schwester und die unbekannten Vaughan-Thorpes in noch beschränkteren Verhältnissen als zuvor zurückgelassen hatte. Der Spähtrupp berichtete, Mr. Webb sei schwer krank, die Kinder gingen nicht zur Schule, Mrs. Webb müsse früher einmal hübsch gewesen sein und daß sie recht viel Geld, entweder das ihres Mannes oder ihr eigenes, auszugeben scheine. Als man keine Verbesserungen an dem Haus, dem Grund und Boden und dem Cottage sah, nahm man es allmählich für selbstverständlich an, daß sie für Unnützes mehr Geld verschwendet habe als sie besitze.

Ihre Besucher irrten sich: Barbara gab nie mehr aus als sie hatte, sondern nur die Summe dessen, was sie sah. Was sie jetzt sah, war ein Klumpen Geld wie ein großer Marmorblock, von dem sie soviel abmeißeln konnte, wie sie wollte. Er war von Alecs Schwester gekommen. Alecs halsstarrige Weigerung, auf Kosten des staatlichen Gesundheitsdienstes zu sterben, mußte irgendwie finanziert werden. Gewiß, Prinzip sei eine feine Sache, hatte einer von Barbaras Brüdern bemerkt, aber es sei auch teuer. Alecs Verdienstzeit war vorüber. Er stammte aus einer langen Reihe mittlerer Staatsbeamter, die niemals etwas anderes besessen hatten als die Cottages, in denen sie schließlich ihren Ruhestand verlebten und die ihre Erben unweigerlich verkauften. Das wenige verdiente Geld versickerte im Sande der teuren Schulen ihrer Söhne. Von den Töchtern wurde erwartet, daß sie heirateten. Alecs nun vierundvierzigjährige Schwester hatte es nicht getan, obwohl sie weder ärmer noch reizloser war als die meisten. »So bin ich besser dran« hatte sie Alec vielleicht einmal zu oft versichert. Sie hatte nichts gelernt, war unvorbereitet und taugte für kein anderes Leben außer das einer weiblichen Zivilistin zu Kriegszeiten; mit dem Frieden konnte sie nichts anfangen, genauso wie die Zeit unmittelbar danach zu schnell, zu hart und zu hektisch war, um für jemanden wie Alec Platz zu haben. Ihr einziger Vorzug war materiell: eine bescheidene, umsichtig investierte und ihr von einem Taufpaten vermachte Summe Geldes; mit Näharbeiten trug sie zu dem Zinseinkommen bei. Taufkleidchen waren ihre Spezialität, aber immer weniger Babys wurden feierlich getauft, außerdem ersetzte Nylon allmählich Seide und Batist, die sie mit solcher Sorgfalt verarbeitete. In einer Welt ohne Dienstboten wollte niemand die Rüschen und Biesen mehr bügeln. Barbara nannte ihre Schwägerin »die Maus«. Sie hatte kleine, braune Augen, lebte vegetarisch und betete jeden Abend ihres Lebens für Alec und die Eltern, die sie nicht sehr geliebt hatten. »Wenn sie doch nur auf mich hören würden«, sagte sie oft – und meinte damit Alec und Barbara. Niemals beklagte sie ihre eingeschänkte Existenz, die ihr manchmal als die einzig angemessene erschien; zumindest war sie ruhig. Als Alec ihr eröffnete, daß er demnächst sterben werde und auswandern wolle, und zwar ein Haus zur Verfügung habe, aber kein Geld, um den Haushalt zu führen, bot sie ihm sofort die Hälfte ihres Kapitals an. Er akzeptierte in derselben ungerührten Art, in der er auch über den Tod gesprochen hatte – sie vermutete, zwingender Not zufolge oder weil er immer noch der überholten Überzeugung war, daß Frauen nicht viel benötigen. Daß es eine impulsive Geste gewesen war, ja, möglicherweise auch eine verhängnisvolle, wußte sie, aber sie liebte Alec und wollte ihren eigenen Kummer nicht noch verschlimmern. Man versicherte ihr, daß alles, was am Ende noch übrigbleiben werde, ihr mit Zins und Zinseszins durch irgendein geschicktes Investment zurückgezahlt würde, aber da Alec und seine Familie beabsichtigten, von dem Kapital zu leben, sah sie nicht, wie das bewerkstelligt werden sollte.

Alec wußte, daß seine Schwester ein Opfer war. Es bedeutete nur, daß noch ein Licht ausgelöscht wurde. Abstand hatte ihn sogar schon vor der Reise nach dem Süden übermannt. Geist und Körper schwebten auf jedem Luftzug, der sie tragen wollte.

Zum erstenmal in ihrem Leben hatte Barbara genug Geld, und es gab niemanden, der sie mit nutzlosen Vorschriften plagte. Während Alec schlief oder vorgab zu schlafen, kniete sie in dem letzten Sonnendreieck auf dem Balkon und las in den ausgebreiteten Seiten der *Continental Daily Mail*. Es war eine Sache gewesen, mit Geld nicht umgehen zu können, solange es so gut wie keines gab; eine andere Sache war es, die augenblickliche Lage umsichtig und mit Verstand einzuschätzen. Ihrer Lektüre entnahm sie, daß der Dollar immer noch stärker war als das Pfund. (Pfunde, das war das verfallende Cottage, Dollar das Edwardische Haus. Für Alec mit seiner Herkunft und Erziehung klang das Wort »Dollar« nicht gerade salonfähig, ja, möglicherweise belästigend, aber Barbara kannte keine Klassenvorurteile, die sie behindert hätten. Deshalb kaufte sie Dollar für Pfunde, verlor dabei Gott weiß wieviel, glaubte jedesmal, sie habe Banken und Nationen, Snobs und den Wirtschaftsredakteur der *Mail* und ihre eigenen geschäftstüchtigen Brüder überlistet. (Einer der Nachbarn der Webbs, ein pensionierter Offizier, hatte Alec vertraulich mitgeteilt, daß er jeden Augenblick die russische Flotte in der Bucht am Fuße ihrer Villen erwarte. Er habe die Absicht, bis zum Schluß zu kämpfen und seine Schwelle zu verteidigen;

sollte jedoch etwas passieren, das ihn daran hindere, habe er ein Bündel Dollarscheine in der Tasche eines alten Morgenrocks versteckt, damit er und seine Mutter sich ihren Weg freikaufen könnten.)

In Alecs verdunkeltem Schlafzimmer kämmte sie ihm mit seinem Kamm die Haare. Selbst wenn er überlebte, würde er in den fünfziger Jahren niemals Fuß fassen. Wohingegen sie, Barbara, für ihre Zeit geschaffen war. Dies bedeutete nicht, daß sie ohne in leben wollte. In einem Brief an einen ihrer Brüder riet sie ihm, hier unten ein Hotel aufzumachen. Dienstpersonal war billig – zwanzig oder dreißig Cent die Stunde, je nachdem, ob man in offizieller Währung oder Schwarzmarktlöhnen bezahle. In diesem Brief schwang Barbaras Stimme hoch und atemlos mit, obwohl sie inzwischen vierunddreißig Jahre alt sein mußte. Der Bruder fragte sich, ob dies das Geplapper war, das sich der arme, sterbende Alec unten im Süden anhören müsse.

Der »Süden« – das war für Alec ein Ort der Phantasie. Er hatte nicht etwa, wie seine bemitleidenswerte Schwester glaubte, England im Stich gelassen, sondern war in eine seiner ältesten literarischen Legenden gezogen. Sein Teil dieser Legende hieß Rivabella. In Wirklichkeit stand »Rivebelle« auf Landkarten und Wegweisern, denn das Gebiet gehörte zu Frankreich – wenigstens vorläufig. Es wurde so lange zwischen Frankreich und Italien hin und her gezerrt, daß es nun so etwas wie einen mannigfaltigen, schillernden Charakter besaß, fern von jeglicher zentralen Autorität, es sei denn, es standen Wahlen oder Kriege ins Haus. Inmitten dieses Gebiets lag eine sich auf dem Hügel hinter Lou Mas ausbreitende Stadt, oberhalb der Landstraße. Die Einwohner sagten »Rivabella«; untereinander sprachen sie einen ligurischen Dialekt mit ein paar spanischen und arabischen Brocken, obwohl ihre Kinder zur Schule gingen, Französisch lernten und auch erfuhren, daß sie von einer blauäugigen Rasse abstammten.

Was unveränderlich geblieben war, war Rivabellas Armut und die uralten Olivenhaine, die nur durch die strengsten

Vorschriften davor bewahrt wurden, daß die Bewohner sie abholzten, und das Aussehen und der Charakter des Volkes. Da Alec aufgrund seiner Krankheit ans Haus gefesselt war, begegnete er höchstens einem Dutzend dieser Menschen; sie bestätigten die Erwartungen, die seine Lektüre entfacht hatte, erschienen ihm klassenlos und heidnisch, poetisch und weise und erfüllt von einem instinktiven Verständnis für das, was hell, dunkel und unsterblich war. Barbara hielt sie für schlau und witzig, was sie waren, erwartete, von ihnen bestohlen zu werden, was sie taten, und von ihnen geliebt zu werden, was sie zu tun schienen. Nur den Kindern vermittelten diese fremden neuen Erwachsenen ein Gefühl von Unbehagen, sie waren so vierschrötig und häßlich, so zänkisch und verschlagen, so zerstörerisch der Natur gegenüber und so sinnlos grausam zu Tieren. Aber man muß bedenken, daß die Kinder nicht viel gelesen hatten, mit Filmen unvertraut waren und keine Legenden als Vorbilder hatten.

Während der ersten Wochen ging Barbara mehrmals hinauf in die Stadt, um sich nach einem Arzt für Alec, einer Köchin und einem Zimmermädchen, nach jemandem, der den Kindern Unterricht geben könnte, umzusehen. Es gab nur wenige Sehenswürdigkeiten außer einer barocken Kirche, aus der alles, was nicht niet- und nagelfest war, längst an Antiquitätenhändler verkauft worden war, und einem verfallenden Palast an der sehr eintönigen Hauptstraße. In einem der Palasträume gestattete man ihr, ein paar pfirsichfarbene Flekken zu bewundern, die, so sagte man ihr, Wandmalereien aus der Frührenaissance seien. Einige Reiseführer erwähnten diese mit dem Resultat, daß eine Anzahl jener neuen, hart arbeitenden Zunft von Nachkriegstouristen eine steile, für Autos unbefahrbare Straße hinaufkeuchten, nur um herauszufinden, daß der Palast einer verschrobenen französischen Gräfin gehörte, die allein mit ihrer Nichte dort hauste und niemanden hereinließ. (Barbara, die mit der Nichte wegen der Gouvernantenstelle ein Einstellungsgespräch führte, war hereingelassen worden, mußte aber stehenbleiben, bis die Gräfin das Zimmer verließ.) Hinter dem Palast entdeckte sie ein Rathaus mit einem Postamt und einer daran angebauten Schule, ein reizendes kleines Krankenhaus – wo sie einen Arzt für Alec ermittelte – und einen ummauerten Friedhof. Nur dieser war einen Besuch wert; dort lagen englische Dichter aus viktorianischer Zeit, die wahrscheinlich an Tuberkulose gestorben waren, als man noch glaubte, ein Reizklima sei gut für Schwindsüchtige, russische Adlige, denen einige der englischen Häuser gehört hatten, und Abenteurer à la Garibaldi, die, wie Alec, niemals irgend etwas besessen hatten. Die meisten dieser Gräber waren verwildert und vernachlässigt, die Grabsteine schief, und überall überwuchs Unkraut die Rosen. Diejenigen, die vor kurzem gestorben waren, hatten marmorne Gedenktafeln, die in eine hohe Betonmauer eingelassen waren; das interessierte sie nicht. Was sie bemerkenswert fand, war der herrliche Blick; sie konnte Lou Mas erkennen und bis weit nach Italien blicken und natürlich auch über eine unendliche Meeresfläche. Wie dumm es doch von all diesen reichen Ausländern war, sich am Strand anzusiedeln, wo die Bahn laut krachend vorbeifuhr. Ich hätte sofort hier oben mein Haus gebaut, dachte sie.

Alecs neuer Arzt war jung und häßlich und kaute an den Nägeln. Er sprach gut Englisch, kannte die meisten Ansiedler der britischen Kolonie, deren Erkältungen, Allergien und ewige Magenbeschwerden er behandelte. Britische Beschwerden waren im Grunde nichts weiter als kindliche Beschwerden; was seine Patienten wirklich wollten, war, in einem Kinderzimmer in der Nähe eines Kaminfeuers ins Bett gesteckt zu werden und warme Milch mit Brot gefüttert zu bekommen. Er hatte in ihr so etwas wie sich selbst gesehen – eine Komplizin. »Mein Mann ist alles andere als kindisch«, sagte sie sanft. Sie zögerte, ehe sie mit ihrem üblichen irischen Anspruch auftrat, denn sie war nicht ganz sicher, was er meinte.

»Rivabella hat nur zwei Dinge von kulturellem Interesse«, sagte er. »Eins ist der Marktplatz vor der Kirche, das andere ist der Schutzheilige, St. Damian. Er erscheint auf dem Kirchendach in voller Rüstung und streckt ein flammendes Schwert in die Luft. Er tut dies jedesmal, wenn sich irgend jemand in Rivabella in Gefahr zu befinden scheint.« Sie erkannte in der Art, wie er sie ansah, daß sie ihre Reise in den Süden zwar als Ehefrau und Mutter begonnen hatte, deren gutes Aussehen langsam verblaßte, daß sie aber an einem Ort angekommen war, wo ihr Gesicht exotisch wirkte. Bis dahin hatte sie nur geglaubt, daß eine normale englische Familie den Zug bestiegen und die Karikatur einer solchen den Zug verlassen hatte. Es kam aufs gleiche heraus – es lag am Auge des Betrachters.

Von seinem Balkon aus sah Alec den Hügel als ein ungefähres Dreieck mit ein paar verstreuten Bauernhäusern unterhalb der grauen und umbrafarbenen Stadt (alles, was er ausmachen konnte, war ihre Farbe) und als Spitze den Friedhof. Dieser, in seinem kalkigen Weiß, sah aus wie ein andalusisches oder nordafrikanisches Dorf, das am falschen Teil der Küste angeschwemmt worden war. Er paßte nicht zu den üppigen englischen Gärten und ausländischen Villen, die meist rosafarben und beige verputzt waren oder einen dunkleren Farbton hatten, den man »ägyptisch-rot« nannte. Innerhalb dieser Häuser gab es eine Art Leben, die er spürte und begriff, denn es war eine kleinere, blassere Form kolonialer Existenz mit schnatternden, fremdländischen Dienstboten, die ebensogut Wellensittiche hätten sein können, und heißem Pudding, den man unter blendendem Sonnenlicht verzehrte. Wahrscheinlich wurden Sprachregeln und Verhaltensweisen beachtet wie in den letzten Tagen des untergehenden Empires. Barbara hatte ihm von einer dieser Regeln erzählt: Es gehöre sich nicht, »Rivebelle« anstatt »Rivabella« zu sagen, denn es bewies, daß man nichts von dem Ort in seiner früheren Glanzzeit wisse und daß selbst die Königin Viktoria einmal in einem ihrer herzlichen Briefe an die Kronprinzessin von Preußen das »*hübsche* kleine Rivabella« erwähnt habe.

»Alles Snobs«, erklärte Barbara. »Gott sei Dank bin ich irisch«, obwohl es etwas gab, das sie irgendwie doch störte: Einer ihrer ersten *faux pas* war nämlich, daß sie »Rivebelle« sagte. Ein zweiter Fehler war, Personal anzuheuern, ohne sich vorher Rat zu holen. Man verdächtigte sie sogar, doppelt soviel wie üblich zu bezahlen, was nicht so sehr als ökonomisches Fehlverhalten, sondern als gesellschaftlicher Affront galt. »Alles Snobs« war zwar kein sehr triftiges Argument, aber keine der anderen Villen verfügte schließlich über eine Köchin, ein Zimmermädchen, eine Wäscherin, einen Gärtner und eine Gouvernante, die allesamt von Rivabella heruntermarschierten und die alle loyal, anhänglich, fröhlich, fleißig und gütig waren.

Sie schrieb an ihren Pilotenbruder, denjenigen, den sie liebte, und erzählte ihm, wie selbstsicher die Menschen hier seien, wie stolz auf ihre Aufgaben, und wie ihre Lebensphilosophie der modernen britischen Auffassung vom Leben als Kampf und Anhäufung von Besitz völlig fremd sei. »Es wäre wunderbar, wenn Du mal zu Besuch kämst. Wir haben mehr Zimmer als wir bewohnen können. Und dann könnten wir miteinander reden.« Aber niemand kam. Niemand wollte dem armen alten Alec beim Sterben zusehen.

Später entsannen sich die Kinder, daß ihre Köchin in der Küche einen Strohhut getragen hatte, damit der sich an der Decke sammelnde Dampf ihr nicht auf den Kopf tropfte, und daß sie denselben Hut zum Begräbnis ihres Vaters aufhatte.

Barbara sprach mit den Kindern über das Essen. Sie selbst war kaum zwanzig gewesen, als der Krieg ausbrach, und da hatte es Mahlzeiten gegeben, bei denen sie sich nie satt gegessen hatte. Und jetzt setzte sie sich dreimal am Tag hin zu Sahne und Butter und frischem Brot, frisch gelegten Eiern, Marmelade, in der der Löffel stecken blieb: Frühstücksmahlzeiten wie im Märchenbuch aus der Vorkriegszeit. Da sie es vorzog, Essen zu betrachten anstatt es zu essen, muß es die *Vorstellung* ihres gedeckten Tisches gewesen sein, die ihre Haut so schimmernd, ihr Haar so glänzend machte. Einst waren sahniges Weiß und Gold ihre Farben gewesen, aber der Krieg und die Ehe und Alecs Krankheit und die ewige Geldnot und irgendeine andere undefinierbare Enttäuschung hatten sie verblassen lassen, sie verdunkelt. Trotzdem fühlte sie sich manchmal wie von Glück durchschossen oder zumindest von einem durchdringenden Hinweis auf das, was Glückseligkeit sein könne. Dieses Gefühl, das sie in einem anderen Klima leichter hätte beherrschen können, wurde so natürlich, so hartnäckig, daß sie manchmal fürchtete, es käme aus einer religiösen Quelle und daß sie – aus Überzeugung – das versprochene Glücksgefühl ablehnen müsse. Aber nein; glücklicherweise war sie zu erdverbunden für derartigen Unsinn. Sie konnte ein unerwartetes Glücksgefühl spüren, wenn sie einfach nur sah, wie ihre Köchin mit beladenen Körben ankam oder wie der Gärtner mit einer Lattenkiste voll blühender Pflanzen die Terrasse überquerte. (Er pflanzte sie unter den Olivenbäumen ein, wo sie sehr schnell eingingen.) In solchen Zeiten schien Lou Mas auf die Größe eines Puppenhauses zu schrumpfen, das sie jeden Moment hochheben und forttragen konnte; dann entsann sie sich, wie es war, als die Kinder noch Babys waren und ihr allein gehörten.

Mit Alecs Frühstückstablett beladen, trat sie ein in ihrem weißen Morgenrock, den seine Schwester ihr als Abschiedsgeschenk gegeben hatte. Ihr Haar, das sie nun dicht und lose trug, war jetzt viel heller als früher in England. Er schien sie kaum zu sehen. Alles blendete ihn jetzt. Sie strich Butter auf sein Toastbrot, tat Marmelade darauf und sagte: »Versuch's doch, Liebling. So eine Marmelade wirst du nie wieder essen.« Natürlich grollte das wie prophetischer Donner. Ihr Blick trübte sich – nicht etwa, weil ihr Tränen kamen, denn sie weinte nicht leicht. Nein, es war, als sei eine Wand aus reinem Wasser mit einem enormen Krachen heruntergestürzt und habe sie von Alec abgeschnitten.

Jetzt, da es Winter geworden war, bewegte er sich mit der Sonne anstatt weg von ihr. Er schleppte sich, an ihre Schulter gelehnt, zum Balkon. Sie legte eine Decke über ihn, gab ihm ein Buch zu lesen, kämmte sein Haar. Er hatte so gut wie aufgehört zu sprechen, nahm sich aber zusammen, wenn Besuch kam. Sie dachte: Wie wäre es wohl, erschossen zu werden? Nur ein Alptraum mit seiner unausgesprochenen Frage konnte dafür verantwortlich sein, aber ihre visionären Träume hatten sie verlassen, wahrscheinlich, weil Alecs Schicksal, und daher bis zu einem gewissen Grade auch ihr eigenes, ein für allemal entschieden waren. Zwischen Haus und Meer hockte der Gärtner mit einer kleinen Schaufel in der Hand. Seine Aufgabe bestand darin, Pflanzen zu setzen, und seine Phantasie reichte nicht über Salbei hinaus: Die Erde unter den Olivenbäumen war violett davon. Sie lehnte sich gegen die warme Balustrade und stellte sich vor, was er sehen würde, wenn er hochblickte – sie selber, in Weiß, mit von der Sonne vergoldetem Haar. Aber als er das Gesicht hob, war es nur, um sich den Schweiß mit dem Hemd, das er ausgezogen hatte, abzuwischen. Ein Traum kam zurück: Man hatte ihr befohlen, neue Namen für jene Flüchtlingskinder zu finden, deren Namen vergessen worden waren. Im wirklichen Leben hatte sie ihren Kindern die Namen Giles, Nigel und Samantha geben wollen, aber Alec hatte das nicht gewollt. Alle drei waren während seines Kriegsurlaubs empfangen worden, ehe er in Gefangenschaft geriet. Die Kinder hatten Barbaras graue Augen, ihre sommersprossige Haut, ihre feinen Knochen und zarten Gesichtszüge (obwohl bei Molly Anzeichen einer dunkleren, robusteren Rasse zu finden waren), aber keins von ihnen hatte ihre Pracht, ihren Glanz. Sie empfand sie und sie empfanden dies möglicherweise selbst als mager und trocken, wie Alec.

Alles, was Mademoiselle sagte, war nutzlos oder wiederholte sich. »›Lou Mas‹ bedeutet ›die Farm‹«, was die Kinder wußten. Wenn sie aus dem Eßzimmerfenster blickten, sagte sie: »Dort liegt Italien.« Sie kam zeitig, um mit ihnen zu frühstücken; die Tante, mit der sie zusammenwohnte, die Tante mit den Wandgemälden, schloß alle Nahrungsmittel in ihrem Palast weg. »Wofür haltet ihr mich?« fragte sie manchmal mit tragischer Stimme, wenn irgendeine kleine Sache vorkam, wenn sie zum Beispiel nicht gespannt zuhörten. Sie brachte ihnen nicht viel bei, nur etwas Französisch, und sie lernten es jetzt schneller, als sie es lehren konnte. Ihr Urgroßvater war im Kampf gegen Garibaldi (ein italienischer Bandit, erklärte sie) ein Freiwilliger gewesen; ihr Großvater war der Begründer einer nationalistischen Bewegung; ihr Vater war auf den Stufen seines Hauses am Ende des Krieges ermordet worden. Sie fürchtete sich vor Freimaurern, Sozialisten, Protestanten und Juden, aber nicht vor dem Ertrinken oder vom Sturz aus großer Höhe oder vor dem Biß tollwütiger Hunde. Als sie herausfand, daß die Kinder getauft waren (weil Alec die Taufe als einen rationalen Start in ein agnostisches Leben betrachtete), widmete sie sich ihrer religiösen Erziehung, was durchaus nicht das war, wofür Barbara sie bezahlte.

Nach dem Mittagessen gingen sie hinauf, um Alec zu besuchen. Er lag in Decken eingewickelt auf seinem Liegestuhl, so blaß wie die Wolken. James jaulte plötzlich laut, er glaubte, er singe: »Wir läuten alle Kirchenglocken und bringen alle Protestanten um.« Dann fragte James: »Sind noch welche übrig? Ich meine Protestanten?«

»Ich zum Beispiel bin noch übrig«, sagte sein Vater.

»Dann war es gut, daß wir hierhergekommen sind«, sagte das Kind ruhig. »Sie konnten dir nichts anhaben.«

Mademoiselle, die entsetzt war, sagte: »Es handelt sich um alte Begebenheiten in Frankreich.«

»Es hätte nichts ausgemacht.« Sein Glaube war abgestorben, sobald er gemerkt hatte, daß die von ihm bewunderten Männer angezweifelt wurden. Seine Konversation wie seine Lektüre wurden immer anspruchsloser. Zur Zeit las er ein Buch über Gartenbau. Er hielt es nahe an die Augen. Tageslicht ermüdete ihn; er empfand es als Eindringling, der sich zwischen die Erinnerung und sein Auge schob. Er las: »Nerine. Guernsey-Lilie. Ord. Amaryllideen. Erstmals 1680 eingeführt.« (Nach England eingeführt, bedeutete das.) »Oleander, 1596. Ostindischer Oleander, 1770. Tamarindenbaum, 1633. Chrysantheme, 1764.« So hatte England geblüht, wurde geschmückt, bepflanzt.

Eine Nachbarin hatte ihm das Buch gegeben. Die Webbs hatten also nicht nur Personal, das für sie arbeitete, und köstliches Essen wie direkt aus einem englischen Kinderzimmer und einen Garten bis ans Meer hinunter, sondern auch distinguierte Nachbarn zu beiden Seiten: rechts Mr. Edmund Cranefield von der Villa Osiris und links Mrs. Massie in der Casa Scotia. Um zu ihren Häusern zu gelangen, mußte man dreißig

Stufen zur Straße hinaufklettern und dann noch weitere Treppen bis zu ihrem Land hinuntersteigen. Mr. Cranefield hatte einen Aufzug, der wie eine große, auf der Seite liegende Kiste aussah. Darin stand ein Küchenstuhl. Er setzte sich auf den Stuhl und wurde mittels eines elektrischen Seils bis zur Straßenhöhe gebracht. Niemand hatte ihn je dabei beobachtet. Wenn er während der kältesten Wintermonate nach Marokko ging, ließ er den Aufzug abstellen und mit Teppichen zudekken, den Teich trockenlegen, die Fische in Tanks setzen und seine zwei Pfauen, die jedesmal in der Morgendämmerung schrien, als habe ein Fuchs sie erwischt, wurden gegen ein hohes Honorar in einem Privatzoo untergebracht. Casa Scotia gehörte Mrs. Massie, die hinkte, ein Tweedcape trug, niemals ohne Hut zu sehen war, am Stock ging und für ihre Stufen gute zwanzig Minuten brauchte.

Mr. Cranefield schrieb Romane, Mrs. Massie war die Verfasserin einer ganzen Reihe von Büchern über Gartenbau. Mr. Cranefield erwähnte seine Romane nie, noch wollte er sie ausleihen; selbst ihre Titel verschwieg er. »Sie müssen mir jeden nennen!« rief Barbara, als sei sie im Begriff, wegzustürzen und mit einer Schubkarre voller Cranefield-Romane zurückzukommen.

Er saß oben bei Alec, und sie unterhielten sich über alles mögliche und recht oft über den Krieg. Gerade als Barbara im Begriff war, zu der Vorstellung zu gelangen, daß Mr. Cranefield sie nicht mochte, lud er sie zum Tee ein. Zum Schutz nahm sie Molly mit, erkannte aber bald, daß ihn Frauen nicht interessierten – wenigstens nicht auf die Art, wie sie es bei Männern erwartete. Sie dachte, vielleicht müsse sie Will und James von ihm fernhalten. Er zeigte Barbara und Molly die Loggia, wo er an windstillen Vormittagen arbeitete; ein heftiger Mistral hatte nämlich einmal einhundertundvierzig Seiten über drei Gärten hinweggeweht – einige davon wurden sogar in einer Hecke in der Casa Scotia gefunden. Auf einem Tisch standen ovalgerahmte Fotos mit den Porträts eines blondhaarigen Mädchens und eines blondhaarigen jungen Mannes. Als Barbara sie näher betrachtete, merkte sie, daß es Fotografien waren, die aus Illustrierten stammten. Mr. Cranefield erklärte: »Das ist das Paar, über das ich schreibe. Ich habe sie dort stehen, damit ich niemals einen Fehler mache.«

»Werden sie Ihnen nicht langweilig?« fragte Barbara.

»Sie sehen doch, was ich ihnen verdanke.« Aber der ärmste Bauer, die schmutzigste Bedienerin, der schäbigste, nägelkauende Arzt in ganz Rivabella hatte das, worauf er hinwies – den Blick, das Meer. Natürlich kann eine Handbewegung nicht alles einschließen, wahrscheinlich hatte er mehr als nur das in Reserve. Er wandte sich an Molly und sagte gütig: »Wenn du ein wenig älter bist, kannst du für mich tippen«, denn er hatte die Erfahrung gemacht, daß junge Mädchen das gerne taten – Schreibmaschine schreiben für Mr. Cranefield, während sie warteten, daß jemand sie heirate. Die Mädchen mochten ihn gerne: Er gab ihnen gute Ratschläge bei ihren Liebesaffären und konnte aus der Handschrift die Zukunft weissagen. Damals wußte Molly nichts über ihn, aber später entsann sie sich, wie Mr. Cranefield, der weibliche Tiefseetaucher, weibche Testpiloten erfunden hatte, sich – in seiner Naivität, seiner Männlichkeit – nicht vorstellen konnte, daß er einem Mädchen, wenn er eines kennenlernte, etwas Aufregenderes anzubieten hätte als »Sie können tippen«.

Lachend unterbrach ihn Barbara: »Aber sie ist erst elf.«

Das stimmte, aber Molly fand es schrecklich, daß sie das sagte.

Mrs. Massie genierte sich durchaus nicht, *ihre* Bücher mitzubringen. Alex gab sie mehrere, einschließlich *Flora's Gardening Encyclopaedia*, siebzehnte Auflage, das als ihr Meisterwerk galt. Alle ihre Bücher liefen unter dem Namen »Flora«, obwohl sie nicht so hieß. Über Mr. Cranefield sagte sie: »Edmund ist ein großes, verwöhntes Kind. Ist sein ganzes Leben lang von bewundernden Frauen verhätschelt worden. Nicht von mir.« Sie saß gerade auf einem geraden Stuhl, die Hände über den Stock gefaltet. »Ich tippe selber. Und arbeite auch selbst im Garten«, obwohl sie James und Will erklärte: »Wenn ihr wollt, könnt ihr euch in meinem Garten ein Taschengeld verdienen.«

Im Frühjahr wurde die zweite Elizabeth gekrönt. Barbara bestellte ein Fernsehgerät in einem Geschäft in Nizza. Es war das erste, das die Kinder je gesehen hatten. Zwei Männer schleppten es mühsam die Stufen von der Straße hinunter und wurden es sehr bald müde, den Apparat von einem Zimmer zum anderen zu tragen, während Barbara sich überlegte, wo sie ihn aufstellen wollte. Am Ende war es ein Zimmer, das sie gewöhnlich abgesperrt ließen; am einen Ende gab es eine erhöhte Plattform, wo vor dem Kriege Laientheateraufführungen stattgefunden hatten. Die Männer stellten die Kiste auf die Bühne und fingen an, mit Antennen und elektrischen Kabeln zu hantieren, während die Kinder hin und her liefen und Stuhlreihen aufstellten. Einer der Männer meinte, es könnte sein, daß sie am kommenden Tag, dem Krönungstag, die Königin nicht so deutlich sehen würden, weil die Alpen dazwischen lägen. Die Kinder setzten sich hin und starrten auf den Bildschirm. Horizontale Blitze zuckten über sein Gesicht. Die Männer erklärten die Gefahren der Implosion, die schon vielen Menschen auf der ganzen Welt das Leben gekostet habe. Sie sagten, daß, sollten Steckdose und Stecker anfangen zu schwelen, Barbara zum Zähler rennen und die betreffende Sicherung herausziehen müsse.

»Die betreffende Sicherung?« sagte Barbara. Den Kindern gefiel es manchmal nicht, wie sie über alles und jedes lachte.

Als die Männer gegangen waren, marschierten sie nach oben, um Alec von den Alpen und der Implosion zu berichten. Er ruhte sich gerade aus, in Vorbereitung der am nächsten Tag stattfindenden Zeremonie, an der er teilnehmen würde. Molly war es klar, daß ihr Vater nicht imstande sein würde, aufzuspringen und wegzulaufen, falls es einen Unfall geben würde. Sie kniete auf den warmen Fliesen (es war Juni) und drückte ihr Gesicht in seine Hand. Bald zog er die Hand sachte weg, um umzublättern. Er las gerade in dem Manuskript, das Mrs. Massie auf ihrer aus dem Jahre 1929 stammenden Underwood heruntergehämmert hatte – vier Durchschläge, einzeilig, keine Verbesserungen, jede Seite sauber getippt: »Rosenkohl – siehe Brassica.« Brassica muß Englisch sein, dachte

Alec. Deshalb hatte er die Hand weggezogen – um Brassica nachzuschlagen. Wozu konnte seine Hand Molly jetzt nützen oder gar ihrer Besorgnis? Warum sie in seine blasse Welt hineinziehen? Sie war ein schwieriges, ungelenkes, ungeschicktes Kind, und wenn ihre Brüder sie neckten, ließ sie den Kopf hängen, aber sie war empfindlich und trotzig, wo es um Barbara ging. Er hatte Barbara beobachtet, wie sie, von Molly provoziert, die Kontrolle verlor und dem Mädchen eine Ohrfeige versetzte, und er hatte Mollys armseliges Credo gehört: »Du kannst mir nicht weh tun. Meine Impfung hat schlimmer weh getan als das.« »Hat mehr weh getan«, hatte Alec im Geiste korrigiert. »Hat mir *weher* getan.«

Er fand Brassica. Es war Borecole, Broccoli, Kohl, Blumenkohl. Seine Augen glitten über die übrigen Bezeichnungen bis »Wächst in Europa – *Großbritannien*«, was Mrs. Massie während des Krieges mit Großbuchstaben getippt hatte, mit einer Decke über den Beinen in der ungeheizten Casa Scotia. Sie hatte erwartet, daß die Italiener oder die Deutschen oder die Franzosen sie auf einem Lastwagen in ein Internierungslager abtransportieren würden. Temperamentsmäßig war er Mrs. Massie näher als irgendeinem Menschen, außer seiner Schwester, obwohl er Prioritäten aufgegeben hatte. Sein Blut war weiß (so jedenfalls sah er es) und seine Lunge und sein Herz waren ebenfalls ausgebleicht und hatten angefangen, sich aufzulösen wie Schneeflocken. Er war ein blasser Riese, ein schrumpfender Gulliver, angeschwemmt an einem Strand, offenes Territorium für Invasoren. (Barbara und Will lasen gemeinsam ein Taschenbuch über fliegende Untertassen, deren Insassen Stonehenge erbaut hatten.) Alecs unerschrockene Eroberer, seine mikroskopischen Kolonialherren, hatten die Macht übernommen. Er war leicht zu unterwerfen, denn er war von Natur aus höflich und bewußt zurückhaltend. Zuerst war er Beamter gewesen, dann Soldat; hatte das beste erwartet, sich auf gutes Benehmen verlassen; hatte schmale Bücher über Kalabrien und Griechenland mit ins Gefangenenlager genommen; war ausweichend, verschwiegen, tapfer und nur manchmal skrupellos gewesen – kurz: ein Engländer der Mittelklasse.

In jener Nacht hatte er, was der Arzt eine »Krise« nannte und Alec als »eine Pechsträhne« beschrieb. Es kam nicht in Frage, daß er am folgenden Tag für die Krönungszeremonie herunterkommen würde. Die Kinder wollten den Fernsehapparat zu ihm hinauftragen, aber er war zu schwer, und Molly brach in Tränen aus, als sie an Implosion und Unfälle und einen eingeschlossenen Alec dachte. Am Schluß wurde die Königin in dem kleinen Theaterzimmer gekrönt, wie Barbara es geplant hatte, im Beisein von Barbara und den Kindern, Mr. Cranefield und Mrs. Massie, dem Arzt von Rivabella, einem Nachbarn namens Major Lamprey und dessen alter Mutter, Mrs. Massies Haushälterin, Barbaras Köchin und zwei von deren Enkeln und Mademoiselle. Einer nach dem anderen drehte den Kopf um, als Alec, auf der Schwelle keuchend, sich am Türrahmen festhielt. Sein Haar war sorgfältig gekämmt und auf der einen Seite tief gescheitelt, wie das von Mr. Cranefield, und er hatte sich vollständig angezogen, obwohl er einen Schal um den Hals trug statt einer Krawatte. Er war der letzte, der allerletzte einer Rasse. Nicht britisch, sondern englisch. Nicht christlich, sondern eher anglikanisch. Nicht anglikanisch, sondern nur im Zweifelsfalle. Seine Kinder würden niemals das empfinden, was er empfunden hatte, erleiden, was er erlitten hatte, auf das verzichten, ohne das er auskommen mußte, damit dieses Sakrament stattfinden konnte. Die Stimme der neuen Königin floß leicht über die Alpen – dünn, gelangweilt, flachgebügelt durch das Gewicht dessen, was sie sich hatte einprägen müssen – und erreichte Alec, dem sie ihre Krone schuldete. Er dachte nichts dergleichen, wenigstens nicht genau das, aber was ihn auf die Füße gezogen, ihn nach Luft ringend auf die Türschwelle gebracht hatte, würde weder James noch Will noch Molly einfallen – weder jetzt noch irgendwann.

Er sah sich den Rest des Programms von einem Stuhl aus an. Sein Atmen störte die anderen: Es ließ ihr eigenes so ruhig erscheinen. Er hätte in der Nacht darauf sterben sollen. Das wäre ein vernünftiges Ende gewesen. Es handelte sich nicht etwa darum, daß man Alec loswerden wollte (niemand wollte das), sondern darum, daß man später hätte erzählen können: »Er stand auf und zog sich an, um die Krönung mitzuerleben.« Indessen lebte er weiter.

Eine Krankenpflegerin kam täglich, der Arzt beinahe so oft. Er sprach ruhig mit Barbara im Garten. Eine derart lange Remission war ihm noch nicht vorgekommen; es war fast wie ein Wunder. Als Barbara nichts dergleichen hören wollte, sagte er, Alec lebe weiter aufgrund seiner Willenskraft. Aber Alec hielt nicht deshalb am Leben fest. Seine Invasoren hatten ihn vom Strand in ein Boot geschoben. Die Strömung war weiß, und weiß war auch die Uferlinie. Alles war weiß, und er bewegte sich friedlich. Von Zeit zu Zeit sah er seinen Bestimmungsort – ein Zimmer, in dem die Kanten dünner Gardinen auf einem nackten Boden hin und her schleiften. Seine Vision gab ihm manchmal grüne Bronzetüren ein; er vermutete, die gehörten zu demselben Raum.

Er konnte seine Kinder sehen, aber nur ganz undeutlich. Er ahnte, was aus den Jungen werden würde – der eine ein Rebell, der andere introvertiert. Das Mädchen war ein Fragezeichen. Sie war stoisch und sentimental und manchmal schien sie weder Vergnügen noch Schmerz zu empfinden. Was immer sie war, sein könnte oder würde, er hatte sie hinter sich gelassen. Die Jungen hatten in der Mitte des Zimmers, das sie miteinander teilten, eine kleine Ziegelmauer aufgerichtet. In dem großen Haus zankten sie sich um Platz. Sie waren rastlos und laut, unbeaufsichtigt und gelangweilt. »Ich werde immer ein Päckchen Liebe von meinen Kindern haben«, hatte Barbara einmal zu einem Mann (nicht zu Alec) gesagt.

Zu Beginn des zweiten Winters kam einer der Laceys hinunter, um Nachforschungen anzustellen. Es war Ron, der Hotelbesitzer. Er hatte dunkles Haar, war mager und blaß und ging leise. Als er begriff, daß das, was Barbara über Dienstboten und Dollars geschrieben hatte, stimmte, wollte er die Rechnungen sehen. Es gab keine. Er sprach mit Barbara, ohne die Stimme zu erheben; an jenem Tag entließ sie alle, die für sie arbeiteten, mit Ausnahme der Köchin, die sie, so meinte Ron, um Alecs Willen behalten solle. Er glaubte, er sei in einer Vertrauensstellung, denn er befahl ihr – es gab kein anderes Wort dafür –, die Kinder unverzüglich in die städtische Schule von Rivabella zu schicken: Lou Mas kostete die Lacey-Brüder genug an örtlichen Steuern – deshalb meinten sie, sie seien durchaus dazu berechtigt. Er nannte seine Schwester »Bab« und Alec »Al«. Den Kindern kamen die Eltern auf einmal fremd vor.

Als Ron gegangen war, marschierte Barbara mit den Kindern hinauf zur Stadt und zeigte ihnen die Kirche. Sie hatten sie bereits gesehen, aber Barbara zeigte sie ihnen nochmals. Sie war in dem fälschlichen Glauben, daß in den staatlichen französischen Schulen Religionsunterricht gegeben würde, und sie wollte die Kinder vorbereiten. Inzwischen aber hatten die Kinder gemerkt, daß das, was ihre Mutter »Frankreich« nannte, hier unten nicht zutraf, sondern eher eine Richtschnur war, ein Kodex aus Verhaltensregeln, wie zum Beispiel das Einmaleins herzubeten oder eine Weinsorte zu etikettieren. Barbara entsann sich an die nördlichen Heiligen und deren traurige Predigten; statt dessen gab es hier einen südlichen St. Damian, der ein flammendes Schwert hochhielt. Jede Menge Menschen hatten ihn gesehen; Mademoiselle mehrmals.

»Ich möchte, daß ihr begreift, was Aberglaube ist«, sagte Barbara in ihrem klaren, durchdringenden Englisch. »Aberglaube ist das, was bei Onkel Ron nicht stimmt. Er glaubt an das, was er nicht sehen kann, und was er sieht, daran kann er nicht glauben. Bitte, stellt euch doch vor, intelligente Menschen behaupten, sie hätten es gesehen – diese Erscheinung. Diesen heiligen Georg oder was immer.« Die Kirche hatte zwei rosafarbene Türme, der eine trug ein Kreuz, der andere eine Wetterfahne. St. Damian schwebte gewöhnlich zwischen beiden. »In voller Rüstung«, sagte Barbara.

Alle drei Kinder dachten »Warum nicht?« Beschütze mich, betete das Mädchen. Bezwinge, sagte Will. Führe, befahl der Jüngste und sah nur sich selber als das Kommando führend. Er besah sich den Platz und sagte zu seiner Mutter: »Könnten wir jetzt weitergehen, bitte? Die Leute starren uns an.«

In diesem Winter wuchsen Molly Brüste; sie hielt sie für riesig, obwohl jede von ihnen ohne weiteres in eine kleine Teetasse gepaßt hätte. Ihre Brüder neckten sie. Sie lief mit verschränkten Armen herum. Für ihr Alter war sie hochgewachsen, und oben in der Stadt starrte sie immer irgendein Mann an. Ältere Nachbarn drückten sie an sich. Als Major Lamprey Alec besuchte, küßte er sie auf den Mund. Er roch nach Gin und Pfeifentabak. Als sie ihre erste Periode bekam, sagte Barbara: »Jetzt mußt du dich von Männern fernhalten«, als ob sie es nicht versuchte.

Die Jungen nahmen ihre Fahrräder und radelten, wohin sie wollten. Abends umkreisten sie den Platz vor der Kirche. Über ihnen gab es Schwalben, am Rande des Platzes Männer und Jungen. Beide sprachen jetzt besser Französisch als Englisch, und James sprach Dialekt besser als Französisch. Molly ging nur ungern nach Rivabella, es sei denn, sie mußte es. Sie half Barbara beim Bettenmachen und Geschirrspülen, machte ihre Hausaufgaben und ging häufig hinüber, um sich mit Mr. Cranefield zu unterhalten. Rein zufällig entdeckte sie, daß er einen zweiten Namen hatte, E. C. Arden. Als E. C. Arden war er der Verfasser einer Reihe von populären Unterhaltungsromanen (Mrs. Massie war es, die sie Molly lieh); einer davon, *Belinda at Sea*, war Mollys Lieblingsbuch. Es handelte von einem jungen Mädchen, das als einfacher Matrose verkleidet an Bord eines Unterseebootes ging und ihre Identität bis Hongkong geheimhielt. Am Ende heiratete sie den Kapitän, der sie anscheinend die ganze Zeit schon geliebt hatte. Molly las *Belinda at Sea* mehrere Male, ohne jemals Mr. Cranefield gegenüber zu erwähnen, daß sie wußte, wer E. C. Arden war. Sie hielt es für eine höchst private Angelegenheit und meinte, sie müsse es ihm überlassen, es zuerst zu erwähnen. Sie fragte ihn indessen doch, was er von dem Heiligen auf dem Kirchendach halte und gebrauchte den Namen, den Barbara ihm gab, St. Georg.

»Was«, sagte Mr. Cranefield, »dieser Äthiopier?«

Das Mädchen sah erschrocken aus – nicht etwa wegen der Äthiopier, sondern wegen der Konfusion der Personen, der konfusen erwachsenen Welt. Selbst Mr. Cranefield war dazuhin noch E. C. Arden, Schöpfer von Belinda.

Dann erklärte Mr. Cranefield gütig, daß man oben in Rivabella eine Mischung von St. Damian, der ein Intellektueller war, und St. Michael, der keiner war, und wahrscheinlich auch aus einer örtlichen heidnischen Gottheit zum Schutzheiligen gemacht habe. Das Schwert weise auf St. Michael, das heidnische Element auf das Feuer. Verläßliche Zeugen hätten das Resultat gesehen, obwohl keiner von ihnen britisch gewesen sei. »Heilige können wir nicht besonders gut sehen«, sagte er. »Obwohl wir einen Blick für Gespenster haben.«

Noch etwas beunruhigte Molly, aber es war nicht etwas, das sie erwähnen konnte: Sie wußte nicht, was sie mit ihrem Busen anfangen sollte – ob sie versuchen sollte, ihn auf irgendeine Weise hoch zu halten oder aber ihn flach zu binden. Sie hatte, weil eine Tür unversehens weit aufging, einen beunruhigenden Blick auf Mrs. Massie erhascht, die gerade aus ihrem Badeanzug stieg, und war seither über ihre eigene zukünftige Körperform besorgt. Sie vertiefte sich in ein Buch mit Reproduktionen von Statuen und Bildern, das Mr. Cranefield gehörte. Die dargestellten Evas und Aphroditen waren nicht beruhigend – häufig sah es aus, als seien sie aus Radiergummi gemacht. Niemand war da, den man hätte fragen können. Barbara war zu gefährlich; wenn man ein Thema wie dieses anschnitt, dann ging sie zu weit und sagte Dinge, die Molly unangenehm berührten.

Sie erwähnte aber sowohl Mrs. Massie als auch Mr. Cranefield gegenüber, daß sie die Schule in Rivabella hasse. Sie sagte: »Ich würde alles darum geben, wenn man mich nach England in die Schule schickte, aber ich kann meinen Vater nicht allein lassen.«

Nach einem langen Gespräch mit Mrs. Massie erklärte sich Mr. Cranefield bereit, mit Alec zu reden. Es war nicht seine Art, sich in fremde Angelegenheiten zu mischen, aber Molly erweckte sein Mitleid. Etwas sagte ihm, daß er besser weder bei dem einen noch bei dem anderen Elternteil mit der Tür ins Haus fallen solle, deshalb erwähnte er Will zuerst: Will würde bald vierzehn sein und sei zu alt für die Rivabella-Schule. Wenn die Kinder der Webbs nicht in gute französische Schulen kämen, und zwar bald – zum Beispiel in Gymnasien in Nizza –, würden sie nur für niedrige Arbeit in einer fremden Sprache taugen, die sie nicht gepflegt sprechen könnten. Natürlich sei England die ideale Lösung, vorausgesetzt Alec meine, er könne es bewerkstelligen.

Alec, der nicht ganz aufrecht im Morgenrock und mit dem Rücken zum Fenster in seinem Sessel saß, hörte zu. Jegliches Licht war ihm unerträglich. Einige Male hob er die Hand, als wolle er durch sie hindurchsehen. Niemand wußte, weshalb Alec diese merkwürdigen Gesten machte; manche Leute dachten, er sei ein wenig verrückt geworden, weil der Tod ihn so lange warten ließ. Er öffnete die Lippen und flüsterte: »Französische Schule ... Falls Sie sich darum kümmern könnten«, und dann: »Ich wäre Ihnen dankbar.«

Mr. Cranefield sprach nun ebenfalls leise, als ob das Grau des Zimmers Stille verlangte. Er wollte wissen, ob Alec einen Vormund für die Kinder bestimmt habe. Die Hand, durch die Alec anscheinend hindurchsehen wollte, winkte hin und her wie ein geschlossener Elfenbeinfächer.

Alles, was Barbara zu Mr. Cranefield sagte, war, »Guter Vorschlag«, sobald er ihr versichert hatte, daß französische Schulen nicht klerikal waren.

»Es hätte *ihr* vielleicht dämmern können, etwas zu unternehmen«, sagte Mrs. Massie, als es ihr berichtet wurde.

»Dinge dämmern Barbara schon«, entgegnete Mr. Cranefield. »Nur eben, daß sie selber deren Sinn nicht erfaßt.«

Der einzig unangenehme Aspekt des neuen Arrangements bestand darin, daß die Kinder verschiedenen Institutionen zugeteilt wurden, deren Stundenpläne nicht zusammenfielen; das bedeutete, daß sie nicht notwendigerweise mit demselben Bus fahren konnten. Molly war nun so hochgeschossen wie Will. Ihr Haar war dunkel und lockte sich um ihren ganzen Kopf. Ihre Knochen und ihre Hände und Füße würden größer und stärker sein als die ihrer Mutter und ihrer Brüder. Sie sah bereits viel erwachsener aus, als es ihrem Alter entsprach.

Dabei war sie verstockt und prüde und wandte jedesmal ihr Gesicht ab, wenn Barbara, die es gut meinte, ihr etwas über Männer sagen wollte.

Barbara stellte sich ihre eigensinnige, unwissende Tochter als verführt, gefangen, belästigt, geschwängert und entehrt vor. *Und* am Ende noch überrascht, wie es dazu hatte kommen können, dachte Barbara. Sie sah Mollys Verführer, brutal und stumpfsinnig. Ich werde ihm an die Kehle springen, dachte sie. Sie stellte sich seinen starken Hals vor und ihre eigenen kleinen Hände, ihre zerbrechlichen Vogelknochen. Sie sagte: »Du darfst dich nie, nie mit einem Unbekannten im Bus unterhalten. Und du darfst niemals zu einem Mann ins Auto steigen – auch nicht, wenn du ihn kennst.«

»Ich kenne keinen Mann mit einem Auto.«

»Zum Beispiel könntest du an einem trüben Nachmittag an der Bushaltestelle warten«, sagte Barbara. »Und ein Auto könnte halten. Soll ich Sie mitnehmen? Nein, mußt du antworten. Nein und nein und nein. Mit den Jungen ist es anders. Sie sind zu zweit. Außerdem können sie sich verteidigen.«

»Niemand belästigt Jungen«, sagte Molly.

Ausnahmsweise hielt Barbara einmal die Luft an und erwiderte nichts.

Alecs Remission war nicht mehr nur ein Wunder – sie war unsinnig geworden. Barbaras ältester Bruder deutete an, daß es Alec in England bessergehen würde, und zwar durch den staatlichen Gesundheitsdienst: Schließlich würden ihnen enorme Steuern für ein solches Privileg abgeknöpft. Barbara entgegnete, daß Alec für England nichts übrig habe, wo die Labour-Regierung jedermanns Selbstvertrauen untergraben habe. Er war überzeugt, daß der Mensch genau die Menge Leiden erdulden solle, für die er bezahlen könne, nicht mehr und nicht weniger. Sie wußte, diese Theorie war nicht stichhaltig, da die Laceys und Alecs eigene Schwester dafür bezahlt hatten. Nun war es zu spät; sie hätten ein wenig eher daran denken sollen; und Alec war zu verwüstet, um noch einmal umzuziehen.

Der Wagen, der, unvermeidlich, an einer Bushaltestelle in Nizza hielt, wurde von einem Mr. Wilkinson gefahren. Er hatte gerade Major Lampreys alte Mutter zum Flughafen gebracht. Er kurbelte das Fenster herunter und fragte Molly durch den strömenden Regen: »Sagen Sie mal, sind Sie nicht aus Lou Mas?« Wenn er wie der typische Engländer in den Ohren eines Ausländers klang, so war es wahrscheinlich, weil er so viele britisch klingende Zeilen in Filmen gesprochen hatte, die an der Riviera spielten. Eric Wilkinson war der Kerl mit den leuchtend blauen Augen und dem rötlichen Schnauzbart, nie jünger als vierunddreißig, nie über vierzig, der für eine Sekunde erschien – lang genug, um anzudeuten, daß sich ein Engländer im Raum befand. Er konnte sich in einer Uniform bewegen, einem Smoking, einem Frack, konnte ein Monokel tragen, eine Zigarettenspitze, ein Offiziersstöckchen, einen Poloschläger, konnte ein Zigarettenetui öffnen, ohne dabei wie ein Gigolo auszusehen, konnte, ohne sich lächerlich zu machen, sagen »Du meine Güte, war das nicht die kleine Maharani?« oder sogar »Sachte, sachte – jetzt aber fair gegenüber Monica, wenn ich bitten darf.« Ausländer, die ihn oft sahen, sagten: »So waren die Briten früher, als sie noch in Ordnung waren, und man noch an der Riviera wohnen konnte.« Aber seine Landsleute bekamen leicht glasige Augen. »Sie meinen Wilkinson?« Mrs. Massie und Mr. Cranefield sagten: »Nun, Wilkinson, was haben Sie jetzt vor?« Er war völlig harmlos, von seinen kleinen Filmrollen konnte er nicht leben, aber er kannte sich in allem aus, er konnte sogar kochen. Seinen Wagen benutzte er als eine Art Privattaxi, fuhr Leute zum Flughafen, holte sie ab, wenn sie von ihren Kreuzfahrten zurückkamen. Er war kein Chauffeur, sagte niemals »Sir«; trotzdem wahrte er die gebührende Distanz, genierte sich nicht, wenn es um Geld ging – kein falscher Stolz, keine kleinkarierte Bitte um einen diskret übergebenen Umschlag. Gutmütig. Marineblauer Blazer. Im August weiße Hosen. Trug eine Krawatte, die irgend etwas bedeutete. Was repräsentierte sie? Ein drittklassiges Internat? Ein in Ungnade gefallenes aufgelöstes Regiment? Einen von der Polizei geschlossenen Club? Niemand wußte es. Vielleicht war es ein Symbol für etwas ganz Neues. »Immer noch bei diesen Filmen, Wilkinson?« Er hatte Blitzauftritte – britischer Gentleman beim Roulette, britischer Armeeoffizier, britischer Diplomat, britischer Geheimagent, britischer sonstwas. Sprach seinen Satz, rückte sein Monokel zurecht, drückte das Schloß seines Zigarettenetuis. Seine Unbefangenheit im Umgang war echt, seine Finanznöte ungeheuchelt. Er hatte niemals geheiratet und hatte auch keine ihm bekannten Kinder.

»Donnerwetter, ganz schön kalt«, sagte Wilkinson, als Molly, ihre Schulbücher auf dem Schoß, sich neben ihn gesetzt hatte.

Weshalb hatte sie das getan – sich im Auto von einem Mann mitnehmen lassen, der Schulmädchen ermordete? Erstens hatte sie ihn schon einmal irgendwo, wo es sicher war, gesehen – bei Mr. Cranefield. Zweitens war sie vollkommen durchnäßt und fror erbärmlich. Barbara weigerte sich, vernachlässigte oder vergaß es, ihr die notwendigen Sachen zu kaufen: einen gefütterten Regenmantel, einen passenden Pullover. (Die Jungen trugen jetzt ausrangierte Kleidungsstücke aus England, aber niemand, den Barbara kannte, schien eine Tochter zu haben.) Die Ärmel ihrer alten Jacke waren so kurz geworden, daß sie die Hände in den Taschen vergrub, damit Mr. Wilkinson sie nicht verachte. Er unterhielt sich mit Molly wie mit jedem anderen, als seien sie im gleichen Alter und berichtete ihr, daß Major Lamprey und seine Mutter nach Malta geflogen seien, um sich dort ein Haus anzusehen. Eine Anzahl von Leuten war dabei, Südfrankreich zu verlassen: Es sei so heruntergekommen und teuer geworden, und lauter unmögliche Menschen ließen sich jetzt dort nieder.

»Was für unmögliche Menschen?« Nervös saß sie neben ihm, bis er sagte: »Na ja, wie Eric Wilkinson, zum Beispiel«, und sie mußte lachen, als sein eigenes Gelächter ihr den Weg frei gab. Er war nett zu ihr; selbst später, als sie meinte, Grund dafür zu haben, ihn zu hassen, hatte sie nicht vergessen, daß er nett gewesen war. Er fuhr an seinem eigenen Ziel vorbei – einem Apartmentgebäude, dem er im Vorbeifahren zuwinkte und von dem Molly auf etwas konfuse Weise glaubte, es gehöre ihm. Sie hielten auf der Straße hinter Lou Mas; sie bedankte sich überschwenglich und dann, einem Impuls folgend, saß sie da und starrte ihn an. »Mr. Wilkinson«, sagte sie. »Bitte – ich darf nicht zu Männern ins Auto steigen. Falls uns zufällig jemand sieht, würden Sie etwas dagegen haben, mit mir ins Haus zu kommen und meine Mutter kennenzulernen? Nur, damit sie sehen kann, wer Sie sind?« »Du meine Güte!« sagte Wilkinson und meinte es.

Früher einmal hatte Alec geglaubt, Barbare fürchte sich vor nichts und daß dieser Mangel an Furcht ihre größte Schwäche sei. Es stimmte, daß sie angefangen hatte, sich so ruhig aus ihrem ehemaligen Leben treiben zu lassen, wie Alec sich weg vom Leben als solchem treiben ließ. Ihr Lieblingskommentar für jede zusätzliche Lou-Mas-Katastrophe war »die gewöhnlichen täglichen Entwicklungen« geworden. Die gewöhnlichen Entwicklungen seit sieben verregneten Tagen waren der Weggang der Köchin, die alles mit sich nahm, was sich mitnehmen ließ und ein französischer Bußgeldbescheid, der schwer niederging auf die Überreste ihres Marmorblocks aus Geld und ihn zu Marmorsplittern und -staub reduzierte. Sie hatte die Sozialabgabenformulare für das Personal, das sie engagierte, nicht ausgefüllt, denn sie wußte nicht, daß das ihre Pflicht war, und keiner hatte es ihr gegenüber je erwähnt; aus einer Anzahl von Gründen, die mit Regierungsstellen und Steuerakten zu tun hatten, hatte dazuhin keiner der Angestellten sein bescheidenes Einkommen irgendwo angegeben. Am Ende erwies sich, daß der Gärtner zusätzlich Arbeitslosenunterstützung bezog, die wiederum und unbilligerweise die Geldbuße, die Barbara zu entrichten hatte, vergrößerte. Rivabella hatte sich ebenso unerbittlich und diktatorisch erwiesen wie England – schlimmer eigentlich, denn es tarnte sich ja mit Wein und Sonnenschein und Olivenbäumen und liebenswerten, südländischen Dummköpfen, die, wenn sie gefeuert wurden, sich nicht entblödeten, einen zu denunzieren.

Sie saß am Eßtisch und hatte sich eine rote Strickjacke, die für Molly zu klein geworden war, um die Schultern gelegt.

Auf dem Tisch befanden sich die Sonntagszeitungen, die Alecs Schwester immer noch gewissenhaft aus England schickte und Alecs Tablett mit seinem Mittagessen. Es war unberührt, wie sie es nach oben getragen hatte, nur, daß nun alles darauf kalt geworden war. Sie blickte hoch und sah die beiden hereinkommen – die eine, ihre Tochter, von Schuld und Angst erfüllt, der andere männlich, zuversichtlich, lächelnd. Die Erkenntnis, die zwischen Barbara und Wilkinson aufblitzte, war das letzte, was Wilkinson bei vollem Verstand hätte haben wollen, und absolut alles, was Barbara nur erwünschte und ersehnte. Keiner von beiden nahm auf, was Molly sagte: »Mama, darf ich dir Mr. Wilkinson vorstellen. Er möchte dir sagen, wie es dazu kam, daß er mich nach Hause gefahren hat.«

Schließlich mußte Alec ins Krankenhaus von Rivabella gebracht werden, wohin die Ärmsten des Ortes gingen, wenn es nicht mehr möglich war, sie zu Hause sterben zu lassen. Eric Wilkinson, der neue Freund der Familie, fuhr mit seinem Wagen so weit es ging auf einer kurvenreichen Straße; dann legten sie Alec auf eine Tragbahre und Wilkinson, Mr. Cranefield, Will und der Arzt trugen ihn den Rest des Weges. Ein warmer Aprilregen fiel, vor dem sie Alec, so gut sie konnten, schützten. In dem Regen weinte der Arzt unbemerkt. Die übrigen waren still und in sich gekehrt. Das Krankenhaus lag neben dem Friedhof – anstößig nahe, bemerkte Wilkinson schließlich zu Mr. Cranefield. Will konnte den Friedhof von dem neuen Fenster seines Vaters aus sehen, allerdings mußte er sich dazu hinauslehnen, wie er sich vorstellte, daß es Bahnreisende einstmals taten, die dann ihre Köpfe abgesäbelt bekamen. Alecs Status als Besitzer einer großen Villa gegenüber wurde eine Konzession gemacht, er bekam ein Privatzimmer. Es war kein eigentliches Krankenzimmer, sondern der Raum, in dem gewöhnlicherweise das Personal aß und trank, wenn es sich eine Pause gönnte. Sie räumten die Teller und die leeren Weinflaschen weg, fegten die Krümel auf und rollten ein Bett hinein.

Für ein Krankenhaus war es ein kleines Gebäude, für ein Haus war es groß. Einst war es der Wintersitz einer Moskauer Familie gewesen, von der niemand nach 1917 zurückgekommen war. Alec lag flach und unbeweglich auf dem Rücken. Unter dem Ruß der Zimmerdecke konnte er einen Kranz aus Kapuzinerkresse und ein Rotkehlchen mit einem Band im Schnabel ausmachen.

Am Fenster sagte Will zu Mr. Cranefield: »Wir können Lou Mas von hier aus sehen, sogar Ihre Pfauen.«

Mr. Cranefield machte sich Sorgen. »Sie sollten nicht im Regen sein.«

Alecs Nachbarn kamen zu Besuch. Mrs. Massie, der es egal war, wer sie hörte (eines der Kinder zum Beispiel), sagte zu jemandem, den sie auf der Krankenhaustreppe traf: »Alec ist ein Gentleman, wird es immer sein. Aber Barbara ... Barbara.« Sie nahm ein paar Stufen der gekurvten Marmortreppe zugleich. »Wären die Jungen Mädchen, würden sie Schlampen sein. Statt dessen sind sie Rüpel. Ihre ehemalige Köchin hat gesehen, wie einer von ihnen eine Katze zu Tode gesteinigt hat. Und jetzt haben wir Wilkinson. Wilkinson.« Sie ging allein weiter, den Namen wiederholend.

Jeder sagte nun »Wilkinson«. Und gleichzeitig dann »Barbara«. Man hätte meinen sollen, daß sie sich, nachdem sie einen Mann geheiratet hatte, der ihr nichts hinterließ, umsehen würde, vorsichtiger wäre, einen vertrauenswürdigen Menschen wählen würde. »Sogar einen Ausländer«, sagte die Mutter von Major Lamprey, der es in Malta nicht gefallen hatte. Die Italiener lieben Kinder, selbst die anderer Leute. Sie hätte sich jemanden aussuchen sollen, der – Sie wissen schon – fröhlich ist, ein sauberes Hemd trägt und ein sauberes weißes Taschentuch hat, sagen wir, den Inhaber eines Wäschegeschäfts. Das Geschäft würde Barbara vor Dummheiten bewahrt haben.

Niemand gab Wilkinson, der seine Gründe hatte, die Schuld. Außerdem hatte er all diese britisch klingenden Sätze in den Filmen gesagt, was ihn sozusagen salonfähig machte. Barbara hatte wohl einmal zu oft erklärt, daß sie irisch sei.

»Was kann man erwarten?« sagte Mrs. Massie. »Man braucht ja nur an den Krieg zu denken. Sie benehmen sich, wenn jemand da ist, der sie zusammenstaucht. Ansonsten ...« Das Schlimmste, das sie über Wilkinson sagen konnte, war, daß er sich gerade vorbereitete, eine Sekunde lang als Oberst eines Regiments in einem Film über den Wüstenkrieg zu erscheinen; er war in dem hügeligen Gelände hinter Monte Carlo gedreht worden.

»Kein Sandkorn dort oben«, sagte Major Lamprey. Er fügte hinzu, es sei ihm ein Rätsel, was Ausländer unter »Wüste« verstünden.

»Ein Oberst!« sagte Mrs. Massie.

»Warum nicht?« sagte Mr. Cranefield.

»Offenbar halten sie ihn für typisch«, sagte Major Lamprey. »Bekommt fünf Guineas pro Tag, sagt man mir, und noch mal dasselbe, wenn er seinen Satz spricht. Er sagt: ›Den Rommel soll man nicht unterschätzen.‹ Für einen Fünfer würde ich das auch sagen«, obwohl er in Wirklichkeit lieber gestorben wäre.

Die Unterhaltung wandte sich zu Wilkinsons Gunsten. Wilkinson war immer guter Dinge; er erzählte unwiderstehliche Geschichten über Regisseure, gutmütige über Filmstars, wiederholte komische Anekdoten von niederen Chargen, die ihn mit »Gour« titulierten. »Wer das wohl sein kann?« fragte Mrs. Massie. »So was treibt nur Wilkinson auf.« Mr. Cranefield war nachsichtiger; er mußte es sein. Einen hämischen Charakter hätten ihm die Leser von E. C. Arden verübelt. Das blondköpfige Paar auf seinem Schreibtisch symbolisierte eine Welt, in der die Liebe triumphierte und mit der sich seine Leser ohne weiteres identifizieren konnten. Das blonde Paar, obwohl durchaus auf jedem Gebiet kompetent, ob es sich nun um die Wiederherstellung eines wackligen Königreiches oder das Zähmen eines Tigers handelte, lebte auf der gleichen Ebene wie alle menschlichen Wesen mit Ausnahme von Englands Feinden. Sie hoben das Existenzniveau – hoben es und ebneten es ein.

Mr. Cranefield lebte – wie es häufig und irrtümlicherweise

von Kindern behauptet wird – ebenfalls in seiner eigenen Welt, in der jedermanns Identität klar umrissen war. Er verwechselte St. Damian nicht mit einem Äthiopier oder Wilkinson mit Raffles oder Barbara mit einer Schlampe. Zum Teil ergab sich das aus seiner Ordnungsliebe, zum Teil aber auch daraus, daß er sich nicht entscheiden konnte, offen in der Welt seiner Wahl zu leben, die eine homosexuelle war. Deshalb sagte er über Wilkinson und Barbara und über den lodernden Skandal von Lou Mas: »Es schadet doch niemandem. Barbara hat zu viel am Hals, um allein damit fertig zu werden, und es ist wahrscheinlich besser für die Kinder, wenn ein Mann im Haus ist.«

Wenn Wilkinson nicht unterwegs auf Reisen war, wohnte er in Lou Mas. Bisher war seine Basis eine Wohnung gewesen, die er mit einem Freund teilte, der Anwalt war und ebenfalls oft verreiste. Wilkinson hatte die meisten seiner Koffer zurückgelassen; seine Anwesenheit füllte kaum ein Zimmer. Aus Gründen, die niemand verstand, hatte Barbara jedermanns Zimmer neu arrangiert: Sie und Molly schliefen nun, wo Alec gewohnt hatte, die Jungen wechselten über in Barbaras Zimmer, und Wilkinson wurde Mollys Bett gegeben. Es schien ein kleines Bett für einen so großen Mann.

Molly hatte bisher immer alleine geschlafen. In manchen Nächten, wenn Wilkinson in ihrem alten Zimmer schlief, wachte sie vor Anbruch des Tages auf und merkte, daß ihre Mutter nicht da war. Wenn sie das verlassene Bett sah, überkam sie Panik. Dann stand sie auf, ging hinein zu Will und rüttelte ihn wach. »Sie ist verschwunden.«

»Nein, ist sie nicht. Sie ist bei Wilkinson.« Nichtsdestoweniger stand er auf und taumelte, noch halb im Schlaf, den Korridor entlang – Alecs Sohn, Nachfahre von Beamten, der einen Auftrag erledigte.

Barbara schlief mit dem Rücken zu Wilkinsons Brust. Draußen begrüßten Mr. Cranefields Pfauen die erste Tageshelle mit mörderischem Gekrächze. Jahre später noch würde Will beim ersten Aufdämmern des Morgens von Mord und Totschlag träumen. Wilkinson rührte sich nicht. Hätte er gezeigt, daß er wach war, hätte er sich vielleicht bemüßigt gefühlt, einen passenden Einzeiler von sich zu geben, so etwas wie: »Ich muß schon sagen, mein Lieber, du kannst einem ganz schön auf den Wecker fallen.«

Wills Mutter hob das Nachthemd auf und das Negligée, die weiß auf dem Boden lagen, zog sie an, schüttelte ihr warmes Haar nach hinten, band den Gürtel zu – alles ohne Hast. Im Korridor, die Tür hinter dem reglosen Wilkinson geschlossen, sagte sie zärtlich: »Warst du beunruhigt?«

»Nein, aber Molly.«

Zwanglos mit ihren Söhnen, war sie ihrer Tochter gegenüber zurückhaltend. Sie zog sich ein sauberes Nachthemd an und sagte: »Dreh dich um.« Beim Umdrehen sah Molly ihre Mutter, weiß und gold, in der Tiefe von Alecs Spiegel. Barbara hatte die Arme gehoben und enthüllte das Profil einer Brust mit einer Spitze in blassestem Rosé, blasser als die blasseste rosa Blüte. (Wie ein Fragonard, hatte man Barbara gesagt, wie ein Boucher – aber es war nicht Alec gewesen.) Was Molly nun empfand, war eine riesige Erleichterung. Es war also nicht das Schicksal eines jeden Mädchens, ein Radiergummi zu werden. Aber auf keine andere Art und Weise wollte sie ihrer Mutter ähneln.

Wie die Überreste, die ein Winterregen zurückläßt, sickerte das Wissen um Barbara und Wilkinson durch das Haus. Es war wie eine feuchte Kälte, die bis in die Knochen kroch. Eins der Kinder, es war Will, empfand es als Qual. Eine besudelte Mutter trübte die Quelle all dieser Erkenntnis, wahrscheinlich für immer. Die Jungen zogen sich von Barbara, die das Unwetter hereingelassen hatte, zurück, James stellte sich vor, wie er Wilkinson umbringen könnte, aber bei Barbara machte er halt. Er wollte sie nicht tot, er wollte sie anders. Die Mutter, die ihm vorschwebte, stellte sich nicht auf öffentliche Plätze und zeigte wie besessen auf unsichtbare Heilige oder schlief zuerst in einem Bett und dann in einem anderen.

Barbara spürte, daß sie ihr entglitten; sie gab Molly die Schuld, aus der vermutlich einmal eine prüde Frau, schlimmstenfalls so etwas wie Alecs Schwester werden würde. Barbara sagte zu Molly: »Ich hatte drei Kinder, ehe ich dreiundzwanzig war, ich war allein und es gab diese ganzen Luftangriffe. Das Leben, das ich dir und den Jungen geben wollte, sollte anders sein, glücklich, frei.« Molly verschränkte die Arme und betrachtete ihre Schuhe. Ihre Größe, ihr ernster Ausdruck, ihre neue Figur – sie alle gaben ihr etwas täuschend Reifes. Sie war erst dreizehn, und sie kam sich vor wie ein Pony, das die Reitpeitsche zu spüren bekommt. Barbara wollte ihr näherkommen. »Meine beste Freundin ist meine Tochter«, hätte sie gerne gesagt. Und: »Ich tue nichts, ohne mich mit Molly zu besprechen.« So etwas hätte sie gerne gesagt, lachend, ihren hellen Kopf gegen Mollys dunkleres Haar gelehnt, wenn Molly ihr auch nur den kleinen Finger gereicht hätte.

So sagte sie traurig: »Was für ein kaltes Geschöpf du doch bist. Du lebst in einem Eispalast. Es gibt so wenig Glück im Leben, wenn man es nicht an sich herankommen läßt. Ich zumindest hatte eine *Vorstellung* vom Glück.« Das Gesicht des Mädchens blieb zu und verschlossen. Es konnte jetzt nur Enttäuschung zeigen.

Eines Nachts, als Molly Will aufweckte, sagte er: »Es ist mir egal, wo sie ist.« Molly ging wieder ins Bett. Barbara zu holen, war zu einer Gewohnheit geworden. Es war besser, allein im Zimmer zu sein.

Als sie sie nicht mehr holten, empfand Barbara es als Demütigung. Vorübergehend kümmerte sie sich nicht um Molly und wandte sich statt dessen den Jungen zu, saß zusammengerollt am Fuß ihres Bettes, nippte an einem Glas Wein, erzählte ihnen Geschichten, bot ihnen an, ihre Zigarette zu teilen, obwohl James erst zwölf war. James sagte: »Er hat uns gewarnt, es sei gefährlich, im Bett zu rauchen. Leute sind deshalb umgekommen.« »Er«, das war Alec. War dies alles, woran James sich erinnerte? Daß er ihn gewarnt hatte, im Bett zu rauchen?

James war es peinlich, daß sie versuchte, ihn als ebenbürtig zu betrachten und sie hatte einen merkwürdigen Geruch an sich, wie eine Katze. In Wills Nase, der einen Schritt weiterging, stank sie nach Torheit. Sie starrten sie an, als wollten sie ermessen, was sie noch an Bedeutung im Leben der beiden besaß. Diesen Ausdruck interpretierte sie, so gut sie konnte. Die Liebe zu Wilkinson hatte auch den letzten ihrer Träume ausgelöscht und die Gabe des zweiten Gesichts ausradiert. Später erklärte sie Wilkinson: »Meine Kinder sind hochnäsige Tugendbolde. Aber schließlich sind sie nur zur Hälfte von mir.«

Mademoiselle, welche die Kinder nun beim Vornamen – Geneviève – nannten, kam immer noch nach Lou Mas. Niemand bezahlte sie, aber sie verbesserte das Französisch der Kinder, das inzwischen keiner Verbesserung mehr bedurfte, und versuchte, ihnen bei ihren Hausaufgaben zu helfen, was wiederum auf Einmischung hinauslief. Sie hatten sie immer auf irgendeine Weise verschont; nur James, ihr Liebling, sagte manchmal: »Nein danke, ich möchte lieber allein arbeiten.« Jetzt wußte sie, daß die Webbs arm waren, was aber ihre Zuneigung vertiefte: Ihr Abstieg in niedere Gefilde glich dem ihren. Manchmal brachte sie eine Packung Kekse zum Tee mit, der eine langweilige Sache geworden war, nun, da die Köchin weg war. Sie aßen die Kekse direkt aus der Packung: niemand wollte einen extra Teller abwaschen. Wilkinson, der wieder einmal irgend etwas Britisches darstellte, erkundigte sich nach ihrer Tante. Er nannte sie »Madame la Comtesse«. Als er gegangen war, ermahnte sie die Kinder, dies nicht zu sagen, sondern einfach nur »Ihre Tante«. Da aber Genevièves Tante keine Ausländer empfing, mit Ausnahme solcher Personen wie Mrs. Massie, hatten sie keinen Anlaß, sich nach ihrem Befinden zu erkundigen. Als Geneviève einer beiläufigen Bemerkung entnahm, daß Wilkinson mehr oder weniger auf Lou Mas wohnte, stellte sie ihre Besuche ein. Danach hatten die Webbs keine weitere Verbindung mehr mit Rivabella außer ihrer Verknüpfung mit dem Krankenhaus, wo Alec immer noch lag, still, immer noch am Leben.

Barbara besuchte ihn jeden Tag. Sie fragte den Arzt: »Sollte er nicht Bluttransfusionen bekommen – irgend etwas Derartiges?« Sie war nie in einem Krankenhaus gewesen, außer selbst geboren zu werden und ihre Kinder zu bekommen. Sie besann sich auf Filme, die sie gesehen hatte, wo Menschen am Tropf hingen, wo Injektionsnadeln mit Heftpflaster an Armbeugen geklebt waren, wo Krankenschwestern Sauerstoffbehälter weiße Flure entlangrollten. Der Arzt erklärte ihr, daß dies Rivabella sei – eine kleine Stadt, in der die halbe Bevölkerung arbeitslos war. Er war zuerst so teilnehmend gewesen, hatte seine Rechnung so zögernd präsentiert. Nun konnte sie nicht begreifen, warum er sich so verändert hatte, aber in Gesichtern lesen, das konnte sie längst nicht mehr. Sie konnte kaum in denen ihrer Kinder lesen.

Sie beugte sich über Alec, so nahe, daß ihm, hätte er darauf geachtet, ihre Augen riesig erschienen wären. Sie verriet ihm den Namen des Parfüms, das sie trug; es erinnere sie, und vielleicht auch Alec, an Jasmin. Eric hatte es von einem Diner in Monte Carlo mitgebracht, auf dem es präsentiert worden war. Er wurde oft zu solchen Anlässen eingeladen, wo er als der Inbegriff des wohlerzogenen Engländers galt. »Eric hilft mir wirklich sehr«, sagte sie zu Alec, der vielleicht zuhörte. Dann fügte sie hinzu, denn es mußte ja einmal gesagt werden: »Netterweise hat Eric sich erboten, auf Lou Mas zu bleiben.«

Mr. Cranefield und Mrs. Massie stiegen weiterhin den Hügel hinauf. Ihr fiel es immer schwerer. Sie brachten Alec, was er ihrer Meinung nach brauchte. Aber er hatte keine besonderen Vorlieben, keine Lust auf irgend etwas, kein Verlangen als das nach seiner Bestimmung. Abends wurden die Kinder hinaufgeschickt. Sie wußten nie, was sie sagen sollten oder was er überhaupt wahrnahm. Sie redeten, als seien sie immer noch elf oder zwölf, als Alec aufgehört hatte, sie wachsen zu sehen.

Mr. Cranefield sah in ihnen Imitationen englischer Kinder – laut, humorlos, pflichtbewußt, eindeutig. »Heute abend konnte James nicht mit uns kommen«, sagte Molly. »Aus irgendeinem Grunde war ihm schlecht. Er hat sein Abendessen erbrochen.« Alle drei sprachen in dem hohen, dünnen Englisch exilierter Kinder, die, ohne es zu wissen, ihre Mütter nachahmen. Die schief hängende Glühbirne ließ Alecs Gesicht im Schatten. Als die Kinder Alec geküßt hatten und weggegangen waren, konnte Mr. Cranefield hören, wie sie Hals über Kopf und im Eiltempo die Krankenhaustreppen hinunterpolterten. Die Kinder waren jung und lebendig, Alec war über vierzig und schlief fast immer. Ungleiche Chancen, dachte Mr. Cranefield. Sollten sie sich Vorwürfe machen? Wenn Mrs. Massie zugegen war, sagte sie jedesmal: »Euer Vater ist müde«, obwohl niemand wußte, ob Alec müde war oder nicht.

Die Nachbarn bemitleideten die Kinder. Mr. Cranefield, der es nur gut meinte, erinnerte Molly daran, daß sie eines Tages an der Schreibmaschine sitzen werde, Mrs. Massie sagte nochmals, sie brauche Hilfe in ihrem Garten. So sah sie nun jeder – jätend, umgrabend, helfend. Sie waren Wilkinsons abgelegte Sippe geworden, aber ohne seinen Elan, das Gegenteil seiner Sorglosigkeit. Sie waren Alecs Sprößlinge: steif. Gedemütigt bekamen sie mit und merkten es sich: »Wir haben Wilkinson gebeten herüberzukommen und uns einen Curry zu kochen. Er ist zwar stundenlang in der Küche, aber es lohnt sich. Wir könnten Wilkinson bitten, uns nach Rom zu fahren. Er verlangt nicht sehr viel, und außerdem ist er so amüsant.« Immer Wilkinson, niemals Eric, obwohl Barbara ihn schon beim ersten Zusammentreffen so genannt hatte. Für die Kinder war und blieb er »Mr. Wilkinson«, Freund beider Eltern, gelegentlicher Gast im Hause.

Die Regengüsse ihres dritten südlichen Frühlings klatschten immer noch hart gegen die Villa, als Barbaras Bruder, der Ingenieur, ihr schrieb, sie wollten Lou Mas vermieten. Alles troff vor Nässe, als sie in der Nähe eines Fensters stand, um den Brief zu lesen; Bougainvillea, durchnäßt und wild aussehend auf der einen Seite der Scheibe, und Dampf, der sich gebildet hatte auf der anderen. Die neuen Mieter waren eine Familie von Plantagenbesitzern, die Malaya verlassen mußten; es hing mit politischen Ereignissen zusammen, aber Barbaras Leben war jetzt so voll, daß sie nie die Zeitung las. Sie würden im Juni ankommen, was Barbara genügend Zeit ließe, ein anderes Haus zu finden. Er – ihr Bruder – habe erwogen, ihr das Cottage von Lou Mas zu überlassen, aber er frage sich, ob sie damit zufrieden sein würde, in Anbetracht der Tatsache, daß es kein elektrisches Licht, kein fließendes Wasser, keine Innentoilette, kaum ganze Fenster und nur ein beschädigtes Dach gab. Dies bedeute jedoch nicht, daß es in Zukunft für die Webbs nicht renoviert werden könne, wenn Lou Mas anfing, sich zu rentieren. Die halbe Miete würde Barbara zugute kommen. Sie würde vermutlich lange nach Brüdern suchen müssen, schrieb er, die so viel Rücksicht auf eine verheiratete Schwester nähmen. Ihr und den Kindern würden aus der Veränderung keine Nachteile erwachsen, im Gegenteil, es käme womöglich zu ihrem moralischen Vorteil geraten. Barbara vermutete, daß Desmond – der wohlhabendste, best erzogenste, ängstlichste der Brüder – immer noch unter dem Eindruck stand, den Ron ihm nach seiner Rückkehr von Lou Mas vermittelt hatte.

Mit Wilkinsons Hilfe zogen die Webbs auf die andere Seite des Krankenhauses, auf einen nach Norden blickenden Abhang, weg vom Meer. Dort waren die Häuser hoch und engbrüstig, mit schmalen Fenstern und Gärten aus geharktem Kies. Ihre Nachbarn waren unter anderen der Bürgermeister, die wohlhabenderen Ladeninhaber und der Trainer der örtlichen Fußballmannschaft. Barbara war entzückt, industrielle Tätigkeit, die sie nicht vermutet hatte, vorzufinden – zum Beispiel eine florierende Keramikfabrik, die kleine Mönchsfiguren fabrizierte, deren Köpfe Senftöpfe waren, Hunde, die in ihren Pfoten Thermometer hielten, und den Schutzheiligen von Rivabella in rosafarbener, mauvefarbener, orangener und weißer Rüstung. Dies wurde von den Touristen gekauft, die mühsam, und in der Hoffnung, frühe Wandmalereien aus der Renaissance zu sehen, zur Stadt hinaufgeklettert waren.

Barbara hatte keinen Tag versäumt, Alec zu besuchen. Selbst am Tage des Umzugs nicht. Sie hielt seine schlaffe Hand und erzählte ihm Geschichten. Wenn er nicht durch Medikamente betäubt war oder sich allzusehr in seiner Vergangenheit verloren hatte, machte er den Eindruck, als höre er zu. Manchmal drückte er ihre Finger. Selten sprach er mehr als ein Wort auf einmal. Barbara beschrieb ihm die Freuden des Umzugs, wie hübsch die Häuser am Nordhang waren, mit den Gärten, in denen Gartenzwerge standen und Muscheln und farbige Flaschen. Weshalb sollte man sich über solche Menschen lustig machen, fragte sie sein schweigendes Gesicht. Wahrscheinlich wüßten sie instinktiv, wie man das beste aus dem Leben heraushole. Sie glaubte, was sie sagte, denn sie war zutiefst verliebt und wußte, Wilkinson würde sie nie verlassen, außer für eine größere Sache. Sie kämmte Alecs Haar und badete ihn; Wilkinson kam, wann immer er konnte, um Alec zu rasieren, ihm die Nägel zu schneiden und Barbara beim Wechsel der Bettwäsche zu helfen, denn es gehörte nicht zu den Aufgaben des Krankenhauspersonals, all dies zu tun.

Manchmal flüsterte Alec »Diana«, was entweder seine Schwester oder Mrs. Massie hätte sein können. Barbara versuchte, sich ihre prophetischen Träume aus jener Zeit ins Gedächtnis zu rufen, da sie als Entschädigung für nicht vorhandene Leidenschaft, die Gabe des zweiten Gesichts hatte. In keinem der Träume sah sie sich jemals über einen sterbenden Mann gebeugt und hörte, wie er sie mit dem Namen einer anderen Frau rief.

Nun wohnten sie in vier dunklen Zimmern, vollgestopft mit Mobiliar, von dem nur einiges zweckmäßig war. Über ihnen wohnte die Witwe des Gründers der Keramikfabrik. Am Ende des Krieges war sie mit Verlust abgefunden worden und mißbilligte die neue Art der Produktion, besonders die Mönche. Sie mischte sich nie ein, stellte niemals Fragen – kam einfach nur einmal im Monat herunter, um ihre Miete abzuholen, die ihr bar ausbezahlt wurde. Sie erzählte den Kindern, daß sie nie in ihrem Leben eine englische Villa betreben habe, schien aber nicht zu denken, daß sie etwas versäumt habe und darüber gekränkt sein müsse; sie orientierte sich einzig und allein an einem sehr kleinen Ausschnitt der französischen Mittelklasse.

Barbara und Wilkinson machten Witze über die verwitwete französische Dame, aber die Kinder taten es nicht. Als Ersatz für ihre abgehackten englischen Wurzeln waren ihnen die sensitiven Antennen der nicht Seßhaften gewachsen. Sie hätten die gesellschaftliche Struktur Rivabellas in Form einer Treppe auf die Tafel zeichnen können und wußten, welch niedrige Stufe ihnen nun zugewiesen war. Barbara hätte sich nichts daraus gemacht. Wo immer sie jetzt stand, es schien ihr genehm zu sein. Auf dem Heimweg vom Krankenhaus sah sie, wie zwei Männer, Ausländer, innehielten, sie anstarrten und Bemerkungen über sie machten. Sie verstand die Sprache, in der sie sich unterhielten, nicht, aber sie merkte, daß ihre Schönheit ihnen aufgefallen war. Einer schien den anderen zu fragen: »Wer kann das wohl sein?« In ihrem neuen Heim nahm sie sich das einzige Schlafzimmer – ein imposantes Ehegemach. Wenn Wilkinson seinen Wohnsitz dort aufschlug, teilte er es selbstverständlich. Die Jungen schliefen auf einem ausziehbaren Sofa im Eßzimmer, und Molly auf einer Couch in einem Wintergarten. Diese verglaste Veranda enthielt die Gummibäume ihrer Vermieterin, die Molly sorgfältig pflegte. Die Jungen zankten sich nicht mehr. Sie stritten sich nie und sprachen auch nicht viel miteinander. Wie Heimatlose oder Flüchtlinge schienen Alecs Kinder rein zufällig unter einem Dach versammelt zu sein. Ihre schmalen Gesichter, ihre grauen Augen, ihre Magerkeit und Trockenheit waren ähnlich, aber nicht gleich; ein Fremder hätte nicht sofort erkannt, daß sie von dem gleichen Elternpaar stammten. Die Jungen trugen immer noch die abgelegten, aus England geschickten Sachen. Dies war ihre einzige Verbindung mit dem Leben drüben.

An Markttagen begegnete Molly oft ihrem ehemaligen Zimmermädchen oder der Wäscherin. Sie erkundigten sich nach Alec, was Molly ein kaltes Gefühl verursachte und sie einschüchterte. Nun war sie ähnlich angezogen, trug ein Baumwollkleid und Espandrillos von einem Marktstand. »Du brauchst nur Stil, dann wirken auch diese Kleider«, hatte Barbara ihr versichert, aber sie hatte keinen, wenigstens nicht von dieser Art. Molly war es, welche die Nahrungsmittel besorgte, die Preise verglich, Buch führte und das Wechselgeld zählte. Barbara war mit Alec im Krankenhaus und Wilkinson zu Hause völlig ausgelastet. Jetzt, da sie liebte, war das üppige Frühstück im Kinderzimmer zweitrangig geworden. Sie saß am Tisch, rauchte und beobachtete Wilkinson beim Geschichtenerzählen. Wenn Wilkinson da war, übernahm er das Kochen im wesentlichen. Dafür war Molly dankbar.

Die neuen Leute auf Lou Mas waren bei allen beliebt. Wenn es Zeiten gegeben hatte, da die Nachbarn sich fragten, wie sich Barbara und Alec je kennengelernt hatten, waren der malayische Plantagenbesitzer und seine vergnügte Frau wie ein alter Roman, den man auswendig kennt. Sie erzählten von Dschungelterroristen und was die Briten tun sollten, und sie beschrieben den Besitzer von Lou Mas – einen Waliser, der politische Ambitionen habe. Da man Barbara jedoch immer für eine Irin gehalten hatte, konnte niemand den Waliser so recht plazieren. Deshalb entstand die Legende, daß Barbaras Familie bankrott sei und Lou Mas an einen walisischen Kriegsgewinnler verkauft habe.

Mrs. Massie überreichte den neuen Mietern *Flora's Gardening Encyclopaedia*. »Es ist so etwas wie ein Klassiker geworden«, sagte sie. »Siebzehn Auflagen. Ich tippe meine Manuskripte immer selber.«

»Nun ja, die arme Barbara«, sagte jetzt jeder. Was kann man erwarten? Ein Glück für sie, daß sie Wilkinson hatte. Wilkinsons Stern war im Aufgehen. »Den Rommel sollte man nicht unterschätzen« hatte wohl seine Wirkung gehabt – im *Sunday Telegraph* war es erwähnt worden. »Wilkinson geht überallhin. Es gibt keine Veranstaltung in Monte Carlo, zu der er nicht eingeladen ist. Hummer kann er schon nicht mehr sehen.« »Gut für Wilkinson. Warum auch nicht?« Außerdem war es Wilkinson im Kriege so schlecht ergangen, er war irgendwo in Gefangenschaft gewesen.

Mr. Cranefield fragte sich, wer sich wohl diese Geschichte ausgedacht habe. Manche verwechselten Wilkinson mit dem sterbenden Alec, andere glaubten, Alec sei bereits tot. Im August hatte es sich herumgesprochen, daß Wilkinson von den Japanern gefoltert worden sei und die letzten Jahre damit verbracht habe, die Erinnerung daran zu überwinden. Er erwähnte niemals, was er alles durchgemacht habe, und das zeige, was für ein Ehrenmann er sei. Barbara und die drei Kinder seien natürlich das letzte, was er jetzt brauchen könne, aber so sei Wilkinson eben – er sei zu gutmütig, viel zu erpicht darauf zu helfen, ein Problem zu lösen. Möglich, daß er nun, da es mit ihm aufwärts ging, die Webbs mit sich ziehen könne. Haben Sie gesehen, wie das Mädchen auf dem Markt herumläuft? Genauso wie das Kind des Metzgers.

An Alecs Krankenbett schrieb Barbara einen langen Brief an ihren Lieblingsbruder Mike, den Piloten. Sie berichtete über Alec »er schläft so friedlich, während ich schreibe« und beschrieb den Gänseblümchenstrauß, den Molly in einen Krug auf das Fensterbrett gestellt hatte, und wie gut Will sein Abschlußexamen bestanden habe (»Er wird der Intellektuelle der Familie, ein zweiter Alec«), und schließlich kam sie auf das Thema Wilkinson zu sprechen. »Du hast wahrscheinlich die wunderbare Kritik im *Telegraph* gelesen, aber Du konntest natürlich keine Ahnung davon haben, daß es sich um jemanden handelte, den ich kenne. Nun, hier ist die ganze Geschichte. Bitte, Mike, behalte es vorläufig für Dich, Du weißt ja, wie Ron manchmal reagiert.« Ihre Begegnung mit Eric bestätigte ihren Glauben, daß es etwas im Universum gebe, das vernünftiger sei als Gott – auf jeden Fall logischer. Eric hatte sich das Cottage auf Lou Mas genau angesehen und gemeint, es ließe sich schließlich doch noch etwas daraus machen. »Du wirst Eric bestimmt sehr gern haben«, versprach sie. »Mit den Kindern kommt er bestens aus, und er ist so lieb zu Alec«, was der Wahrheit entsprach.

»Bist du wach, Liebes?« Sie befeuchtete ein Stück Watte mit Mineralwasser aus einer auf dem Boden stehenden Flasche (Alec hatte keinen Tisch) und benetzte seine Lippen damit, dann nahm sie seine Hand, die so leicht schien, als sei sie hohl, und behielt sie in der ihren. Dabei berichtete sie ihm über das Cottage auf Lou Mas, wo er ein auf das Meer hinausgehendes angenehmes Zimmer haben würde. Er bog seine Finger; sie beugte sich zu ihm. »Ja, Liebster? Was ist?« Zum erstenmal, seit sie ihn kannte, sagte er: »Mutter.« Sie wartete; aber nein, das war alles. Sie sah sich auf dem Balkon auf Lou Mas in ihrem weißen Morgenmantel, ihr Haar in der Sonne, sah, was den Gärtner überrascht hätte, hätte er nur hinaufgesehen. Sie dachte: »Ich habe Alec drei wunderbare Kinder geschenkt. Und dafür dankt er mir jetzt.«

Ihr Lieblingsbruder war nicht in England, als ihr Brief ankam; deshalb antwortete er erst Ende September, und nannte sie Luder, Schlampe, Betrügerin, Närrin. Er würde die Sache mit ihrem Gigolofreund mit den anderen besprechen. Sie hätten Alecs Familie drei Jahre lang unterstützt. Ob sie etwa glaube, sie hätten die Absicht, ihren Liebhaber (dies stand über einem ausgestrichenen Wort) auch noch zu übernehmen. Und hier endete der Brief. Sie erbleichte, wie ihre Kinder, leicht. Sie sagte zu Wilkinson: »Komm, wir setzen uns in den Wagen, wo uns niemand stört«, denn sie waren selten allein.

Sie gab ihm den Brief und sagte dann mit einer Stimme, die er nie zuvor gehört hatte, die ihn aber nicht zu überraschen schien: »Ich habe als Kind meinen Brüdern die Stiefel geputzt. Alec war der erste Mann, der jemals eine Tür für mich aufgehalten hat.«

Er sagte: »Deine Brüder haben es alle zu etwas gebracht.« Dies ohne irgendwelche Ironie, was bedeutete, daß es immerhin das zu bewundern gab.

»Ach«, sagte sie, »wenn du ihre Chancen mit denen von Alec vergleichst, wenn du das meinst – den Start, den Alec hatte. Nun, der arme Alec. Gewiß, ein besserer Start. Oft habe ich gedacht, nun, das kommt davon, das ist das eigentliche Problem – ein zu guter Start.«

Dieser Dialog, diese doppelreihigen, aufgedeckten Karten war wohl alles, was sie enthüllen wollten. Sofort änderten sie ihre Sitzhaltung, sie gerader, er entspannter.

Wilkinson sagte: »Welchem von ihnen gehört eigentlich Lou Mas?«

»Ihnen allen zu gleichen Teilen, glaube ich. Obwohl Desmond die Vollmacht hat und alle Entscheidungen trifft. Alec und ich *besitzen* Lou Mas, aber nur auf dem Papier. Sie haben es auf unseren Namen überschrieben, weil wir auswandern wollten. Es war einfacher für sie steuermäßig. Wir hatten das Haus drei Jahre und bezahlten keinen Pfennig Miete.«

In einer Art Seelenqual sagte Wilkinson: »Ach, du meine Güte.« Wilkinsons englischer Freund, der Jurist, der in Monte Carlo war, setzte den Vertrag auf, durch den Alec seinen Anteil an Lou Mas auf Barbara überschrieb und Barbara die Vollmacht ihres Bruders rückgängig machte. Alec, dessen gehorsame Hand um einen Füllfederhalter gelegt war und fest in Barbaras ruhte, mag gewußt haben, was er tat, aber nicht, warum er es tat. Die Dokumente wurden danach in den Tresor des Anwalts gelegt, um Alecs Tod abzuwarten, der kurz drauf eintraf.

Der Arzt, der die ganze Nacht über am Bett gesessen hatte und Alecs Kopf zur Seite drehte, so daß er nicht an seinem eigenen Erbrochenen erstickte (denn so wollte er ihn nicht sterben sehen), hörte, wie er tief atmete, tiefer und tiefer und dann nicht mehr. Alecs Augen waren geschlossen, aber der Arzt drückte die Lider mit den Fingern zu. Im Glauben an seine eigene und vielleicht auch Alecs Verdammnis stand er lange am Fenster, während das Dach und die Türme der Kirche klar und rötlich angehaucht wurden; dann tauchte der rote Rand der Sonne auf, wurde gelb, und ein neuer Tag begann.

Im Krankenhaus befand sich nur eine Schwester und, auf einem anderen Stockwerk, eine Hebamme. Er ließ sie beide kommen, wies sie an, ein Gummilaken unter Alec auszubreiten, ihn zu waschen und das Bett neu zu beziehen.

Damals hatte in jenem Teil Frankreichs kaum jemand Telefon. Der Arzt ging den Abhang an der anderen Seite von Rivabella hinunter und präsentierte sich unrasiert Barbara, die im Nachthemd war, um ihr mitzuteilen, daß Alec gestorben war. Sie zog sich an und kam sofort mit; noch war niemand auf der Straße, der sie hätte sehen oder fragen können, wer sie sei. Eric folgte ihr und trug die Kleider, in denen Alec beerdigt werden sollte. Alles, was er noch von seinen Gebeten in Erinnerung hatte, obwohl er sie niemals in der Gegenwart von Barbara gesagt hätte, waren die ersten Worte der Kollekte: »Allmächtiger Gott, dem alle Herzen offen stehen, jegliches Begehren bekannt ist und dem kein Geheimnis verborgen bleibt ...«

Barbara hatte eine neue Freundin gefunden – ihre französische, verwitwete Hausbesitzerin. Sie war es, die einen Teil von Barbaras Garderobe innerhalb von vierundzwanzig Stunden schwarz einfärben ließ, die ihr einen schwarzen Hut und Handschuhe und einen langen Kreppschleier lieh. Barbara ließ den Schleier über ihr Gesicht fallen. Ihre Freundin, deren Schleier um ihren Hut gebunden war und hinter ihr herschwebte, nahm Barbaras Arm, und sie gingen zum Friedhof und standen nebeneinander. Die ehemaligen Dienstboten der Webbs waren gekommen und der Arzt und die örtliche britische Kolonie. Einige von ihnen glaubten, die andere Frau in Schwarz sei Barbaras irische Mutter: Nur die Ärmsten der Iren oder die Königliche Familie trugen jemals diese Art Trauerkleidung.

Es gab so wenig Platz auf dem Friedhof, er war so voll von Toten aus der Zeit Garibaldis und davor, daß niemand mehr dort begraben werden konnte. Die Särge derer, die kürzlich verstorben waren, wurden in Grabkammern in einer dicken Betonmauer eingelagert. Dann wurden die Kammern versiegelt und anstelle eines Grabsteins eine Marmorplakette angebracht. Alec mußte bis zur Schulterhöhe gehoben werden. Dazu brauchte man mehrere Personen – den Arzt, Mr. Cranefield, Barbaras Brüder und Alecs junge Söhne. (Wilkinson hätte auch mit angefaßt, aber er hatte sich bereits ziemlich schlimm die Schulter verstaucht, als er den Sarg die Krankenhausstufen hinuntertrug.) Molly bahnte sich einen Weg durch die Menge der männlichen Trauergäste. Zu ihrer Mutter sagte sie: »Du nicht – du hast ihn nie geliebt.« Gott weiß, wer das gehört hat, dachte Barbara.

In Wirklichkeit niemand außer Mrs. Massie. Da sie es für wahr hielt, verbannte sie es aus ihrer Erinnerung. Sie schrieb statt dessen ihren eigenen Nachruf. »Zwei Generationen von

Gartenfreunden verdankten ihr ...« »Zwei Generationen von Lesern verdankten ihre Gärten ...«

»Vater unser«, sagte Alecs Schwester und hoffte, niemand würde es hören und sie für eine Heuchlerin halten. Noch wollte sie, daß auch nur ein Teil Rücksichtnahme von Barbara genommen würde, deren Stunde dies war. Ihr eigener Verlust war nicht mehr zu beheben und deshalb auch nicht erwähnenswert. Es gab keinen Gottesdienst – nichts als Flüstern und Stille. Seiner Schwester kam es vor, als ob Alec, gestrandet und allein, in einem Zug gelassen worden war, der auf offener Strecke stekkengeblieben war. Sie hatte ihn, seit er England verlassen hatte, nicht mehr gesehen und sich geweigert, ihn als Toten zu betrachten. Barbara hörte Diana, die Maus, irgendwo hinter sich wie eine Nähmaschine beten. Sie umklammerte den Arm der älteren Witwe und dachte, ich weiß, ich weiß, aber sie kann doch irgendwo Arbeit finden, nicht wahr? Als ich Alec kennenlernte, habe ich gearbeitet, oder? Aber was Diana Webb unter »Arbeit« verstand, war die feine Stickerei, mit der sich ihre eigene Mutter die Zeit vertrieben hatte, und nicht, um davon zu leben. In Dianas Hotelzimmer befand sich eine Schachtel mit den erlesensten, unpraktischsten Babyhäubchen und Mäntelchen aus einem Stück weißer Seide, die Alec ihr vor dem Kriege aus Indien geschickt hatte. Vielleicht würden eine Luxusboutique in Monte Carlo oder einige von Barbaras reichen Nachbarn daran Interesse haben. Vielleicht gab es einen anglikanischen Geistlichen mit einer gut betuchten Gemeinde. Sie öffnete die Augen und sah, daß absolut niemand auf dem Friedhof im geringsten wie Alec aussah – nicht einmal seine Söhne.

Die beiden Jungen schienen fremd, einander selbst fremd in ihren dunklen, neuen Anzügen. Das Wort »Vater« war ihnen gerade entglitten. Eine Marmortafel, auf welcher der Name ihres Vaters falsch buchstabiert war, stand gegen die Mauer gelehnt. Hilflos blickten die Jungen sie an.

Ist das alles? dachten die Leute nun. Was jetzt?

Barbara wandte sich von der Mauer weg, und immer noch auf den Arm ihrer Freundin gestützt, führte sie die Trauergäste hinaus durch das Tor.

Ich war es, der wußte, was er wollte, dachte der Arzt. Er hatte es mir lange vorher gesagt. Bat mich um ein Versprechen, obwohl ich es ablehnte. Ich habe seine letzten Worte gehört. Der Arzt wiederholte es immer wieder. »Ich habe seine letzten Worte gehört« – obwohl Alec gar nichts gesagt, sondern nur geatmet und dann zu atmen aufgehört hatte.

»Ihr Vater war ein spätviktorianischer Dichter von einiger Bedeutung«, ging Mrs. Massies Nachruf weiter.

Will war mit fünfzehn kein Kind mehr, sah nicht wie Alec aus und sprach laut in seinem exaltierten Englisch: »Der Tod ist leer ohne Gott.« Woher kam das? Hatte er es gehört? Irgendwo gelesen? Spielte er eine Rolle? Niemand wußte es. Später würde er hoch und heilig versichern, daß in jenem Augenblick eine Berufung ans Licht trat, obwohl sie schon seit seiner Geburt in ihm geschlummert haben müsse – Knospe in der Knospe, Geist im Geiste. Ich werde deinen Tod zurückkaufen, glaubte er später fest, Alec versprochen zu haben. Werde ihn bereichern; den südlich grellen Schein ablehnen, die südliche Leere. Ich werde für deine Einsamkeit, deine Demütigung zahlen. Werde für mich selber ein stärkeres Leben, einen ruhigeren Tod fordern. Er glaubte später, er habe alles das gesagt, aber in Wirklichkeit sagte und dachte er nur sechs Worte.

Als sie nacheinander hinausgingen und jeder durch Will höchst peinlich berührt war, lehnte Mrs. Massie sich halb auf ihren Stock und halb auf James und bemerkte: »Du warst ein so kleiner Junge, als ich dich das erste Mal auf Lou Mas sah.« Weil er darauf schwieg, nahm sie an, er warte noch auf etwas. »Ihr drei müßt jetzt zusammenhalten. Wie die drei Musketiere.« Aber sie waren bereits getrennt.

Major Lamprey fand sich an der Seite des jüngsten der Laceys. Er erzählte Mike, was er jedem erzählt hatte – weshalb er nicht nach Malta gegangen war. Er traute den Maltesern nicht. »Nicht etwa, daß man hier irgend jemandem trauen könnte«, sagte er. »Selbst der Bürgermeister, sagt man mir, gehört einer Anarchistengruppe an. Was immer geschieht, ich beabsichtige, kämpfend auf meiner eigenen Türschwelle zu sterben.«

Der Trauerzug bewegte sich einen steilen Hang hinunter. »Du willst sicher bei deiner Familie sein«, sagte Mrs. Massie, gab James frei und lehnte nun statt dessen ihr halbes Gewicht auf Mr. Cranefield. Ohne Umstände fuhren sie in einem Gespräch fort, das sie Tags zuvor unterbrochen hatten. Es drehte sich darum, wie es Mr. Cranefield – oder besser: seinem zweiten Ich, E. C. Arden – in der zweiten Hälfte der fünfziger Jahre – ergehen würde. »Es geht darum, daß man nicht zu modern ist und doch nicht altmodisch wirkt«, sagte Mrs. Massie. »Ich mache mir da keine Sorgen. Gärten ändern sich nicht.«

»Neue Ideen machen mir auch keine Sorgen«, entgegnete er. »Die gibt es nämlich nicht. Nur Worte. Zum Beispiel ›permissiv‹.«

»Was ist das?«

»Letzten Sonntag stand es im *Observer*. Ich nehme an, es bedeutet etwas. Immerhin. Man darf nicht. Man kann nicht. Es gibt Grenzen.«

Barbara begegnete dem Bürgermeister, der hinauf wollte und einen Kranz mit einer purpurnen Schärpe trug, auf der in Goldbuchstaben stand: »Die Stadtverwaltung – aufrichtiges Beileid.« Er war zum Begräbnis zu spät gekommen, weil er auf die Kranzlieferung warten mußte. »Für jemanden, der niemals ausging, hat Alec einen ziemlichen Eindruck hinterlassen«, bemerkte Mrs. Massie.

»Das Begräbnis war eine Attraktion«, sagte Mr. Cranefield.

»Kann man das ein Begräbnis nennen?« Sie dachte immer noch an ihr eigenes.

Mike Lacey hatte seine Schwester eingeholt. Früher hatten sie sich sehr nahegestanden. Sobald sie ihn sah, stand sie still und brachte die Reihe hinter ihr auch zum Stehen. Er meinte, es sei zwar weder die Zeit noch der Ort, aber er müsse ihr doch sagen, daß sie sich keine Sorgen machen solle. Sie würde stets ein Dach über dem Kopf haben. Sie würden die Verantwortung für Alecs Kinder übernehmen. Es gebe vage Pläne, das Cottage zu renovieren. Man würde später darüber reden.

»Ach Mike«, sagte sie. »Das ist so lieb von dir.« Mit beiden Händen hob sie den Schleier, damit er ihre klaren, grauen Augen sehen konnte.

Die Prozession wand sich um das Krankenhaus und kam auf den Platz vor der Kirche. Mr. Cranefield hatte als Gefälligkeit für Barbara, die kein richtiges Zuhause hatte, eine kleine Party für die Trauergäste arrangiert. Ein paar würden kommen, andere wiederum nicht. Die letzten verabschiedeten sich gerade. Geneviève, deren Gesicht wie ein rosa Schwamm aussah, so hatte sie geweint, warf sich auf James, der sich von ihr umarmen ließ. Über die dunkle Schulter seiner Gouvernante blickte er in die Gesichter von Leuten, die ihm abgelegte Kleidungsstücke gegeben und so (glaubte er) sein Leben zerstört hatten. Er zerschmetterte ihre Gesichter zu Bruchstücken, ließ die Bruchstücke wie Mücken in der Luft tanzen, bis sie sich ohne einen Laut auflösten. Wartet nur, dachte er. Wartet, wartet.

Mr. Cranefield überlegte, ob Molly wohl zum Unterpfand ihrer Mutter werden würde, ihre moralische Bürgschaft – falls Barbara an ihr festhalten sollte, um zu beweisen, daß Alecs Kinder sie billigten. Er erinnerte sich an Mollys kleines, verängstigtes Gesicht und wie sehr sie sich über St. Georg Gedanken gemacht hatte. »Du wirst erwachsen werden, weißt du«, sagte er, was einigermaßen merkwürdig klang, weil sie sehr hochgeschossen war. Sie gingen den Pfad hinunter, den Wilkinson mit seinem Wagen nicht geschafft hatte. Sie starrte ihn an. »Ich meine, wenn du erwachsen bist, wirst du frei sein.« Sie schüttelte den Kopf. Sie wußte es inzwischen besser. Jetzt mit vierzehn gab es keine Freiheit, außer aufzuhören zu lieben. Sie würde ihre Brüder noch lieben, wenn diese ihr längst keinen Gedanken mehr widmeten: die Loyalität der Frauen. Dies würde sie jedoch nicht abhalten, mit ihnen zu streiten, Zoll um Zoll, über Geld, Besitz, Relikte der Vergangenheit: die Unsicherheit der Frauen. Sie würde sie verfolgen und wegen Alecs Grab und Barbaras Altersversorgung belästigen und wo sie alle zusammen beerdigt werden würden: der Ordnungssinn der Frauen. Bis dahin würden sie ein anderer James, ein fremder Will, eine veränderte Molly sein.

Mr. Cranefields Aufmerksamkeit glitt von Molly zu Alecs Begräbnis und zum Aussterben einer Art Engländer und dem Aufkommen einer anderen. Die meisten sahen in Wilkinson eine Art Vorkriegsüberbleibsel mit seinem »hören Sie mal« und »Donnerwetter«, aber in Wirklichkeit war er eine englische Mutation, ein neuer Mann in alter Trauerkleidung. Alec hätte wahrscheinlich seine Sprache verstanden, aber nicht die Person dahinter. Eine Landschaft mit zwei männlichen Figuren zeichnete sich jetzt deutlich in Mr. Cranefields privatem Weltbild ab, als habe man ihm eine Trickbrille geliehen. Er ließ die Vision verblassen. Er sollte sich lieber an das blonde Paar auf seinem Schreibtisch halten; bis jetzt hatten sie ihn niemals im Stich gelassen. Ich bin weder impulsiv noch arrogant, sagte er sich. Niemand würde die Wahrheit über Wilkinson glauben, selbst wenn er sie beschreiben könnte. Ich werde nicht darauf bestehen, entschloß er sich, oder versuchen, das letzte Wort zu haben. So ein Narr bin ich nicht. Er atmete langsam, wie man es tut, wenn die Todesgefahr abgewendet ist.

Die Trauergäste für Mr. Cranefields Party erreichten die Straße und überquerten sie langsam: Mitglieder der britischen Kolonie hielten es für unter ihrer Würde, von heranbrausenden Wagen Notiz zu nehmen. Die beiden Witwen waren zurückgeblieben, entweder, damit Barbara ihren Auftritt haben könne, oder weil die ältere Frau meinte, es gehöre sich nicht für Barbara, Hast zu zeigen. Ein heftiger Westwind wehte die schwarzen Kleider gegen ihre Brüste und hob ihre dichten Schleier.

Wie wird er mich hören können, dachte Molly. Jemand, der in einem herkömmlichen Grab liegt, mit dem kann man reden, denn Erde ist porös und offenbar eine Form von Leben. Aber mit jemandem durch Marmor zu sprechen? Selbst wenn sie die Hände flach auf die Marmorplatte legte, würde der Stein niemals auch nur einen Bruchteil menschlicher Wärme aufnehmen. Dabei mußte sie ihm erzählen, was sie getan hatte – daß sie es war, Molly, die den Eindringling ins Haus hereinließ, und Alec, immer höflich, veranlaßte, sich zuerst ins Krankenhaus und dann noch weiter weg zu begeben. Sie würde zurück auf den Friedhof gehen, allein, und es sagen, ob er es nun hören konnte oder nicht. Das Unheil hatte mit zwei Sätzen begonnen: »Mama, darf ich dir Mr. Wilkinson vorstellen. Er möchte dir berichten, wie es dazu kam, daß er mich nach Hause gefahren hat.«

Barbara stieg die Stufen zu Mr. Cranefields Haus hinunter, untergehakt mit ihrer neuen Freundin, die das erste Mal das Innere eines englischen Hauses sehen sollte. »Sehen Sie doch nur«, sagte die ältere Witwe, denn einer der Pfauen hatte sich vor dem Wind in Mr. Cranefields elektrischen Aufzug gerettet. Einen Augenblick früher hatte es Alecs Schwester auch bemerkt und hatte etwas gedacht, das unwiderlegbar war: Keine Macht der Welt würde sie dazu bringen, einen Pfau zu essen.

Wer will sagen, ich hätte Alec nie geliebt, sagte Barbara, die Wilkinson liebte. Es stimmt, er war anmaßend und machte allen Vorschriften, so lange er es noch konnte, aber er war immer zuvorkommend. Selbstverständlich habe ich ihn geliebt. Ich tue es immer noch. Er muß anständig begraben werden, dort, wo wir etwas pflanzen können – weiße Rosen. Der Bürgermeister hat mir gesagt, daß sie hin und wieder einen der Russen hinauswerfen, um Platz zu schaffen. Es gibt sicherlich eine Warteliste. Dann könnten wir Alecs Namen darauf setzen. Alec hat mir drei Kinder geschenkt. Eric hat mir Lou Mas geschenkt.

Als sie in Mr. Cranefields Haus ging, nahm sie den dunklen Schleier und den Hut ab und enthüllte ihr schönes Gesicht wie die aufgehende Sonne. Weil der Wind Blätter und Sand herumwirbelte, mußte Mr. Cranefields Party von der Loggia nach innen verlegt werden. Dieser Wechsel verursachte ein Durcheinander, an dem Barbara jedoch nicht beteiligt war, auch Mr. Wilkinson nahm nicht daran teil, seine verstauchte Schulter machte ihm sehr zu schaffen. Sie sah, wie ihre Kinder halfen, wie sie Platten mit kleinen Cocktailhäppchen herumtrugen und silberne Weinkühler. Sie fand das richtig; es waren offensichtlich wohlerzogene Kinder. Das Begräbnis hatte Mr. Cranefields Gästen Appetit gemacht; sie waren hungrig und durstig und fühlten sich einsam. Sie wollten ein Glas in den Händen halten und mit jemandem reden. Bald darauf wurden ihre Stimmen laut, überschnitten sich und schufen so etwas wie ein undeutlich gemustertes, dichtes Gewebe, das Alecs Schwester (die größere Menschenansammlungen nicht gewohnt war) mit einem fliegenden Teppich verglich. In diesem Augenblick war es, und Molly beobachtete sie insgeheim dabei, daß Barbara auf die natürlichste Weise von der Welt begann, glücklich und zufrieden bis an ihr Ende zu leben. Es war keineswegs irgendwie vorsätzlich: Sie wurde einfach in eine einzige Richtung getragen, obwohl sie doch immer noch ihren schwarzen Handschuh auf dem schwarzen Ärmel ihrer verwitweten Freundin liegen sah.

Während er die lahme Mrs. Massie zu einem Sofa geleitete, sagte Mr. Cranefield, man müsse doch wohl das Leben von seiner heiteren Seite betrachten. (Er sprach immer noch über die zweite Hälfte der fünfziger Jahre.) Wilkinson, der sich setzte, weil er sich nicht wohl fühlte und der glaubte, diese Bemerkung sei für ihn gedacht, versicherte Mr. Cranefield wahrheitsgemäß, daß er es nie anders gesehen habe. Dann geschah es, daß jede Person im Raum im gleichen Augenblick von etwas anderem sprach und an etwas anderes dachte als an Alec. Dieses Aufhören, diese Unaufmerksamkeit, die nicht länger dauerte als ein »Nein danke« oder »Wirklich?« oder »Hm, ich verstehe« genügte, um den dunklen Spalt, der das Ende von Alecs Lebensspanne markierte, zu schaffen. Er hatte aufgehört zu sein, und danach machte es absolut keinen Unterschied, ob er vergessen wurde oder nicht.

Aus dem Englischen übertragen von Eva Bornemann

SPÄTE HEIMKEHR

Als ich im Frühjahr 1950 aus der Gefangenschaft nach Berlin zurückkehrte, entdeckte ich, daß ich einen Stiefvater hatte. Meine Mutter hatte ihn nie erwähnt. Ich hatte aus der Bretagne an »Grete Bestermann« geschrieben, aber der Name »Toeppler«, in ein Messingschild graviert und neben der Türklingel ihrer neuen Adresse, erwies sich ebenfalls als ihr Name. Während sie den Schlüssel in das Schloß schob, sagte sie mit ruhiger Stimme: »Hör zu, Thomas. Ich bin jetzt Frau Toeppler. Ich habe einen guten Mann mit einer Rente geheiratet. Dies ist sein Schlüssel, sein Name und seine Wohnung. Er möchte dich willkommen heißen.« Vom Augenblick an, da sie mich an jenem Tag vom Bahnhof abholte, mußte sie sich überlegt haben, wie sie es mir beibringen solle.

Ich legte meine Hand über den Namen, der auf meiner Handfläche einen perfekten Abdruck hinterließ. Ich sagte: »Ich vermute, in Berlin gibt es weder Rasierklingen noch gewöhnliche Hemden. Aber irgendein Narr graviert bereits Namensschilder.«

Martin Toeppler war ein alter Mann, ein ehemaliger Straßenbahnschaffner. Einer seiner Arme war als Folge eines Arbeitsunfalls gelähmt, und er zog die gelähmte Schulter hoch. Seine Augen hatten die Milchglasfarbe älterer Menschen, heller um den Rand als im Zentrum der Iris, und er hatte die Gewohnheit alter Frauen zu seufzen: »O ja, ja.« Dieser Seufzer war offenbar seine Art zu sagen: »Da kann man eben nichts machen.« Er war höchstens neunundvierzig, aber mir kam er gealtert vor, mehr als gealtert – nutzlos, verloren. Die meiste Zeit stand sein Mund offen, als falle es ihm schwer, durch die Nase zu atmen, aber es war nur, weil er ein unersättlicher Schwätzer und jederzeit bereit war, sich auf ein Wort zu stürzen. Er kam aus Franken an der tschechischen Grenze, nahe dem Ort, wo meine Großeltern früher wohnten.

»Grete und ich – wir verstehen unseren Dialekt«, sagte er – aber in unserer Familie wurde nie Dialekt gesprochen. Mein Bruder und ich wurden angehalten, »Brot« und »Freund« und »Baum« korrekt auszusprechen. Ich wandte meine Augen meiner Mutter zu, aber sie sah weg.

Martins einziger Traum war, nach Franken zurückzukehren; es war beinahe das erste, was er zu mir sagte. Er hatte zwei möblierte Wohnungen in einer Stadt nahe einer amerikanischen Militärbasis geerbt. Eine dieser beiden hatte jahrelang leergestanden. Die Mieter waren ausgezogen, niemand wußte, wohin – vielleicht waren sie nach Schweden übersiedelt. Nach ihrem Weggang, der um fünf Uhr morgens an einem Wintertag 1943 stattgefunden hatte, wurde die Wohnungstür mit einem amtlichen Stempel, auf dem ein Hakenkreuz und ein Adler abgebildet waren, versiegelt. Die verschwundenen Mieter müssen gestorben sein, vielleicht in Schweden, jedenfalls wollte jetzt niemand vom Ort in der Wohnung wohnen, weil angeblich eine ganze Geisterfamilie dort herumspukte, Schubladen öffnete und schloß, auf Heizrohre klopfte, Stühle und Leitern herumschob. Die Geister, dachte Martin, suchten wahrscheinlich nach einem Goldschatz, der zurückgeblieben war. Die zweite Wohnung war an eine Familie vermietet gewesen, die während der Wirren am Kriegsende verschollen war; wahrscheinlich waren auch sie nicht mehr am Leben. Jedenfalls waren sie offiziell tot, und nur darauf kam es an. Martin beabsichtigte, die beiden Wohnungen zu modernisieren und dem amerikanischen Standard anzugleichen. Dies bedeutete Jalousien an den Fenstern anzubringen und Gasboiler in den Badezimmern zu installieren – und sie dann an zahlungskräftige amerikanische Offiziere zu vermieten, die zu weither waren, um kleinstädtischen Klatsch ernstzunehmen, zu gebildet, um sich vor Gespenstern zu fürchten. Aber Martin würde sich beeilen müssen, denn sonst würde seine Erbschaft, sein einziges Nachkriegskapital, seine einzige Möglichkeit, wieder Fuß zu fassen, ihm weggeschnappt werden zugunsten irgendwelcher arbeitsscheuer und analphabetischer Flüchtlinge aus der Sowjetzone oder von ausgebombten und immer noch in Lagerbaracken hockenden Familien oder Spätheimkehrern. Das letztere war eine neue Kategorie von Personen, alles in einem Wort geschrieben. Es war aus seinem Munde heraus, ehe er sich besann, daß ich ja auch einer war. Er sprach nicht weiter, und dann seufzte er und sagte: »O ja, ja.«

Er konnte nicht lange ruhig bleiben. Er zog seine Brieftasche heraus und zeigte mir ein Foto von sich zu Pferd. Vielleicht sollte dieses ländliche Bild eine eventuelle Vorstellung, die ich von ihm als Straßenbahnschaffner hatte, ersetzen. Jedenfalls hielt er das Bild auf Armeslänge entfernt und blinzelte es an. »Das war einmal Martin Toeppler«, sagte er, »und das wird er wieder werden.« Seine Jugend, eine neue rechte Schulter, ein neuer Arm und die heißen, üppigen Sommer, von denen jeder in seiner Generation behauptete, daß es sie vor dem Krieg gegeben habe, warteten auf ihn in Franken. Dabei klang er wie der geborene Sieger und nicht wie ein körperlich gebrochener Straßenbahnschaffner auf der Seite der Verlierer. Er tat das Bild wieder weg in einen rissig gewordenen Zelluloidumschlag, steckte seine Brieftasche ein und rief meiner Mutter zu: »Der Junge will sicher sein Bad.«

Meine Mutter, die inzwischen längst das Bad vorbereitete, hatte ihr ganzes Leben lang Befehle erhalten. Als junges Mädchen hatte sie wie eine Sklavin in dem Dorfgasthof ihrer Mutter geschuftet, und nach dem Tode meines Vaters wurde sie wieder Hausangestellte, diesmal in Berlin bei meinem mächtigen Onkel Gerhard und seiner dicken Frau. Mein Bruder und ich verbrachten unsere Winter bei ihr, manchmal schliefen wir zu dritt in einem Bett in einer ungeheizten Dachkammer und teilten uns Brot und Äpfel, die aus Onkel Gerhards Speisekammer gestohlen waren. Im Sommer mußten wir unserer Großmutter helfen. Wir säuberten Stühle und Tische, reinigten die Toiletten von Erbrochenem und trugen nach Bier stinkende Gläser in die Küche zurück. Damals waren wir noch so klein, daß wir auf Hockern stehen mußten, um an die Wasserhähne heranzukommen.

»Ein Glück, daß du zwei Söhne hast«, sagte mein Onkel Gerhard einmal zu meiner Mutter. »Starke Rücken werden in der Familie immer gefragt sein.«

»Keiner darf meine Kinder ausnutzen«, soll sie geantwortet haben, aber wie sie dies verhindern wollte, weiß nur der liebe Gott, denn wir hatten ja kein eigenes Dach über dem Kopf und kein Geld und aßen nur, was für uns abfiel. Unsere Uniformen retteten uns. Als wir erst einmal in der Hitler-Jugend waren, wagte sogar Onkel Gerhard nicht zu fragen: »Wo geht ihr hin?« oder »Wo wart ihr?« Mein Bruder war schneller als ich. Schon als Zwölfjähriger wußte er, daß er in der Falle saß. Ich war sechzehn und mußte erst Gefangener werden, ehe ich es begriff. Aber vom Standpunkt meiner Mutter aus waren wir frei, erlöst; ihr Leben würden wir nicht wiederholen. Und das war alles, was sie wollte.

In der Gefangenschaft hatte ich mich nach ihr und dem verlorenen Paradies unserer Armut gesehnt, in dem sie ganz und gar meinem Bruder und mir gehörte und wir mit ihr in einem Bett geschlafen hatten, jeder auf einer Seite. Ich hatte ihr reuevolle Briefe geschrieben, daß ich sie vernachlässigt hätte, und versprochen, in Zukunft gut zu ihr zu sein: Ich würde hart arbeiten und mich stets um sie kümmern. Diese Briefe an die blonde, junge Grete Bestermann mit der sanften Stimme wurden aber von Grete Toeppler gelesen, die ihr ergrauendes Haar in einer Art ovalem Ballon hochgesteckt trug, und die verängstigt und mager war und sich vor der Zukunft genauso fürchtete wie vor der Vergangenheit. Ich hatte sie auf dem Bahnhof nicht erkannt, und als sie schüchtern sagte: »Entschuldigung, Thomas?« glaubte ich, ihre eigene Mutter vor mir zu haben. In diesem Moment und auch in den nächsten Minuten wußte ich noch nicht, daß meine Großmutter gestorben war und daß mein reicher Onkel Gerhard, jetzt offiziell entnazifiziert von einem Gerichtshof, in zwei aus einer Ruine herausgemeißelten Zimmern hauste, Kaninchen züchtete und hoffte, niemand würde von ihm Notiz nehmen. Sie hatte mich zum letztenmal gesehen, als ich fünfzehn war. Seit dem frühen Morgen waren wir aufeinander zugegangen, aber ich war erschöpft und schweigsam, und wir waren beide verlegen und waren uns nicht in die Arme gefallen, weil jeder von uns Angst hatte, einen Fremden zu umarmen. Ich hatte eine einzige schreckliche Erinnerung an sie, aber vielleicht war es nur ein Traum. Ich war klein, konnte aber sprechen und laufen. Ich kam in ein Zimmer, in dem sie ein kleines Kind stillte. Zwei andere Frauen waren dabei. Als sie mich sahen, fingen sie an zu lachen, und die eine sagte zu ihr: »Gib auch dem Thomas etwas.« Meine Mutter lehnte sich vornüber und steckte mir ihre Brust in den Mund. Es schmeckte widerlich süß, und der zwei Frauen wegen fühlte ich mich gedemütigt: Ich spuckte es aus, trat zurück und fing an zu weinen. Sie sagte etwas zu den Frauen, und diese lachten erst recht los. Es muß ein Traum gewesen sein, denn wer konnte der Säugling gewesen sein? Mein Bruder war elf Monate älter als ich.

Nun war sie vorsichtig wie ein Tier mit mir, zum Teil auch wegen meiner Reaktion auf das Namensschild. Sie muß befürchtet haben, daß das noch nicht alles war. Sie war in Ehrfurcht vor Männern aufgewachsen, sie hatte sie nie im Gespräch unterbrochen, sie mußte dafür sorgen, daß ihre Teller zuerst gefüllt wurden – und selbst als Mädchen mußte sie stehen, wenn sie sich setzten. Ich war einundzwanzig, ich war jetzt seit drei Tagen einundzwanzig, ich war übergewechselt ins Lager der Tyrannen und Fremden. Die ganze Zeit über, während Martin redete und prahlte und mir das Bild von sich zu Pferde zeigte, huschte sie aus dem Wohnzimmer herein und heraus, holte Holz und Briketts, die sie beim Kachelofen aufgestapelt hatten, trug sie den Flur entlang, um für mich das Badezimmer anzuheizen. Manchmal sah sie mich von der Seite an und lächelte mit der Hand vor dem Mund – das war eine neue Gewohnheit –, aber sie schwieg, bis es Zeit war für das Bad.

Meine Mutter legte ein Handtuch auf den Boden zum Draufstehen und wies auf einen Stuhl, auf dem, sagte sie, Martin immer saß, um sich die Füße abzutrocknen. Es gab ein Bord mit einem Spiegel und einen Kamm, aber kein Waschbecken. Ich vermutete, daß er sich in der Küche rasierte und sie sich dann beide auch dort in der Küche die Zähne putzten. Meine Mutter meinte, die Seife sei schlecht und würde nicht schäumen, aber sie bat mich, wieder hinter dem Schutzschirm ihrer Hand, sie nicht im Wasser zu lassen, wo sie sich auflösen und vergeudet werden könne. Ein Stein unter Wasser hätte sich genauso leicht auflösen können. »Und dort ist der Haken für deine Sachen«, sagte sie, aber natürlich hatte ich ihn bemerkt. Sie zögerte noch immer, aber dann fing ich an, mir das Hemd aufzuknöpfen, und sie ging hinaus.

Die Badewanne, in die eine ganze Familie gepaßt hätte, war so rauh wie Lavafels. Das Wasser war kochend heiß, ich saß mit angezogenen Knien, als sei ich in dem Zinkzuber, den man mir in Frankreich manchmal geliehen hatte. Die seesternförmige Narbe eines Granatsplitters schimmerte bläulich verfärbt auf dem einen Knie, und das Bein war mißgeformt, als sei es, während die Knochen noch weich waren, auf die falsche Seite gebogen worden. Lange Unterhosen, von denen ich annahm, daß sie meinem Stiefvater gehörten, hingen über einer Leine. Ich saß da und starrte sie an und auf ein dünnes, steifes Handtuch, das neben den Hosen hing und auf das Wasser, das sich an den Zementwänden niedergeschlagen hatte, bis die Haut meiner Hände und Füße so geriffelt und weich wurde wie Kordsamt.

Es gibt einen Ausdruck für Leute, die sich gerade auf einer Straßenkreuzung befinden, nachdem die Ampeln gewechselt haben: »Fußgängerverkehrsrückstand«. Ich war in einem Gefangenenlager in Rennes, als ein Befehl kam, wonach jeder unter achtzehn nach Hause geschickt werden solle. Aus irgendeinem Grunde wurde mein Name niemals aufgerufen. Fünf Jahre danach, als ich in Saint-Malo war, wo ich einem Apotheker und seiner Frau als »befreiter Arbeiter« – was nicht frei bedeutete, nur nicht mehr im Lager – zugeteilt worden war, ließ mich die Polizei rufen und wollte wissen, was ich in Frankreich mit einem großen »PG« für »*prisonnier de guerre*« auf meinem Rücken verloren hätte. War ich etwa von der Fremdenlegion desertiert? Ein Spion? Fast jeder Gefangene war vor mindestens zehn Monaten entlassen worden, aber die Akte, die mich betraf, war in Rennes verlegt worden oder war verlorengegangen, und ich konnte nicht weggehen, ehe man sie gefunden hatte – ich existierte einfach nicht. Inzwischen aber hatten die Franzosen mich satt, weil sie den Krieg satt hatten und alles, was sie daran erinnerte, und der Plan, die Gefangenen, welche die Amerikaner gemacht hatten, beim Wiederaufbau von Straßen und Brücken in Frankreich einzusetzen, hatte nicht funktioniert. Es war nur eine Idee, die niemals verwirklicht wurde, und so wurden einige der Kriegsgefangenen Landarbeiter, andere wiederum Haushaltsangestellte, manche gingen in die Fremdenlegion, weil die Verpflegung dort besser war, manche saßen herum und taten drei, vier Jahre nichts, weil niemand etwas für sie zu tun fand. Die Polizei legte mir nahe, einfach wegzulaufen; niemand würde etwas dagegen haben. Das hätte auch die Sache mit der fehlenden Akte aufgeklärt. Aber ich hatte Angst, mich ins Unrecht zu setzen, in welchem Falle sie einen Vorwand gehabt hätten, mich für immer zu behalten. Außerdem – wie weit würde ich kommen mit einem riesigen »PG« auf den Hosen und auf der Jacke? Hier dagegen, wo es nicht nötig war, eine Etikette zu tragen, weil mir »Spätheimkehrer« im Gesicht geschrieben stand, spürte ich, daß ich trotzdem ungelegen kam; meine Erscheinung, mein Überleben, mein blutendes Zahnfleisch und meine wackeligen Zähne, mein chronischer Durchfall, meine Blutarmut, meine Gier nach Süßigkeiten, meine Zurückhaltung Fremden gegenüber, die abgelegten Lumpen, in denen ich ankam – all dies sprach »Krieg«, wenn doch jeder Frieden wollte, »Gefangenschaft«, wenn »Freiheit« die Losung war und »trocken Brot«, wenn alles an Marmelade und Butter dachte. Ich vermutete, daß sich jetzt, nach fünf Jahren Frieden, die meisten in der Bevölkerung auf die richtige Stufe der richtigen Leiter durchgedrängelt hatten und es nur noch wenig Platz für »Fußgängerverkehrsrückstände« gab.

Als ich bereits halb angezogen war, kam meine Mutter herein, um die Badewanne zu putzen. Dazu benutzte sie feine Asche aus dem Kachelofen und einen Putzlappen, der so löchrig war, daß er zu einem Knäuel zusammengeballt werden mußte. »Ich habe dich gerufen, aber du hast es nicht gehört, ich dachte schon, du seist eingeschlafen oder ertrunken.«

Mein Gehör hatte gelitten, weil ich während der Schulzeit in Berlin stationiert war. Nachdem die Jungen an die Front geschickt wurden, nahmen Mädchen unsere Plätze ein. Es waren diese kaum halbwüchsigen Mädchen, welche die erwachsenen Männer in Uniform unten in den Bunkern verteidigten. Ich überlegte, ob auch sie schwerhörig geworden waren und ob wir zu einer Generation gehörten, die niemals etwas Leiseres als einen Schrei hören konnten. Meine Mutter kniete sich neben die Wanne, und ich saß auf Martins Stuhl wie Martin und zog mir die frischen Socken an, die sie mitgebracht hatte. Mit leiser Stimme, die ich genau verstand, sagte sie, sie habe Martin schon als Kind gekannt. Ich konnte mich nicht entsinnen. Sie sagte dann, daß mein Vater ihn gekannt habe. Ich stand auf und wartete, bis sie sich wieder erhoben hatte und sah hinunter in ihr Gesicht. Ich hatte Angst, sie zu berühren, falls wir beide in Tränen ausbrechen würden. Sie murmelte, ihre Familie hätte ihn bestimmt gekannt, denn die Toepplers besaßen eine Grabstätte in der Nähe des Friedhofs, auf dem meine Großmutter beerdigt lag und sie sei etwa fünfzig Kilometer von dem Ort entfernt, wo mein Vater früher eine Bäckerei betrieb. Sie suchte irgendeine Verbindung.

»Ich wollte, daß ihr beide, du und Christian, eine Heimat hättet, wenn ihr zurückkommt«, sagte sie, aber ich vermutete, daß sie keinen von uns beiden zurückerwartet hatte und daß sie sich fürchtete, heimatlos und allein zu sein. Mein Bruder war in der Tschechoslowakei mit der Schörner-Armee verschollen. Die ganze Armee war für tot erklärt worden. Ihr einziger naher Verwandter, mein Onkel Gerhard, hätte ihr nicht beistehen können, selbst wenn es ihm in den Sinn gekommen wäre; er hatte vier Jahre gebraucht, um offiziell und legal entnazifiziert zu werden, und nun, »so weiß wie weißer Flieder« habe er, meiner Mutter zufolge, keinerlei Meinung über irgend etwas und lebe nur für seine Kaninchen.

»Da ist es gut, jemanden meines Alters als Gefährten zu haben«, fuhr meine Mutter fort. »Jemanden, mit dem man sich unterhalten kann.« Brauchten die Alten mehr als nur Gespräche? Damals muß meine Mutter etwa zweiundvierzig gewesen sein. Ich hatte zugehört, wie die alten Männer im Gefangenenlager ihre Ehefrauen verglichen und sagten, keine Henne sei jemals zu zäh für den Kochtopf gewesen.

»Hast du ihn geheiratet, ehe er diese Wohnung hatte oder danach?«

»Danach.« Aber es kam zögernd, als wisse sie nicht, welche Antwort ich erwartete.

Die Wohnung befand sich im zweiten Stock eines großen, düsteren Mietshauses – alles, was von einer Arbeitersiedlung aus den zwanziger Jahren übriggeblieben war. Früher wohnte Martin irgendwo zwischen dem Badezimmerfenster und der Straße. Wenn ich aus dem Fenster sah, konnte ich ohne weiteres die Rückwände der verschwundenen Häuser wieder rekonstruieren, die kleinen, mit Besen und Mops geschmückten Balkone und den feuchten, öligen Hinterhof. Winterliches Zwielicht muß hier das vorherrschende Klima gewesen sein, bis ein Luftangriff die Jahreszeiten hereinließ. Schlacke und Schotter waren jetzt gleichmäßig über die Trümmer geharkt worden; der weite, freie Platz zwischen dem stehengebliebenen Haus – unserem – und der jenseits liegenden Straße mit den angrenzenden Ruinen sah fest und eben aus.

Aber nein, sagte meine Mutter, es sei alles holprig und lose. Jemand sollte dafür sorgen, daß ein zementierter Weg darüber führe. Die Frauen verträten sich immer den Fuß, und wenn es regnete, wate man durch schwarzen Schlamm und es röche immer verbrannt. Sie hatte ihren Glauben an einen unsichtbaren aber wohlmeinenden »jemand« nicht verloren. Und dann sagte sie mit kaum hörbarer Flüsterstimme, daß Martins erste Frau, Elke, dort unter den Trümmern und der

Schlacke begraben sei. Es war nicht möglich gewesen, alle Toten zu bergen, und eines Tages sei eine Planierraupe gekommen und habe sie für alle Zeit und Ewigkeit zugeschüttet. Martin habe diese beiden Wohnungen in einer fränkischen Stadt von Elke geerbt. Die Toepplers waren wahrscheinlich ebenso arm wie die Bestermanns, aber Martin hatte eine gute Partie gemacht.

»Sie hatte auch einen Hund«, sagte meine Mutter. »Als Martin sie heiratete, hatte sie einen weißen Spitz. Jeden Sonntag badete sie ihn in der Wanne.« Ich stellte mir Martin Toeppler vor, wie er diesen neuen, tückischen breiten Vorplatz überquerte und murmelte: »Elkes Grab. O ja, ja.« Dann sagte ich es, und meine Mutter lachte schallend und ließ die Hand fallen, und ich sah, daß ihr ein paar Vorderzähne fehlten.

»Das Haus sieht von der Straße aus wie ein alter Zaun«, sagte sie, als wolle sie absichtlich auf den Makel hinweisen, der sie so entstellte. Über die Leute, die in dieser Wohnung gelebt hatten, wußte sie nichts, außer, daß sie überstürzt ausgezogen seien und vergessen hätten, einen großen Vorrat an Schwarzmarktnahrungsmitteln, ein paar hübschen Figuren in einem Porzellanschrank und fünf Flaschen Wein mitzunehmen. »Sie sind auch die Miete schuldig geblieben«, sagte sie, was nicht nach ihr klang.

Es erwies sich als ein Scherz von Martin Toeppler, denn er wiederholte ihn, als ich zurück ins Wohnzimmer kam, in einem Hemd, das wahrscheinlich seins war und mit meinem dunklen, naßen, glattgekämmten Haar. Er wies auf ein helles Viereck auf der braunen Tapete. »Dort hing Adolfs Bild«, sagte er. »Und ehe sie sich aus dem Staub machten, ohne die Miete zu bezahlen, nahmen sie es herunter.«

Mein eigener Vater war eines Nachts, als man ihn erwischte, wie er ein Wahlplakat von der Wand der Schule riß, erstochen worden. Er hinterließ meiner Mutter kein Geld, zwei Kinder unter fünf Jahren und eine politische Vergangenheit. Danach schwamm sie mit dem Strom. Die meiste Zeit meines Lebens hatte ich irgendeine Uniform getragen. Ich konnte mich erinnern, einmal Zivilkleidung gehabt zu haben, als ich vierzehn war, zu meiner Konfirmation. Ich kam mir verkleidet vor, wußte nicht, wohin mit den Händen; vom siebenten Lebensjahr an hatte ich meine Daumen in einen Ledergürtel gesteckt. Ich hatte Eindrücke von meinem Vater, keine Erinnerungen an ihn. Bilder waren erstarrte Dinge, sie bedeuteten mir nichts. Aber ich wußte, daß ich ihm ähnelte, wenn mein Haar naß war. Ein rasches Aufblitzen kam zu mir zurück, wenn ich mich im Spiegelbild sah, wie eine geheime Botschaft, und ich dachte dann: Ja, so war er. Ich saß mit Martin am Eßtisch, über den meine Mutter eine Spitzentischdecke (sie war von den verschwundenen Mietern) gebreitet hatte, auf die die Aprilsonne durch die Spitzenstores ein zweites Muster legte. Ich legte meine Hände flach unter Spitzenschatten und überlegte, ob auch sie waren wie die meines Vaters.

Sie hatte alles aufgetischt, was sie zu essen und zu trinken auftreiben konnte – ein paar Kekse, Käse, der papierdünn geschnitten war, dunkles Brot, kleine, ganze Tomaten, Radieschen, Salamischeiben, die auf dem Teller wie ein Blumenarrangement lagen, damit sie nach mehr aussahen. Dazu tranken wir eine Flasche moussierenden Wein, den Martin Champagner nannte. Er hatte eine bräunliche Farbe wie verwässertes Jod und schmeckte nach Zuckersirup. In dieser trüben Brühe stiegen Bläschen auf. Wir hoben die Gläser, ohne zu sagen, auf was oder wen wir tranken, außer auf meine Rückkehr. Vielleicht trank Martin auf seine Zukunft in Franken mit den zwei Wohnungen. Ich hatte einen Plan, aber er war mein eigenes Geheimnis. Wie verabredet gab es keine gemeinsame Vergangenheit. Dann sprach meine Mutter und hielt sich die Hand vor den Mund und sagte, sie würde gerne auf ihren vermißten ältesten Sohn trinken. Während sie dies sagte, sah sie Martin an, als ob das Überleben von Christian ebenfalls eine Last sein könne.

Gegen Ende dieses Nachmittags kam ein Nachbar mit einer Flasche Weinbrand zu Besuch – ein untersetzter Mann mit drei über den Schädel gekämmten Strähnen silbergrauen Haares. Alle dicken Männer in Comics und in der Literatur würden zukünftig für mich nur Willy Wehler sein. Trotzdem konnte er damals, 1950 in Berlin, nicht so feist gewesen sein; wahrscheinlich zeigte sich der Beginn eines Doppelkinns und sein Haar muß immer noch dunkel und üppig gewesen sein. Ich konnte eine beginnende Glatze sehen, die zwei tiefen Halbinseln, die von den Stirnecken bis gerade über die Ohren verliefen, wie poliert glänzend. Willy Wehler stammte auch aus Franken. Fast sofort sprachen Martin und er miteinander Dialekt. Willy ging aber einen Schritt weiter – er sprach die Worte absichtlich falsch aus, als wolle er witzig sein, und dann grinste er und sah mich an. Dies bedeutete, daß er sehr wohl Bescheid wußte, daß er wußte, daß ich es wußte. Martin und Willy haßten Berlin. Es klang, als habe man sie gegen ihren Willen nach Berlin verschleppt, wie Zwangsumsiedler. Sie betrachteten es als den größten Fehler einer bestimmten politischen Partei, daß sie friedliebende Menschen mit Versprechungen von Arbeitsplätzen, Wohnungen, Renten und einem zufriedenen Dasein wie kleine, verankerte Boote nach Berlin gelotst habe. Und nun merkten diese unschuldigen Provinzler, daß sie reingelegt worden waren, und sie gingen wieder dahin zurück, wo sie hergekommen waren. So einfach war es für sie – das Äquivalent einer Versicherung, die ihren Verpflichtungen nicht mehr nachkommen konnte. Willy beschrieb sogar das Leben, das er jetzt in einer ruhigen Kleinstadt verbringen würde, wo er mit dem Blick auf einen kopfsteingepflasterten Stadtplatz mit einem Brunnen und einem Reiterdenkmal eine Drogerie mit Parfüms und Kosmetika eröffnen würde: Die Menschen wollten jetzt schön sein. Er würde über dem Geschäft wohnen – dazu sei er nicht zu stolz –, und jeden Morgen würde er hinunterblicken auf seine blauen Markisen über den Blumenkästen voll mit krausen Petunien. Mein Stiefvater lauschte alldem mit Tränen in den Augen, vielleicht dachte er an seine beiden Wohnungen und an Elke und den Spitz. Willys Zukunft schien so wirklich, so nahe, daß es fast so war, als sei er nur kurz vorbeigekommen, um sich zu verabschieden. Er saß da mit seiner kleinen Tochter auf den Knien, ein nicht einmal dreijähriges Baby. Dieses kleine Mädchen, Gisela, wurde von jenem Nachmittag an Teil meines Lebens, auch der dicke Willy, nur wußte es damals noch niemand. Mein geheimer Trinkspruch galt einem Mädchen in Frankreich, das, wäre es noch am Leben, jetzt eine Frau in mittleren Jahren und jenseits meiner Phantasien sein würde. Sie starb, indem sie zufällig oder absichtlich aus einem Fenster im fünften Stock eines Pariser Hauses stürzte. Ihre Eltern hatten sie in ein Zimmer gesperrt, als sie herausbekamen, daß sie mit mir korrespondierte.

Dies war immer noch ein Aprilnachmittag in Berlin, der erste, den ich in Freiheit erlebte. Es war einen Tag nach Adolfs Geburtstag, aber das wurde nicht erwähnt, nicht einmal im Dialekt oder in Form eines Berliner Witzes. Ich glaube nicht, daß sie es absichtlich vermieden; sie hatten es einfach vergessen. Sie würden immer staunen, wenn andere Menschen sich genauer an Zeiten oder Geschehnisse erinnerten. Dies war der Nachmittag, über den ich später immer wieder sagen sollte: »Ich hätte es wissen sollen« und sogar »Ich wußte es« – wußte, daß ich das Baby heiraten würde, dessen Bewegungen schon damals so eigenwillig und rasch waren, daß ihr Vater sich beschwerte: »Wir können sie nirgendwohin mitnehmen« und dasaß und ihre beiden kleinen Hände in den seinen hielt, sonst hätte sie nach jedem Glas in ihrer Reichweite gegriffen. Ihre geschwungenen Brauen erinnerten mich an das Mädchen, das ich wiedersehen wollte. Giselas Augen waren bernsteinfarben und leuchtend, das Weiße in ihnen so strahlend, daß es Blau schien. Das Mädchen in Frankreich hatte Augen wie dunkle Blütenblätter, undurchsichtig und samtig und leicht schräg stehend. Von einer korsischen Großmutter hatte sie schwarzes Haar geerbt und lange, zarte Wimpern. Giselas Wimpern waren kurz und dicht. Ich merkte, daß ich auf die kleinen Ohren des Kindes und seine kleinen, vollkommenen Zähne starrte und die ganze Zeit über an das andere Mädchen dachte, deren Lächeln durch Unterernährung und schlechte Zahnbehandlungen während der Besatzungszeit ruiniert worden war. Damals, als ich Willy und seine Tochter betrachtete, hätte ich erkennen sollen, daß manche Menschen niemals auf Milch und Eier und Äpfel verzichten, in welcher Landschaft auch immer, und daß das spärliche Festmahl auf unserem Tisch mehr mit der langen Gewöhnung meiner Mutter an Entbehrungen zu tun hatte – eine Art fatalistischer Inkompetenz, die davon herrührte, nie genügend Geld gehabt zu haben –, als mit echtem Nahrungsmangel. Willy trug ein weißes Nylonhemd, damals ein Luxus. Später würde Martin zu mir sagen: »Dieser Willy! Heraus aus der schwarzen Uniform und hinein in den Schwarzmarkt, ehe man ›Demokratie‹ sagen kann«, aber mir war nicht klar, ob das ein gängiger Berliner Witz war oder etwas, was Martin erfunden hatte, oder aber die Wahrheit über Willy.

Gisela, die entweder spät sprechen gelernt hatte oder einfach nur faul war, sah mich an und sagte: »Mann« – das war alles, was sie verkündete. Ihr Haar war so seidig und fein, daß es den Tag als eine Kurve aus bläulich-violettem Licht reflektierte. Sie bestand nur aus Licht und Schimmer, und sie war die erste Person – ja, ich könnte sogar sagen das erste *Ding* – das ich je gesehen habe, was ohne Makel war, ohne Schatten. Sie war so vollendet und unschuldig wie ein Wassertropfen, und sie war ohne Arg.

Ihre Hände, frei geworden, als ihr Vater aus dem Weinglas trank, patschten auf das Tischtuch, ergriffen ein Radieschen, versuchten, es ihm in den Mund zu stecken.

Meine Mutter saß da und hatte ihren Stuhl höflich ein Stück zurückgeschoben. »Magst du Kinder, Thomas?« fragte sie. Sie wußte jetzt nichts mehr von mir, außer, daß ich kein Kind war.

Das französische Mädchen war sechzehn, als sie mit ihrem Vater und ihrer Mutter auf Urlaub in die Bretagne kam. Im folgenden Winter schickte sie mir Bücher, damit ich in der Schule besser mitkam, und im zweiten Sommer kam sie in mein Zimmer. Die Tür zu dem Zimmer befand sich in einer Biegung der Treppe, halbwegs zwischen der Apotheke im Erdgeschoß und der Wohnung, wo meine Arbeitgeber wohnten. Man hatte ihnen zur Bedingung gemacht, mich, wenn ich nicht arbeitete, in diesem Zimmer einzusperren, aber im zweiten Sommer vergaßen sie es oder es war ihnen zu umständlich geworden. Auf jeden Fall hatte ich mir inzwischen einen Nachschlüssel mittels eines Stück Drahtes gemacht. Es war das erste Zimmer, das mir allein gehörte. Ich tünchte die Wände weiß und zimmerte eine Miete für die Kartoffeln, die sie in einer Ecke des Zimmers auf dem Boden gelagert hatten. Bündel wilder Pflanzen und Kräuter, die der Apotheker für seine Rezepte benutzte, hingen von der Zimmerdecke. Auf einem Regal, das eine ganze Wand einnahm, lagen getrocknete Blätter und Wurzeln – Walnußblätter gegen Blutarmut, Kamille gegen Ohnmachtsanfälle, Thymian und Rosmarin gegen Muskelkrämpfe, Brennesseln, Salbei und Löwenzahn. Der Duft in diesem Zimmer und der Ausblick auf den Hafen vom Fenster hätten mir genügend Glücksgefühle für den Rest meines Lebens geben können, aber ich war zu jung, um irgendein Glück darin zu finden.

Wie sie an diesem ersten Nachmittag ihren Eltern entwischt war, wußte ich nicht, aber sie war ein mutiges, sorgloses Mädchen und war ihnen schon oft entkommen. Sie wußten sicher, was passiern würde, wenn sie ein so wildes Geschöpf in ein Zimmer sperrten, wo es nur das Fenster als Ausweg gab. Vielleicht wollten sie erproben, wie weit die Sicherheitsspanne reichte. Sie hinterließ eine Botschaft für sie: »Laßt Euch dies eine Lehre sein.« Sie muß gedacht haben, sie würde da sein und nicht da sein, verloren für sie und doch imstande, das Resultat zu erleben. Für mich hinterließ sie keine Botschaft, außer, daß es schrecklich ist, allein zu sein; aber das wußte ich schon. Sie muß sich auf das Fensterbrett gekniet haben. Der Herbstregen muß sich in ihren Wimpern und ihrem Haar verfangen haben. Auf dem Fensterbrett war sie bereits fremd, nicht mehr wiederzuerkennen. Ich hatte mein Zimmer so aufgeräumt für sie, als erwartete ich eine militärische Inspektion. Ich überlegte, ob ihr klar war, wie bedenklich es für uns beide sein würde, wenn man uns erwischte. Sie schaute sich kurz die Aussicht an, aber nur, um festzustellen, ob man uns beobachten konnte, dann lachte sie und fing an, sich den Pullover auszuziehen, kreuzte die Arme; dann hielt sie inne und sagte: »Was ist mit dir – bist du aus

Holz?« Wie konnte sie wissen, daß ich ein Spätentwickler war? Für mich hatte es nur Phantasie, Einsamkeit und die Nachstellungen älterer Soldaten gegeben; für das eine war ich zu alt, und das andere stieß mich ab. Ich dachte, sie sei im Begriff, das Opfer ihrer Person zu vollziehen – ihres körperlichen Selbst und ihrer unsterblichen Seele. Ich hatte die älteren Männer über Frauen sprechen hören, als ob Frauen Schmutz seien, man sie aber »dafür« brauche. Einer der Männer sagte, er würde sich »dafür« ein Ohr abschneiden. Ein anderer meinte, er würde den Atlantik durchschwimmen. Ich bildete mir ein, sie würde sich irgendwie bequem hinlegen und daß sie nichts dabei empfinden würde als eine Art Kummer, wodurch das Ganze ein reines Geschenk geworden wäre. Aber es gab nichts zu erbitten; es war kein Geschenk. Es war ihre Entscheidung und kein Geschenk, sondern ein Abenteuer. Sie sei nicht hierhergekommen, um sich den Hafen anzusehen, sagte sie zu mir, als ich zögerte. Ich habe vielleicht sogar gesagt: »Nein«, und vielleicht hat sie dann, als sie mich über die gekreuzten Arme anlächelte und ihren Pullover auszog gesagt: »Bist du aus Holz?« Trotz all ihrer Unbekümmertheit glaubte sie, sie entscheide über ihr Leben, obwohl sie fortfuhr, das Wort »Abenteuer« zu benutzen. Ich glaube, es war das einzige andere Wort, das sie für »Liebe« kannte. Aber alles, was wir bestimmten, war ihr Tod, und mein Leben wurde in Berlin entschieden, wo Willy Wehler mit einer Flasche Weinbrand und Gisela hereinkam, die sich weigerte, mehr als »Mann« zu sagen. Ich sehe noch immer die Spitzenstores vor mir, den Fleck auf der Tapete, die Porzellanfiguren, welche die Leute, die überstürzt ausgezogen waren, zurückgelassen hatten – den Schornsteinfeger mit seinem Streichholzbesen, das Mädchen mit dem orangenen Bubikopf neben einer Mondsichel sitzend, den Hund mit der Halskrause –, und wenn ich mich daran erinnere, sage ich mir: »Ich muß es gewußt haben.«

Wir leerten zwei Flaschen von Martins Champagner, und dann sprang meine Mutter auf, um die Gläser abzuräumen und neue auf den Tisch zu stellen, damit wir Willy Wehlers Weinbrand probieren konnten.

»Der verfluchte Belgier ist immer noch da«, sagte er zu Martin und schaukelte das Kind sachte, das nun seinen Daumen im Mund hatte.

»Was will er denn?« fragte mein Stiefvater. Er wiederholte die Frage; er war langsam und glaubte, daß andere Menschen, wenn sie nicht gleich und emphatisch reagierten, ihn nicht gehört hätten.

»Er war in der Waffen-SS – sagt er. Und beschwert sich, daß die Mädchen hier nicht mehr mit ihm ausgehen wollen, obwohl sie fünf, sechs Jahre zuvor wie die Fliegen um ihn herumsummten.«

»Sie haben Angst vor ihm«, kam die schüchterne Stimme meiner Mutter. »Er steht auf dem Hof und starrt ...«

»Männer, die auf unberührte junge Mädchen starren, mag ich nicht«, sagte Willy Wehler. »Er hat zu mir gesagt: ›Helfen Sie mir; Sie sind es mir schuldig.‹ Er behauptet, er habe für uns gekämpft und niemand habe es ihm gedankt.«

»Tatsächlich? Kein Wunder, daß wir verloren haben«, sagte Martin. Ich hatte bereits gemerkt, daß die Überlebenden des Krieges in zwei Hälften geteilt waren: diejenigen, die sagten, sie hätten immer gewußt, wie alles enden würde und diejenigen, die sagten, es sei ihnen einerlei gewesen. Es gibt Menschen, die den Krieg gern haben, und Menschen, die ihn nicht gern haben. Martin hatte sich niemals einer Sache verschrieben, sei es Sieg oder Niederlage oder was auch immer – das erklärte seine Witze. Er hatte zwei Wohnungen und eine requirierte Unterkunft in Berlin gewonnen. Er hatte eine Ehefrau verloren, aber später sagte er oft zu mir, die Menschen seien besser dran, wenn sie nicht mehr auf dieser Welt wären.

»In Belgien war er im Gefängnis«, sagte Willy. »Er behauptet, für uns gekämpft zu haben, und dann habe man ihn eingesperrt, und jetzt würden wir ihm nicht helfen, und die Mädchen wollten nichts mit ihm zu tun haben.«

»Warum ist er hier?« schrie mein Stiefvater plötzlich. »Wer hat ihn hereingelassen? All das ist seine Angelegenheit, nicht unsere.« Dabei wippte er merkwürdig auf seinem Stuhl hin und her, vielleicht nur, um Willys sanfte Bewegung, mit der dieser Gisela ruhig hielt, nachzuahmen. »Niemand schuldet ihm irgend etwas«, rief mein Stiefvater und schlug auf den Tisch. Das kleine Mädchen zuckte zusammen und zitterte. Meine Mutter berührte ihn am Arm und machte mit zusammengepreßten Lippen eine Art Summlaut. Ich nahm an, es sei ein Signal zwischen ihnen, denn er wechselte sofort das Thema. Es war ein Gesprächsthema, dem ich noch viele Jahre danach begegnen würde. Es ging darum, was die alten Männer zu sagen hatten, wenn sie sich keine Weibergeschichten erzählten oder mit der eigenen Vergangenheit prahlten, und ging folgendermaßen: Was hätte die Schörner-Armee in der Tschechoslowakei tun können, um der Gefangennahme seitens der Russen zu entgehen, und warum hatte General Eisenhower (der Bösewicht der Geschichte) ihnen seine Hilfe verwehrt?

Eisenhower war die linke Hand meines Stiefvaters, General Schörner die rechte, und die Russen waren ein Teller mit Radieschen. Ich drehte mich ein wenig zu meiner Mutter. Sie hatte diesen traurigen Gesichtsausdruck von Frauen, deren Augen auf nichts gerichtet sind. Ihre Hand lag noch immer leicht auf Martin Toepplers Ärmel. Ich vermutete dann, daß er wirklich ihr Ehemann war und daß sie im gleichen Bett schliefen, ich hatte ein paar geschlossene Türen im Korridor gesehen, als ich ins Badezimmer ging. Aus meinem ersten Gefangenenlager, in dem jeder entweder unter achtzehn oder über vierzig war, entsann ich mich an den Geruch älterer Männer – wie sie sich nicht mehr pflegten, wenn es keine Frauen gab, die sie veranlaßten, sich zu waschen –, und ich erinnere mich an ihre ausgedehnten Prahlereien. Trotzdem habe ich an jenem Aprilnachmittag während der ersten Stunden in Freiheit, da das Sonnenlicht sich über den Tisch und die braune Zimmerwand hinaufbewegte, auch geprahlt. Ich erzählte von einem von mir gemachten Gefangenen. Offenbar war es das Richtige für die zwei Männer, die ich niemals zuvor gesehen hatte.

»Er ist in einem Feld direkt vor dem Dorf, in dem meine Großmutter wohnte, gelandet«, sagte ich. »Damals war ich vierzehn. Drei von uns sahen ihn – drei Jungen. Wir hatten französische Gewehre aus dem Krieg von anno 1870. Er hatte Zeit gehabt, um seinen Fallschirm zusammenzulegen und saß darauf. Ich konnte nur einen Satz auf englisch, es war ›Hände hoch‹.«

Der Mund meines Stiefvaters stand offen, wie in dem Moment, als ich an diesem Tag zum erstenmal die Wohnung betrat. Meine Mutter war gerade nicht in Sicht.

»Wir rückten vor mit gezückten Gewehren aus dem Jahr 1870«, fuhr ich fort und leierte es so eintönig herunter, wie die alten Kriegsgefangenen. »Wir alle riefen jetzt ›Hände hoch!‹. Der Gefangene hat einfach –« Ich machte dieselbe Geste, die der Amerikaner gemacht hatte, als ob er eine Fliege verscheucht, und ich merkte, daß ich betrunken war. »Er stand nicht auf. Er hatte alles, was er besaß, auf dem Boden ausgebreitet – einen Revolver, ein Bündel deutsche Banknoten, ein Taschentuch mit einer Landkarte von Deutschland und einige kleinere Sachen, die wir nicht sofort identifizieren konnten. Er trug Zivilschuhe mit dicken Sohlen. Ganz langsam nahm er seine Armbanduhr ab und reichte sie uns herüber, aber dafür gab es keine Verfügung, also sagten wir nein. Er legte die Uhr auf den Boden neben den Revolver und die Landkarte. Dann stand er langsam auf und schlenderte, die Hände in den Hosentaschen, ins Dorf. Dabei kaute er Kaugummi. Ich sah, daß er seine Zigaretten behalten hatte, aber ich kannte auch darüber die Verfügung nicht. Wir hielten unsere Gewehre auf ihn gerichtet. Der Lehrer rannte aus dem Gasthof meiner Großmutter – jedermann rannte hinaus, um zu schauen. Er war aufgeregt und sagte immer wieder, auf englisch, ›How do you do? How do you do?‹, aber dann kam auch ein Offizier angerannt und schrie: ›Warum mischen Sie sich ein? Sie dürfen ihn nur eins fragen: Ist er Engländer oder Amerikaner?‹ Der Lehrer war froh, mit seinen englischen Sprachkenntnissen angeben zu können und fragte: ›Sind Sie Engländer oder Amerikaner?‹, und der Amerikaner schien seine Zunge im ganzen Mund herumzurollen, ehe er antwortete. Er war der erste Ausländer, den wir gesehen hatten, und sie führten ihn ab. Wir haben ihn nie wiedergesehen.«

Das war die ganze Geschichte, aber Martins Mund stand immer noch offen. Ich wollte mich an weitere Einzelheiten entsinnen. »Hinterher war der Teufel los, weil wir die Pistole und die anderen Sachen auf dem Boden hatten liegenlassen. Bis sie zum Feld kamen, hatte jemand den Fallschirm gestohlen – wahrscheinlich wegen des Stoffes. Deshalb bekamen wir Ärger und niemals Dank dafür, daß wir einen Gefangenen gemacht hatten. Später dann ging ich allein zurück ins Feld. Ich wollte weinen, aus irgendeinem Grund wollte ich weinen – weil es vorbei war. Für mich war es wie aus einer Abenteuergeschichte. Das Ganze war wie ein Karl-May-Abenteuer, ich war vierzehn und lief in den Schulferien mit einem Gewehr herum. Im Feld fand ich dann ein paar kleine Sachen, die übersehen worden waren – Tabletten, um wach zu bleiben, Tabletten in durchsichtigen Hüllen. Das hatte ich noch nie gesehen. Eine Hülle trug die Aufschrift ›Motion Sickness‹. Es war ein Verbrechen, irgend etwas zu behalten, aber ich behielt sie trotzdem. Ich hatte sie immer bei mir; als mich die Amerikaner gefangennahmen, nahmen sie sie mir weg. Ich hatte sie aufgehoben, weil sie aus einer anderen Welt kamen. Ich sah die Hülle an und staunte, ich behielt sie, wegen dem *Letzten der Mohikaner*, wegen, wegen.«

Dies war die längste Geschichte, die ich jemals in meinem Leben erzählt hatte. Ich fügte hinzu: »Meine Großmutter lebt jetzt nicht mehr.« Mein Stiefvater hatte endlich den Mund zugemacht. Er sah meine Mutter an, als habe sie ihm einen Rivalen gebracht auf dem einzigen Gebiet, auf das es wirklich ankam – dem Privileg, jeden in Grund und Boden zu reden. Meine Mutter rückte näher an Willy Wehler heran und drängte ihn, sich Brot und Käse zu nehmen. Sie hatte noch immer die Gewohnheit, sich Gedanken darüber zu machen, was der andere dachte, wie wichtig er sein könne und ob sie es wagen sollte zu sprechen. Aber Willy hatte nur ein paar Sätze mitbekommen. Es wurde deutlich, als sein Gesicht langsam wach wurde. Er öffnete die Augen, als wolle er den Schlaf aus ihnen verbannen – offenbar dachte er, ich hätte über mein Leben in Frankreich erzählt – und fragte: »Was wurde Ihnen als Gefangener gezahlt?«

Oftmals hatte ich darüber nachgedacht, was wohl die erste Frage sein würde, wenn ich wieder zu Hause war. Da hatte ich sie also.

»Na?« sagte mein Stiefvater, als erwarte er, daß man mich bei einer ungeheuerlichen Lüge ertappe.

»Ein Franc vierzig Centimes pro Monat für Aushilfsarbeit auf einem Bauernhof«, entgegnete ich. »Aber als ich ein befreiter Arbeiter bei einem Apotheker wurde, war der offizielle Lohn dreitausend Franc pro Monat, und das ist es auch, was ich von ihm bekam.« Ich hielt inne. »Und natürlich hatte ich Kost und Logis frei, und Wäscherechnungen gab es auch nicht.«

»Hattest du Bettwäsche?« fragte meine Mutter.

»Bei der Apothekersfamilie immer. Ich bekam ein zur Hälfte gefaltetes Laken. Das paßte genau auf das Feldbett.«

»War das dieselbe Sorte Laken, welche die Familie hatte?« wollte sie auf die schüchterne Art wissen, die offenbar nun Teil ihrer Person geworden war.

»Sie kauften für mich keine speziellen Laken«, antwortete ich. »Der Apotheker behandelte mich durchaus anständig, nur die Behörde nicht.«

»Aha«, sagten die beiden Männer beinahe zur gleichen Zeit.

»Die weigerten sich, meine Heimfahrt zu bezahlen«, sagte ich und blickte hinunter in mein Glas, wie ich es seinerzeit bei den Männern im Gefangenenlager beobachtet hatte, die auf einen fixen Punkt starrten, wenn sie Grund zur Klage hatten.

»Ein Kriegsgefangener hat das Recht, auf Kosten der Behörde repatriiert zu werden. Die Behörde weigerte sich, meine Fahrt zu bezahlen, weil ich zu lange in Frankreich geblieben war – aber das war ihr Fehler. Ich besorgte mir eine Karte bis Paris von dem Lohn, den ich gespart hatte. Der Apotheker verkaufte mir ein paar alte Schuhe und ein Paar alte Hosen und ein Jackett. Meine eigene Kleidung war völlig zerlumpt. In Paris ging ich zum YMCA. Der YMCA sollte sich um die Belange der Gefangenen kümmern. Der Mann wollte mich nicht anhören. Falls man mich zurückgelassen habe, sagte er, sei ich kein Gefangener, sondern ein Tourist. Er war verpflichtet, mir zu helfen. Statt dessen informierte er die Polizei.« Zum erstenmal kam in meine Stimme so etwas wie Groll. Ich war mir bewußt, daß diese Beschwerde über so etwas Kleinliches wie den Fahrpreis meinem ganzen Abenteuer etwas Nichtiges verlieh, aber ich war eben inzwischen ein gestandener Soldat geworden. Ich erinnerte mich an den Polizeikommissar mit seinen dünnen Lippen und schmutzigen Nägeln, und wie er sagte: »Sie hätten bereits vor Jahren repatriiert werden sollen, als Sie sechzehn waren.« »Es war ein Versehen«, erklärte ich ihm.

»Ihre Akte ist voller Irrtümer«, hatte er geantwortet und sich über sie gebeugt. »Da, sehen Sie, ein Kapitalfehler. Eine Weglassung. Eine bedenkliche Weglassung. Wie ist der Mädchenname Ihrer Mutter?«

»Wickler«, sagte ich.

Ich beobachtete ihn, als er »W-i-e-c-k-l-a-i-r« umständlich und mit der Zungenspitze im Mundwinkel niederschrieb. »Sie sind seit fast fünf Jahren hier und Ihr Dossier ist unvollständig. Und was sagen Sie dazu? Wer hat das ausgestrichen?«

»Ich. Mein Vater war nicht Konditor.«

»Dafür könnten Sie eine Geldstrafe oder Gefängnis bekommen«, sagte er.

»Mein Vater war nicht Konditor«, sagte ich. »Er hatte Tuberkulose. Es war ihm nicht gestattet, mit Lebensmitteln umzugehen.«

Willy Wehler äußerte sich nicht zu meiner Geschichte. Mag sein, daß ein mangelnder Sinn für Ungerechtigkeit, auch wenn es sich um eine ganz winzige handelte, ihm zur zweiten Natur geworden war, wie die Gewohnheit meiner Mutter, durch ihre Finger zu sprechen. Selbst der Name, den er seiner Tochter gegeben hatte, zeugte von seiner Anpassungsfähigkeit. Niemand wollte die heidnischen, altgermanischen Namen mehr hören – Sigrun und Brunhilde und Sieglinde. Willy hatte ein Gespür für die Wende. Deshalb hätte er jeder Tochter einen neutralen und hübschen Namen gegeben – Gisela, Marianne, Elisabeth – irgendwann nach der Schlacht von

Stalingrad. Willy mußte eben nur die Nase in den Wind halten.

Er schob seinen Stuhl zurück (später würde er imstande sein, einen Tisch mit dem Bauch wegzuschieben) und stand auf. Er mußte den Kopf nach hinten neigen, um mir in die Augen zu sehen. Er sagte, er wolle mir einen Ratschlag geben, der für mich als Spätheimkehrer nützlich sein würde. Sein Ratschlag war zu vergessen. »Vergessen Sie alles«, sagte er. »Vergessen Sie, vergessen Sie. Das war es, was ich meinem guten Nachbarn Herrn Silber gesagt habe, als ich ihm, ehe sie nach Palästina emigrierten, die Topasbrosche und die Ohrringe seiner Frau abkaufte. Ich sagte: ›Lieber Herr Silber, immer vorwärts schauen, nie zurück, und vergessen Sie es, vergessen Sie, vergessen Sie.‹« Das Kind in Willys Armen war fest eingeschlafen. Martin Toeppler geleitete seinen Freund zur Wohnungstür, sie flüsterten miteinander; dann schloß sich die Tür hinter beiden Männern.

»Sie werden wohl bei den Wehlers noch etwas trinken«, sagte meine Mutter. Nun sah ich, daß sie leise weinte. Sie wischte sich die Augen an ihrer Schürze ab und machte sich daran, den Tisch des Heimkehr-Festmahls abzuräumen. »Willy Wehler ist gut zu uns gewesen«, sagte sie. »Erzähl die Sache nicht weiter.«

»Wegen dem Vergessen?«

»Nein, das mit der Topasbrosche. Es war ein Verbrechen, Juden irgend etwas abzukaufen.«

»Das ist doch jetzt egal.«

Sie senkte das Tablett, das sie trug, sah nachdenklich hinaus auf die zerstörten Häuser gegenüber. »Wenn die Menschen nur vorher gewußt hätten, was erlaubt war«, sagte sie.

»Mein Vater ist wahrscheinlich jetzt so etwas wie ein Held«, sagte ich.

»Ach Thomas, nicht so hastig. Ich glaube, daß sich noch viel verändern wird. Jawohl, ein Held. Aber zu spät für mich. Ich habe zu viel gelitten.«

»Was glaubt Martin, woran er gestorben ist.«

»An einem Arbeitsunfall. Das kann er begreifen.«

»Du hättest Schwindsucht sagen können. Die hatte er doch.« Sie schüttelte den Kopf. Wahrscheinlich wollte sie bei Martin nicht den Eindruck erwecken, er könne jemals mit zwei kränklichen Stiefsöhnen belastet werden. »Wo schlaft ihr beide, Martin und du?«

»Im Zimmer neben dem Bad. Hast du das denn nicht gesehen? Hier im Wohnzimmer wirst du bequem schlafen. Die Couch läßt sich ausziehen. Du kannst bei uns bleiben, solange du willst. Dies ist dein Zuhause. Ein Zuhause für dich und Christian.« Der Ton, in dem sie es sagte, war hartnäckig und verriet, daß es zwischen ihr und Martin Streit gegeben hatte.

Dieses Zimmer sollte mein Zuhause sein. In meinem Kopf gab es keinerlei Zweifel. Ich hatte mein Gymnasium nicht beendet, war der FLAK zugeteilt, dann an die Front geschickt worden. Die Rolle, die man Halbwüchsigen in Uniform zugeteilt hatte, war, die Zivilbevölkerung von einer Kapitulation abzuhalten. Man erwartete von uns, gemeinsam in den Ruinen zu sterben. Wenn die Frauen Kissenbezüge an Fahnenstangen befestigten, kletterten wir hoch und zerrten sie herunter. Wir waren bereit, die Front mit unseren 1870er Gewehren zu halten, bis wir die amerikanischen Panzer sahen. In unseren Karl-May-Geschichten gab es keine Panzer, und die Amerikaner waren schließlich nicht Gestalten aus dem *Letzten der Mohikaner*. Ich erklärte meiner Mutter, daß ich aufs Gymnasium zurückgehen, mich dann um ein Stipendium bewerben und Französisch studieren wolle. Ich beabsichtige, Lehrer zu werden. Französisch war alles, was ich aus meiner Gefangenschaft mitgebracht hatte; weshalb sollte ich es nicht nutzen? Ich würde mir Geld mit Übersetzungen verdienen.

Das ließ sie Mut fassen. Sie würde den ehemaligen Straßenbahnschaffner nicht um allzu viele Gefälligkeiten zu bitten haben. »Übersetzungen« und »Stipendium« gehörten für sie zur gehobenen Sprache. Als Lehrer würde ich die seriöseste Stellung in der Familie haben, nun, da Onkel Gerhard Kaninchen züchtete. »Vorausgesetzt, es kostet *ihn* nicht zuviel«, sagte sie, als müsse sie es sagen und hoffe trotzdem, ich würde es nicht hören.

Eigentlich stimmte es nicht genau, daß alles, was ich aus der Gefangenschaft mitbrachte, die Beherrschung des Französischen war. Ich hatte auch kochen, bügeln, Bettenmachen, servieren, Fußböden putzen, Möbel polieren, einen Gemüsegarten pflanzen und Fensterläden streichen gelernt. Ich wollte nun meiner Mutter in der Küche helfen, aber das schockierte sie. »Ruh dich aus«, sagte sie, aber ich wußte nicht, was »Ruhe« bedeutete. »Ich habe niemals einen Mann ein Glas abtrocknen sehen«, sagte sie entschuldigend. Ich wollte ihr erklären, daß, während die Straßen und Brücken in Frankreich noch immer auf jemanden warteten, der sie wieder aufbaute, mir von der Frau des Apothekers beigebracht worden war, wie man Tomatensalat macht; aber ich konnte mir nicht vorstellen, was das Wort »Frankreich« in ihrer Phantasie bedeutete. Ich wanderte nun in der Wohnung umher. Ich öffnete einen Vorratsschrank, eine nach Karbol riechende Toilette, sah nochmals ins Badezimmer, dann in einen Raum mit einem hohen Bett, einem braunen Kleiderschrank und einem mit Zeitungen bedeckten Tisch, auf dem ein halbes Dutzend jener niemals Blüten tragenden, spitzigen und stumpfgrünen Pflanzen standen, die meine Mutter schon immer mit so viel Hingebung gepflegt hatte. Ich schloß die Tür, als wolle ich eine dunkle Vergangenheit ausschließen und dachte: »Ich bin frei. Dies ist der Anfang des Lebens. Es ist auch der Anfang der guten Hälfte eines verfluchten Jahrhunderts. Alles Häßliche, Korrupte und Bösartige liegt hinter uns.« Meine Gedanken waren nicht direkt so formuliert, aber doch so ähnlich. Ich dachte: »In dieser Wohnung riecht es muffig, ein alter, schmutziger Geruch, der sich in der Kleidung festsetzt. Bald werde ich wahrscheinlich so riechen wie das dunkle Wohnzimmer. Der Geruch muß in den Kissen stecken, in dem Ausziehbett, in den Spitzenstores. Es ist ein Geruch, der in die Nachtwäsche dringt. Die Decken werden davon durchdrungen.« Ich dachte, ich werde mich an den Geruch gewöhnen und an den Brandgeruch des steinernen Pflasters draußen. Der Ausblick auf Ruinen wird mein Ausblick sein. Jeden Tag auf dem Heimweg aus der Schule werde ich über Elke gehen.

Ich werde mich an die hölzerne Treppe, die Klingel, das polierte Namensschild gewöhnen, an die weißen Emaillesicherungen in der Diele – meine Mutter hatte gesagt: »Wenn du Licht im Wohnzimmer willst, mußt du die mittlere Sicherung in der unteren Reihe eine halbe Drehung nach rechts drehen.« Ich betrachtete mir eine gerahmte Karikatur von Leuten mit zerzaustem Haar. Ein starker Wind hatte ihren Regenschirm umgestülpt. Auch sie würden Teil meiner Aussicht werden, wie die Ruinen. Ich nahm den alten Gaslichtanschluß in der Küche in mich auf und den steinernen Spültisch. Meine Mutter, die die Gläser ohne Seife wusch, lächelte mir zu und vergaß, ihre Zähne zu verbergen. Ich unterzog den Kachelofen im Wohnzimmer einer nochmaligen Inspektion, die Holzscheite und schwarzen Briketts, die nachts neben meinem Kopf liegen würden und die verglaste Vitrine voll Porzellanfiguren, die Gott auserkoren hatte, die Berliner Luftangriffe unversehrt zu überstehen. Diese würden entfernt werden, um für meine Bücher Platz zu machen. Denn Martin Toeppler sollte sich ja nicht einbilden, er könne mit meinem Stolz rechnen, oder daß ich eher hungern als auf seine Gnade angewiesen sein würde oder daß ich zu arrogant sei, um auf seinem verstaubten Sofa zu schlafen. Ich würde seine Seife verbrauchen, seine Hemden ausborgen, mir seine Butter auf mein Brot streichen. Ich würde mich wie ein Polyp an Martin festsaugen. Er hatte jetzt einen Familienangehörigen – einen gierigen, egozentrischen, spätheimkehrenden Oberschüler von einundzwanzig Jahren. Die alten Männer schuldeten mir das – die alten Männer im Gefangenenlager, die ihre Mutter und ihren Vater für ein winziges extra Stück Seife verkauft hätten, die bereits ihre Kinder dafür verkauft hatten; die alten Männer, die mein Frauenbild beschmutzt hatten; die alten Männer in den Bunkern, welche sich von den Mädchen in Berlin verteidigen ließen; die alten Männer, die es gewagt hatten zu überleben.

Das Ausziehbett würde bestimmt ganz klumpig sein. Ich hatte auf Schlimmerem geschlafen. Würde es auch breit genug für mich und Christian sein?

Menschen, die die Gewohnheit haben, sich unausgesprochene, nutzlose Fragen zu stellen, suchen Antworten in Spiegeln. Mein Haar war jetzt, da es trocken war, wieder blond geworden. Ich sah nun nicht mehr ganz so aus wie ich mir meinen Vater vorstellte. Ich wollte das Spiegelbild des Mannes sehen, der mitten in der Nacht wegging und niemals zurück kam. Du gehst nicht allein aus, um Wahlplakate in einem Dorf abzureißen, wo niemand deine Meinung teilt – es sei denn, du *willst* ein Messer in den Rücken bekommen. Das hatte die Familie gesagt.

»Gut, daß du damit nichts mehr zu tun hast«, sagte ich zu dem Schatten, der auf der Glasscheibe der Porzellanvitrine schwebte, obwohl er nicht wieder der meines Vaters sein würde, es sei denn, unvermittelt und überraschend.

Ich dachte: »Es ist stiller hier als in Frankreich. Sie stellen ihr Radio leise.«

In der Gefangenschaft hatte ich nie Schmerzen erdulden müssen außer der Hungerkrämpfe in den ersten Jahren, denen jedoch eine kratzende, krankhafte Nervosität folgte und der Schmerz des Heimwehs, der einen im Magen und in der Kehle packt. Nun spürte ich die ersten wirklichen Schmerzen, die mir vielleicht wie kleine Hunde für den Rest meines Lebens folgen würden: Der erste drückte mir das Knie zusammen, der zweite brachte mir die Nervenstränge im Nacken durcheinander. Ich merkte, daß meine Augen empfindlich waren und daß es schmerzte, wenn ich zwinkerte.

Dies war die Stunde, in der ich, früher in der Bretagne, mit dem Kartoffelschälen für das Essen begann. Ich hatte Lebensmittel gesehen, von denen meine Mutter nie etwas gehört hatte – Austern und Artischocken. Meine Mutter hatte niemals einen Hafen oder ein Meer gesehen.

Mein amerikanischer Gefangener hatte sein unmittelbares Leben auf einer fremden Wiese ausgebreitet – seinen Fallschirm, seinen Revolver, sein deutsches Geld. Er war in die Gefangenschaft geschlendert mit den Händen in den Hosentaschen.

»Ich weiß, woran du denkst«, sagte meine Mutter, die hinter mir stand. »Ich weiß, daß du ein Urteil über mich fällst. Wenn du eine Ahnung hättest, wie mein Leben gewesen ist – die ganze Geschichte, nicht nur die letzten paar Jahre –, würdest du nicht so streng mit mir sein.«

Langsam drehte ich mich um und sah sie an. Das war es nicht gewesen, was ich gedacht hatte. Ich hatte sie in diesem Zusammenhang eigentlich vergessen.

»Nein, nein, nichts dergleichen«, sagte ich. Immer noch konnte ich sie nicht berühren. Was mir im Kopf herumging und wohin es mich trieb, war: Warum bin ich an diesem Ort? Wer hat mich hierhergeschickt? Ist es eine Art Gerechtigkeit oder Ungerechtigkeit? Wie lange wird es dauern?

»Nun können wir beide auf Christian warten«, sagte sie. Plötzlich schien sie wieder jung und glücklich. »Schau her, Thomas. Ein zunehmender Mond. Verneige dich dreimal vor ihm. Warte – du mußt dabei etwas Silbernes in der Hand halten.« Ich sah, daß sie in Eile war, um diesen Unsinn hinter sich zu bringen, ehe Martin zurückkam. Sie kramte in der Porzellanvitrine und holte einen silbernen Serviettenring heraus – wahrscheinlich von den vorigen Mietern zurückgelassen. Der eingravierte Name war »Meta« – niemand, den wir kannten. »Verneige dich vor dem Mond und halte ihn fest und wünsch dir was«, sagte sie. »Rasch.«

»Du zuerst.«

Ich bin sicher, sie wünschte sich meinen Bruder. Was mich angeht, so wünschte ich mir, ich wäre ein paar Stunden jünger gewesen, im Gang eines übervollen Zuges, den Griff eines offenen Fensters in der Hand, hinausgelehnt, um hämmernden Herzens jenes eine geliebte Gesicht zu entdecken.

Aus dem Englischen übertragen von Eva Bornemann

Baum, Gabriel, 1935–( )

Onkel August

Anfang der sechziger Jahre tauchte Gabriel Baums einziger überlebender Verwandter, sein Onkel August, in Paris auf. Es war nicht etwa rein zufällig; das Internationale Rote Kreuz hatte schließlich – in Antwort auf eine Suchanzeige, die für Gabriel vor vielen Jahren aufgegeben worden war – diesen in Montparnasse aufgestöbert und seinen Onkel in Argentinien. Für Gabriel war sein Onkel »der andere Baum«, weil es nur die beiden gab. Anders als Gabriels Vater und Mutter war Onkel August rechtzeitig aus Europa weggegangen. Er besaß Garagen in Rosario und Santa Fe und Liegenschaften in Buenos Aires. Er war so verschieden von Gabriel wie ein Baum sich von der Skizze eines Baums unterscheidet, trotzdem sah Gabriel in ihm so etwas wie den alternden Junggesellen, der er selbst vielleicht einmal sein würde.

Gabriel war jetzt fünfundzwanzig; er war vor kurzem nach zwanzig Monaten Dienst in Algerien aus der französischen Armee entlassen worden. Die Nachricht von der Ankunft seines Onkels erreichte ihn in einem Theater mit zweihundert Sitzen, wo er eine Rolle in einem Stück über J. K. Huysmans hatte. Das Stück befaßte sich mit Huysmans' Wende von düsterem Naturalismus zu mystischem Christentum. Gabriels Satz war: »Aber Joris Karl hat doch durchaus profunde psychologische Erkenntnisse beschrieben«, und noch ein paar andere Sätze.

Die beiden Baums dinierten im Bristol, wo Gabriels Onkel abgestiegen war. Sein Onkel bestellte für beide, weil Gabriel sich nicht entschließen konnte. Onkel August sprach Deutsch und Spanisch und jenes blasse, sorgfältige Französisch und Englisch, das einstmals in Kurorten, Sälen und Lobbys großer, eleganter Hotels zu hören war. Seine Kleidung war altmodisch und britisch; Armbanduhr und Koffer stammten aus der Schweiz. Seine Manieren waren deutsche Vorkriegsmanieren – vor 1914. Gabriel schien es, als verberge sein Onkel ein überholtes, gesellschaftliches Rätsel; aber einige noch lebende Mitteleuropäer hätten ihn wohl ohne weiteres als steifen, unnachgiebig harten Überrest des europäischen Schiffbruches eingestuft.

Der alte Herr studierte Gabriel genau, stellte fest, wie sein verwaister Neffe erzogen worden war, ob er sein Brot brach oder es schnitt, wie gelassen er seinen Spargel anging. Gewiß war er erfreut, einen jüngeren Baum entdeckt zu haben und mochte vielleicht Gabriel als Teil von Gottes unergründlichem Rat betrachten, ihm einen Ersatzsohn zu bescheren, der ihm sein Alter erleichtere, jemanden, dem er Baum-Garagen hinterlassen könne. Andererseits war es klar, daß er nicht von irgendeinem Baum »Onkel« genannt werden wollte.

»Ich habe einen Namen zu schützen«, sagte er zu Gabriel, »einen geachteten Namen. Ich schulde es meinem verstorbenen Vater.« Er meinte seinen eigenen Namen: August Ernst Baum, geb. Potsdam 1899–( ).

Nach dem Essen saßen sie eine lange Zeit über ihrem Brandy in dem stillen Speisesaal. Sein Onkel zahlte alles.

Er sagte: »Waren deine Eltern eigentlich verheiratet? Man hat uns nämlich nie gesagt, ob er sie wirklich *geheiratet* hat.«

Zu jener Zeit dachte Gabriel, eine robuste Gesundheit und Gelassenheit zu haben. Sein Haar, das dunkel und üppig war, fiel lockig in eine überraschend klare Stirn. Er litt an nur zwei Beschwerden, die er jedoch nie erwähnte. Die erste betraf sein Atmen, das nicht automatisch geschah wie bei anderen Menschen. Manchmal, wenn er sich seltsam und krank fühlte, spürte er, wie Herz und Lunge bei einem dieser angehaltenen Atemzüge ins Stocken kamen. Nichts Unheilvolles hatte sich daraus ergeben. Seine zweite Beschwerde hatte damit zu tun, daß es ihm schien, als sei er von einem Kind besessen oder verfolgt – einer kleinen, unsichtbaren Version seiner selbst, einem Gabriel, dessen mißhandelten Stolz er beschwichtigen müsse, dessen Ansprüche an das Leben er – ungeachtet der von der Zeit ihm zur Verfügung gestellten unzureichenden Mittel – zu entsprechen habe, dessen Rechnungen er unbesonnenerweise zu begleichen versprochen hatte, ehe ihm klar wurde, daß Schuld und Schuldbegleichung niemals ineinandergreifen. Die überraschende Frage seines Onkels und die Bemerkung, die ihr folgte, weckten das unbändige Kind auf, das nun an Gabriels Herz hämmerte.

Er konzentrierte seine Aufmerksamkeit auf die Flasche – eine jener dunklen Flaschen, deren Etiketten Faksimiles von auf internationalen Ausstellungen gewonnenen Goldmedaillen zeigten, von denen niemals jemand gehört hatte, in Städten, deren Namen längst von den Landkarten verschwunden waren: Breslau 1884, Danzig 1897, St. Petersburg 1901.

»Das einzige Mal, als ich sie sah, waren sie sicher nicht verheiratet«, fuhr sein Onkel fort. »Es war während des heißen Herbstes neunzehnhundertdreißig. Er hatte sein Studium aufgegeben und verkündet, er werde seinen Unterhalt mit dem Schreiben satirischer Gedichte verdienen. Mein Vater schickte mich nach Berlin, um herauszufinden, was los war. *Sie* war los. Ihr Kleid hatte kurze Ärmel. Sie trug keine Strümpfe. Sie hatte einen Teddybär, den sie dauernd aufzog und auf dem Tisch herumspazieren ließ. Sie war hoffnungslos jung. ›Hast du die Konsequenzen bedacht?‹ fragte ich ihn. ›Keinen Studienabschluß. Untergeordnete Tätigkeiten dein ganzes Leben lang. Die Tür deines Vaters für immer verschlossen. Und was ist mit *ihr*? Ist sie etwa eine reiche Erbin? Wird ihr Vater dich adoptieren?‹ Angeblich nahm sie Gesangsstunden«, fügte er hinzu, als ob das irgendwie nicht in Ordnung sei.

»Mach, daß er den Mund hält«, befahl der jüngere Gabriel, aber Gabriel rang nach Luft.

»Ich habe alles und alle verloren, aber ich habe immer noch einen Namen«, sagte sein Onkel. »Einen Namen, den ich schützen und verteidigen muß. Es gibt immer noch irgendwo die Spur eines Trauscheins, selbst, wenn das Standesamt ausgebombt wurde. Selbst wenn die Akten zurückgelassen werden mußten. Wie alt warst du, als du sie zum letztenmal gesehen hast?«

»Acht«, antwortete Gabriel, der sich jetzt unter Kontrolle hatte.

»Waren sie zusammen?«

»Aber ja.«

»Hatten sie Zeit, sich zu verabschieden?«

»Sie ließen mich in der Obhut eines Nachbarn. Der Nachbar meinte, sie würden zurückkommen.«

»Wo war das?«

»In Marseille. Angeblich stammten wir aus dem Elsaß, aber ihr Französisch klang nicht echt. Die Leute merkten, daß ich nicht zur Schule ging. Irgend jemand hat sie angezeigt.«

»Klang nicht echt!« sagte sein Onkel. »Alles muß nicht echt geklungen haben, seit er die Universität verließ. Es ist eine schreckliche Geschichte«, sagte er dann. »Nicht schlimmer als die meisten, aber trotzdem schrecklich. Warum, warum hat er nur bis zum letzten Augenblick gewartet? Und wenn er erst einmal bis Marseille gekommen war, was hat ihn davon abgehalten, sich eine Schiffspassage zu besorgen?«

»Er war eben ein Mann der Tat«, sagte Gabriel.

Wenn sein Onkel tatsächlich noch einen Baum wollte, dann sollte dieser jedenfalls nicht frivol sein. Er sagte: »Er war viel jünger als ich. Nach neunzehnhundertdreißig habe ich ihn nicht mehr gesehen. Er ging seiner eigenen Wege. Nach dem Krieg ließ ich die Familie ausfindig machen. Alle waren tot – Konzentrationslager, Selbstmord, Altersschwäche. In seinem Falle wußte niemand, was geschehen war. Er war einfach verschwunden. Selbstverständlich fand es in einem fremden Land statt. Nur die Deutschen zeichneten alles genau auf. Ich wünschte, du wüßtest etwas über diese Heirat. Ich weiß, daß mein verstorbener Vater keinen Bankert in seiner Familie haben wollte.«

Onkel August besuchte Nizza, Lugano und Venedig, die für ihn nicht mehr dieselben Städte waren, und ging dann nach

Südamerika zurück. Mehrmals im Jahr schickte er Gabriel lange Briefe und ließ sich nicht davon abhalten, obwohl er nur selten eine Antwort bekam. Er bat seinen Neffen dringend, sich stark und positiv zum Leben zu stellen und vor allem Paris zu verlassen, was schließlich niemals mehr als eine Emigrantenzwischenstation war. Sein moralisches Klima begünstige Apathie und Fäulnis.

Gabriel las die Briefe seines Onkels in La Méduse, einer unweit des alten Montparnasse-Bahnhofs gelegenen Kneipe. Schauspieler und Komparsen fürs Fernsehen wurden oft dort rekrutiert; niemand erinnerte sich, wie oder weshalb gerade dieses Arrangement entstanden war. Gabriel saß gewöhnlich mit dem Rücken zum Fenster an einem Tisch rechts von der Tür gegenüber der Bar. Dort trank er Bier vom Faß oder Kaffee und blätterte in Zeitschriften, die andere Gäste liegengelassen hatten. Als er von einem der Briefe seines Onkels aufblickte, sah er das beschlagene Fenster im Spiegel hinter der Bar. In einem schmutzigen Winternebel glühten warme Neonlichter – die Lichter der Heimat.

Sein Onkel schrieb, er habe seinen Besitz mit Verlust verkauft und trage sich mit dem Gedanken, sich in Südafrika niederzulassen. Er mußte es sich aber anders überlegt haben, denn in seinem nächsten Brief beschrieb er sich als Rentner, der in der Nähe eines Golfplatzes wohnte. Eine Haushälterin, von der er Gabriel oft erzählt habe, kümmere sich um ihn – das erste Mal, daß er überhaupt eine derartige Person erwähnte. Er habe einen Herzanfall gehabt, das Briefeschreiben ermüde ihn. Die Haushälterin informierte ihn weiterhin über alles, was geschah. Gabriel, der kein Spanisch verstand, versuchte zu entziffern, was in den Briefen stand. Sie unterschrieb mit »Anna Meléndes«, dann mit »Anna Baum«.

Gabriel spielte gerade in einem Brecht-Zyklus bei einem Kulturinstitut in einer Pariser Vorstadt, als die Nachricht ihn erreichte, daß sein Onkel gestorben war. *Der kaukasische Kreidekreis* und *Mutter Courage* wurden abwechselnd für ein Publikum gespielt, das aus Schulkindern und Fabrikarbeitern bestand, die offenbar höchst unfreiwillig mit Bussen herangekarrt wurden. Gabriel dachte an Onkel August, seine Sturheit und seinen Stolz, und trauerte aufrichtig um ihn. Sein Onkel hinterließ ihm einen Briefumschlag; er machte sich nicht die Mühe, ihn zu öffnen, denn er war sich ziemlich sicher, daß kein Scheck darin war.

Kein Baum-Denkmal existierte, also erfand er eins. Auf seine Marmoroberfläche schrieb er:

> Verschiedene Baums: Verschollen
> Vater: 1909–1943 (wahrscheinlich)
> Mutter: 1912–1943 (wahrscheinlich)
> Onkel: 1899–1977
> Gabriel B.: 1935–( )

Unter den letzten Namen zog er einen Strich, was sagen sollte: Dies ist das Ende. Er merkte jedoch, daß der Strich keineswegs die Baum-Frage beendete, sondern ein neues Problem schuf: Er hinterließ beim Betrachter das Gefühl, daß diese Daten und Namen Faktoren seien, die einer Lösung harrten. Er mußte die Toten den Lebenden hinzufügen oder aber die Lebenden von den Toten abziehen – um zu irgendeiner Lösung zu gelangen.

Er dachte daran, eine Null zu schreiben, aber die verschiedenen Baums plus vier weitere summierten sich nicht zu Null. Der Tod seines Onkels verringerte die Gesamtzahl der Baums nicht etwa, sondern vergrößerte sie irgendwie. Gabriel, mit den Füßen auf dem Schlußstrich und mit ungezählten Baums hinter sich, war eine variable Größe: Einige Jahre lang war er der letzte der Baums gewesen, dann aber hatte es zwei gegeben. Nun war er wieder einmalig.

Jemand anderes muß damit fertig werden, fand er – jemand, den er nicht kannte, jemand, der vielleicht noch gar nicht auf der Welt war. In der Zwischenzeit trug er das Denkmal mit sich im Kopf herum, wo es weder verloren gehen noch gestohlen werden konnte.

Gabriels Liselotte

Kurz nach Onkel Augusts Besuch erblühte plötzlich eine Generation besonders hübscher deutscher Mädchen in Paris. Es gab nur diese eine Blütezeit – dieses eine helle Wachstum. Sie kamen, weil ihre Väter tot waren oder im Exil unter unbedeutenden Namen lebten. Einige davon fühlten sich von Gabriel angezogen – Gabriel, wie er war, mit den dunklen Locken, der klaren Stirn –, und er war seinerseits angezogen, wie von einem undeutlichen Spiegelbild, einem halberinnerten Gesicht.

Damals glaubte Gabriel immer noch, daß jedermann in etwa dasselbe Leben lebe, so etwas wie ein halb gelöstes Kreuzworträtsel. Immer hielt er Ausschau nach Definitionen und neuen Lösungen. Wenn er jedoch den Menschen näherkam, erkannte er, daß ihr Leben keineswegs einem Kreuzworträtsel glich sondern aus kodierten Problemen bestand, von denen keine zwei zueinander paßten.

Die hübschen Mädchen gingen schließlich nach Hause, zurückgepfiffen von ernsthaften jungen Männern mit ernsthaften Beschäftigungen. Sie bekamen je zwei Kinder und waren wahrscheinlich gerade im Begriff, das erste Grau aus ihren Haaren herauszuspülen. (Gabriel trug seins so kurz wie möglich, als es schütterer wurde.) Er erinnerte sich an Freya, die sich wegen eines verheirateten Mannes in die Seine geworfen hatte, die aber schwimmen konnte, und an Barbara, für deren Abtreibung zwei, drei von ihnen sich zu zahlen verpflichtet fühlten, und an Marie, die ins Elsaß gegangen war und beinahe zur Miss Oberrhein gekürt worden wäre, ehe man dahinterkam, daß sie eine Ausländerin war. Gabriels Gedächtnis, das sich hinter einem Namen nach dem anderen versteckte, brachte ihn von Angesicht zu Angesicht mit seiner Liselotte. Sie war die Tochter eines toten Mannes und einer Hure (dies war anscheinend die übliche Biographie damals) und hatte sich auf ein Au-pair-Abenteuer eingelassen, was bedeutete, daß sie geistige Reinheit mittels Kultur anstrebe. Nachmittags sah man sie im Parc Monceau, wo sie Gedichtbände las, deren enger Druck und schäbiger Einband so etwas wie eine kulturelle Garantie versprach. In der Biegung ihres Halses war etwas Demütiges. Jemand hatte ihr einmal erklärt, daß, würde man verhaftet und ohne Prozeß festgehalten, man nicht den Verstand verliere, wenn man eine Anthologie von Gedichten im Kopf habe. Die arme Liselotte, deren geistiger Rettungsanker noch nie in etwas verhaftet war, was über »Le ciel est, par-dessus le toit, Si bleu, si calme!« hinausging, hielt das Buch flach auf den Knien und folgte den Zeilen mit dem Finger.

»Wer würde dich verhaften wollen?« fragte Gabriel.

»Man kann nie wissen.«

Nun ja, das stimmte. Er dachte, es könne eine bessere Karriere für sie geben; deshalb gab er ihr Zeilen zum probieren. Sie übte: »Wirst du *heut nacht* sterben müssen?« Gabriel zählte sechs, sieben, acht verschiedene Grüntöne um den Platz, wo sie im Parc Monceau saß und dies fragte. Er nahm gewöhnlich den 84er Bus, um sie zu treffen – er, der sich nur vom Montparnasse wegbewegte, wenn es unbedingt sein mußte, er, der sich niemals die Mühe gemacht hatte, Busstrecken oder Straßennamen im Kopf zu behalten. Um Liselottes willen überquerte er die Seine in Gesellschaft von gouvernantenhaften, behandschuhten Frauen, von alten Männern, die in ihren Knopflöchern winzige Bänder trugen als Zeichen für diesen oder jenen Krieg. Liselotte, die sich nun mittels der Liebe verbessern wollte, bat ihn, französisch mit ihr zu sprechen. Sie hörte sich seine Lebensgeschichte an, prägte sie sich ein und gab sie fehlerlos wieder. Dem Kind Gabriel hatte er versprochen, niemals eine Deutsche zu heiraten, aber so einfach war das nicht; auf eine seltsame Weise schien sie nicht deutsch *genug*.

Sie hatte ihren Text vergebens gelernt. Der Regisseur, dem er sie vorstellte, meinte auch, sie sehe nicht deutsch aus. Sie gehörte zu jenen braunäugigen, katholischen Mädchen aus der Gegend von Speyer. Sie betete für Gabriel, aber auch nach den Fürbitten blieb sein Leben unverändert. Sie hatte etwas Stockendes in der Stimme, fast ein Stottern; sie wollte Gabriel fragen, ob er sie heiraten wolle, aber das Wort blieb ihr im Halse stecken. Er überlegte, sie werde womöglich gar nicht so gern Liselotte Baum sein, nachdem sie Liselotte Pfligge gewesen war. Ihr Stiefvater, Wilhelm Pfligge – er stamme ursprünglich aus der Schweiz, behauptete sie – habe versucht, sie zu vergewaltigen; immerhin trug sie seinen Namen. Gabriel überlegte, daß, wäre die Sitte der Namensänderungen umgekehrt gewesen und wäre er auf Grund der Eheschließung Gabriel Pfligge geworden, er dies, ohne zurückzuschrekken oder mindestens taktvoll getan hätte. Vielleicht würde von ihm erwartet, Wilhelm Pfligge »Papa« zu nennen. Er stellte sich Papa Pfligge mit einem Schnurrbart vor, mit seltsam fleckigen Ohren, sportlichen Schuhen, einem federnden Gang, wie er, die Lippen an Gabriels Ohr, flüsterte: »Wir beide lieben doch Liselotte so sehr, was?« Während Gabriel an dieser Vorstellung weiterspann und Papa Pfligge immer groteskere Dinge sagen ließ, gab Liselotte Liebe und Kultur und Au-pair-Abenteuer auf und ging nach Hause.

Er begleitete sie zum Gare de l'Est und verstaute ihre zwei Koffer im Gepäcknetz. Dann stieg er aus, stellte sich auf die graue Plattform und sah dem Zug nach, der sie forttrug. Der Zug war undeutlich, als sehe er ihn durch Liselottes Tränen. Eine Zeitlang waren ihre Briefe wie die Fährte eines immer tiefer in den Wald eindringenden Kindes. Er konnte sich einfach nicht entschließen, ob er folgen solle oder nicht; während er noch zögerte, verlor sich die Fährte und der Pfad hinter Liselotte wurde von Gras überwuchert.

Das Interview

Bis zu dem Zeitpunkt, als er keine Briefe mehr schreiben konnte, hatte Gabriels Onkel ihm mit nutzlosen Ratschlägen zugesetzt. Die meisten drehten sich um Geld. Da Gabriel die Heiratsurkunde seines Vaters nicht auftreiben konnte (in der Tat hatte er es auch niemals versucht), könne ihm sein Onkel auch nicht guten Gewissens Baum-Besitztümer vererben.

Deshalb sei es Gabriels Sache, sich um seine eigene Zukunft zu kümmern. Er flehte Gabriel an, in einem großen, wohltätigen internationalen Unternehmen eine Anstellung zu finden. Dies würde ihm nicht nur ein regelmäßiges Einkommen verschaffen, sondern würde französische Sozialversicherungsbeamte veranlassen, sich für ihn zu interessieren, und würde ihm am Ende mit fünfundsechzig eine Rente einbringen.

»Fünfundsechzig ist dein nächster Schritt«, warnte ihn sein Onkel an Gabriels dreißigstem Geburtstag.

Er riet Gabriel, sich um jene Zuwendungen zu bemühen, die als Wiedergutmachung bekannt waren, aber Gabriels Eltern waren spurlos verschwunden; es gab keine Möglichkeit zu beweisen, daß sie sich nicht nach Tahiti eingeschifft hatten. Und es hätte auch nicht in Gabriels Macht gestanden, mit Banknoten die Verzweiflung eines Kindes auszugleichen. Sein Onkel zog sich zurück auf den algerischen Krieg. Hatte Gabriel denn nicht Anspruch auf eine Rente? Nein, das nicht. Der Krieg war niemals offen erklärt worden. Für Gabriel war er ein langes, strategisches Training gewesen, für das es keine Kompensation gab außer Erfahrung.

Die Geschichte mit der Algerien-Rente verfolgte Gabriel. Wenn er Stellungsformulare ausfüllen mußte, verlangte man eine Bestätigung, daß er »seine militärischen Verpflichtungen erfüllt habe«. Manchmal nahm man es für selbstverständlich, daß er kurzerhand für untauglich befunden worden war. Dafür gab es keine rationale Grundlage; er vermutete, weil er als Beruf »Schauspieler« angab. Nach seiner Rückkehr interessierte er sich weiter für den Krieg. Er war wie einer, der zwanzig Minuten eines Matchs gespielt hat und das Resultat wissen muß. Soweit er sah, war es unentschieden ausgegangen. Die Aufregung legte sich, und dann wußte keiner mehr, worüber man in den Zeitschriften und politischen Wochenzeitungen noch schreiben sollte. Einige Journalisten wollten Gabriels Interesse an der Bretagne wecken, wo es eine Artischockenschwemme gab; andere wiederum deuteten an, der neue Ökumenismus, der aus Rom zu sickern begann, sei in Wirklichkeit ein Angriff auf französische Institutionen. Gabriel bezweifelte dies. Auf der Suche nach neuen Ansatzpunkten, was seine Rente betraf, erfuhr er etwas über die westliche Konsumgesellschaft und die moralischen Wunden, die Frankreich durch die Vollbeschäftigung beigebracht worden war. Zwischen seinen verschiedenen Jobs las er Artikel über Leute, die behaupteten, Papierservietten und Waschmaschinen hätten sie unglücklich gemacht.

Die meisten Gäste in La Méduse hofften auf ein Fernsehengagement. Der Rest bestand aus Emigranten, Dichterwitwen und ausländischen Studenten, die Arbeit suchten, um ihre Stipendien aufzubessern. An der Theke, wo die Getränke weniger kosteten, drängte sich die zweite Generation emigrierter Schauspieler; für Gabriel waren sie Junggesellenwaisen. Im Gegensatz zu Gabriel waren sie überall gewesen – in Brasilien, wo sie die Sprache nicht verstanden und in New York, wo sie sich über das Klima beschwerten, in Israel, wo das Essen sie enttäuschte. Und nun waren sie in Paris, wo sie die Polizei nicht mochten.

Manchmal setzte sich Dieter Pohl an Gabriels Tisch. Er war ein Bayer, etwa im Alter von Gabriel – dreißig – und spielte in Filmen über die Besatzungszeit. Dieter hatte als gewöhnlicher Soldat angefangen, wurde zum Leutnant befördert und hoffte, demnächst zum Hauptmann zu avancieren. Er hatte zwei gute Gesichtsausdrücke, einen für Sieg und einen für Niederlage. Wenn er zum Sturm ansetzte, blickte er angespannt nach oben, als verfolge er einen Falken bis zum Fluchtpunkt. Manchmal hielt er einen Feldstecher an die Augen. Ging es um eine Niederlage, starrte er auf seine Stiefel. Man konnte ihn auch manchmal sehen, wie er mit bandagiertem Kopf in die Gefangenschaft marschierte. Die Gefangenschafts-Szene stand immer am Schluß. Gabriel, der die Opfer spielte, wurde in der Regel in der ersten Szene abgefertigt. Sein schnelles Verschwinden sollte angeblich eine Epoche charakterisieren, an die sich ein zu junges Publikum nicht erinnern konnte.

Ungefähr um diese Zeit, als die französischen Zeitungen den moralisch-zerstörerischen Aspekt westlicher Prosperität am heftigsten unter Beschuß nahmen, kam ein Mann, der sich

Briseglace nannte, in die Bar und fragte alle Ausländer und Fremden, ob sie froh seien, arm zu sein. Er behauptete, er sei Journalist, seine Frau habe ihn wegen eines Psychiaters verlassen und seine jetzige Freundin sei in einem Kino derselben Straße Platzanweiserin. Er behauptete auch, die Bahnstation Montparnasse würde demnächst abgerissen und ein dunkler Turm an ihrer Stelle errichtet; niemand glaubte ihm. Er trug eine Krawatte aus einer Art gelbem, orientalischem Stoff. Seine Kleider wirkten, als seien sie von Nonnen auf einer der Nähmaschinen eines Klosters zusammengestoppelt worden. Gabriel und seine Generation trugen damals schwarzschwarze Pullover, schwarze Lederjacken, weiche, schwarze Stiefel. Ihr Haarschnitt war kurz und zeugte immer noch von Wehrdienst und Kolonialkriegen. Briseglaces widerspenstige, graumelierte Locken, sein formloser, schäbiger und merkwürdig weiblich aussehender Mantel, seine fleckigen Finger und billigen Zigaretten, sein Pessimismus und sein Glaube an die moralischen Vorzüge der Armut – sie alle kamen geradewegs aus dem Quartier Latin der vierziger Jahre. Er war die Besatzung; aber er war auch die Befreiung. Die Filme, in denen Dieter und Gabriel spielten, wuchsen wie gemeines Unkraut aus dem Herzen dessen, was jeder einst als junger Mann gewesen war. Deshalb war Gabriels einzige Reaktion beim Anblick Briseglaces Abscheu vor dem, was es bedeutete, alt zu werden.

Die in La Méduse getragene dunkle Kleidung gab der Bar das Aussehen eines Lagers voller bewaffneter Miliz, in das Briseglace, anachronistischer Zivilist, beiläufig gestolpert war. In Wirklichkeit aber bedeckten die Lederjacken nur dauernde Besorgnis. Manche Leute hielten Briseglace für einen Agenten der C.I.A., andere wiederum vermuteten in ihm einen hochrangigen K.G.B.-Mann. Die Waisen waren überzeugt, er sei ein Polizeiinspektor, der sich vergewissern wolle, ob ihre Aufenthaltsgenehmigungen nicht gefälscht waren. Aber seine Fragen führten alle nur zu einer zahmen Schlußfolgerung, die er unbedingt von ihnen bestätigt haben wollte: daß arm zu sein sie frei mache, und daß frei zu sein sie glücklich mache.

Da nun keine unmittelbare Gefahr mehr bestand, setzten

oder stellten sich die Ausländer aufrechter hin, sahen lässig oder gekränkt aus, je nachdem, wie intensiv ihr erster Schreck gewesen war. Dieter behauptete, glücklich in seinem Beruf zu sein, der ihm moralische Genugtuung und materiellen Komfort bringe und der das Geschichtsbewußtsein des allgemeinen Publikums stärke. Einige von denen, die an der Theke standen, erwiesen sich als Touristen, nur vorübergehend in Paris und in komfortablen Hotels untergebracht. Einer erwähnte die hohen Preise, die für Fußballstars bezahlt würden. Ein anderer erinnerte daran, daß Christus in bezug auf persönlichen Reichtum Vieldeutiges aber auch Beruhigendes gesagt habe. Briseglace schrieb alles nieder. Als er für seinen Kaffee bezahlte, bat er um die Rechnung, die er für die Spesen einreichen müsse. Gabriel, der sich entschlossen hatte, nichts mit ihm zu tun zu haben, blätterte in seinem *Paris-Match*.

Sechs Wochen später tauchte Gabriel auf den Seiten einer linksgerichteten Zeitschrift als »Gabriel B., Sprecher für das Strandgut West-Europas« auf.

»Seine Muttersprache war deutsch«, las Gabriel. »Mangels des Steuers politischer Motivation haben ihn seine ziellosen Wanderungen in Montparnasse ans Ufer gespült, in den traurigen Dunst der Kaffeemaschinen. Glauben Sie etwa, er ißt im jüdischen Bezirk, bei Jo Goldenberg in La Rose d'Or? Niemals. Sie werden Gabriel B. im Wienerwald vorfinden, wo er Kalbskoteletten verschlingt oder im Tannhäuser, wo er Kartoffelklöße ißt. Für Gabriel bedeutet diese bizarre Ernährungsweise eine primäre Erinnerung, von der frühesten Kindheit bis zum zwölften Lebensjahr.« »Siebenten«, verbesserte Gabriel gewissenhaft, aber es war zu spät, die Sache war gedruckt. »Dieser gutaussehende Bohémien-Prinz hat das schicksalhafte Alter von dreißig Jahren erreicht. Was kann er tun? Wohin kann er gehen? Wiedergutmachungsgelder aus der reichen Bundesrepublik versorgen ihn mit Zigaretten. Ein Überbleibsel aus schlechten Zeiten, schlüpft er durch die guten, ohne sie zu sehen. Die westliche Konsumgesellschaft ist nicht so sehr ein ökonomischer als vielmehr ein Geisteszustand.«

Gabriel las die Passage über den Bohémien-Prinz mehrere Male. Er fragte sich, wo wohl der Wienerwald war. In dem Bild, das den Artikel illustrierte, war Dieter Pohl zu sehen, dessen Augen eingeschwärzt waren, damit er nicht identifiziert werden und die Identifikation als Vorwand benutzen konnte, die Zeitschrift zu verklagen.

Es war unerklärlich; Dieter wußte genau, daß er sich nicht hatte fotografieren lassen; Gabriel war ebenso überzeugt, den Mund nicht aufgemacht zu haben. Er spielte mit dem Gedanken, den Artikel Onkel August zu schicken, aber dieser hätte ihn für ein so unbegreifliches Stück Blödsinn gehalten wie einen mechanischen Teddybär. Dieter kaufte sich ein halbes Dutzend Exemplare der Zeitschrift für seine Verwandten in Bayern; es war das erste Foto von ihm, das jemals irgendwo veröffentlicht worden war.

Gabriels Rettung vor der Vernichtung in zwei wirklichen Kriegen (obwohl der eine anders bezeichnet wurde) hatte bei ihm eine Achtung vor unbekannten Mächten hinterlassen. Möglich, daß Briseglace geschickt worden war, um ihn in eine neue Richtung zu stoßen. Möglich, daß der Mann wieder auftauchte und zugab, daß er niemals Journalist gewesen war und daß er sich verstellt habe, nicht etwa, um Gabriel zu schaden, sondern um seine endgültige Sicherheit zu garantieren.

Selbstverständlich geschah nichts Derartiges – niemals. Briseglace wurde nie wieder in La Méduse gesehen. Die einzige Reaktion auf das Interview kam von einer Kusine Dieters namens Helga. Sie konnte nicht sehr gut französisch lesen und entnahm dem Artikel, daß Dieter nicht genügend zu essen habe. Deshalb schickte sie ihm eine Menge sehr guter Pfefferkuchen in einer Blechdose und flehte ihn an, und das nicht zum erstenmal, doch seine Siebensachen zu packen, nach Hause zu kommen und eine Frau sein Leben in die Hand nehmen zu lassen.

Alarmierende Gerüchte

Als er älter und kahler, untersetzter und nachdenklicher wurde, verstand sich Gabriel mit den wenigen Junggesellen, die er immer noch in Montparnasse traf, nicht mehr. Diese neigten dazu, die sechziger Jahre als den Frühling des Lebens zu betrachten, obwohl keiner von ihnen damals noch jung war. Wahrscheinlich, weil sie ihre Eltern überlebt hatten und kinderlos waren, hatten sie auch kein Gefühl für den Ablauf der Zeit. Für Gabriel war dieses Jahrzehnt wie ein Südwind, der jeden nervös und kribbelig machte. Je kälter ihre Aussichten, desto ruhiger waren seine Bekannten geworden. Sie schliefen gut, kassierten ihr Arbeitslosengeld ohne Murren, schlenderten die Boulevards entlang durch eine Brandung gefallener Blätter und verzichteten auf revolutionäre Appelle, standen in friedfertigen Schlangen vor den Kinokassen, wo man immer noch nur elf Franc bezahlte. Drinnen vergammelten die Sitze und Läufer. Die Hälfte derer, die da langsam zur Kasse hinaufrückten, war wahrscheinlich arbeitslos. Gabriels Bekannte zogen Filme vor, in denen Frauen keine Hindernisse oder Probleme darstellten und entweder nackt oder im Abendkleid gezeigt wurden.

Viele seiner wachen Stunden verbrachte Gabriel nun ebenfalls so – nicht etwa im Leerlauf, sondern in den gegenwärtigen Augenblick versunken.

Kurz nach dem Yom-Kippur-Krieg war in La Méduse eine Notiz erschienen: »Wegen der wirtschaftlichen Lage darf kein Gast länger als eine halbe Stunde bei einer einzigen Bestellung verweilen.« Natürlich hatte die Geschäftsleitung keine rechtliche Handhabe, dies geltend zu machen; jedoch das Schild hing dort, Symptom einer neuen Härte, der Säuerlichkeit, die der Niedergang hervorruft.

»Das Schild ist das Ende des Lebens, wie wir es in den sechziger Jahren gekannt haben«, sagte Dieter Pohl. Er war jetzt zum Oberst avanciert und pedantisch wie ein Monarch bei einer Parade, wenn ein Rangabzeichen unkorrekt befestigt wurde oder ein Knopf offenstand. Gabriel hatte keine entsprechende Stufenleiter hinaufzuklettern; wer hätte jemals von einem Opfer gehört, das befördert worden war? Immerhin hatte er verschiedene Arten von Erfahrungen gesammelt. Gabriel wurde erschossen, gesteinigt, ertränkt, erstickt und für den Galgen bestimmt; war beleidigt und verraten worden, war in Züge hineingestoßen und von ihnen heruntergezerrt worden, war vom Laderaum eines Lastwagens mit einer zwar unbeabsichtigten aber derartigen Gewalt heruntergeworfen worden, daß er sich das Schlüsselbein brach. Sein Ableben, das Millionen Zuschauer, von denen einige gerade ihr Abendbrot aßen, verfolgten, war immer noch nötig, um der alten, unehrenhaften Handlung – die nun jedesmal simpler, wie eine Fabel, erzählt wurde – die gewünschte Dramatik zu verleihen, während Dieters Schicksal immer noch Teil der Moral war.

Von diesem wiederholten Spiel vom Tod und dessen Folgen hing Dieters Altersversorgung ab. Er erzählte Gabriel, daß die Franzosen etwa im Jahr 1982 die Unterhaltung, die auf der Besatzungszeit basierte, satt haben würden. Zu dieser Zeit würde er mindestens einmal zum General befördert worden sein und genügend Geld zusammengespart haben, um sich in seiner Geburtsstadt geschäftlich niederzulassen.

Oft sprach er, als stünde der Abschied vor der Tür, obwohl er immer noch den Rang eines Oberst hatte: »Unsere Lebensläufe sind nicht dieselben, und du bist ein echter Schauspieler, der Unterricht genommen hat und ein echter Soldat, der in einem echten Krieg gekämpft hat. Aber sieh dir das Resultat an – wir sind an demselben Ort geendet, tun die gleiche Arbeit, sitzen am gleichen Tisch. Jahrelang keine Meinungsverschiedenheit. Es ist eine männliche Situation. Frauen wären nie dazu fähig.«

Gabriel nahm an, Dieter meinte, daß Frauen, die von Natur aus dazu neigten, schnell beleidigt und ewig nachtragend zu sein, kein Talent für loyale Freundschaften hätten. Vielleicht stimmte das, aber es schien irgendwie unvollständig. Selbst die einsamsten Frauen, die er beobachten konnte – Dichterwitwen zum Beispiel, mit ihren gehäkelten Kappen, ihren mysteriösen Einkaufstaschen, ihren überfütterten, watschelnden Hunden – scharten sich nicht zusammen wie verängstigte Tauben, die taten, als seien sie befreundet. Jede kam allein herein, saß allein, las, was immer an faszinierendem Zeug sie aus der Einkaufstasche hervorkramen konnte, starrte mit ungetrübtem Interesse auf Fremde und gab manchmal laute Kommentare über die Neuankömmlinge.

Eine Frau, fand Gabriel, kann aus einem zerrissenen Leben immer noch Nutzen ziehen. Sie repariert und flickt es und versichert sich, daß die Kanten gerade sind. Sie breitet den letzten Fetzen aus und mißt ihn ab. »Was kann ich mit diesem Rest anfangen? Wie lange muß er halten?« Ein Mann dagegen zieht sich sein Leben lang von der Stange an. Paßt es nicht, wird er versuchen, es umzutauschen. Nur ein Narr von einem Mann würde sich die Mühe machen, die Ärmel zu ändern oder die Knöpfe zu versetzen; er weiß ja nicht, wie man's macht.

Einige der älteren Kunden wurden durch alarmierende Gerüchte beunruhigt. Angeblich war La Méduse von ihrem Besitzer, einem mürrischen Bretonen mit sehr kleinen Augen, verkauft worden. Bald werde das Lokal in eine chemische Reinigung verwandelt, Teil der Modernisierung des Montparnasse. Stühle, Gläser, die dicken, grünlichen Tassen und Untertassen, die zinkbedeckte Bar, die Neonröhren an der Decke – soziologische Artefakte – sie alle seien zu Phantasiepreisen von einem Museum in Stockholm erworben worden. Gabriel fand das zwar weit hergeholt, aber nicht unmöglich; der Montparnassebahnhof war tatsächlich abgerissen und ein dunkler, häßlicher Turm an seiner Stelle errichtet worden. Er entsann sich, daß Briseglace dies vorausgesagt hatte.

Seit kurzem hatte Gabriel bemerkt, daß er Paris nicht mehr so erlebte, wie es war, sondern wie es in seinem Gedächtnis haftete; immer noch sah er Metzger- und Gemüseläden und Konditoreien, wenn diese in Wirklichkeit Garagen und Banken geworden waren. Ein neuer Geruch hing in der Luft, metallen und heiß. Auch er veränderte sich. Wenn er hungrig war, merkte er es nur noch durch ein Gefühl von Traurigkeit und Verlust. Er atmete ohne Mühe. Das Kind Gabriel rührte sich nicht mehr. Besatzungsfilme wurden nicht mehr so häufig gedreht, aber Gabriel hatte mehr Rücklagen als Dieter. Er trug jetzt eine karierte Mütze und sang die »Internationale«; er spielte ein Komiteemitglied, das Seneca schlechte Nachrichten brachte. Während einer Sommerspielzeit bekam er die Rolle des Flavius in *Julius Cäsar*, dann spielte er Aston im *Hausmeister* und den Zoodirektor in *Die Wanze*. Diese Aufführungen wurden in Arbeitervororten veranstaltet, deren Bewohner ihren Urlaub an der Côte d'Azur verbrachten. Eines Sommers ging La Méduse in andere Hände über, blieb drei Monate lang geschlossen und eröffnete dann wieder mit Reihen von Nischen, Autositzen aus Kunstleder, orangefarbenen, gläsernen Lampenschirmen und britischen Rekrutierungsplakaten aus dem Ersten Weltkrieg an den Wänden. Die Warnung, daß man nicht länger als dreißig Minuten ohne neu zu bestellen sitzen bleiben dürfe, war verschwunden und statt dessen las man eine Ankündigung, daß Eiscreme und Hamburger erhältlich waren. Toiletten und Telefone befanden sich nun eine Treppe höher, statt wie früher, im Untergeschoß. Jemand war da, der Trinkgelder entgegennahm und Botschaften vermittelte. Auf jedem Tisch lagen eine vierseitige Speisekarte und eine Postkarte, welche die Gäste ihren Bekannten schicken konnten, wenn sie wollten. Auf der Karte war eine Médusenqualle mit langen Augenwimpern und einer Schleife auf dem Kopf abgebildet, die aus einem winzigen Drahtnetz lächelte. Darunter war zu lesen:

Pub la Méduse
Der älteste und berühmteste
Treffpunkt Pariser
Fernsehstars

Gabriel probierte eine Anzahl von Nischen aus, ehe er eine fand, die ihm paßte. Zwischen dem Autositz und einem Heizkörper befand sich eine Spalte, in der er seine Zeitschriften aufbewahren konnte. Das Faßbier war nicht so gut wie das vorherige. Der Hauptunterschied zwischen dem alten und dem neuen Ort war jedoch der Geruch. Eine Zeitlang konnte er ihn nicht definieren. Am Ende erwies es sich als der Gestank eines Zichoriengebräus in der Farbe von Schuhwichse, zweifellos erfunden, um die Inflation zu bekämpfen. Tat man Zucker hinein, wurde es ekelerregend. Außerdem war es zweimal so teuer wie Kaffee jemals gewesen war.

Die Kapitulation

Dieter hatte erfahren, daß eine dreizehnstündige Fernsehserie über die Besatzungszeit geplant war; er hatte den Entwurf gelesen.

Er sagte: »Momentan brauchen sie nur ein paar Leute, die deportiert werden und dann von einem Zug springen.«

Ein paar Veteranen hörten Dieter sagen: »Sie wollen die Polen ausweisen« und wieder andere hörten: »Sie wollen alle im Ausland geborenen Sozialisten hochnehmen«, und wieder andere schworen, er hätte zwölf Juden angefordert, die von einer Lokomotive überfahren werden sollten.

Dieter trug neue Winterzivilkleidung, einen hellbraunen, pelzgefütterten Mantel und eine russische Mütze. Er aß geröstete Kastanien, die er mit den Fingernägeln schälte. Sie befanden sich in einer spitzen Tüte, die aus einer halben Seite des *Quotidien de Paris* gedreht war. In dem alten Méduse hätte man jemand, der aus Zeitungspapier aß, sofort hinausgeworfen. Dieter breitete die Zeitung auf Gabriels Tisch aus, setzte sich und erzählte ihm von dem Film. Er sollte mit einer Gruppe von Résistancekämpfern beginnen, die bei der Deportation von einem fahrenden Zug sprangen. Ihre Gruppe würde aus einem Bergmann bestehen, einem antisemitischen Aristokraten, einem kommunistischen Aktivisten, einem Bauern mit drolligem, provençalischen Akzent, einem protestantischen Intellektuellen mit einem langen Gesicht und einem Priester, der Zweifel an seiner Berufung hatte. Drei Juden würden dann mit ihnen zusammen entweder aus dem Zug fallen oder springen: Ein alter Rabbi, ein Schwarzmarkthändler und ein Irgendwer. Der Irgendwer werde ich sein, beschloß Gabriel und nahm sich ein paar Kastanien. Im Geiste sah er, ohne daß Dieter es beschreiben mußte, grelle Lichter, Hunde, die an ihren Leinen zerrten, Wachtpersonal, das herumrannte und pfiff, den stillstehenden Zug und vielleicht auch einen heftigen Regen. Der Aristokrat wird dagegen sein, die zusätzlichen drei Männer mitzunehmen, sagte Dieter, aber der Priester wird sich für sie einsetzen. Der Bergmann oder vielleicht auch der Schwarzmarkthändler werden als Köder für die Hunde zurückbleiben, während alle übrigen in ein Ruderboot steigen und sich ins Maquis begeben. Der Bauer wird sich als ein britischer Geheimagent namens Scott entpuppen. Der Protestant wird aus dem Boot fallen, der Priester wird, weil er ihn retten will, ertrinken; der Kommunist...

»Wir wissen das alles«, unterbrach ihn Gabriel. »Wer bleibt am Ende übrig?« Der Von und Zu, sagte Dieter. Der Aristokrat und der alte Rabbi werden zwölf Episoden überleben und gemeinsam ihren Weg nach Paris machen, um bei der Befreiung dabei zu sein. Dort werden sie Dieter und seine Leute entdecken, die sich im Palais du Luxembourg gegen die örtliche Résistance und ein paar Polizisten verteidigen. Der Rabbi wird neben dem Medicibrunnen in den Armen des Herrn Von und Zu sterben.

Gabriel meinte, dies ließe nichts Gutes für die Zukunft ahnen, aber Dieter beruhigte ihn. Der Von und Zu wird nun ein anderer Mensch sein. Er wird das Palais erstürmen und zum Schluß in Großaufnahme gezeigt werden, wie er »MEINEN UNVERGESSENEN FREUNDEN GEWIDMET« auf die Mauer schreibt, während Dieter und die anderen mit erhobenen Händen vorbeimarschieren.

»Und was ist mit dem Irgendwer?« fragte Gabriel. »Wie lange überlebt er?«

»Lieber Freund und alter Kamerad«, sagte Dieter, »bitte nimm mir's nicht übel. Vor zehn Jahren wärst du als erster genommen worden. Wen kümmert es, was einem Mann von dreiundvierzig passiert? Du bist weder alt noch jung genug, um irgend jemanden zu Tränen zu rühren. Tatsache ist – bitte verzeih mir –, daß du im falschen Alter bist, um einen Juden zu spielen. Eine Uniform ist zeitlos«, fügte er hinzu, denn er war auch dreiundvierzig. »Und niemand soll am Ende weinen, sondern nur nachdenklich und zufrieden sein.«

Während Gabriel noch darüber nachdachte, berichtete ihm Dieter von den Helmen, die die Deutschen tragen würden. Manche waren aus schwerem Metall, echte Museumsstücke, die ihren Trägern Kopfschmerzen verursachten und rote Striemen auf der Stirn hinterließen. Eine Anzahl leichter Plastikhelme würde verteilt, aber nur für die Offiziere. Je höher der Rang, desto leichter der Helm. Worauf Dieter hinauswollte war dies: Er wollte wissen, ob Gabriel nicht lieber dieses Stadium seiner Besatzungskarriere überbrücken wolle, indem er ein kapitulierender Offizier würde, der in den letzten Szenen erscheint, statt gleich nach der ersten zu verschwinden. Er könne zum Beispiel ein Wehrmachtsoberst sein (human, idealistisch, extreme Maßnahmen ablehnend), während Dieter der SS-Oberst (nicht so gut) sein würde. Er und Dieter würden gewichtslose Helme tragen und bequeme, gut sitzende Uniformen.

Gabriel vermutete, daß Dieter irgendwie recht hatte. Gewiß konnte er sich in seinem Alter keine gefährlichen Mätzchen mehr erlauben. Die Zeit war gekommen, da jüngere Männer an der Reihe waren, von fahrenden Vehikeln abzuspringen, in eiskalte Gewässer zu tauchen und Platzpatronen auszuweichen; andererseits hatte er noch nicht das Alter erreicht, da er segnend sterben und eine Inspiration für diejenigen sein konnte, welche das Drehbuch auserkoren hatte zu überleben. Als Offizier, der für die Niederlage bestimmt war, durfte er wenigstens seinen Rang und seine Rolle behalten und am Ende doch noch heil sein.

Zwei Wochen später verkündete Dieter den Veteranen, daß man die ganze erste Szene geändert habe; nun würde es einen Massenausbruch aus einem Konvoi von Militärlastwagen geben, wo Dutzende von Männern auf der Stelle totgeschossen würden. Die ursprüngliche Besetzung werde verkleinert, der Protestant, der Kommunist und der Bergmann völlig gestrichen. Diese neue Situation verursachte Streiterei und Beschuldigungen, an denen sich Gabriel jedoch nicht beteiligte. Alles, worauf er nun zu warten hatte, waren der richtige Helm und gutes Wetter.

Die üblichen Verzögerungen ergaben sich, und es war Mai geworden, ehe der letzte der Baums seine neue Uniform anprobieren konnte. Dieter rückte die Schultern zurecht und setzte ihm den Plastikhelm schräg auf. Gabriel begutachtete sich. Dann nahm er den Helm ab und setzte ihn gerade auf. Dieter redete ihm gut zu; anscheinend dachte er, Gabriel mache sich Gedanken darüber, zu korpulent, zu kahlköpfig, zu alt für seinen Rang zu sein.

»Nur die Uniform verrät einem Mann sein richtiges Alter«, sagte Dieter. »Aber aus der Entfernung sehen alle in Uniform gleich aus.«

In seiner neuen Uniform sah Gabriel sich selbst nicht nur wie in einem Spiegel, er schien tatsächlich durch ihn durchzugehen. Er bewegte sich durch einen flüssigen Spiegel, vorwärts, rückwärts. Jedesmal wurde sein Atem ein wenig kürzer.

Dieter bemerkte tröstend: »Viele Soldaten sind vorzeitig kahl geworden, weil die Helme ihnen die Haare abgescheuert haben.«

Wieder wurde die Kapitulation verschoben, diesmal, weil das Wetter schlecht war. An einem regnerischen Nachmittag, nachdem Dieter und Gabriel stundenlang in den Luxemburg-Gärten herumgestanden hatten, liehen sie sich von zwei Schauspielern, die Polizisten darstellten, Capes, um ihre Uniform zu verdecken, und gingen zum nächsten Postamt, damit Dieter seine Kusine Helga anrufen konnte. Helga, die von beiden Familien als seine Braut bestimmt worden war, hatte lange Zeit gewartet; gerade als es so schien, als hätte sie allzu lange gewartet, machte ein Witwer ihr einen Heiratsantrag. Am nächsten Tage sollte die Hochzeit stattfinden. Dieter mußte erklären, weshalb er nicht bei der Feier dabeisein konnte: Das Warten auf die Kapitulation habe es verhindert.

Helga redete mit Dieter wie ein Wasserfall. Er hörte es sich eine Zeitlang an und reichte dann Gabriel den Hörer. Helga war gerade dabei, Dieter oder vielmehr Gabriel zu erzählen, daß der zukünftige Ehemann eine Enkelin habe, die Ziehharmonika spielen könne. Die Kleine sollte bei der Hochzeitsfeier vorspielen. Die Harmonika war fast so groß wie das kleine Mädchen und zweimal so schwer.

»Du solltest ihre Finger auf den Tasten sehen«, schrie Helga. »Wie sie fliegen – schnell, schnell.«

Gabriel gab den Hörer an Dieter zurück, der mit wortloser Konzentration lauschte. Als er genug hatte, winkte er Gabriel, der wiederum den Hörer an sein Ohr drückte und erfuhr, daß Helga Sorgen habe. Sie hatte nämlich geträumt, sie sei verheiratet und ihr Ehemann wolle in seiner Wohnung keinen Platz für sie machen. Als sie die Waschmaschine ausprobieren wollte, war er bereits dabei, seine eigenen Kleider zu waschen. »Was hältst du von dem Traum?« fragte sie Gabriel. »Kannst du mich verstehen? Ich liebe dich noch immer.« Gabriel legte den Hörer behutsam auf ein Brett unter dem Telefon und winkte Dieter heran, damit er sich verabschieden könne.

Als sie aus dem Postamt kamen, schüttete es. Dieter war besorgt, daß ihre Uniformen leiden würden, wenn sich die Kapitulation noch lange hinzöge. Aber Gabriel hielt ihm entgegen, daß die Originaluniformen nach der Belagerung des Palais du Luxemburg Zeichen von Verschleiß getragen haben müßten. Dieter wiederum entgegnete, daß es nicht seine oder Gabriels Aufgabe sei, solche Dinge zu entscheiden.

Es regnete noch zwei Wochen lang, aber schließlich, an einem kühlen, sonnigen Junitag, konnten sie kapitulieren. Während langer Perioden unentwirrbaren Durcheinanders schlenderten Dieter und Gabriel bis zum Delacroix-Denkmal und setzten sich auf dessen Rand. Dieter war enttäuscht von seinen Truppen. Es gab keine echten Deutschen unter ihnen, sondern nur Jugoslawen, Türken, Nordafrikaner, Portugiesen und ein paar arbeitslose Franzosen. Die Résistance-Leute, meinte er, seien nicht viel besser. Es hatte Klagen gegeben. Gabriel gestand, daß sie in der Tat ein armseliger Haufen seien. Dieter entsann sich, wie in den sechziger Jahren Statisten wirkliche Franzosen, wirkliche Deutsche, authentische Juden waren. Die Juden hätten die Deportation so gespielt, wie sie es in Filmen gesehen hatten, und die Deutschen hätten ebenso gemäß der Filmtradition kapituliert, aber es hätte einen Unterschied gegeben: Wenigstens taten sie etwas, was ihre Eltern vor ihnen getan hatten. Sie hatten nicht nur die Folklore der Filme zum Vorbild, sondern – in vielen Fällen – Informationen aus erster Hand. Selbst wenn man jetzt eine authentische Statisterie zusammenbekäme, müßten sie ihre Großväter nachahmen. Das sei zu lange her. Es gebe jetzt keine Gewißheit mehr, ob ein richtiger Deutscher, ein richtiger Franzose plausibler war als ein Türke.

Dieter seufzte und sah hinauf zu den Häusern auf der entfernten Straßenseite, die den Park begrenzte. »Dort oben würde es sich nicht schlecht leben lassen«, sagte er. »Im obersten Stock, mit einer dieser großen Terrassen. Sie haben dort echte Bäume gepflanzt – Pappeln, Birken.«

»Was würde so eine Wohnung kosten?«

»Etwa einhundert und fünfzig Millionen Francs«, sagte Dieter. »Unmöbliert.«

»Jeder, der Geld hat, kann sich eine solche Wohnung kaufen«, sagte Gabriel. »Interessant wäre nur, wie man dort oben ohne Geld leben könnte.«

»Wie?«

Gabriel nahm seinen Helm ab und blickte tief in ihn hinein. »Das weiß ich nicht«, sagte er.

Dieter zeigte ihm Fotografien von der Hochzeit seiner Kusine. Helga und der Bräutigam trugen randlose Brillen. Auf einem der Bilder schnitten sie gemeinsam einen Kuchen an, auf einem anderen tranken sie gemeinsam aus einem Champagnerglas. Eine ganz ähnliche Brille, nur kleiner, hatte ein unscheinbares, kleines Mädchen auf. Auf dem Kopf trug es einen Kranz aus Gänseblümchen. Es hatte ein langes, steifes gelbes Kleid an. Gabriel konnte gerade noch den Saum erkennen und die kleinen Schuhe und sein schüchternes, ängstliches Gesicht und seine leicht schielenden Augen. Um die Handgelenke trug es ebenfalls Gänseblümchen. Ein Großteil seiner Person jedoch stand hinter der Ziehharmonika, die so aussah, als wolle sie auseinanderfallen und werde nur mit Mühe von ihr zusammengehalten.

»Die Enkelin des Ehemannes meiner Kusine«, sagte Dieter. Dazu las er Helgas Brief. »Sie kann alles spielen – schnell, schnell. Ihre Finger fliegen buchstäblich über die Tasten.«

Gabriel sah sich jedes Detail des Fotos an. Das Kind war geblendet und verängstigt, und die Ziehharmonika viel zu schwer. »Wie heißt sie?« fragte er.

Dieter las weiter in dem Brief und antwortete: »Erna.«

»Erna«, wiederholte Oberst Baum. Wieder besah er sich ihr Knopfgesicht, die Blumenarmbänder, die Füße mit den zusammengepreßten Hacken – sie mußten ihr gesagt haben, sich so hinzustellen. Er gab das Bild zurück, ohne etwas zu sagen.

Inzwischen hatte sich eine Menschenmenge gebildet, von den Scheinwerfern, den Kameras und dem Anblick uniformierter deutscher Soldaten angezogen. Einige wollten mit den Soldaten fotografiert werden; dies kam häufig vor, wenn ein derartiger Film auf der Straße gedreht wurde.

Ein älteres Ehepaar drängte sich zu den zwei Offizieren durch, die Frau fragte mit leiser Stimme auf deutsch: »Was machen Sie hier?«

»Wir warten auf die Kapitulation«, antwortete Dieter.

»Das sehe ich, aber was *machen* Sie hier?«

»Ich weiß es nicht«, sagte Dieter. »Ich sitze seit fünfunddreißig Jahren auf dem Rande dieses Denkmals. Ich warte noch immer auf meinen Befehl.«

Der Mann wollte ihnen Zigaretten anbieten, aber keiner der beiden Obersten rauchte. Das Paar machte Fotos von sich zwischen Dieter und Gabriel und ging weg.

Warum nur, fragte sich Gabriel, hatte sich niemand mit ihm fotografieren lassen wollen, als er ein armseliges, verzweifeltes Opfer spielte? Die Frage beunruhigte ihn und schien von dem jüngeren Gabriel zu kommen, der sich schon lange nicht mehr gemeldet hatte. Er hoffte, sein aufsässiger

Untermieter sei nicht zurückgekehrt und rufe nun laut nach der kindlichen Vorstellung von Gerechtigkeit, nach einer unmöglichen Welt.

Manche der Männer stellten ihre Helme umgekehrt auf den Boden und versuchten die Zuschauer zu veranlassen, für die Schnappschüsse etwas zu bezahlen. Dieter gefiel das nicht. »Natürlich warst du ein richtiger Soldat«, sagte er bedrückt zu Gabriel. »All dies muß dir zweitrangig vorkommen.« Eine Zeitlang saßen sie da, ohne zu sprechen, und dann fing Dieter an, über Ökologie zu reden. Wegen der Ökologie herrsche in Bayern eine Nachfrage nach frischem, aus naturbelassenem Mehl, Salz, Wasser und Hefe gebackenen Brot. Wegen der Arbeitslosigkeit gebe es Menschen, die bereit seien, sich wieder den alten, vergessenen handwerklichen Methoden zuzuwenden, bei denen man praktisch nichts verdiene und die ganze Nacht arbeiten müsse. Tatsache war, daß er endlich genügend Geld gespart hatte, und sich eine Bäckerei in seiner Geburtsstadt gekauft hatte. Er hatte genug vom Krieg, von der Besatzung, der Befreiung und der Gefangenschaft. Er würde nach Hause gehen.

Diese Mitteilung verursachte die merkwürdigste Veränderung in Gabriels Sicht des Parks. Alles, was vorher grün war, wurde matt und glanzlos, als hätten Gewitterwolken den Himmel überzogen.

»Natürlich bist du jederzeit willkommen«, sagte Dieter. »Dein Zimmer wird gerichtet sein, das Bett frisch bezogen, Blumen in der Vase. Ich habe vor, jemanden aus dem Dorf zu heiraten – jemand Junges.« Gabriel sagte: »Aber wenn du vier oder fünf Kinder hast, wie kannst du dann ein Gästezimmer haben?«

Immerhin war es eine verlockende Idee. Die grünen Farben kamen wieder, frisch und glänzend. Er sah das Zimmer, das ihm gehören würde. Man stelle sich einmal vor, in einem sauberen Zimmer von zwitschernden Vögeln und dem Duft frischgebackenen Brotes geweckt zu werden. Blumen in einer Vase – Gabriel konnte sie kaum unterscheiden, er kannte nur die gezüchteten, eingezäunten Zierblumen in den Parks. Er sah, in einem Wäscheschrank, Leinenlaken, mit Lavendel bestreut. Seine Kleider aufgehängt oder zusammengefaltet. Sein Frühstück auf einer weißen Tischdecke, unter einer Linde. Einen Korb voll warmen Brotes, in einem zweiten gekochte Eier. Dieters Frau, wie sie mit der Hand die weiße Kaffeekanne anfühlte, ob der Kaffee auch noch heiß genug sei für Gabriel. Eine Kanne mit Milch, eine weitere mit Sahne. Dieters gehorsame Kinder, wie sie aus Bechern tranken, das Kinn auf dem Tischrand. Jawohl, und dann zappelte der jüngere Gabriel, wiederbelebt und empört und neidisch in seinem Herzen und sagte: »Denk an die leeren Zimmer, die vergessenen Briefe, an die kalten, nach Desinfektionsmittel riechenden Bahnhöfe, an die dunklen Gletscher der Zeit.« Und außerdem, Gabriel kannte das Landleben ja nicht. Er konnte sich nicht direkt *darin* sehen. Er war nie auf dem Lande gewesen, außer beim Sprung aus fahrenden Zügen. Nur in Filmen hatte er den Nebel beobachtet, wie er sich hob, hatte farnüberwucherte Pfade gesehen.

Sie kapitulierten den ganzen Nachmittag über. Der Von und Zu schrieb an die Mauer »MEINEN UNVERGESSENEN FREUNDEN GEWIDMET«, während Dieter und Gabriel irgendwelche Türken und Jugoslawen und ein paar arbeitslose Franzosen in die Gefangenschaft führten. Der Von und Zu hielt es nicht einmal für nötig, sich umzudrehen. Gabriel atmete in einem guten Rhythmus – weder zu flach noch zu schnell. Eine unendliche Menge von Kapitulationen war dieser vorausgegangen, in Farbe und in Schwarz-Weiß, mit Musik und ohne. Eine lange Spur von Bewerbungsschreiben und Fragebögen hatte Gabriel hierhergeführt. »Baum, Gabriel, geb. 1935, in Deutschland, Nat. französisch, wehrdienstl. Verpfl. erf.« (Eigentlich hatte inzwischen sein Geburtsdatum eine Erwähnung seiner militärischen Verpflichtungen überflüssig gemacht.) Ländliche Worte erfüllten jetzt Gabriels Kopf: Dichtes Gebüsch, Eidechsen und Schlangen, das Ei einer Drossel, eine Biene, Flechten, Brombeeren, dunkle, dornige Blätter, bleiche Pilze. Jeder Begriff mit einem anderen Duft.

Am Ende des Tages war Dieters Gesicht weiß und erschöpft

und völlig ausdruckslos. Es war, als höre er Helga zu. Der Von und Zu kam herüber mit einer Zigarette im Mund. Vor etwa dreiundzwanzig Jahren hatten er und Gabriel vor einer Jury in einem Einakter von Jules Renard gespielt. Der Von und Zu hatte eine ehrenvolle Erwähnung bekommen, Gabriel seine erste. Der Von und Zu hatte Gabriel wegen der Uniform nicht erkannt. Er fragte: »Was ist los mit ihm?«

Dieter saß zusammengesunken auf einem eisernen, der Parkverwaltung gehörenden Stuhl und starrte auf seine Stiefel. Er hob ruckartig den Kopf, sah sich um, rief »Warum? Wo?« und dann etwas, was Gabriel nicht verstand.

Gabriel hoffte, Dieter werde nicht gerade jetzt die Nerven verlieren, wo doch die Bäckerei, die Kinder und die Blumen in greifbarer Nähe waren. »Na, na, alter Freund!« sagte Dieter, hielt sich an Gabriel fest und wollte sich erheben. »Schon dich! Nimm's dir nicht so zu Herzen! Du wirst noch auf meiner Hochzeit tanzen!«

»Erschöpfung«, sagte der Von und Zu.

Gabriel und Dieter gingen langsam auf die Straße zurück, wo Volkswagenbusse voller Statisten warteten. Sie winkten ihnen, zum Zeichen dafür, daß sie sich beeilen sollten; alle waren sie müde und ungeduldig und erpicht darauf, ihre eigenen Kleider wieder anzuziehen und nach Hause zu gehen. Dieter stützte sich auf seinen alten Freund. Alle paar Schritte hielt er inne und sprach aufgeregt, wie Menschen es tun, die unter großer Spannung stehen. Alles kam gleichzeitig, wie in einem Traum.

»Du mußt schon schneller gehen«, sagte Gabriel, der langsam ärgerlich wurde. »Die Busse warten nicht ewig, und wir können wegen des grundlosen Tragens dieser Uniformen verhaftet werden.«

»Es gibt einen guten Grund«, entgegnete Dieter, aber dann hatte er sich auf einmal wieder gefangen.

Am gleichen Abend, im La Méduse, zeichnete Dieter den Grundriß der Bäckerei und der großen, darüberliegenden Wohnung und markierte Gabriels Zimmer mit einem X. Er sagte, Gabriel werde seine Sommerfrische und seinen Urlaub dort verbringen und Dieters Kindern eine korrekte, französische Aussprache beibringen. Das durch den orangefarbenen Lampenschirm fallende Licht verlieh dem Papier etwas Warmes, Attraktives. Es stellte sich heraus, daß Dieter die Bäckerei noch nicht wirklich gekauft hatte, sondern nur eine Anzahlung gemacht und mit einer Bank über ein Darlehen verhandelt hatte.

Der Besitzer von La Méduse kam in Begleitung eines jungen Paares – jünger als Dieter und Gabriel –, zu ihrem Tisch, er hatte ihnen gerade sein Café verkauft. Er stellte sie vor und sagte: »Meine ältesten Kunden. Sie kennen sie sicherlich vom Fernsehen.«

Die neuen Besitzer schüttelten Dieter und Gabriel die Hand und versicherten, daß sie nichts an der Atmosphäre des alten Cafés zu ändern beabsichtigten; um nichts auf der Welt würden sie die Rekrutierungsplakate oder die Automobilsitze anrühren.

Nachdem sie gegangen waren, schien Dieter das Interesse an seinem Grundriß verloren zu haben; er faltete ihn zur Hälfte zusammen, dann wieder zur Hälfte und stellte schließlich sein Glas darauf ab. »Sie sind ein Gaunerpärchen, mußt du wissen«, sagte er. »Sie mußten Bastia verlassen, weil sie so viele Leute übers Ohr gehauen hatten, daß sie Angst bekamen, umgebracht zu werden. Anscheinend wollen sie La Méduse in einen Treffpunkt für die korsische Mafia verwandeln.« Nachdem er dies gesagt hatte, seufzte Dieter tief und verfiel in Schweigen. Da Dieter nun nicht mehr über die Bäckerei und sein Zimmer sprach, zog Gabriel eine Zeitschrift hinter dem Heizkörper hervor und vertiefte sich in sie. Dieter ließ ihn eine Zeitlang weiterlesen, ehe er wieder aufseufzte. Gabriel sah nicht hoch. Dieter entfaltete den Grundriß und strich ihn glatt. Er prüfte die Zeichnung, trug hier und da mit dem Bleistift eine Änderung ein und murmelte etwas Undeutliches.

Gabriel fragte: »Was?« ohne den Kopf zu heben. Dieter antwortete: »Mein Vater ist neunzig Jahre alt geworden.«

Aus dem Englischen übertragen von Eva Bornemann

Aus dem fünfzehnten Bezirk

Obwohl sich im letzten Sommer eine wahre Spukepidemie im fünfzehnten Bezirk unserer Stadt ausgebreitet hat, über die in der Presse ausführlich berichtet wurde, sind nur drei wirklich glaubwürdige Anzeigen bei der Polizei eingegangen.

Major Emery Travella, 31. Infanterieregiment 1914–18, ausgezeichnet mit dem Leopardenorden, dem Buchenlaub-orden, dem St.-Lambert-Kreuz I. Kl., am 9. Juni 1941 gefallen in einem Zivilgebiet beim Entschärfen einer Bombe; Danzig-Medaille (postum), behauptet, daß ihn die ganze Gemeinde von St. Michael und All Angels von der Bartholomew Street heimsucht. Jedes Jahr, an dem Sonntag, der dem Jahrestag seines Todes am nächsten liegt, besucht Major Travella den Gottesdienst mit Abendmahl in der St.-Michaels-Kirche, die auch seine Beerdigung ausgerichtet hatte. Er steht an der hinteren Wand, nahe den Türen und wartet, bis alle vom Heiligen Abendmahl auf ihre Plätze zurückgekehrt sind, ehe er sich selbst dem Altar nähert. Er will damit vermeiden, daß sich eine Schlange aus Toten und Lebenden bildet; allein der Gedanke hieran ist ihm widerlich. Die Gemeinde sitzt – mucksmäuschenstill und erwartungsvoll, und lauscht angestrengt auf die Schritte des Majors (er zieht einen Fuß ein wenig nach). Sobald er die Hostie empfangen hat, entfernt sich der Major, ohne auf den Segen zu warten. Die ganzen letzten Jahre hat der Major beobachten müssen, wie sich die Kirchengemeinde jeweils verdoppelte, je näher der 9. Juni kam. Manche dieser Fremden bringen Fotoapparate und Kassettenrekorder mit, andere verbrennen Weihrauch unter dem

Gestühl und schwenken Amulette und Medaillons in die Richtung, wo sie ihn vermuten; dabei murmeln sie ununterbrochen heidnisches Zeug. In die Predigten werden Anspielungen aufgenommen, die ganz gewiß auf ihn gemünzt sind, sagt er, wie zum Beispiel: »Und der Tote richtete sich auf und fing an zu reden«, (Lukas 7,15), oder: »Und Hiob starb alt und lebenssatt...« (Hiob 42,17). Der Major weist darauf hin, daß er niemals rede und seinen Mund nur öffne, um das Heilige Abendmahl zu empfangen. Er hat etwa sechzehntausend und sechzig Tage gelebt, von denen er viele nicht mehr in Erinnerung hat. Am 23. September 1914, als junger Gefreiter, war er fünf Stunden lang auf ein Wagenrad geflochten worden, weil er versäumt hatte, einen gleichaltrigen Leutnant zu grüßen. Einer seiner Knöchel blieb danach für immer beeinträchtigt.

Der Major wünscht, die Gemeinde möchte ihn in Ruhe lassen. Die Undurchlässigkeit der Lebenden, ihre Schwere und Trübseligkeit, die Feuchtigkeit ihrer Haut und ihre staubigen Haare sind für einen so empfindsamen Mann wie ihn abstoßend. Er hatte immer vermieden, in zivile Menschenmassen zu geraten. Sechs Jahre lang hatte er im vierten Stock, Stoneflower Gardens, Block E, gewohnt, ohne je ein Wort mit seinen Nachbarn zu wechseln, und nie hatte er den Versuch gemacht, ihre Namen zu erfahren. Eine eidesstattliche Erklärung hierüber kann leicht vom ehemaligen Portier des Wohnblocks beigebracht werden, der jetzt im Institut für »Opfer der Senilität« im fünfzehnten Bezirk lebt.

MRS. IBRAHIM, siebenunddreißig Jahre alt, Mutter von zwölf Kindern, beschwert sich, daß sie von Dr. L. Chalmeton vom Regius-Krankenhaus im 7. Bezirk, und von Miß Alicia Fohrenbach, Sozialarbeiterin aus dem Wohlfahrtsamt des 15. Bezirks, verfolgt wird. Sie folgen Mrs. Ibrahim ständig und führen ihr unangenehme Spielarten ihres eigenen Todes zur Genehmigung und Ratifizierung vor.

Wie Dr. Chalmeton berichtet, machte er, bald nachdem Mrs. Ibrahim als unheilbar aus dem Regius-Krankenhaus entlassen worden war, einen Arztbesuch bei ihr. Er ging um Viertel nach vier am ersten Dienstag im April in der Erwartung zu ihr, dort die Sozialarbeiterin zu treffen, mit der er fest verabredet war. Statt dessen fand er Mrs. Ibrahim allein in einem fensterlosen Zimmer, dessen Wände fingerdick mit weißlichem Schimmelpilz überzogen waren, der bis zu einem Meter über Fußbodenhöhe anstieg. Dr. Chalmeton wollte wissen, wo die Sozialarbeiterin sei. Mrs. Ibrahim zeigte auf ihren Hals und erinnerte ihn so, daß sie ja nicht antworten konnte. Mehrere dunkeläugige Kinder spähten in das Zimmer und rannten wieder weg. »Wie viele davon sind Ihre?« fragte der Doktor. Mrs. Ibrahim zeigte zweimal die Zahl sechs mit ihren Fingern. »Wo schlafen sie?« fragte der Arzt. Mrs. Ibrahim wies auf den Fußboden. »Womit verdient Ihr Mann seinen Lebensunterhalt?« Mrs. Ibrahim zeigte auf eine Werkbank, auf welcher der Doktor mehrere Stücke fein ziselierter Schmuckstücke liegen sah. Er dachte, was es doch für eine Verschwendung sei, gute Handwerksarbeit auf so augenscheinlich billiges Material wie Kunststoff und Blech zu verwenden. Dr. Chalmeton machte es Mrs. Ibrahim so bequem wie möglich und erklärte, er könne ihr schmerzstillende Mittel erst dann geben, wenn die Fürsorgerin eine Quittung dafür unterschrieben habe. Miß Fohrenbach kam um fünf. Sie hatte vierzig Minuten gebraucht, bis sie einen geeigneten Parkplatz gefunden hatte. Die Straßen wirkten zwar ärmlich, aber doch besaß offenbar jeder, der dort lebte, ein oder zwei Autos. Dr. Chalmeton, der wütend war, weil man ihn hatte warten lassen, erklärte, er könne die Verantwortung für die Sicherheit seiner Patientin nicht übernehmen, wenn sie in einem verschimmelten Zimmer liegen müsse. Miß Fohrenbach erwiderte, die Bezirksverwaltung könne nicht eine Ausländerfamilie mit vierzehn Personen umsiedeln, solange es noch eine lange Liste von Einheimischen gebe, die auf Unterbringung warteten. Mrs. Ibrahim habe ohnehin ihr Wohnrecht im 15. Bezirk an dem Tag verwirkt, als sie auf der Straße ohnmächtig geworden und sich von einer Ambulanz in ein Krankenhaus im 7. Bezirk habe bringen lassen. Es sei jetzt Sache des Krankenhauses, sich um sie zu kümmern. Dr. Chalmeton wies darauf hin, daß Wohnraum für Patienten die Krankenhäuser nichts anginge. Es war bekannt, daß die ausländischen Armen lieber im Fünfzehnten zusammenhockten, wo sie auf den Straßen singen und tanzen und zu den jeweiligen Hochzeiten gehen konnten. Miß Fohrenbach erklärte, daß Mrs. Ibrahim ihr Bett ohne weiteres hätte in die Küche schaffen können, wo es etwas wärmer und ein Fenster vorhanden war. Wenn Mrs. Ibrahim sterben würde, kämen die Kinder in Pflegeheime, so daß kein Bedarf mehr an einer größeren Wohnung bestünde. Dr. Chalmeton erinnert sich, daß Miß Fohrenbach schrie: »Warum kommen bloß all diese Leute hierher, wo sie doch niemand haben will?« Während er noch über eine Antwort nachdachte, starb Mrs. Ibrahim.

In ihrer Zeugenaussage erinnert sich Miß Fohrenbach, daß sie Dr. Chalmeton bitten und betteln mußte, daß er Mrs. Ibrahim besuche, die ohne Medikamente oder Rezepte und ohne jegliche Beratung oder Anweisungen aus dem Regius-Krankenhaus entlassen worden war. Miß Fohrenbach war an jenem Apriltag mehrmals zurückgekommen, um sich zu vergewissern, ob der Arzt gekommen sei. Das erste, was Dr. Chalmeton beim Betreten des Zimmers sagte, war: »Diesen Leuten ist einfach nicht zu helfen. Selbst die einfachsten sanitären Regeln sind zu kompliziert für sie. Wo immer sie sich niederlassen, verbreiten sie Krankheit und Ungeziefer. Sie sind schuld an Ausbrüchen von Aphthenstomatitis, erblicher Hypoxia, Pilzinfektionen, Tripper und Sklerodarma. Ihre Eßgewohnheiten sind ekelhaft. Sie waschen sich nie die Hände. Das Virus, das sie angreift, gedeiht im Schmutz. Wir haben die Patientin entgegen allen Vorschriften aufgenommen, nachdem die Ambulanzfahrer sie im Hof liegengelassen hatten und ohne eine Aufnahmebescheinigung davongefahren waren. Das Regius-Krankenhaus ist für gebrechliche griechische Wissenschaftler gebaut und gestiftet worden. Jetzt ist es vollgestopft mit Menschen, die bildungsunfähig sind und weder lesen noch schreiben können.« Wangen und Stirn waren ihm rot angelaufen, seine Sprache war unzusammenhängend und verworren. Nach Aussage der Sozialarbeiterin war er der Inbegriff eines verkrachten, unverantwortlichen alten Gauners, von denen der 7. Bezirk so viele im öffentlichen Dienst beschäftigte. Miß Fohrenbach, die überlegte, wie sich wohl diese Tiraden auf die Kranke auswirkten, sah zu Mrs. Ibrahim hinüber und merkte, daß sie gestorben war.

Nach Mrs. Ibrahims Version ihres Todes soll die Sozialfürsorgerin zuerst erschienen sein und ihr als Geschenk einen gesteppten Morgenrock aus weicher, weinroter Seide mitgebracht haben. Miß Fohrenbach erläuterte dazu, der Morgenrock habe aus einer Kleidersammlung für die Bedürftigen gestammt. Freiwillige hatten große Plastiksäcke in den wohlhabenderen Teilen des Bezirks verteilt. Die Säcke waren mit einer Moosrose dekoriert gewesen, dem Wahrzeichen des fünfzehnten Bezirks, und sie trugen die Aufschrift: »Saubere Kleidung für unsere ausländischen Mitbürger«. Ein paar Einwohner behielten die Tüten als Andenken, aber die meisten hatten sie an das Wohlfahrtsamt zurückgegeben, gefüllt mit hübschen Kleidungsstücken, die gewaschen, gebügelt, gestopft und deren abgerissenen Knöpfe angenäht waren. Mrs. Ibrahim setzte sich auf und zog den Morgenrock an, und die Sozialarbeiterin half ihr, ihn zuzuknöpfen. Dann wechselte Miß Fohrenbach die Bettwäsche und rückte das Bett von der Wand ab. Sie setzte sich, hielt Mrs. Ibrahims Hand in der ihren und erzählte ihr von einer neuen, sonnigen Wohnung mit fünf warmen Zimmern, die man bald finden würde. Miß Fohrenbach sprach davon, daß Vorkehrungen getroffen worden seien, die zwölf Ibrahim-Kinder in ein Winter-Schullandheim in die Berge zu schicken. Sie würden dort Geschichte, Sprachen und Skifahren lernen.

Kurz danach kam der Arzt. Er stand kurz bei Mr. Ibrahim, der an seiner Werkbank saß und an einer smaragdbesetzten Schatulle arbeitete und sprach mit ihm. Der Arzt sagte: »Wenn Sie mir Ihre Sozialversicherungspapiere geben, kann ich mich um die Krankenkasse kümmern. Das spart Ihnen viel Mühe.« Mr. Ibrahim antwortete: »Was ist eine Sozialversicherung?« Der Arzt schaute sich das Kästchen genau an und fragte Mr. Ibrahim, was er verdiene. Mr. Ibrahim sagte es ihm, und der Arzt meinte: »Aber das ist doch unter dem Mindestlohn.« Mr. Ibrahim fragte: »Was ist das, Mindestlohn?« Der Arzt wandte sich an Miß Fohrenbach: »Wir müssen ihnen wirklich helfen.« Mrs. Ibrahim starb. Als Mr. Ibrahim einsah, daß man nichts mehr tun konnte, legte er sich mit dem Gesicht nach unten auf den Boden und weinte laut. Dann erinnerte er sich an die Regeln der Gastfreundschaft, stand auf und gab jedem der Gäste ein Geschenk – Miß Fohrenbach einen Gürtel aus altsyrischen Münzen, von dem sich eine Kopie im Kairoer Museum befindet, dem Doktor ein Armband aus Edelmetall mit eingravierten Granatäpfeln, insgesamt etwa sechzehn, das lebensrettende Eigenschaften besitzt.

Mrs. Ibrahim bittet, daß ihr Bericht über den Nachmittag als die wahre Version bei der Polizei aufgenommen werden solle, und daß man Kopien davon an den Arzt und die Sozialfürsorgerin schicken müsse, mit der höflichen Bitte um Ruhe und Frieden.

Mrs. Carlotte Essling, geborene Holmquist, beschwert sich, daß ihr Ehemann, der Philosoph und Historiker Professor Augustus Essling, sie verfolgt. Als sie heirateten, war die ehemalige Miß Holmquist gerade siebzehn. Der verwitwete Professor Essling hatte vier kleine Kinder. Er erklärte Miß Holmquist, warum er wieder heiraten wolle. Er sagte: »Ich brauche einen Menschen, vorzugsweise weiblichen Geschlechts, auf den ich mich absolut verlassen kann, der mich niemals betrügt, nicht einmal in Gedanken. Ein Gedanke der Untreue, der sich äußert, ein Betrug, wenn auch nur in der Phantasie, würde ausreichen, mich zu vernichten. Wenn ich weiß, daß ich mich auf eine bestimmte Person verlassen kann, bin ich frei, meine Arbeit ohne Angst oder Ablenkung fortzusetzen.« Die Arbeit des Professors bestand in der lebenslangen Erforschung des Philosophen Nicolas de Malebranche, nach dem er sein ältestes Kind benannt hatte. »Wenn ich die unfehlbare Treue nicht haben kann, die ich beschrieb, dann möchte ich lieber gar nicht heiraten«, fügte der Professor hinzu. Er hatte gerade mit der Arbeit an *Malebranche und der Materialismus* begonnen.

Mrs. Essling erinnert sich, daß ihr dies mit siebzehn absolut im Bereich ihrer Möglichkeiten schien, und sie hatte etwa folgendermaßen geantwortet: »Ja, ich weiß«, oder »ich verstehe sehr gut«, oder »Sie brauchen es nicht wieder zu erwähnen«. Mrs. Essling erzog die vier Kinder ihres Mannes und hatte noch zwei eigene. Nach sechsunddreißig Ehejahren starb sie mit dreiundfünfzig. Ihr Mann verfolgt sie mit Beweisen ihrer Güte. Er erzählt den Leuten, Mrs. Essling sei ein geborener Engel gewesen, habe wie ein Engel gelebt und werde in alle Ewigkeit ein Engel sein. Mrs. Essling wäre gern von dieser Last befreit. »Engel« ist eine vage Redeweise. Sie wundert sich, daß der Professor sich nicht genauer ausdrücken kann. Engel werden erschaffen, nicht geboren. Nirgendwo, in keinem schriftlichen Zeugnis könne man auch nur den geringsten Beweis dafür finden, daß Engel »gut« seien. Einige sind einfach nur Boten, andere haben eine paramilitärische Funktion. Alle sind dumm.

Nach ihrem Tode blieb Mrs. Essling im fünfzehnten Bezirk. Sie sagt, sie könne nirgends hingehen, ohne daß der Professor sie belästige, der nach Abschluß der letzten Phase seines Werkes *Malebranche und die Mystik* in den Straßen umherirrt, Schaufenster betrachtet, zweimal in zwei verschiedenen Restaurants zu Mittag ißt und Kellnerinnen und Busfahrern seine Lebensgeschichte erzählt. Wenn er Mrs. Essling sieht, ruft er aus: »Da bist du ja!« und »Was willst du mir mitteilen?« und »Hast du eine Botschaft?«

Im Juli, als er sie auf einem Obstmarkt auf der Dulac-Straße erblickte, sprang der Professor von einem Bus, stieß Karren mit Pflaumen und Aprikosen um und winkte beim Laufen mit einem Regenschirm. Mrs. Essling mußte sich in ein Kühllager des Zentralmarktes flüchten, wo sie vor vielen Jahren ein Obstgroßhändler, bei dem sie gerade zwanzig Pfund Himbeeren und Johannisbeeren für Gelee bestellt hatte, ein Mr. Lobrano, 29, zu einer gemeinsamen Urlaubsreise eingeladen hatte. Es sollte in eine entzückende Stadt im Süden gehen, deren Barockkirchen er ihr mit viel Stilgefühl beschrieb. Mrs. Essling war zu verblüfft, um zu antworten. Da er ihr Schweigen mißdeutete, erwähnte Mr. Lobrano eine Stadt im Norden mit einer gotischen Kathedrale. Mrs. Essling sagte, ein solcher Urlaub sei unmöglich. Mr. Lobrano bat sie, einen einzigen guten Grund anzugeben. Mrs. Essling war zu der Zeit im vierten Monat schwanger mit ihrem zweiten Kind. Drei Stiefkinder warteten draußen auf der Straße auf sie. Ein viertes Stiefkind war daheim und hütete das Baby. Professor Essling war auch zu Hause, arbeitete an seinem *Malebranche und das Geld*, und wartete auf sein Mittagessen. Mrs. Essling sah ein, daß sie Mr. Lobrano nicht einen einzigen guten Grund angeben konnte. Sie verließ das Kühlhaus ohne ein weiteres Wort und kehrte zu Lebzeiten nicht mehr dorthin zurück.

Mrs. Essling möchte von des Professors Dankbarkeit befreit werden. Ein vorbildliches Leben zu leben ist eine Sache, es ständig vorgehalten zu bekommen eine andere. Sie möchte, daß die Polizei Professor Essling zu sich zitiert und ihm das sagt. Sie empfiehlt der Polizei, nach einer Methode zu suchen, wie man ihn von der Straße fernhalten könne. Die Polizei solle ihm drohen; ihm angst machen, ihm einen heiligen Schrecken einjagen. Die Philosophie hat ihn die Furcht vor dem Sterben gelehrt. Man solle ihn daran erinnern, daß er es vermieden habe, *Malebranche und die Sterblichkeit* zu schreiben. Er ist ein alter Mann, es müßte ein Leichtes sein.

Aus dem Englischen übertragen von Eva Bornemann

POTTER

Pjotr war fast einundvierzig, als er sich in Laurie Bennett verliebte. Sie lebte in Paris, aus keinem bestimmten Grund, soweit er wußte; das heißt, sie war weder von einer Arbeit noch von einem bestimmten Menschen angezogen worden. Sie kam ihm jung vor, etwa halb so alt wie er. Die Weltgeschichte begann für sie mit dem Vietnamkrieg; der Ursprung aller Dinge war ihre eigene Kindheit in Kanada. Sie verschleuderte ein Erbe sorgenloser Freiheit mit einer Hemmungslosigkeit, die Pjotr faszinierend fand, da er sich selbst schon lange als bankrott betrachtete – was Glauben, Liebe und die Freiheit, sich zu entscheiden anging. Er war hier in Paris gefesselt, festgehalten, gebunden an ein Visum und dann an das System mysteriöser Gefälligkeiten, von denen sein polnischer Paß abhängig war. Die Hände waren ihm mit einem lose hängenden, zu einer Schlinge gedrehten Seil gebunden. Wenn er sich jäh bewegte, zog sich die Schlinge zu. Er besaß einen beschränkten Umfang an Gebärden, eine vernünftige Auswahl. Die neue Welt seiner Liebe schien ihm manchmal zu weit, um erquicklich zu sein, obwohl Laurie sie mit Leichtigkeit ausfüllte.

Er nannte seine Angebetete »La-o-rie«, was sie zum Lachen brachte. Sie konnte »Pjotr« nicht aussprechen und versuchte es auch nie; sie sagte Peter, Prater, Potter und Otter zu ihm, und er hörte auf alles. Warum auch nicht? Er liebte sie. Wenn sie bestimmte Ungerechtigkeiten als selbstverständlich betrachtete, so nur deshalb, weil sie nicht wußte, daß es Ungerechtigkeiten waren. Von Pjotr wurde erwartet, daß er *in-*

stinktiv auch noch den kleinsten Unterschied zwischen Victoria in British Columbia und Charlottetown auf Prince Edward Island kannte, während er, der arme Potter, aus einer nebulösen östlichen Ebene kam, die bar aller Straßen, Schulen, Busse, Fahrstühle und vielleicht sogar Grenzen war – und dies, weil sie Warschau auf einer Landkarte gar nicht gefunden hätte. Sie wußte, daß er Dichter und Lehrer war, mußte ihn aber wohl für eine drastische Ausnahme halten. Sie hatte sich rührend gefreut, als er ihr Gedichte von sich in dem Vierteljahresheft einer amerikanischen Universität zeigte. Drei Seiten auf englisch waren alles, was er gebraucht hatte, um ihre kulturellen Schranken zu passieren. Sie hob ein Exemplar des Hefts in einer Plastiktüte auf und las, soweit er wußte, niemals mehr als seinen Namen auf dem Umschlag. Nichts von alledem störte ihn. Nicht als Dichter hatte Laurie Pjotr begehrt, sondern als Liebhaber – Gott sei Dank. Für ihn wiederum war, nach ihrer ersten Unterhaltung, überraschend, daß es in Kanada Straßen, Schulen usw. gab, obwohl sie häufig von einer Anglikanischen Internatsschule sprach, auf die man sie »geschickt« und sich »selbst überlassen hatte«, und die sie mit einem Konzentrationslager verglich. »Du hast wirklich nie davon gehört, Potter?« Es schien unglaublich, daß ein Mann von seiner Bildung nichts von der Bishop Purse Schule und ihrer berühmten Direktorin Miß Ellen Jones wußte. Bishop Purse, was immer sonst die Vorteile dieser Schule sein mochten, hatte Lauries sonnigen Verstand weder mit Geographie, noch mit Geschichte noch auch nur einfachen Rechenkenntnissen verdüstert. Sie hatte die Handschrift eines kleinen Jungen und beherrschte nicht einmal die Rechtschreibung ihrer eigenen Sprache. Lange Zeit hütete Pjotr einen Brief wie einen Schatz, in dem er als ein »echt sensiebler Mensch« und Laurie selbst als »bißchen verkwer in manchem, aber im großen und ganzen sehr frölich« beschrieben wurde.

Ihre gute Laune machte sie gänzlich exotisch. Pjotr war an Menschen gewöhnt, die keinen Brief sehen konnten, ohne gespannt zu fragen: »Schlechte Nachrichten?« Er hatte Frauen gekannt, die sich von jedem Tag eine Spanne für Phasen leisen, erstickten Weinens reservierten. Das Problem bei den polnischen Frauen war, nach Pjotrs Ansicht, daß sie immer gerade von ihren Männern verlassen wurden oder verlassen worden waren. Beim ersten Schatten einer Zurückweisung (ein aufgeschnapptes Stückchen Klatsch, irgendein bedeutungsloser Beweis der Vernachlässigung durch einen Liebhaber) gaben sie sofort auf, kämmten sich nicht mehr, machten ihr Bett nicht mehr. Sie lagen da wie Seesterne und rauchten auf die zerfahrene, aufgescheuchte Art der Niedergeschlagenen. Er sah sie kollektiv vor sich, mit nassen und fiebrigen Wangen, hörte einen Chor gebrochener Stimmen, die die entsetzliche Geschichte vom männlichen Verrat hinausschluchzten. Aus der Furcht, den gegenwärtigen Mann zu verlieren, erwuchs die feuchte Entschlossenheit, einen anderen als Ersatz zu finden. Pjotr lebte getrennt von seiner Frau, er war unschlüssig, und er fand nie ganz das, was er wollte. Was er nicht wollte, war ein Ruhekissen der Traurigkeit. Er wußte, daß Unglück ansteckend ist und fragte sich, ob nicht auch Glück ansteckend sein könnte. Vielleicht brauchte er nur eine glückliche Person zu lieben und sie dazu bringen, ihn wiederzulieben.

»Bin ich zu fröhlich?« fragte Laurie. »Angeblich bin ich manchmal zu fröhlich. Das hat man mir schon gesagt. Es schreckt die Leute ab. Weißt du, nach dem Motto: ›Da gibt's doch nichts zu lachen.‹« *Das hat man mir schon gesagt.* Schon damals, zu Anfang, hatte sie ihm Rohmaterial für zukünftige Seelenqualen geliefert; wenn er nur wachsam gewesen wäre. Doch war es gekoppelt mit einer zweiten Aussage, nämlich der, daß Potter, wenn nicht gerade ihr erster Liebhaber, so doch einer unter den ersten sei, jedenfalls der erste, mit dem es Spaß mache – eine unsinnige Behauptung, die er auf der Stelle akzeptiert hatte.

Pjotr lernte Laurie über einen Cousin kennen, den er in Paris hatte, einen emigrierten Junggesellen, der in einem Reisebüro arbeitete. Pjotr hatte Mareks Büro nie gesehen. Wenn er sich mit Pjotr in einem der verrauchten Bistros um den Place de l'Opéra zum Lunch traf, schaute Marek oft auf die

Uhr und flüsterte: »Ich habe eine Verabredung mit einem hohen Tier vom Schweizer Fernsehen« oder »mit dem Herausgeber der wichtigsten Zeitung – dem politisch mächtigsten Mann südlich der Loire« oder »mit einer Gräfin, die absolut alles am Quai d'Orsay beherrscht«. Pjotr sprach es nicht aus, aber es klang ihm sehr nach einem der typischen Warschauer Versuche, gesellschaftlich zu überleben. Mit Hilfe seiner Liebenswürdigkeit, seiner Sprachbegabung und einer gewissen kulturellen Schaumschlägerei, hatte Marek sich einen Kreis französischer Bekannter erworben, auf den er extrem stolz war. Allerdings war dies ein anfälliges System, wie ein Kind mit einem ständigen Bronchialkatarrh. Er verschwendete viel Zeit, Aufmerksamkeit und Sorge darauf, es am Leben zu erhalten, was ihn aber nicht daran hinderte, auch jeden Namen, jedes Ereignis, jeden Skandal und jedes politische Manöver in der polnischen Kolonie am Ort zu kennen. Er wußte in der Tat so viel, daß man vielfach glaubte, er arbeite für die französische Polizei. Wie viele Spitzel – sollte das wirklich stimmen – war er häufig sehr knapp bei Kasse und hatte dann wieder unerwartet viel Geld zur Verfügung. Er wohnte in der heruntergekommenen Gegend östlich des Hôtel de Ville. Die Straße kam Pjotr trostlos und schmierig vor, aber sein Cousin beruhigte ihn, sie gelte in den höchsten Bereichen der Bohemiens als schick. Seine Räumlichkeiten befanden sich neben einer Synagoge, eine Treppe über einem Leichenbestatter. Wenn, wie es manchmal geschah, nächtliche Ausbrüche von Antisemitismus dazu führten, daß die Synagoge mit Hakenkreuzen beschmiert wurde, gerieten gewöhnlich auch ein paar an das melancholische Fenster des Leichenbestatters und über die Tür in das Treppenhaus, das zu Marek führte. Die Hakenkreuze schufen eine weitere Legende: Marek sei in der französischen Résistance Doppelagent gewesen. In Wirklichkeit war er am Ende des Krieges weit von Frankreich entfernt und erst knappe dreizehn Jahre alt gewesen. Gerüchte wollten auch wissen, daß er für Israel arbeite (möglicherweise wegen der Nähe der Synagoge) und für den CIA. In seiner Wohnung standen große weiche Möbel, grau im Farbton, die als »modern« und »amerikanisch« betrachtet wurden und zweifellos per Luftfracht von Washington eingeflogen worden waren, im Austausch gegen Informationen über Mr. X, der einen beherrschenden Anteil an einem Spielwarenladen aufgekauft, oder die kleine Miß Y, die triumphierend ein weiteres Schuljahr abgeschlossen hatte. In Wirklichkeit waren die Sessel und Sofas das Geschenk eines Schweizer Innenausstatters, der Marek Geld oder eine Gefälligkeit oder sonst irgendeine Hilfe schuldete – die Erklärung verlor sich jeweils. Obwohl er sich sehr viel mehr für Männer als für Mädchen interessierte, waren gewöhnlich mehr Mädchen als Männer auf seinen Parties. Die schönsten jungen Frauen, die Pjotr je gesehen hatte, kletterten die unbeleuchtete Treppe hinauf, unbeeindruckt vom nüchternen Drum und Dran des Todes im Erdgeschoß oder den gelegentlichen Hakenkreuzen. Pjotr bewunderte die Ungezwungenheit seines Cousins mit Frauen, das beiläufige Umarmen und Händchenhalten. Es war, als machte es den Mädchen, die weder etwas fürchten noch viel zu hoffen hatten, Spaß, das unbedeutendere Beiwerk der Verführung an ihm auszuprobieren. Die Mädchen waren Däninnen, Deutsche, Französinnen und Amerikanerinnen. Sie waren Studentinnen, Mannequins, Messehostessen, zögernde Verlobte, aufmüpfige Töchter. Ihre Uniform in dem Jahr, in dem Pjotr Laurie kennenlernte, bestand aus Bluejeans und Samtblazer. Sie glichen in nichts den abgeschabten, ausgefransten Mädchen, die er im Quartier Latin sah und die so niedergeschlagenen Gesichts, so mutlosen Haares und Saums herumliefen, daß er sich von Marek überzeugen lassen mußte, daß sie die wohlgenährten Kinder der Mittelklasse waren und nicht die Randgestalten einer zusammenbrechenden Wirtschaft. Mareks Mädchen trugen das Haar lang und glänzend und hielten ihre Figur schlank und fit. Sie diskutierten über ihre Gedanken, nicht über ihre Gefühle, mit einer feierlichen Arroganz, die Pjotr unendlich rührend fand. Doch kamen sie ihm nicht leicht und unbeschwert vor. Sie waren einfach nur von Natur aus weniger der Verzweiflung hingegeben als die polnischen Frauen. Er war auf der Suche nach jemandem, obwohl das keiner gemerkt hätte. Vielleicht wußte es sein Cousin. Wieso hätte er sonst Pjotr immer wieder mit all diesen hübschen Frauen zusammen eingeladen? Ein stirnrunzelndes französisches Mädchen hätte beinahe Pjotrs Herz gewonnen, als er merkte, daß die Sommersprossen auf ihrer Nase rostbraune Farbtupfer waren. Sie war ernsthaft und hielt ihre Zigarette wie eine Herrscherin, doch alleine, vor dem Spiegel, mußte sie sehr demütig gewesen sein. »Hilf mir«, mußte sie das Spiegelglas angefleht haben. »Hilf mir, passend zu sein, begehrenswert.« Zu Pjotr sagte sie: »Wie kann man heutzutage überhaupt Gedichte schreiben? Ich persönlich lehne das Absolute ab.« Pjotr hatte keine Ahnung, was sie damit meinte. Er hatte weder sie noch eine andere Frau jemals darum gebeten, das Absolute zu akzeptieren. Er hatte mit der Hoffnung gespielt, daß sie ihn akzeptieren könnte. Bevor er eine Antwort aber auch nur planen konnte, trat Laurie Bennett dazwischen. Sie kam einfach auf Pjotr zu und sagte ihren Namen. Sie hatte blaue Augen, blondes, schulterlanges Haar und eine Lücke zwischen den oberen Schneidezähnen.

»Ich habe das nie richten lassen wollen«, erklärte sie Pjotr. »Es soll angeblich Glück bringen.«

»Hast du Glück?« sagte Pjotr.

»Natürlich. Das hat doch jeder. Hast du keins?«

Sie setzten sich, Pjotr in einen der Schweizer Sessel, das Mädchen auf den Boden. Bemerkungen in einer fremden Sprache versetzten ihn oft vor eine eingebildete Backsteinmauer. Glück haben? Aber noch bevor er antworten konnte, sagte sie: »Bist du der berühmte Cousin? Von da drüben?« – mit einer Handbewegung, die eine Welt von schlechten Zugverbindungen und entsetzlichem Essen umschrieb. »Kennst du Solschenizyn? Wenn Solschenizyn hier hereinkäme, würde ich auf die Knie fallen und ihm danken.«

»Wofür?« sagte Pjotr.

»Weiß *ich* doch nicht. Ich dachte, du weißt es vielleicht.«

»Es ist nicht sehr wahrscheinlich, daß er hereinkommt«, sagte Pjotr. »Dann wirst du dich also nicht lächerlich machen müssen.«

Zufällig kniete sie aber schon, hockte auf den Fersen zu Pjotrs Füßen. Sie rutschte näher, stellte ihr Glas rosigen Weines auf die Armlehne seines Sessels, legte ihren Ellbogen auf sein Knie: »Ich habe ja nur versucht, dir mein Mitgefühl zu zeigen.« Er hätte gern ihr Haar berührt, legte aber statt dessen die Hände ineinander. Sein Cousin hatte ihm gesagt, daß er manchmal wie ein mißglückter Priester aussehe. In der Tat inspirierte er Frauen eher zu Beichten als zu flammender Leidenschaft.

Wenn er sich später daran erinnerte, meinte er, es müsse damals gewesen sein, daß Laurie ihm von ihrer verwahrlosten Kindheit und ihrer Schule zu erzählen begann. Sie wirkte nicht im geringsten traurig, obwohl die Geschichte so trostlos war, wie dieses lächelnde Mädchen sie nur machen konnte. Das, was sie nach der Bishop Purse Schule am meisten gehaßt hatte, war jemand, den sie »mein Bruder Ken« nannte. »Mein Bruder Ken« litt unter einem so neurotischen Snobismus, daß er einen Nervenzusammenbruch hatte, als er versuchte, sich zwischen einem Golden und einem Labrador zu entscheiden. Seine Frau, deren Name so klang wie »Bobber Ann« ging mit dem Fall zu einem Psychotherapeuten, der ihr riet, von jeder Sorte einen zu kaufen. Pjotr wußte nicht, daß Laurie von Hunden sprach, und nachdem sie es erklärt hatte, kam ihm die Geschichte noch rätselhafter vor. Ihm gefiel sofort, wie sie die Spannung aufbaute. Sie entzündete sich an ihren eigenen Geschichten und konnte sie schließlich vor Lachen kaum zu Ende erzählen. Ja, die Frau ihres Bruders hieß Bobber Ann. Barbara vielmehr – sie hatte Bobber Anns Torontoer Akzent nachgemacht. »Mein Bruder Ken ist eigentlich ein ganz gemeiner Scheißkerl«, sagte Laurie vergnügt. »Und sie, Bobber Ann, hat immer weiße Handschuhe an, die macht sie mit Brotkrümeln sauber – das stimmt wirklich. Wie lange bleibst du in Paris, Otter, Potter, ich kann das nicht aussprechen. Würdest du zu einer Party kommen, wenn ich eine geben würde?«

Zu der Zeit lebte sie in der Wohnung anderer Leute in der Avenue Mozart. Der Name dieser Straße blieb für Pjotr noch lange nachdem er wußte, daß er Laurie nie wiedersehen würde, eine Art Zauberformel. In Erinnerung blieben ihm von den fremden Zimmern die kaltblauen Wände, eine Pflanze, die wie ein Haufen Salatblätter aussah und die Laurie zu gießen vergaß und ganze Wände voller fürchterlicher Sepiadrucke von Brücken und Flüssen.

»Meine Freunde sind gut im Druck, was?« sagte Laurie. Ihre Freunde arbeiteten bei der UNESCO oder »irgendsoeinem Kulturzirkus«. Als die letzten englischsprechenden Nachzügler die Party verließen, nachdem sie den letzten Rest des zollfreien Gins der Gastgeber ausgetrunken hatten, sagte Laurie, ohne besonderen Nachdruck: »Nein, Potter, du bleibst da.«

Die Wohnung in der Avenue Mozart war eine von so vielen, daß Pjotr im Laufe der Zeit aufhörte, sie zu zählen. Ihre Wohnung gehörte niemals ihr selbst, sondern es waren immer Räumlichkeiten, in denen sie hauste, solange die Besitzer fort waren. Manchmal mußte sie einen Hund ausführen oder einen Wellensittich füttern, aber meistens nur das Haus versorgen. Sie erzählte Pjotr, sie ziehe soviel umher, weil sie Frieden suche, und ihn nie finden könne. Er nahm, nicht ohne Wohlwollen an, daß sie eine Bemerkung in dieser Richtung auf einer von Mareks Parties gehört hatte. Ein Jahr nach der Avenue Mozart war die Seite »B« in seinem Adreßbuch ein solches Gewirr von durchgestrichenen Adressen, daß er ein Buch nur für Laurie allein kaufte. Er hielt darin die zauberhaften Namen ihrer Pariser Straßen fest, und mysteriöse postlagernde oder American Express-Adressen in Cannes, Crans-sur-Sierre, München, Portugal, der Normandie, Gstaad, Madrid. Sie schickte ihm bunte Fetzen von Nachrichten über exzentrische Wohnquartiere, witzige kleine Jobs, die nie lange dauerten, und sie schickte Pjotr alles, ja alles Liebe. Von sonnigen Stränden kam die Nachricht, daß Laurie zu viel esse, daß sie faul und braun sei und köstlichen Wein trinke. Oft klang es, als sei sie allein. Wenn sie »wir« schrie, dann klang es, als seien sie zu dritt; sie reiste mit Ehepaaren, niemals mit dem gleichen Paar zweimal. »Hier werden wir einmal zusammen herkommen«, versprach sie von Orten, die er niemals in seinem Leben sehen würde. Er hatte ihr von seinem Paß erzählt, und daß es eine unberechenbare Gunst war, ihn auch nur für drei Wochen zu besitzen, da er einmal, vor zwanzig Jahren, wegen politischen Hochverrats verhaftet worden war. Er erklärte es ihr, aber sie vergaß es immer wieder. Sie hatte keine Erinnerung, außer an ihre Schulzeit; sie war wie eine Tafel, die jede Woche einmal leergewischt wird. Laurie konnte sich nicht an Lokale erinnern, in denen ihre wichtigsten Gespräche stattgefunden hatten. Ihr Leben kam ihm zerbrechlich und silbern vor wie eine Christbaumkugel. Wenn er und Laurie getrennt waren, was so gut wie immer der Fall war, spiegelte ihr Leben ein weibliches westliches Geheimnis wider: es spiegelte Hotelzimmer und gebückte Skifahrer, Wein in Gläsern und verzerrte Gesichter. Er hörte im Geiste ihre Stimme und erinnerte sich an ihr helles Haar. Er war verbannt aus Lauries Nähe – niemals Laurie aus Pjotrs Nähe. Sie sammelte einfach ihre Welt zusammen und nahm sie mit. Er war böse auf sein Exil. Er hätte ihre Welt gern genommen, sie zerdrückt, glitzernden Staub daraus gemacht. Er hätte sich fast dazu bringen können, sie zu hassen, ihrer gedankenlosen, unsinnigen Freiheit wegen, ihrem nachlässigen Umgang mit Grenzen. Sie wanderte von einem Ort zum anderen, ohne wahrzunehmen, wo sie war – das merkte er ihr an. Und was tat sie? Essen, trinken, wahrscheinlich lieben, herumalbern. Aber sogar ihre Albernheit war etwas, was sie beide verband, miteinander verschwor. Ihre Albernheit hatte ihn angezogen, hatte ihn dazu gebracht, persönliche Witze mit ihr zu teilen, die dann lebendig blieben, ihn zwangen, ihr Zeichnungen, Bilder, Erinnerungen oder was sonst die Beziehung festigen konnte zu schicken, Aber wenn diese Dinge dann ankamen, hatte Laurie den Witz meistens schon längst vergessen und war einem anderen auf der Spur.

Sie war nicht immer albern. Manchmal bekam er ein tief unglückliches Gesicht zu sehen, und immer seinetwegen – weil sie ihn liebte und ein halber Kontinent zwischen ihnen lag; weil er Kinder hatte; weil die Frau, mit der er nicht mehr zusammenlebte, die er bewundert aber nie geliebt hatte, ein

Buch war, das er weder lesen noch zuklappen konnte. Dann kam es ihm vor, als hätte er eine Krankheit, die das zuversichtliche Mädchen anstecken und sie verkrüppeln könne. Er sah die Selbstzweifel in ihrem Gesicht und das verwunderte Elend. Wenn er sagte: »Mit mir stimmt wohl irgendwas nicht«, hörte er im stillen auch seine Frau.

Sie trennten sich zweimal; sie wurden dazu gezwungen. Pjotr mußte zurück. Laurie nahm ihr altes Leben wieder auf und machte sich keine Gedanken um seines; zumindest fragte sie nie danach. In Warschau wachte er jeden Morgen mit derselben Frage auf: Kommt heute ein Brief? Ihre Briefe waren komisch, freundschaftlich, liebevoll, voller Rechtschreibfehler. Sie waren kein Ersatz für Laurie; sie waren wie Medizin, die ein Symptom beseitigen kann, aber nicht die Wurzel des Übels. Manchmal rief sie an, aber ihm war die Stimme in seiner Erinnerung lieber, und die Anrufe ließen ihn leer zurück.

Als er zum zweitenmal nach Paris kam, geschah es am Ende eines heißen Sommers. Er fand sie über einer Kunstgalerie am Boulevard Malesherbes. Sie erzählte, daß Proust irgendwo in der Nähe gewohnt habe, vielleicht im Nachbarhaus. Sie war nicht sicher, wer Proust war. Wie die Bemerkung über Solschenizyn wurde auch diese nur ausgesprochen, um ihm eine Freude zu machen; es war Lauries Art, jemandem ein Kompliment zu machen, den sie für klug hielt.

Sie lebten hinter geschlossenen Läden, wegen der Hitze, und kamen nach Einbruch der Dunkelheit heraus auf die immer noch dampfenden Straßen. Ihm fiel auf, daß sie eine neue Uhr mit einem weißen Armband trug. Die Uhr war durchsichtig und drinnen drehte sich eine Vielzahl von Sternen.

»Die habe ich doch schon immer«, sagte sie, als er fragte, wo solch ein Wunder zu haben sei. Sie trug sie auch beim Schlafen und wenn sie sich liebten – deshalb war sie ihm aufgefallen. Er beobachtete, wie Laurie (sie sah nicht, daß er zuschaute) die Uhr vor dem Baden abnahm und küßte. Ein wenig später sagte sie: »Die habe ich mal in Zürich gekauft«, und dann, so groß war ihre Fähigkeit zu vergessen: »Sie war ein Geburtstagsgeschenk.« Als die Zeit gekommen war, Pjotr zum Flughafen zu bringen, zauberte sie plötzlich ein Auto aus dem Nichts. Für Pjotr, der kein Auto von einem anderen unterscheiden konnte, war es einfach nur cremefarben und klein. »Das gehört dem Mädchen, dem auch die Wohnung gehört«, sagte sie, obwohl sie bisher von den Besitzern als »ihnen« gesprochen hatte. Auf dem Flughafen sagte sie im letzten Augenblick, daß sie und Pjotr einander lieber vergessen sollten. Diese Trennungen brächten sie Zentimeter für Zentimeter um. Sie mochte ihn nicht ansehen und wollte nicht, daß er sie berühre. Es war ein sich gequält windendes Elend, wie das eines sterbenden Tieres. Sie sagte: »Ich nehme das Auto und fahre irgendwohin. Ich weiß noch nicht wohin. Ich weiß noch nicht einmal, wo ich heute nacht schlafen werde. Ich kann nicht zurück in diese Wohnung gehen und dort allein schlafen.«

»Wirst du mir schreiben?« fragte Pjotr.

Sie drehte sich weinend um und lief weg.

Wochenlang war er betäubt von ihrer Abwesenheit, ihrem Schweigen, ihrem Kummer, seiner eigenen Schuld. Aus einem Bedürfnis heraus, aus Eitelkeit, hatte er sich in ein junges Leben eingemischt. Er hatte das Geschenk dieser tiefen Empfindung nicht erwartet. Vielleicht wußte er nicht, was er damit anfangen solle. Er kannte sich mit Frauen nicht aus; in dem Alter, in dem er es hätte lernen sollen, hatte er im Gefängnis gesessen. Vielleicht besaß Laurie, die so leichtherzig und sorglos war, eine Fähigkeit zur Leidenschaft, die über Pjotr hinausschoß. Im Gefängnis hatte er gelernt, daß Fasten, wie jede andere Entbehrung, ein Ganzsein unmöglich machte. Ihm war schlecht geworden, als er einen Apfel aß; es war gewesen, als äße er einen nassen Stein. Die Einsamkeit des Gefängnisses machte die Gegenwart jedes anderen Menschen erschöpfend, und das Fehlen von Liebe in seinem Leben machte jetzt die Liebe zu dem transformierten Apfel – dem nassen Stein, den er weder schmecken noch verdauen konnte.

Drei Tage nach seiner Rückkehr nach Warschau brach er sich den Knöchel – einfach so, ganz dumm, als er von einem Bordstein trat. Er schrieb in das Schweigen von Paris, daß er behindert sei, Schmerzen habe, aber der Schmerz sei nichts verglichen mit seiner Sehnsucht nach Laurie. Wochen später antwortete sie, daß sie noch immer ihn liebe, und keinen anderen. Sie schien beunruhigt über den Knöchelbruch; in gewisser Weise gab sie sich selbst die Schuld. Sie waren jetzt, was sie zuvor gewesen waren – zwei Verliebte, Meilen voneinander, ohne eine Hoffnung, sich wiederzusehen. Es schmeichelte ihm, daß sie sich genügend an ihn erinnerte, um ihm zu versichern, daß sie ihn immer noch liebe – sie, die keine Erinnerung hatte.

Pjotr wurde dreiundvierzig. Nach verzögerten, umständlichen, von Daumendrücken und angehaltenem Atem begleiteten Verhandlungen bekam er einen neuen Paß und ein Dreimonatsvisum für Frankreich, wohin er eingeladen war, um eine Vortragsreihe zu halten. Im Austausch kam eine junge Frau nach Warschau, die polnische Studenten über Tendenzen der französischen Lyrik seit 1950 unterrichten sollte. In Gedanken wünschte Pjotr ihr Glück. Sein Abreisedatum war zweimal verschoben worden, deshalb fand er sich in einem Zustand von Spannung, Schwindel und unerträglicher Selbstbeherrschung, als er an einem kalten Herbsttag das Flugzeug der Air France bestieg. Bis das Flugzeug abhob, erwartete er noch, zurückgerufen zu werden, weil man es sich anders überlegt hatte. Das unverständliche Willkommen des Stewards über den Bordlautsprecher schien einen Übelkeit erregenden Augenblick lang ihn zu betreffen – das Flugzeug würde landen, damit Professor S. entfernt werden konnte. Unter einem Dutzend von Geschenken für seine Liebste waren zwei, um die sie gebeten hatte: polnische Anti-Baby-Pillen, allen Produkten auf dem westlichen Markt überlegen (sie verhüteten die Empfängnis und machten gleichzeitig schlank) und ein Schlafmittel, das aufregend suchterzeugend war und die abhängig Gewordenen mit den lebhaften, farbigen Träumen des

Opiumrausches versorgte. Auf diese Weise, schrieb Laurie, sei das Schlafen weniger langweilig.

Marek holte ihn in Paris ab und weinte, als sie sich umarmten. Er hatte ein Hotelzimmer ohne Bad für seinen Cousin genommen, um seine geringen Geldmittel zu schonen. Er gab Pjotr verwirrende Anweisungen über ein verschlossenes Badezimmer am Ende des Flurs, Ratschläge über den französischen Francmarkt (Pjotr hatte die zugelassenen einhundert Dollar in seinem Besitz, sonst nichts) und berichtete ihm den gesamten polnischen Klatsch vor Ort. Pjotr, der Marek noch niemals belogen hatte, außer im Zusammenhang mit Laurie, erfand ein Universitätsessen. Fünfzehn Minuten, nachdem Marek gegangen war, nahm Pjotr, den kleineren seiner beiden Koffer in der Hand, ein Taxi zu Lauries neuer Wohnung. Die Namen ihrer Straßen sollten ihn sein Leben lang verfolgen: Avenue Mozart, Boulevard Malesherbes, Impasse Adrienne, Place Louis-Marin, Rue de l'Yvette, Rue Sisley, Rue du Regard. Dieses Jahr bewohnte sie ein Studio mit Bad im Obergeschoß eines Neubaus in der Rue Guynemer.

»Die Wohnung gehört mir, Potter. Sie ist nicht nur geliehen«, war das erste, was sie zu ihm sagte. »Sie kostet ein Vermögen.« Dann, ohne Zusammenhang: »Ich bin nicht immer hier. Manchmal fahre ich weg.«

Das Studio war hell, so ordentlich und fast so kahl wie eine Zelle und roch nach frischer Farbe. So war Laurie also auch. Er fand ihr Gesicht eine Spur dünner, ihre Figur einen Hauch voller; aber das Haar, die Augen, die Stimme – unverändert. Jetzt erinnerte er sich an ihr Parfüm und ihren Geruch unter dem Duft. Sie lachte über seinen Koffer, weil er, plötzlich verlegen, versuchte, ihn hinter der Tür zu verstecken; lachte über seine Baskenmütze, die er trug; lachte, weil sie ihn immer noch liebte, aber trotzdem nicht mit ihm schlafen wollte: »Ich kann nicht, noch nicht, nicht einfach so.« Ihr Abend zusammen entsprach seiner Erinnerung an frühere Abende – Laurie, gierig über eine Speisekarte gebeugt, hielt Pjotr mit einer plötzlich pedantischen Stimme einen Vortrag über Weinsorten. Vermutlich wiederholte sie eine Lektion, aber

Pjotr fühlte sich unermeßlich sicher und tolerant den Männern gegenüber, die sie vielleicht zitierte. Laurie sagte: »Ist das nicht wundervoll?« und nahm seine Fröhlichkeit als selbstverständlich hin, nur weil sie selbst so voller Leben war. Er erinnerte sich daran, daß sie, wenn sie einmal unterwegs war, höchst ungern wieder nach Hause ging. »Aber das ist doch eine Bettzeit für kleine Kinder« protestierte sie, als er um Mitternacht sagte, daß er müde sei. Vier Stunden später, als sie in einem grellen Café saßen, sagte sie: »Potter, ich bin so froh, daß ich geboren bin«, und hob ihr glattes weiches Haar in einer rituellen Geste der Freude von ihrem Hals. Er nahm dies als einen Tribut an seine Gegenwart. Pjotr genoß es nicht zu leben, aber er wollte auch keinesfalls sterben, was etwas ganz anderes war. An ihrem Tisch schlief ein Betrunkener tief und fest, den Kopf in den Armen. Der vergangene Tag lag in Schnipseln hinter Pjotr wie die alten Metro-Karten und schmierigen Zettel auf dem Fußboden des Cafés. Laurie sagte, die Zettel seien Quittungen – das Café sei ein rennbahnfernes Wettbüro. Wie die alte Geschichte mit dem Golden und dem Labrador enthielt diese Information ein unlösbares Geheimnis. Er wußte nur, daß Laurie inmitten einer Hölle von städtischem Abfall froh war, daß sie geboren war. Die Erschöpfung ließ Pjotr halluzinieren; er sah in kahlen Wänden Türen gähnen, dunkle Treppenaufgänge, vorüberhuschende Nonnen, aber er verlor die Nacht nicht aus den Augen. Die Nacht mußte irgendwann zu Ende gehen, und selbst Laurie würde dann zugeben müssen, daß es Zeit war, nach Hause zu gehen.

Sie hatten den nächsten Tag, eine Nacht, einen Tag mit Sonne und langen Spaziergängen, und wieder eine Nacht. Von Lauries Fenster schaute er zum Jardin du Luxembourg hinüber, der golden war, rostbraun und tiefgrün, einem unergründlichen Nachtschatten gleich. Jeden Morgen ging er zu seinem Hotel, brachte sein Bett durcheinander und fragte nach Post und Nachrichten. Am dritten Morgen übergab der Portier Pjotr einen Umschlag von seinem Cousin, der einen Kredit in französischem Geld enthielt, einen Vorschuß auf sein Universitätsgehalt. Er zählte fünfzehnhundert Franc. Die letzte Barriere zwischen Pjotr und seinem Seelenfrieden zerschmolz.

Auf dem Weg zurück zu Laurie kaufte er Croissants, eine Morgenzeitung und Zigaretten. Er wußte, daß er nie wieder so glücklich sein würde. Er fand Laurie angezogen, in Jeans und einer russischen Tunika vor, beim Packen eines Koffers. Das Bett war gemacht, das Bettzeug, in dem sie geschlafen hatten, lag zusammengefaltet auf einem Stuhl; durch die Tür sah er ihre feuchten Handtücher Seite an Seite über der Duschvorhangstange hängen. Sie blickte auf, lächelte und sagte, sie führe nach Venedig.

»Wann?«

»Heute. In ein paar Stunden. Ich treffe mich mit jemand.« Er stellte sich plötzlich das Mädchen mit angemalten Sommersprossen vor. »Du hast die nächsten Tage ja ohnehin zu tun«, fuhr sie fort. »Und du hast deine Parisreise zweimal verschoben, erinnerst du dich. Ich konnte diese Reise nicht mehr hinausschieben. Ich habe es dir nicht vorher gesagt, weil ich uns nicht gleich bei deiner Ankunft alles verderben wollte.«

Er trug ihr den Koffer zum Gare Saint-Lazarre. Auf dem Bahnhof steckte sie Münzen in einen Automaten, der Fahrkarten zweiter Klasse ausgab. Er sah sich um und sagte: »Fahrt ihr von hier aus nach Venedig?«

»Nein, dies sind Vorortszüge. Wir treffen uns an einem Bahnhof außerhalb der Stadt. Um die Fahrt durch Paris zu sparen. Bei dem vielen Verkehr und so.«

Eine ungeheure Hoffnung lag in dem »wir treffen uns«. Jetzt endlich begriff er, daß Laurie mit einem Mann nach Venedig fuhr. Es schien Laurie nicht klar zu sein, daß er das bisher nicht begriffen hatte oder nicht klar, daß das eine Rolle spielte. Sie war hungrig; sie hatte nicht gefrühstückt. »Café de la Passerelle« stand in leuchtend grünem Neon am Ende eines dunklen Büfetts. Laurie wählte unter zwanzig leeren Tischen einen aus, als komme es darauf an. Pjotr, jetzt schlafwandlerisch, bestellte und aß eine Aprikosentorte. Das Café hatte die Form eines Korridors und staubige Fenster an beiden Seiten. Er und Laurie hatten das Klima, die Jahreszeit, den

Ort gewechselt – denn die Fenster gingen auf schrägfallenden Regen und verlassene Straßen hinaus. Laurie schob ihr Ärmelbündchen zurück, damit sie die Uhr im Auge behalten konnte. Pjotr war stumm. Sie sagte – fast schmollend – Aber warum denn nur? Was denn so schlimm daran sei, ein paar Tage mit einem alten Freund zu verreisen, wo er doch so viel anderes zu tun hatte?

»Das ist eine alte Geschichte, weißt du«, sagte sie. »Kaum der Mühe wert, Schluß zu machen. Er fährt immer an meinem Geburtstag irgendwohin mit mir.« Sie hielt inne, als überlege sie, wie sie erklären könne, worauf die alte Freundschaft sich gründe. Sie sagte einfach: »Du weißt, wie das ist. Ich war jung damals.«

»Liebst du ihn?«

»Nein, so ist das nicht. Ich liebe dich. Aber wir haben diese Reise vor ewigen Zeiten geplant. Ich konnte doch nicht wissen, ob du es je schaffen würdest, nach Paris zu kommen. Ich möchte ihn nicht verletzen. Du würdest ihn mögen, Potter. Ehrlich, das würdest du. Er spricht drei verschiedene Sprachen. Er ist unabhängig – er hat sein eigenes Geschäft, und es macht ihm Spaß. Ich spiele in seinem Leben überhaupt keine Rolle.«

»Liebt er dich?«

»Ich sage dir doch, so ist es nicht. Wir sind eigentlich gar kein Liebespaar. Ich meine, nicht so, wie du und ich. Wir schlafen zusammen – na ja, wenn wir uns zufällig im gleichen Bett befinden.«

»Versuch, dich nicht zufällig dort zu befinden«, sagte Pjotr.

»Was?« Sie schien genauso offen, so zuversichtlich, so zärtlich wie immer. Ihre Augen waren klar wie die eines Kindes. Plötzlich zitterte ihre Hand. Was kam jetzt? Die ungeliebte Kindheit? Der Tag, an dem ihre Mutter sie in der Bishop Purse Schule ließ? Die Schule mußte doch zumindest sauberes Bettzeug, warme Zimmer und regemäßige Mahlzeiten geboten haben, aber Laurie stammte aus einer Welt, die diese bemerkenswerten Gaben als selbstverständlich hinnahm. Seine Frau, damals jünger als Laurie jetzt, hatte für Pjotr Lebensmittel gestohlen, als er im Gefängniskrankenhaus lag, absolut sicher, daß er sterben müsse. Sie war auch eine Gefangene gewesen, als medizinische Gehilfin und Putzfrau abgestellt. Sie blieb am Fußende seines Bettes stehen. Als sie einmal begonnen hatte zu reden, konnte sie nicht mehr aufhören. Er sah, daß ihre bernsteinfarbenen Augen nirgends hinsahen – ihre »Nach-innen-Augen sollte er sie später nennen. Wegen dieser Augen und dem irren Strom von Worten und der Gefahr, in die sie sie beide brachte, hatte er gedacht: Das Mädchen ist nicht normal. Dann hatte sie, ganz normal, leise gesagt: »Ich habe etwas Brot für dich.« Man konnte Laurie Bennett nicht mit einer Person dieser Qualität vergleichen. Trotzdem, Pjotr hatte richtig geraten: Seine Frau war nicht normal, allerdings nur ihm gegenüber. Die Gefahr hatte ihn erreicht, nachdem er sie schon weit hinter sich gelassen zu haben schien, nur um dann von der Gefahr, die zwei Menschen einander schaffen, eingeholt zu werden.

»Schau, Potter«, sagte Laurie. »Wenn es dir gar so viel ausmacht, dann fahre ich nicht. Ich werde mit ihm reden.«

»Wann?«

»Jetzt; bald. Aber ich wäre sehr traurig. Er ist ein guter Freund. Warum sollte er mich denn mit nach Venedig nehmen wollen, wenn nicht aus reiner Freundschaft? Er braucht *mich* nicht. Er kennt alle möglichen interessanten Leute. Ich wäre ärmer ohne ihn – wirklich allein.« Sie machte bereits weibliche Gesten des Aufbruchs, rückte den Löffel auf der Untertasse zurecht, sammelte ihre Habseligkeiten zusammen, holte ihre Sachen näher zu sich – wie zum Schutz. »Komm nicht mit zum Zug«, sagte sie. »Trink deinen Kaffee, lies deine Zeitung. Schau, ich habe sie dir mitgebracht. Behalte den Schlüssel zu meinem Zimmer. Du bleibst dort wohnen, nicht? Wie wir ausgemacht haben? Wenn es dir unangenehm ist, daß die Concierge dich sieht – obwohl ihr das egal sein dürfte –, geh durch die Garage, nicht durch die Haustür. So machen es die verheirateten Damen im Haus mit ihren Liebhabern. Ich schreib dir«, sagte sie. »Ich schreibe dir ins Hotel.«

Er schob seinen Stuhl zurück. Als er aufstand, gab sein

Knöchel nach. »O Potter, dein armer Knöchel!« sagte Laurie. »Ich war segeln, als du ihn dir gebrochen hast. Ich war am Bodensee und bekam keine Post dorthin. Ich habe auch keine Zeitung zu sehen bekommen, und als ich schließlich zurück nach Paris kam, erzählte mir jemand, daß im Nahen Osten dieser Krieg gewesen war. All die Toten, und er war schon vorüber, und ich hatte überhaupt nichts davon gewußt – von deinem Knöchel nichts und gar nichts.« Sie lächelte, küßte ihn, nahm ihren Koffer in die Hand und ging fort. Ohne zu wissen warum, faßte er sich an die Stirn. Er trug seine Baskenmütze, was in Paris nicht zu tun Marek ihn inständig gebeten hatte; die Baskenmütze gab Pjotr das Aussehen eines ausländischen Intellektuellen, eines Lehrers aus der Provinz, des Priesters einer Arbeitergemeinde. Was spielte das schon für eine Rolle? Jede Verkleidung war ihm recht, um die Scham, Pjotr zu sein, zu verbergen.

Jetzt waren nur noch ein paar wenige Männer in dem Café – Algerier, die Stellenanzeigen lasen, Bummler mittleren Alters, die Pjotr offensichtlich haßten, weil er allein und von Sinnen war, wie das halbe Universum auch. Später hatte er keine Erinnerung mehr daran, daß er die Metro genommen hatte, nur daran, daß der Regen aufgehört hatte, als er wieder nach oben ans Tageslicht kam. Er ging auf nassen Blättern. Wie die Liebhaber der verheirateten Frauen betrat er Lauries Haus durch die Garage, rutschend und schlidernd, da die Einfahrt steil war und die Sohlen seiner Schuhe feucht geworden waren. Ihr Zimmer war stickig, jetzt, wo die Sonne wieder auf das geschlossene Fenster brannte. Er fing einen neuen Tag an, den dritten seit diesem Morgen. Seine Croissants lagen noch auf dem Tisch. Er nahm sie, in der Überlegung, daß es besser sei, nichts liegenzulassen. Dann sah er, daß er gar nicht viel liegenlassen konnte, weil Laurie seine Sachen gepackt hatte. Pjotrs Koffer stand abgeschlossen, zugeschnallt neben einem Stuhl, auf dem das zusammengefaltete Bettzeug lag, in dem sie geschlafen hatten. Ihre Ordentlichkeit radierte ihn aus. Das zweite Handtuch auf der Duschvorhangstange hätte jedem Beliebigen gehören können. Er wurde ausgelöscht durch ihre Kleider, die säuberlich dahingen, von ihren Pullovern und Hemden in Plastikschachteln, der peinlichen Ordnung der Bouillonwürfel, des Nescafes und der gelben Trinkschalen auf dem Regal, von den Büchern – Geschenken vermutlich –, die der Größe nach unter dem Fenster aufgereiht standen. Er sah das Heft, das seine Gedichte enthielt, noch immer durch die staubdichte Plastiktüte in Ehren gehalten. Vorher war ihm allerdings noch nie aufgefallen, daß die Tüte auch noch ein dünnes gelbes Buch mit Versen enthielt, die Insel-Ausgabe von Christian Morgensterns *Palmström*-Gedichten. Pjotr hatte einmal einige davon übersetzt, nur zum Vergnügen. Als er verhaftet wurde, hatte er allerlei Zettel in den Taschen, mit unzusammenhängenden polnischen und deutschen Sätzen beschrieben, die dadurch, daß die Polizisten sie lasen, vollends unheimlich wurden. Ja, sehen Sie«, sagte ein blonder, ernster Pjotr von vor zwanzig Jahren, »Morgenstern wurde eben vielfach nicht verstanden, und am Schluß wurde er wirklich verrückt, aber die Gedichte sind in ihrer Art schon komisch.«

»Warum ausgerechnet ein Deutscher?« Der Sarkasmus der Analphabeten. »Gibt es denn nicht genügend verrückte Polen?«

»Bald ja«, sagte Pjotr zu seinem eigenen Nachteil.

Jetzt, in Lauries Zimmer, schien sogar der gelbe Umschlag zu ihm zu sprechen. Wo kam das Buch her? Jemand, ein anderer vernarrter Pjotr hatte es ihr zu Füßen gelegt mit dem Gedanken, liebe etwas, was ich liebe, und du wirst auch mich lieben. Aber wer? Auf dem Deckblatt stand nichts. Er blätterte langsam die Seiten um und stieß auf der Seite mit einem Gedicht des Titels »Der Träumer« auf einen Schnappschuß in Farbe von zwei Menschen in einem unbekannten Zimmer. Pjotr erkannte Laurie, aber den Mann nicht. Der Mann war blond, wie Pjotr, aber um einiges jünger. Sein Haar war gebürstet. Er hatte einen korrekten Anzug und eine dunkelrote Krawatte an. An seinem Gesicht fiel Pjotr sofort die natürliche Fröhlichkeit auf. Hier endlich, durch Zufall eingefangen, war das *bon naturel*, das Pjotr hoffnungslos bei einer Frau nach der anderen gesucht hatte. Laurie, nackt, bis auf die Armbanduhr, saß auf der Armlehne seines Stuhles, die Beine verschlungen wie der Schwanz einer Meerjungfrau. Eine Hand hatte sie hinter den Hals des Mannes geschoben. Sie hielt eine weiße Duschhaube, vermutlich genau die Haube, die im Badezimmer nebenan am Wasserhahn hing.

Ein lässiges Glück durchflutete dieses Bild. Pjotr betrachtete Menschen, die nicht wußten oder gar nicht recht begriffen, wie glücklich sie waren. Eine Sonne, die nur für die Liebenden aufgegangen war, schien durch das Fenster hinter ihnen und ließ Lauries Haar weiß funkeln, wie Licht, durch einen Eiszapfen gesehen. Das waren Pjotrs erste, geordnete Gedanken. Er empfand die merkwüdige Erotik des völlig bekleideten Mannes und des nackten Mädchens, und erst dann spürte er den Schock, wie eine Tür, die eingeschlagen wird. Die Tür brach auf, und Pjotr sah vor sich alles, was er gefürchtet hatte, seit er es gewagt hatte, sich zu verlieben – Verlassenheit, Grausamkeit, die Einsamkeit des Sterbens: alles auf einmal.

Laurie hatte das Bild absichtlich dagelassen, damit er es finde. Sie war in eine Fremdsprachenbuchhandlung gegangen, vielleicht zu der in der Rue du Dragon, die sie ihm gezeigt und von der sie erzählt hatte, daß sie dort einmal eine Woche lang gearbeitet hatte, bis sie merkten, daß sie keine andere Sprache als Englisch konnte – und hatte das Buch ausgesucht, das seinen Blick auf sich ziehen mußte. Dann hatte sie das Foto inszeniert. Pjotrs Frau hatte in ihrem kalkulierten Wahnsinn ihre Liebesspiele mit einem anderen Mann auf ein Band aufgenommen, auf dem Pjotr die Grundlagen eines Kurses über russische Dichtung zusammengestellt hatte. Als er sich daran erinnerte, machte er sich klar, daß, wo seine Frau rasend gewesen, Laurie nur unachtsam war. Das Buch und das Bild waren Teil der fröhlichen Unbekümmertheit der beiden Liebenden, sonst nichts.

Ihn überkam plötzlich ein Bedürfnis, die Augen zu schließen, den Segen der Dunkelheit zu erfahren. Er lag flach auf dem Bett ausgestreckt und sagte zu sich selbst: Was kann ich ihr schon geben? Ich bin ja nie hier. Als er aufstand und das

Bild noch einmal betrachtete, schien ihm, daß es nicht mehr dort lag, wo er es hingelegt hatte. Er sah auch in der ordentlichen Reihe von Kleidern einen schiefhängenden Bügel. Wo auf dem Tisch nur Potters Croissants gelegen hatten, lag jetzt außerdem eine Emaillebrosche in der Form eines vierblättrigen Kleeblatts, offen, als habe sie sich unversehens von ihrer Trägerin gelöst. Man mußte die Tür von innen abschließen, er probierte am Griff und sah, daß er vergessen hatte, den Schlüssel umzudrehen. Es hätte gut jemand hereinkommen können, während Pjotr die Augen geschlossen hatte, den Schnappschuß betrachten und ihn an die falsche Stelle legen. Laurie, sah er jetzt, hatte ein grobes Gesicht, kleine, berechnende blaue Augen und einen gierigen, leeren Gesichtsausdruck. Was er für Munterkeit gehalten hatte, war nichts als Tücke. Der Mann schien irgendwie ansprechender. Einmal war er anständig gekleidet. Er sah normal aus. An diesem Mann war eigentlich alles in Ordnung, außer der merkwürdigen Tatsache, daß er von vornherein eine Kamera aufgestellt hatte. Von Kleidung, Haarschnitt, Gesichtsausdruck her war er ein Westeuropäer. Er kam aus keiner Mittelmeergegend. Er hatte auch kein englisches Gesicht. Pjotr spürte eine plumpe Selbstsicherheit an ihm. Er war sich seiner selbst vor, während und nach jeder Begegnung absolut sicher. Ihm mußte Pjotrs ängstliche Bedachtheit, es Laurie recht zu machen und es sich selbst recht zu machen, völlig fremd sein. Er hätte ein junger Offizier solider kaisertreuer Herkunft sein können, der sich in der alten Kaiserlichen Armee hochgedient hatte – eine Figur aus einem Wiener Roman vor 1914 vielleicht. In diesem Augenblick und für alle Zeit wurde er in Pjotrs Gedanken »der Österreicher«.

Pjotr legte das Bild zurück an die Stelle, wo es seiner Meinung nach gelegen hatte, neben ein Gedicht mit dem Titel »Korf in Berlin«. Keiner hatte das Zimmer betreten – das wußte er. Das Kleeblatt war von Lauries Tunika abgefallen. Es war normal, daß ein Kleiderbügel schief hing, wenn jemand, selbst wenn er so ordentlich wie Laurie war, in Eile gepackt hatte.

Diesmal ging er zur Haustür hinaus, mutig genug, der Concierge gegenüberzutreten und Lauries Schlüssel abzuliefern.

»Bennett«, sagte er, und sagte es, als er keine Antwort bekam, noch einmal.

»Hab's gehört.« Sie kam ihm verschwommen und feindselig vor. Er mußte die Augen zusammenkneifen, um sie klar zu sehen. Die Bäume im Jardin du Luxembourg waren undeutlich, wie durch einen Tränenschleier. Er fand sich von einer Gruppe zwei und zwei gehender Schuljungen umzingelt. Eine alte Vettel in einem Kamelhaarmantel kreischte sie, und mit ihnen Pjotr an: »Aufgepaßt! Zusammenbleiben!« Pjotr begann etwas zu suchen, was ihm Schutz gewähren könnte – Bäume, in einem magischen Ring um ein Monument, mochten angemessen sein. Kaum hatte er sich einen Metallstuhl ausgesucht, der nicht zu dicht bei den anderen stand, verschwand die Sonne. Ein Nordwind fiel ihn an. Blätter trieben endlos über den feuchten Weg. Er saß am Rand eines verbotenen Rasens und starrte eine Büste an, die er zunächst für die von Lenin hielt. Er hatte immer noch seine Lesebrille auf – der Grund, warum die Concierge so verschwommen geschienen hatte. In Wirklichkeit war die Büste ein Denkmal für Paul Verlaine.

Das Gras hatte sein mittsommerliches Grün behalten; als die Sonne für kurze Zeit herauskam, waren die Baumschatten noch Sommerschatten. Doch der Jahreszeit nach war es Herbst, und er sah eine glänzende Kastanie zwischen ihren aufgeplatzten Hüllen liegen. Er hätte sie fast aufgehoben, aber es hätte ihn ja jemand sehen können.

Laurie war aus ihrem verschlossenen Zimmer geflohen. Nicht ihr Gesicht, nicht ihr Haar, sondern ihre Stimme und die Stimme ihrer Briefe verfolgten Pjotr. *Er. Wir. Ich.* »*Er* fährt immer an meinem Geburtstag irgendwo mit mir hin.« »*Wir* sind mit der Seilbahn gefahren und zu Fuß vom Reservoir abgestiegen.« »*Ich* war segeln am Bodensee.« In Südtirol war es *wir* gewesen – »Wir nehmen uns herrliche Picknicks mit hinters Hotel, man kann die Glocken vom nächsten Tal hören.« *Wir* tauchte wieder in Rom auf, in Cranssur-Sierre, in einem Hotel in der Normandie. *Wir* waren alte Freunde – James und Nancy, Mike und Sylvia, Hans und Heidi. Das *wir* existierte in ein paar Briefen lange genug, um eine Ferienreise zusammenzuhalten, dann fiel es aus Lauries Gesichtskreis heraus. Der einzige Balsam für Pjotr war, daß *er* völlig ausgelöscht war. Ein großes X war über seinem häßlichen Gesicht. Laurie, oder *ich* war allein gewesen, zumindest solange, wie es dauerte, sich an Pjotr zu erinnern, und ihm einen eifrigen, liebevollen Brief voller Rechtschreibfehler zu schreiben. Pjotr war mit ihr in Portugal, in der Schweiz gewesen; sie hatte ihn großzügig eingeschlossen, indem sie sich, ein paar Minuten lang, allein für ihn verfügbar machte. Vielleicht war Laurie in Gedanken allein gewesen, Pjotr von Herzen treu – und *er* derweile in der Hotelbar? Unter der Dusche? Fort, unter einem treulosen Vorwand auch er, um seiner Frau eine *Ich*-Botschaft zukommen zu lassen?

Sie war trotzdem ein liebes Mädchen, denn sie hatte immer darauf geachtet, Pjotr eine Geschichte zu liefern, die so plausibel war, daß er sie glauben konnte, ohne sich selbst zu verachten. Jetzt, wo sie ihm die Wahrheit mitgeteilt hatte, war er so verbittert, als habe sie ihn belogen. Warum sollte Laurie sich nicht zu einer Ferienreise einladen lassen? Wollte er sie alleine, verdrossen, verschlampt, säuerlich? Der einzige Schatten über ihrem Leben, um den Pjotr wußte, war Pjotr selbst gewesen. Noch einmal sagte ihre Stimme: »Ich setz mich ins Auto und fahre einfach los...« Wessen Auto übrigens? Pjotr bewegte die Füße und stieß an seinen Koffer. Sein Knöchel machte ein knackendes Geräusch. Er spürte keinen Schmerz, aber das Geräusch war beunruhigend, als sprächen die Knochen zu ihm. Sie hatte ihn am Flughafen verlassen; sie hatte nicht gewußt, wo sie in dieser Nacht schlafen würde. »Damals, als du dir den Knöchel gebrochen hast... habe ich Segelferien am Bodensee gemacht.« Ja, und noch etwas anderes, von einem Krieg im Nahen Osten. Die Fragmente waren wie glatt gemaserte Holzlatten. Die Teile fügten sich ineinander, berührten sich, paßten. Ihre wilde Fahrt, um Pjotr zu vergessen, hatte nur ein Ziel: den Bodensee, wo jemand auf sie wartete.

Es gab in Lauries Verhalten Aspekte, die Pjotr, um seiner geistigen Gesundheit willen, einfach nicht hatte wahrnehmen wollen. Jetzt, wo er auf einem kalten Metallstuhl saß, die Augen auf eine Kastanie fixiert, die aufzuheben er sich genierte, konnte er sich von diesem Wissen nicht freimachen; es war wie der dunkle Wind, der durch den Kreis von Bäumen strich. Sie hatte ihn benützt, ihn zum Publikum gemacht, mit seinen Gefühlen gespielt, und jetzt, in diesem Augenblick, befand sie sich auf der Fahrt nach Venedig mit – das Element der Farce in jeder Ungerechtigkeit – Pjotrs polnischen Anti-Baby-Pillen. Noch schlimmer, sie hatte Pjotr völlig vergessen. Sein Kummer war so jenseits von Eifersucht, daß Pjotr im wahrsten Sinne des Wortes außer sich schien; es gab einen Pjotr in einem öffentlichen Park, der mit aller Macht versuchte, wie andere Leute auszusehen, und einen Pjotr, der von dieser Person losgelöst war. Seine Arbeit, seine Kindheit, seine Gefangenschaft, seine Ehe, sein noch im dunkeln liegender Tod waren zu einer kompakten Kugel zusammengerollt, kullerten über das Gras, fort von dem, was noch von ihm übrig war. Dann, als die Kugel gerade zu verschwinden schien, kamen die beiden Pjotrs wieder zusammen. Der Schock der Vereinigung ließ ihn in Schlaf sinken. Sein Kopf fiel nach vorn; erschreckt riß er ihn hoch. Er hatte vielleicht eine Sekunde geschlafen, länger nicht. Keiner hatte es gemerkt – er schaute sich um. Der kurze Tod hatte ihn gereinigt. Sein einziger Gedanke war jetzt, daß sein Gedächtnis besser war als ihres, und daß nur er wußte, was ihnen verlorenging. Daß Laurie ihn verletzt hatte, kam einfach daher, daß sie die Bedeutung von Worten nicht kannte, ihre Präzision, ihre Macht – sie konnte sie ja nicht einmal richtig schreiben. Sie merkte es gar nicht, wenn sie log, weil sie nicht wußte, worum es bei Worten ging. Diese sanfte, neue Toleranz ließ in Pjotr den Gedanken aufkeimen: Was, wenn sein Gefühl für Laurie nichts weiter als Zärtlichkeit war, und was, wenn Pjotr einer anderen Liebe als der, die er für seine Kinder empfand, unfähig war?

Das hatte seine Frau gesagt – ihm entgegengeschrien. Sie wollte nicht seine Freundschaft, seine Loyalität, seine Zuneigung, seine Verehrung, seine Kameradschaft. Sie wollte das, was er schließlch Laurie geschenkt hatte; zumindest zu schenken geglaubt hatte.

Seinen ersten Vortrag mit einer Lesung von Gedichten hielt er in einem Hörsaal, der normalerweise von einem polnischen Kulturinstitut für Filmvorführungen und Vorträge von zu Gast weilenden Kunsthistorikern benutzt wurde. Der größte Teil des Publikums setzte sich aus Mitgliedern der polnischen Kolonie zusammen. Ein paar wenige waren gekommen, um ihn lesen zu hören, aber die meisten waren da, um zu sehen wie er aussah. An diesem Abend war die Kolonie nicht in ihre üblichen sozialen oder politischen Gruppierungen aufgeteilt, sondern die Geister schieden sich an dem Problem, wie Pjotr angeblich seine Frau behandelt hatte. Alle waren sich über die ersten Abschnitte von Pjotrs Geschichte einig: Es gab in seinen frühen Gedichten Hinweise und Spuren, die das Mädchen betrafen, das ihm das Leben gerettet hatte. Er und das Mädchen hatten geheiratet, hatten jahrelang von seinen Einkünften als anonymer Übersetzer gelebt. Hier kam die erste Spaltung der öffentlichen Meinung, denn einige sagten, in Wirklichkeit habe seine Frau die ganze Arbeit geleistet, während Pjotr müßig gewesen sei und freudenreiche Lehrjahre für seine spätere Karrriere verbracht habe, indem er Studentinnen nachstellte. Andere behaupteten, seine Frau sei keiner Fremdsprache mächtig; und auch, daß nur Pjotr aus den übersetzten Werken etwas Lesbares habe machen können.

Als nächstes kam die Sache mit den Liebhabern seiner Frau: Keiner stritt sie ab, aber wie stand es mit Pjotrs Affären? Und wie stand es mit seiner Impotenz? Denn er wurde für einen Satyr und einen Eunuchen gehalten und, auf unvorstellbare Weise, für beides gleichzeitig. Vielleicht war er nur impotent. Wer aber hatte dann mit seiner Frau die beiden – oder vier oder sechs – Kinder gezeugt? Namen wurden in die Runde geworfen, von Männern, die in politischen und kulturellen Kreisen Machtpositionen besaßen.

Pjotr habe versucht, seine Frau umzubringen – einige behaupteten, indem er sie eine Steintreppe hinunterstürzte, andere behaupteten durch einen Fenstersturz. Er sei mit einem Messer auf sie losgegangen, und um sich zu retten, sei sie aus einem Fenster gesprungen und zwar weich gelandet, habe sich aber an den zerbrochenen Scheiben das Gesicht zerschnitten. Eine pro-Pjotrsche Fraktion wollte wissen, daß die Frau Trinkerin war und mit einer Flasche und einem Glas in der Hand gestolpert sei. Die Symmetrie der Gerüchte ließ alle Fraktionen über den Anfang übereinstimmen (das Ehepaar, das sich im Gefängnis kennenlernte) und über das Ende – daß Pjotr die Kleider seiner Frau zu einem Bündel zusammengeschnürt und auf der Türschwelle ihres derzeitigen Liebhabers abgelegt habe.

Bevor er seinen Vortrag begann, blickte Pjotr in die erwartungsvollen Gesichter und überlegte, welche Geschichte wohl im Augenblick aktuell war. Nach dem Vortrag drängten sich Fremde nach vorn, um ihn zu beglückwünschen. Er freute sich, in dieser Menge eine Frau wiederzuerkennen, eine alte Bildhauerin, die seine Eltern vor dem Krieg gekannt hatten. Wenn sie lächelte, wurde ihr Gesicht so flach und orientalisch und runzlig wie Seidenpapier. Maria, jungfräulich wie ihr Name, war einst militant politisch gewesen; oft wurden solche Frauen automatisch Beamtinnen und von der jüngeren Generation als die »Tanten der Revolution« bezeichnet. Der Lohn für Maria war von anderer Art gewesen: Von einem, dem sie traute, nach Moskau beordert, war sie dort ganz beiläufig verhaftet, willkürlich wieder auf freien Fuß gesetzt worden und lebte nun schon seit Jahren in Paris. Sie erwähnte ihre Vergangenheit nie, und doch befand sie sich immer noch in ihr, denn ihre Kenntnis von Paris war eine Kenntnis von Bushaltestellen. Ihr Denken, das feurig und jugendlich war, bewegte sich in Richtung auf überraschende Veränderungen, aber inzwischen waren das veraltete Veränderungen – sagen wir etwa aus den Jahren 1934, 35. Pjotr erinnerte sich an ihre

Junggesellinnenwohnung mit den wackeligen unnützen Tischen, den stumpfen grünen geliebten Pflanzen, den Büchern in verblaßten Umschlägen, den Sesseln mit unregelmäßiger Polsterung, den Divanen, über die merkwürdige Bahnen handgesponnenen Stoffs gebreitet lagen, in Obstgartenfarben – Reineclaude, Traube, Pflaume. Ihre Kommentare waren streng und dialektisch gewesen, bis sie schließlich sanft und verzeihend wurden, und Beispiele aus Romanen enthielten, die sie auswendig kannte. Er wußte von keiner leidenschaftlichen Erfahrung in Marias Leben, außer der Politik. Ihre Arbeiten als Bildhauerin waren getreu und genau und sentimental gewesen; wenn man sie Jahre zuvor gesehen hatte, hätte man ihre Zukunft eigentlich schon voraussagen können. Sie hatte ihn nie etwas gefragt. Wenige Frauen hatten für ihn eine Rolle gespielt; sie war eine davon: eine diskrete, in Irrtümern befangene alte Frau, die er seit seiner Kindheit zweimal gesehen hatte, mit der er nie über etwas anderes als Politik und Kunst sprach. Beides waren Themen, die ihm so wichtig waren, daß ihre Unterhaltungen zutiefst persönlich geschienen hatten. Maria lobte Pjotrs Vortrag nicht, sondern sagte nur: »Ich habe jedes Wort gehört«, was bedeutete: »Ich habe genug zugehört.« Es waren zu viele Menschen da, sie konnten nicht miteinander sprechen. Sie verabredeten, sich zu treffen, und im selben Augenblick schob sich eine andere Frau mit trockenem roten Haar und einem breiten nervösen Lächeln an Maria vorbei und sagte zu Pjotr: »Mein Mann und ich würden es als Ehre ansehen, wenn Sie bei uns wohnen würden. Wir haben eine große Wohnung, wir sind beide den ganzen Tag fort, und Sie hätten Ihre Ruhe. Wir bewundern Ihre Arbeit.« Sie hatte etwas, das Pjotr bei Frauen als Nachteil betrachtete, man sah nämlich beim Lächeln und Reden ihr Zahnfleisch. »Sie wohnen wahrscheinlich in einem Hotel«, sagte sie. »Kommen Sie doch einfach zu uns, wenn Ihnen das Geld ausgeht.«

Pjotr hob die Karte auf, die sie ihm gab, und später studierte Marek sie und sagte: »Ich weiß, wer die Leute sind. Sie ist Ärztin. Nein, nein, sie sind nicht politisch, nichts dergleichen. Du wärst dort gut aufgehoben.«

War es wegen des Vortrags? Weil er Maria gesehen hatte? Weil er von der Ärztin eingeladen worden war? Pjotr betrachtete Lauries Abwesenheit jetzt mit einem Gefühl der Befreiung, so, als sei ein fremder Gegenstand aus seinem Leben entfernt worden. Sie hatte immer gelogen. Er erinnerte sich daran, wie sie willentlich zittern konnte – wie sie einmal eine Tasse Kaffee zum Überlaufen gebracht und dann später erklärt hatte, sie sei in diesem Augenblick so von ihm angezogen gewesen, habe aber nicht gewagt, es ihm zu sagen. Sie hatte ihn im Glauben gewiegt, sie sei unerfahren, um ihn zu quälen, hatte ihn Stunden des Zögerns und der Monologe im ihrem Bett hingehalten und behauptet, sie habe Angst vor einer Beziehung, die zu bindend sein könnte, sie habe Angst, sich in ihn zu verlieben – dies nach der Party, auf der sie zu ihm gesagt hatte: »Nein, Potter, du bleibst da.« Später erzählte sie Pjotr, daß sie ihren ersten Liebhaber mit fünfzehn gehabt hatte. Ein alter Freund der Familie, sagte sie, mit Kindern etwa in ihrem Alter. Er holte sie öfters von der Bishop Purse Schule für die Ferien nach Hause. Sie sei sein Ersatz für eine verbotene Tochter gewesen, sagte Laurie ruhig und trank Kaffee, diesmal ohne ihn zu verschütten. Pjotr hätte sie schlagen sollen, mit den Füßen treten, ihre Kleider mit einer Schere in Stücke schneiden und die Fetzen über die Lampen und die Möbel hängen. Er hätte ihr durch Paris hinterherlaufen, ihr Beleidigungen nachschreien, sie in Restaurants lächerlich machen sollen. Da er unfähig war, etwas auch nur annähernd so Gewaltiges zu unternehmen, war es ihm gerade recht, daß sie fort war. Die Erleichterung machte ihn großzügig: Er rief sich ins Gedächtnis zurück, daß sie auch etwas zu seinem Leben beigetragen hatte. Sie hatte Pjotr das gegeben, was noch übrig blieb von ihrer Liebe zu sich selbst. Man konnte sich durch jede Schicht von Lügen hindurcharbeiten und darunter den Menschen, den man wollte, erreichen, entschied er, aber den Narzißmus konnte keiner durchdringen. Er war wie die Erdkruste.

Er schlief tief in dieser Nacht und einen Teil des nächsten Nachmittags. Marek hatte im Hotel Bücher für ihn abgegeben, die neuen Romane der Herbstproduktion. Nichts in ihnen gab Pjotr einen Anhaltspunkt über die Leute, die er auf der Straße sah, aber das frische Aussehen der Bände, ihre sauberen Umschläge, das glatte Papier und die ausgefallenen Titel brachten noch mehr Distanz zwischen ihn und seine närrische Liebesaffäre. Nach Einbruch der Dunkelheit kam sein Cousin, um ihn zu einer französischen Abendeinladung abzuholen. Pjotr hatte Gnade gefunden vor den Augen einer schönen, gefeierten Gastgeberin namens Eliane, die für ihren Witz, ihre Liebhaber und ihre Abneigung gegen Ausländer bekannt war. Sie war bei Pjotrs Vortrag gewesen. Sie hatte vor, Pjotr während des Essens zu ihrer Rechten zu plazieren. Marek fürchtete, daß Pjotr gar nicht begriff, welche Ehre das war. Ein jeder der bei dem Vortrag Anwesenden hätte einen Arm und ein Bein gegeben, wenn dieses Opfer bedeutet hätte, Elianes Schwelle überschreiten zu dürfen.

Pjotr fragte: »Was macht sie beruflich?«

Sie fuhren mit dem Taxi quer durch Paris. Marek setzte seine ausführlichen Instruktionen fort, und erzählte Pjotr, worüber Eliane vermutlich reden würde und was sie über Lyrik und Polen dachte. Pjotr dürfe auf keinen Fall widersprechen, auch wenn er genau wisse, daß etwas unrichtig sei; vor allem dürfe er nicht davon ausgehen, daß irgend etwas, das zu ihm gesagt werde, als Witz gemeint sei. Marek und Pjotr würden die beiden einzigen ausländischen Gäste sein. Er bat Pjotr inständig, ihn nicht auf polnisch anzusprechen, wenn jemand anders es hören könne. Und schließlich, als Antwort auf Pjotrs Frage, sagte er, daß Eliane beruflich nichts »mache«. »Du mußt dir abgewöhnen, Frauen über ihre Arbeit zu definieren«, schloß er.

Während des Apéritivs – einem Fingerhut süßen Ports – wich Marek seinem Cousin nicht von der Seite. Die Gastgeberin war die kleinste Frau, die Pjotr gesehen hatte, eben über Zwergengröße. Sie trug ein langes rosa Kleid und hatte Ringe an jedem Finger. Bei Tisch saß rechts neben Pjotr ein schwangeres Mädchen mit weichem dunklen Haar und einem unterwürfigen Profil. Er lächelte sie an. Sie starrte auf einen Punkt zwischen seinen Augen. Sein Lächeln war wie ein zu früh geäußertes Urteil. Mareks Gesichtsausdruck signalisierte, daß Pjotr sich umdrehen und seine Gastgeberin ansehen sollte. Eliane fragte ihn ernst: »Haben Sie schon einmal Lachs gegessen?« Als nächstes sagte sie: »Ich habe mir Ihren Vortrag angehört.« Pjotr, noch der Lachsfrage nachhängend, gab keine Antwort. Sie fuhr fort: »Die Gedichte, die Sie gelesen haben, waren nicht auf französisch, und ich habe nichts davon verstanden.« Sie wartete; er wartete auch. »Sind Sie sehr stark von Paul Valéry beeinflußt?« Pjotr dachte darüber nach. Seine Gastgeberin drehte sich geschmeidig dem Mann an ihrer Linken zu, der ein rotes Band mit einer Rosette im Knopfloch trug.

»Cézanne war Freimaurer«, hörte Pjotr ihn sagen. »Ebenso Braque. Ebenso Juan Gris. Ebenso Soutine. Noch nie sind Werke von jemand, der nicht Freimaurer war, in einem Nationalmuseum ausgestellt worden.«

Das gesellschaftliche Uhrwerk des schwangeren Mädchens schrieb ihr zum zweiten Gang Pjotr vor. »Ist dies Ihr erster Besuch in Paris?« sagte sie. Ihre Augen tanzten, rollten fast. Sie warf den Kopf nach hinten wie ein nervöses Pony. Der Rest des Tisches hätte glauben können, sie und Pjotr erzählten einander köstlich amüsante Privatangelegenheiten.

»Dies ist meine dritte Parisreise als Erwachsener. Einmal war ich als Kind mit meinen Eltern hier.« Er überlegte, ob seine Entdeckung von Kastanienmeringuen in Rumpelmayer's Tearoom im Jahre 1938 von Interesse sein könnte.

»Die restliche Zeit waren Sie immer in Ihrem reizenden Polen?« Das begleitende Lachen verwirrte ihn. »Was kann Sie nur dort gehalten haben?« In einem anderen Zusammenhang, in einer Welt, die vertrauter war, wäre der Gesichtsausdruck des Mädchens eine Einladung gewesen. Doch Pjotr sah, was die anderen nicht sehen konnten, nämlich, daß sie ihn gar nicht richtig ansah.

»Nun ja, einmal war ich im Gefängnis«, sagte er, »und gelegentlich habe ich Bücher übersetzt und gelegentlich an der Universität gelehrt. Manchmal läuft das Ganze auch umgekehrt ab, der Dichter fängt an der Universität an und endet im Knast.«

»Haben Sie Kalbfleisch schon einmal so zubereitet gegessen?« sagte sie, nach einem raschen Blick zu ihrer Gastgeberin, um zu sehen, ob sie bereit war, sich wieder Pjotr zuzuwenden. »Es ist typisch französisch. Aber nicht typisch Pariserisch. Nein, im Gegenteil, es ist sogar typisch Provinz. Eliane macht gern diese komischen provinziellen Dinge.« Sie hielt wieder inne. Pjotr gehörte immer noch ihr. »Und wo haben Sie Ihr ausgezeichnetes Französisch und Ihre charmanten Manieren gelernt?« sagte sie. »In Polen?«

»Am schwersten fiel es mir, zu lernen, nicht auf den Tisch zu spucken«, sagte Pjotr.

Danach ließen beide Frauen ihn in Frieden. Aber natürlich hatte er doch keinen Frieden, denn Marek beobachtete ihn. Er tadelte Pjotr nicht, aber Pjotr wußte, daß er nicht noch einmal zu einem französischen Abend eingeladen werden würde.

Vielleicht, weil er am Nachmittag zu viel geschlafen hatte, fand er die Nacht lang und voller dunklen Jammers. Er wachte zur schlimmstmöglichen Stunde auf, um vier, als es zu spät zum Lesen war – seine Augen tränten und wollten nicht klar sehen – und zu früh zum Aufstehen. Er hörte die Hoteluhr unten fünf schlagen, dann sechs. Er fiel noch einmal in einen leichten Schlaf und erwachte, als es sieben Uhr schlug. Sein Körper hatte die Oberhand gewonnen und versuchte ihm zu zeigen, daß die Nonchalance wegen Laurie ein falscher Burgfriede gewesen war. Er fühlte sich dumpf und krank. Er rasierte sich am Waschbecken in seinem Zimmer und bat das Zimmermädchen, die Tür am Flurende aufzuschließen, damit er ein Bad nehmen konnte. Er betrat den dampfenden Raum mit seinen kalten Wänden und undurchsichtigen Fenstern und rief sich ins Gedächtnis zurück, daß Laurie ein fremder Gegenstand war, daß er ein eigenes Leben, ein eigenes Schwerezentrum hatte. Sein Körper reagierte auf diese Demonstration von Unabhängigkeit mit Magenkrämpfen und heftiger Übelkeit. Sein Mund wurde trocken, als er in sein Zimmer zurückkam und dort auf das Frühstückstablett wartete. Die Haut um seinen Mund fühlte sich an wie von kleinen stechenden Insekten angegriffen. Ein Kopfweh am Haaransatz hinderte ihn daran, die Morgenzeitung zu entfalten oder einen Brief von zu Hause zu lesen. Der Tag war sonnig und er sah jetzt, daß die Gemeinplätze über enttäuschte Liebe alle stimmten: Das Wetter verhöhnte ihn; er sehnte sich nach Dunkelheit und Regen. Sein Unglück war eine Krankheit. Fremde würden Zeichen davon sehen und würden ihn verachten.

Er liebte sie. Mehr als zwei Jahre lang war sein erster Gedanke beim Aufwachen gewesen: Ist ein Brief da? Er hätte gern die Hand nach ihr ausgestreckt, direkt nach Venedig, aber sie mußte ihn wollen – sonst war er eine Forderung, ein Anspruch, ein totes Gewicht auf ihrem Leben; er war wie die weichen, zusammengekrümmten, niedergeschlagenen Frauen, die mit der Liebe den gleichen Schlamassel anrichteten wie mit ihrer Zigarettenasche. Laurie war in Venedig, an einem schneeweißen Strand. (Das Venedig seiner Vorstellung war ganz blau und weiß.) Sie lag unverschämt nahe bei einem schattenhaften Mann. Pjotr konnte ihn nicht richtig erkennen. Vielleicht war er ruhig und gemütlich wie der Österreicher, oder dünn und verhärmt wie Pjotr. Vielleicht war er ein widerlicher Boulevardier mit Wangen wie gekochte Krabben. »Er spricht drei Sprachen... er hat ein eigenes Geschäft, es macht ihm Spaß.« Oh, wie niedrig, gefühllos, dumm!

Pjotr sagte seinem sich minderwertig fühlenden Selbst vor: Meine Gedichte sind ins... übersetzt... Ich habe mit... korrespondiert, bin von ... eingeladen worden... Ich kann Vorträge auf polnisch, russisch litauisch, deutsch, englisch, französisch halten, und ich kann außerdem...

Laurie hatte Pjotr versichert, daß keiner jemals wie er gewesen sei. Sie hatte gesagt: »Wenn man sich vorstellt, daß ich bisher geglaubt habe, ich wäre auch nur eine dieser frigiden Nordamerikanerinnen!« Pjotr hatte ihr geglaubt. Er hätte gern einen Aufschrei von einem Brief komponiert. Wo bist du? Warum schickst du mir kein Telegramm, gibst mir kein

Zeichen? Ich mache das Hotelbüro unsicher, wo die Post aufbewahrt wird. Ich halte die Hotelrechnung für eine Nachricht, daß du zurückgekommen bist. Sie sagen, die Post aus Italien dauere lang, aber ich sehe, daß andere Leute Post mit italienischen Briefmarken bekommen. Ich erwache im Morgengrauen und überlege, ob heute wohl der Tag des Briefs sein wird.

Seine Qual wurde durch die große Anzahl der Postzustellungen noch verstärkt; es gab drei am Tag und eine vierte für Pakete (falls sie mit einer Buchsendung zeigen wollte, daß sie an ihn dachte). Der Portier sah Pjotr herumstehen, wenn er Briefe sortierte und rief: »Nichts!« und Pjotr schlurfte fort, als sei er in der beschämenden Haltung eines Voyeurs ertappt worden. Jetzt hörte und sah er »Venedig« überall: Wenn er Obst kaufte, sah er es auf eine Orange gestempelt. Er sagte sogar: »O Gott«, obwohl er bisher gedacht hatte, es gebe keinen Gott, der ihn hören könnte.

Pjotr hatte immer noch kein Geld von der Universität bekommen. Er war an bürokratische Langsamkeit gewohnt, aber die Francs, die sein Cousin ihm vorgestreckt hatte, schmolzen schnell dahin, und Pjotr wollte Marek nicht mehr bitten. Es kam der Tag, an dem er beschloß, das Hotel zu verlassen und zu der Ärztin und ihrem Mann zu ziehen. Marek billigte die Adresse, die dicht bei der Ecole Militaire lag; er hatte, wie er fand, nützliche Informationen ausgegraben: Die Ärztin und ihr Mann waren nach Frankreich emigriert, unabhängig voneinander, vor dem Krieg. Sie hatten sich in einem polnischen Widerstandsnetz, das außerhalb von Grenoble operierte, kennengelernt. Die Ehe war nicht glücklich. Der Mann hatte eine Geliebte und eine uneheliche Tochter, mit denen er jeden Sonntag verbrachte. Die Ärztin würde sich todsicher in Pjotr verlieben, sagte Marek.

Pjotr mochte die Straße nicht sonderlich, sie kam ihm erstarrt und feindselig vor. Das Haus hatte etwas verzweifelt und ehrbar Schäbiges an sich. Laurie wäre hier nie eingezogen. In dem eisigen Treppenhaus quietschte ein Fahrstuhl an schwankenden Kabeln. Die Flure waren düster. Die Bewohner benutzten den Lift und begegneten sich in den Fluren, ohne miteinander zu sprechen und mit ausdruckslosem Blick. Er stellte sich jede der hohen Wohnungen von nur einer Person bewohnt vor, die allein lebte, in einem Ministerium arbeitete und abends an der Tischkante ein Fertiggericht verzehrte. Seine Gastgeberin hieß ihn willkommen wie einen alten Bekannten und machte ihm ein Bett in einem Zimmer zurecht, das sie früher für Privatbehandlungen benützt hatte. Spuren des alten Regimes waren geblieben – die helle Deckenbeleuchtung, das Waschbecken in einer Ecke, ein lederner Paravent. Unter seinem Bett entdeckte er eine Kiste mit Büchern. Keines war später als in den frühen fünfziger Jahren erschienen; wahrscheinlich war damals die Ehe des Paares zerbrochen. Die französischen Einbände waren vergilbt. Eine Anzahl von Kriegsbüchern war dabei. Pjotr, etwa ein Jahrzehnt jünger als die heldische Generation, war über solche Bücher schon immer eine Spur irritiert gewesen.

Die Ärztin gehörte dem Stab einer Klinik im Dreizehnten Arrondissement an, wo sie jetzt eine Praxis hatte und ihre Privatpatienten behandelte. Sie gab Pjotr einen Schlüsselbund mit Hausschlüsseln und den Schlüssel zu einem Briefkasten unten im Hof. Dies versetzte Pjotr in neuerliche Qualen. Er konnte sich nicht dazu bringen, den Hof zu überqueren, ohne durch den Briefkastenschlitz zu spähen, selbst wenn er erst vor einer halben Stunde geschaut hatte. Er erwartete zu jeder Tages- und Nachtzeit eine Nachricht von Laurie; sein altes Hotel hätte ja einen Expressbrief bekommen und ihn durch einen Boten herüberschicken können. Manchmal sah ein Lichtstrahl auf der Metallinnenseite des Briefkastens wie ein Brief aus, und die Hoffnung, die er verspürte, entschädigte ihn fast für die Enttäuschung. Er hatte auch eine neue Sorge: Ein Klumpen, wie ein großer schwarzer Stein, erfüllte seine Brust. Er spürte ihn, wenn er morgens aufwachte. Das erste, was er hörte, war ein Wecker im Schlafzimmer der Ärztin kurz vor sechs, und dann bemerkte er den Stein. Er hörte den Mann der Ärztin aufstehen und im Badezimmer die 6-Uhr-Nachrichten hören. Er war klein und kahlköpfig und höflich zu Pjotr. Er brauchte eigentlich nicht vor sechs aufzustehen. Er wollte einfach nur nicht länger mit seiner Frau allein sein als nötig. Das sagte die Ärztin jedenfalls zu Pjotr, wobei sie ihn listig und kühn ansah und offenbar auf eine ähnlich versteckte Vertraulichkeit über seine Frau hoffte. Pjotr hörte, daß sich das Ehepaar, wenn es allein war, auf französisch stritt. Es war ihre Sprache für Tadel und Rechtfertigung. Er erinnerte sich daran, wie er sich von seiner Frau getrennt und auf seine Kinder verzichtet hatte, damit sie nicht mehr aus ihrem dunklen Schlafzimmer die Auseinandersetzungen der Erwachsenen mit anhören mußten. Oft hörte Pjotr in der Nacht das eintönige Klagelied der Ärztin, das fast einen poetischen Rhythmus hatte. Sie warf ihrem Mann vor, er sei ein Geizhals und liebe sie nicht. Er nehme ihr Geld weg; er entziehe ihr Wärme. Wenn der Mann antwortete – ein leises Gemurmel von Worten, aus denen Pjotr »niemals« und »Ahnung« heraushörte –, wurde ihre Stimme mißtönend und abgehackt, so, als schlage ein Kind wild und wahllos auf die Tastatur eines Klaviers. Er hörte: »Manche Männer sind grausam, aber sie sind wenigstens noch intelligent. Wie schadenfroh du sein mußt! Du glaubst, *du* hast deine Schäfchen im Trockenen. Freu dich nur nicht zu früh!«

Manchmal frühstückte die Ärztin mit Pjotr. Sie erzählte ihm, wie sie in Frankreich Medizin studiert hatte und vom Krieg und der Résistance, und fügte unweigerlich hinzu: »Sie sind zu jung, um sich daran zu erinnern.« Sie sagte: »Mein Mann war tapfer in diesem Krieg. Aber er versteht nichts von gebildeten Frauen und hätte nie eine heiraten sollen.« In Wirklichkeit wollte sie über Pjotr und seine Frau reden. Sie schaute, sie blickte unverwandt, sie hoffte, sie wartete. Pjotr war daran gewöhnt.

Er hielt seinen zweiten Vortrag, auf französisch, in einem Hörsaal im Souterrain. Dieses Mal hatte er eine Reihe gutgekleideter parfümierter Französinnen vor sich – die unvermeidlichen *femmes du monde*, die von dem ausländischen Poeten angezogen wurden – einschließlich, zu seiner Überraschung, des schwangeren Mädchens von jener fatalen Abendeinladung. Eine Anzahl von Studenten, die finster dreinschauten, als beabsichtigte Pjotr in irgendeiner Weise, sie in die Irre zu führen, hockten im Hintergrund. Nach dem Vortrag stand ein junger Mann mit einem Militärhaarschnitt auf, um zu fragen, ob Pjotr sich als rechts betrachte. Pjotr sagte nein.

»Ich habe gehört, sie lassen nur Faschisten raus.«

»Ich bin nicht rausgelassen worden wie ein Hund«, sagte Pjotr liebenswürdig. »Ich bin hier wie jeder andere ganz normale Gastdozent.«

Ein Mädchen applaudierte. Eine der gutgekleideten Frauen nannte ihn »*Maître*«. Pjotr zog seine Baskenmütze bis zu den Ohren herunter und zog sich hastig nach draußen auf die Straße zurück. Die Studenten waren mißtrauisch gewesen, die Damen distanziert und verwirrt. Was erwarteten sie denn? Er erinnerte sich an Lauries Lächeln, ihre helle Stimme, wie plötzlich ihr Gesichtsausdruck sich verändern konnte, wenn eine schnelle Gefühlswelle der nächsten folgte. Er erinnerte sich daran, daß sie ihn geliebt und versucht hatte, ihn glücklich zu machen, und daß er auf dem Weg zu der stillen Wohnung der Ärztin war. Der Stein in seiner Brust dehnte sich aus und drückte auf seine Lungen. Das einzige, was ihn daran hinderte, auf der Straße seinen Tränen freien Lauf zu lassen, war der Gedanke daran, daß er das noch nie einen Mann hatte tun sehen. In seinem Zimmer überkam es ihn. Er war überrascht darüber, wie warm Tränen waren – bestimmt wärmer als Blut. Er sagte sich: »Wenigstens weine ich doch über etwas Reales«, und das war seltsam, denn er glaubte, daß er stets in der Realität lebe, daß er es müsse. Der Stein löste sich auf, und jetzt verstand er, was Weinen bedeutete. Aber die fiebrige Rekonvaleszenz, die den Tränen folgte, war unangenehm, und nach ein paar Stunden kam der Stein zurück.

Und so dauerte der herrlichste Herbst in Paris seit Menschengedenken an. Der regnerische Morgen von Lauries Abreise war blauen und goldenen Farben gewichen. Trotzdem verspürte Pjotr, jetzt ein Heimsucher anonymer Parks, wenn er mit dem Rücken im Schatten saß, einen Schauer von Kühle, als kippe ihn die Erde in die Dunkelheit. Marek, der ihm das Dinner-Fiasko vergeben hatte, lud ihn in ein neues Restaurant ins Quartier Latin ein. Pjotr hatte die Angewohnheit, alles, was ihm vorgesetzt wurde, zu essen, ohne viel zu schmecken oder wahrzunehmen. Er hörte Lauries Stimme voller Spott ihre Mahlzeit beschreiben: »Pilze in Dieselöl, Steak, über modrigem Stroh geröstet, Beaujolais wie Essig vom letzten Jahr.« Die anderen Speisenden waren unscheinbar aussehende Ehepaare um die Dreißig oder Vierzig, die *Le Monde* oder *Le Nouvel Observateur* zusammengefaltet neben ihrem Teller liegen hatten. Er nahm das alles wahr, als sammle er Fakten, um sie Laurie zu erzählen. Die Unterhaltung seines Cousins bestand aus leisem Klatsch über Polen. Sie erinnerten sich an einen Schriftsteller, der einstmals in Warschau solche Macht gehabt hatte, daß sein Einspruch gegen eine Studentenzeitung Pjotr ins Gefängnis gebracht und Marek ins Exil getrieben hatte. Jetzt lehrte dieser Mann in den USA, wo er hoch geachtet wurde als einer, der unter der Knute gewesen war und überlebt hatte, um davon zu erzählen. Er habe immer noch seine spärlichen schwarzen Zähne, sagte Marek, dessen Wissen um solche Details unendlich war, und die Universität, an der er unterrichtete, hatte angeboten, sie durch etwas Weißes, Glänzendes zu ersetzen. Tatsache aber war, daß der Schriftsteller, der in den fünfziger Jahren anderen Menschen das Leben kaputtgemacht hatte, Angst vor dem Zahnarzt hatte.

Marek bestellte eine zweite Flasche Wein und sagte: »Jeden Tag frage ich mich, was ich eigentlich in Paris mache. Ich habe keine echten Freunde. Ich habe Feinde, die mir Hakenkreuze ins Treppenhaus schmieren. Ich spreche sieben Sprachen. Meine Großmutter mütterlicherseits war die Tochter einer Prinzessin. Wen interessiert das hier? Vielleicht sollte ich zurück nach Polen gehen.« Dies war ein üblicher Emigrantenmonolog; Pjotr versuchte gar nicht, darauf zu antworten. Sie gingen durch die milde Nacht, durch hell erleuchtete Straßen, fädelten sich zwischen Bettlern und Gitarrenspielern durch, blieben stehen, um die Auslagen nordafrikanischer Bäckereien zu betrachten. Pjotr machten die Bettler zu schaffen – die heruntergekommenen jammernden Mütter mit betäubten, dösenden Babys, die verkrüppelten Männer, die ihre Blindheit und die Stümpfe ihrer Arme und Beine für Geld vorzeigten. »Jugoslawische Banden«, sagte Marek schulterzuckend. Er erinnerte Pjotr daran, daß Betteln ein Stück Freiheit sei. Hier stand es Männern und Frauen frei, ihre Miete, ihren Alkohol, das Essen für ihre Kinder zu erbetteln. Pjotr sah ihn an, konnte aber kein Augenzwinkern, nichts Doppeldeutiges feststellen. Marek hatte sich mit etwas abgefunden, ein für allemal, ebenso wie Pjotr es in einer völlig anderen Existenz getan hatte. Als sie sich der Seine näherten, überkam ihn eine kindliche, weihnachtliche Erwartung, weil er wußte, daß sich die angestrahlte Seite von Notre Dame zitternd in dem dunklen Wasser spiegeln würde. Er war dabei, Laurie zu vergessen – o ja, ganz sicher! Er faßte den Entschluß, ihre Geschichte aufzuschreiben, Stück für Stück. Das Schreiben würde die letzten Spuren von Laurie aus seinen Gedanken und seinem Herzen wischen. Er war kein Prosaschriftsteller und nur ein periodischer Tagebuchschreiber, aber nun begann er, hier und jetzt, an Laurie und der Liebe kühl und historisch Maß zu nehmen. Er fühlte sich kühn genug, etwas über Laurie Bennett zu sagen und noch etwas über Venedig.

»Ach Laurie – Laurie ist in Florenz«, sagte Marek. »Ich habe eine Karte bekommen.« Zwischen Pjotrs Rippen wurde der Stein doppelt so groß. »Sie reist herum«, fuhr Marek fort. »Ein älterer Mann schenkt ihr das Geld.« Dann ließ er das einzig wichtige Thema der Welt fallen, um weiter über sich zu reden.

»Der ältere Mann«, sagte Pjotr, »ist er ihr Liebhaber?«
»Sie hat ihn nie vorgezeigt«, sagte Marek. »Laurie sieht man immer nur allein. Ich kenne sie seit Jahren. Du kannst niemals Laurie anschauen und dann einen anderen Mann und sagen ›mit dem schläft sie‹. Aber dieser Mann – als sie nach Paris kam, war sie so naiv, daß sie versucht hat, ihn bei der Polizei als ihre Einkommensquelle anzugeben und fast ausgewiesen worden wäre. Das ist jetzt Jahre her.«

Jahre her? Pjotr hatte ihr wahres Alter niemals in Frage gestellt. Laurie sah jung aus, und sie redete von ihrer Schulzeit, als läge sie gerade hinter ihr. Vielleicht war sie eine von jenen, die sich weigern, überhaupt etwas mit der Zeit zu schaffen zu haben. In diesem Falle würde ihre Jugendlichkeit einen Mangel an Verständnis bedeuten: Genauso, wie sie Worte falsch schrieb, weil sie nicht wußte, was Worte bedeuteten, konnte sie auch nicht von der Zeit verändert werden, weil sie nicht wußte, was Veränderung bedeutete.

Pjotr wachte am nächsten Morgen mit einem entzündeten Hals und einem Schmerz in der linken Schulter auf. Er konnte sich kaum anziehen und kaum schlucken und sprechen. Seine Gastgeberin saß, in eine Decke gehüllt, gebeugt vor einer Kanne starken Tees. Heute war Sonntag.

»Morgens Messe, nachmittags Pferderennen«, sagte sie und meinte ihren Mann, der verschwunden war. Pjotr erinnerte sich an das, was Marek über das uneheliche Kind gesagt hatte. Die Ärztin setzte Pjotr dunkles Brot, Frischkäse und Pflaumenmarmelade vor und wartete darauf, etwas zu hören – über seine Frau natürlich. Sie hörte nie auf zu warten. Von der Küche aus konnte er das Zimmer sehen, das er gerade verlassen hatte. Er dachte an sein Bett und wünschte, er läge darin, aber dann wäre er ihr Gefangener und sie würde vielleicht den ganzen Vormittag mit ihm reden.

Draußen glitten, über dem Hof, dünne Herbstwolken vor der Sonne vorbei. Er hörte das kalte Geräusch von Wasser, das über Kopfsteinpflaster gegossen wurde, und den Verkehr wie einen gedämpften Hubschrauber. Sein Leben schien über Nacht zu einer festen Masse erstarrt zu sein. Die Substanz war durchsichtig, wie Jaspis. Er war eingeschlossen in alles, was er je gesagt oder getan hatte. Was seine Schmerzen anging, so waren sie ein banges Rätsel. Meine Schulter, mein Hals, meine Rippen: Ist das eine tödliche Angina? Luftröhrenkrebs? Lungenkrebs? Die linke Hälfte seines Körpers rottete krank dahin, in der Jaspishülle seines Lebens.

Er sagte zu der Ärztin: »Ich habe mir wohl eine Erkältung geholt.« Er hörte sich alle seine Symptome beschreiben, als sei jedes ein Leiden für sich.

Die Ärztin hörte ihn bis zu Ende an. »Ich glaube, es ist nur etwas, das ich die Junggesellenkrankheit nenne«, sagte sie. »Sie sollten eine Geliebte haben, und sei es auch nur, damit Sie sich um etwas Echtes Sorgen machen können.« Vielleicht meinte sie das nett, aber sogar eine Ärztin kann kuriose Motive haben, besonders eine, bei der man das Zahnfleisch sieht, wenn sie lacht, und deren Mann früh aufsteht, um das Alleinsein mit ihr zu vermeiden. »Wollen Sie jemanden in meiner Klinik konsultieren?«

»Nein. Es wird schon vorbeigehen.«

»Ganz wie Sie wollen.«

Seine dritte Vorlesung hielt er durch einen engen schlackigen Hals. Dieses Mal war der Saal voller Studenten, die rauchten, unruhig hin und her rutschten, lasen, flüsterten. Er fragte sich, was sie an einem strahlenden Tag wie diesem drinnen taten. Sie zeigten wenig Interesse und stellten nur einige ihrer verwirrenden Fragen. Nach der Vorlesung lud ein dicklicher Mann, der sich als Journalist vorstellte, Pjotr auf die Terrasse der Brasserie Balzar ein. Er trug einen Rollkragenpulli aus Nylon und einen Blazer und eine große chromblitzende Armbanduhr. Pjotr nahm an, daß Marek ihn geschickt hatte – eine der wichtigen Verbindungen seines Cousins. Der Reporter trank Bier. Pjotr, dessen Organen im Augenblick schon allein der Geruch von Bier widerstand, trank einen schwachen Tee, aber sogar dieser Tee schien ihm aggressiv.

Der Reporter nahm einen tiefen Zug von seinem Bier und sagte: »Sind Sie einer dieser rebellischen Dichter?«

»Keineswegs«, sagte Pjotr leidenschaftlich.

»Und wie war das mit dem Brief, den Sie an die *Prawda* geschickt haben, und den abzudrucken die *Prawda* sich weigerte?«

»Ich habe nie einen Brief an die *Prawda* geschrieben«, sagte Pjotr.

Der Reporter kritzelte los, viel mehr Worte, als Pjotr gesagt hatte. Pjotr stellte fest: »Ich bin kein sowjetischer Dichter. Ich bin ein polnischer Gastdozent, von einer französischen Universität offiziell eingeladen.«

Hierauf schrieb der Reporter noch heftiger als zuvor und fragte Pjotr dann nach der Warschauer Legia – die Pjotr nach einem Augenblick vollständigen Nichtverstehens als Namen einer Fußballmannschaft erkannte – und ihren großen Star Robert Gadocha, von dem Pjotr niemals gehört hatte. Der Reporter schüttelte Pjotr die Hand und entschwand. Pjotr hatte vor, sich eine Notiz über diese merkwürdige Begegnung zu machen und Marek nach dem Mann zu fragen, aber als er seinen Taschenkalender aufschlug, sah er etwas von viel größerer Wichtigkeit – heute war der sechzehnte Oktober, der Tag der heiligen Jadwiga. Seine Gastgeberin, deren Name Jadwiga war, hatte ausdrücklich gewünscht, daß er zum Abendessen da sei. Er ging in einen Schweizer Film über ein Mädchen, das sich in einen verheirateten Zahnarzt verliebt hatte, schlief seelenruhig bis zu der Szene, in der sie ihm entsagte, und erinnerte sich beim Hinausgehen daran, daß er seiner Gastgeberin ein Geschenk mitbringen müßte. Als er Blumen kaufte, fiel sein Blick quer durch den Laden, und er sah den Österreicher. Er war mit einer alten Frau da – seiner Mutter vielleicht. Sie ging hin und her, deutete und lachte auf eine Weise, die Pjotr senil vorkam. Als sie ihren Nackenknoten über die Callalilien beugte, sah Pjotr den Österreicher ganz deutlich. Ja, er war es, der Mann mit der breiten Stirn und dem leichten Lächeln. Er widmete der plappernden alten Frau all seine Aufmerksamkeit und seinen ganzen Charme. Aber als er und Pjotr Seite an Seite standen und beide bezahlten – einer die Lilien, der andere die Rosen –, sah Pjotr, daß er älter als der Österreicher auf dem Bild war, und daß seine Arme und Schultern steif waren, eine leichte Lähmung. Die senile alte Mutter war in Wirklichkeit zupackend und behende; sie trug die Blumen. Der Österreicher war wieder in Venedig, wo er hingehörte. Will ich ihn dort hinhaben, fragte Pjotr sich.

Die ganze Wohnung, sogar Pjotrs Teil davon, roch nach Essensvorbereitungen. Die Ärztin hatte sich die Haare gewellt und getönt und die Wimpern getuscht. Ihr Mann trug einen dunklen Anzug und eine düstere Krawatte. Sein Geschenk für seine Frau, ein Paar Korallenohrringe, ruhte auf einem Samtkissen auf dem Eßzimmertisch. Die Gäste, Überbleibsel aus den alten glücklichen Résistance-Tagen des Ehepaares, saßen steif herum und tranken französische Apéritivs. Es waren »kleine« Polen. Marek hätte ihre Namen nicht gewußt, und sie auch nicht wissen wollen. Ihre Ehefrauen waren Französinnen, so daß die Unterhaltung auf französisch geführt wurde und sich auf Höflichkeiten beschränkte. Keiner kam überraschend vorbei, wie Freunde das normalerweise an Namenstagen taten. Die heilige Jadwiga, Fleisch geworden in Paris, kam Pjotr pedantisch und mittelständisch vor. Vom Himmel schweiften seine Gedanken natürlich nach Venedig, wo er einen weißen Tisch und weiße Stühle am Rande eines blauen Quadrats sah. Aber vielleicht war Venedig ganz anders – vielleicht war es ganz aus dunklem Stein.

Er hatte Mühe beim Schlucken des Apéritivs. Ein Dämon, der eine Mistgabel hielt, saß ihm in der Kehle. Manchmal streifte die Mistgabel sein Ohr. Die drei Männer und Jadwiga verfielen bald ins Polnische und in Kriegserinnerungen. Die französischen Ehefrauen plauderten untereinander, und dann zog die Ärztin ihre Stühle in die Nähe des Fernsehers. Sie war Mitglied einer Ärztedelegation gewesen, die an diesem Tage den Gesundheitsminister aufgesucht hatte; wenn sie ganz genau hinschauten, konnten sie vielleicht einen Blick von ihr erhaschen. Alle sieben starrten schweigend auf das Zifferblatt, das jetzt auf dem Bildschirm zu sehen war. Die Sekunden tickten vorüber. Sobald die Nachrichten anfingen, begann der Mann der Ärztin die Läden zu schließen und die Vorhänge zuzuziehen. Es war eine lautstarke Aktion, und Pjotr sah, daß die Ärztin Tränen in den Augen hatte. Pjotr dachte daran, wie dieser Angriff aus dem Hinterhalt Abend für Abend vor sich ging, ob nun Gäste da waren oder nicht. Er schaute unverwandt die Lichter an, die der gläserne Bildschirm reflektierte, wie Fragmente von Planeten. Eine Uhr auf dem marmornen Kaminsims hatte Zeiger, die sich nicht bewegten. Der Spiegel hinter der Uhr war geneigt, so daß Pjotr sich darin sehen konnte. Seine Gastgeberin, die dem Blick ihres wichtigsten Gastes gefolgt war, rief, die Uhr funktioniere vorzüglich, ihr Mann vergesse nur immer, sie aufzuziehen! Hierauf lächelten alle Pjotr an, als wollten sie sagen: »Darüber also machen Dichter sich Gedanken!«

Das Essen wurde noch einmal verschoben, wegen einer Fernsehserie, die alle Anwesenden mit Ausnahme von Pjotr siebzehn Wochen lang verfolgt hatten. Ein Mädchen namens Vanessa war der Sterbehilfe an der Person ihrer Tante angeklagt, welche Ingrid hieß und Vanessa ein großes Vermögen hinterlassen hatte. Verdächtigt wurde hingegen von allen im Zimmer (außer Pjotr), Anthony, ein Detektiv der Sureté, dessen Rolle es war, Vanessa ein hysterisches Schuldgeständnis abzunötigen. Anthony war Witwer. Seine junge Tochter Samantha hatte ihr Zuhause verlassen, um Wettkampfschwimmerin zu werden. Anthony hatte Angst, daß Samantha an Herzversagen sterben könne wie ihre Mutter Pamela. Samantha wußte nicht, daß zum Zeitpunkt des Todes ihrer Mutter Gerüchte über Sterbehilfe laut geworden waren. Die Besorgtheit des Detektivs um Samanthas geerbte Herzschwäche war für alle (außer Pjotr) der Beweis, daß er an Pamelas Tod nicht schuldig war. Der Adoptivsohn der toten Tante, Flavien, der das Testament angefochten hatte, und der die Inhaftierung der armen Vanessa im Santé-Gefängnis auf dem Gewissen hatte, sagte jetzt, er wolle doch nicht gegen sie aussagen. Pjotrs Frankreich, das fast ausnahmslos der Literatur entstammte, hatte ihn mit Menschen umgeben, die vernünftige Namen trugen, wie Albertine, Berthe, Marcel und Colette. Diese wuchernde Pracht exotischer Namen verwirrte ihn, aber er hielt das nicht für erwähnenswert. Ein genau umrissener Gedanke kam ihm, nämlich: Wenn seine Halsentzündung sich als Krebs herausstellen würde, so würde ihn das der Notwendigkeit entheben, sich überhaupt noch über etwas zu wundern. Er dachte sich gute Ratschläge aus, die er seinen Kindern hinterlassen wollte: »Versucht nie, einen unglücklichen Menschen glücklich zu machen. Das ist nur eine Vergeudung von Leben, und ihr macht damit das Gute in euch zunichte.« In dem Spiegel hinter der stehengebliebenen Uhr war Pjotr häßlich und alt.

Bevor er an diesem Abend zu Bett ging, las er den Bericht, den er über seine Liebe zu Laurie geschrieben hatte. Er hatte sich zu einer langen Klage ausgewachsen, etwas fürs Ohr, eine wortreiche Jammerei. In seiner Beschreibung von Laurie hatte er unvermeidlicherweise zwei Personen aus ihr gemacht. Hinter dem einen Mädchen – unendlich unbekümmert, allerdings mit einem Mangel an Vorstellungskraft – kam eine kleinere junge Frau zutage, die zerbrechlich und unwahrhaftig war, und die aus Angst liebte. Er hatte an Laurie niemals irgendwelche Angst bemerkt. Er beschloß, nie mehr in dieser Weise über sein Leben zu schreiben.

Er wurde durch sein eigenes ersticktes Husten aus einem langen Traum über Flughäfen gerissen. Sein linker Lungenflügel stand in Flammen, und ein neuer Schmerz lief wie ein elektrischer Draht durch seinen Arm bis in die Spitze seines kleinen Fingers. Er versuchte, den Husten zu unterdrücken, weil der nächste Anfall ihn umbringen würde, und während er den Atem anhielt, spürte er, wie eine Kette Glied um Glied um seine Brust geschmiedet wurde. Die letzten beiden Glieder griffen ineinander; die Kette wurde enger. Bevor er ersticken konnte, brach ein Husten aus ihm heraus und durchtrennte die Kette. Er zitterte heftig, war in eisigen Schweiß gebadet. Nach Luft schnappend, wegen des Schmerzes unfähig, sich auf einen Ellbogen aufzustützen, keuchte er: »Hilf mir.« Vielleicht wurde er sogar ohnmächtig. Das Zimmer war hell, die Ärztin beugte sich über ihn. Sie tupfte seinen Arm ab – er spürte die kalte Flüssigkeit, aber nicht die Spritze. Er wollte am Leben bleiben. Das hatte Vorrang vor allem anderen.

Pjotr erwachte frisch und ausgeruht, als sei in der Nacht nichts geschehen. Trotzdem ließ er sich von seiner Gastgeberin einen Termin an ihrer Klinik vermitteln. »Ich glaube immer noch, daß es die Junggesellenkrankheit ist«, brummte sie, aber sie sagte es mit einer falschen Bärbeißigkeit, die bedeuten konnte, daß sie nicht ganz sicher war.

»Es ist eine Halsgrippe«, sagte er. Oh, gesagt zu bekommen, daß man nur noch sechs Wochen zu leben hatte! Schulden begleichen; nichts unvollendet lassen; still davongehen. Alles war danebengegangen: seine Arbeit (weil sie unweigerlich hinter seinen Visionen zurückblieb), seine Ehe, die Politik, und jetzt hatte er, Lauries wegen, auch Endgültiges über die Liebe gelernt. Er war für nichts und wieder nichts im Gefängnis gesessen, war für nichts und wieder nichts Dichter gewesen, war für nichts und wieder nichts verliebt gewesen. Und doch, wie verzweifelt hatte er in der Nacht um sein Leben gebettelt – sein eigenes Leben, nicht um das eines anderen Menschen. Und wie beschämend hatte er sich geängstigt. Laurie hatte einmal zu ihm gesagt, er sei ein Feigling.

»Alle verheirateten Männer deiner Sorte haben Schiß«, hatte sie ganz ruhig gesagt. Dies fand statt an dem kleinen Tisch eines der Drugstores, die sie besonders liebte. Pjotr sagte, er sei nicht verheiratet, nicht richtig. »Ich werde dir sagen, ob du verheiratet bist *und* Schiß hast«, sagte sie. Sie schaute ihn über eine dampfende Kaffeetasse hinweg an. »Angenommen, ich würde einen Matisse kaufen und dir schenken.«

»Wie solltest du das können?«

»Wir stellen uns das ja jetzt nur vor. Sagen wir, ich würde auf einen Wintermantel verzichten, um dir einen Matisse zu kaufen.«

»Was von Matisse?«

»Irgendwas. Signiert.«

»Für einen Wintermantel?«

»Kannst du dir denn nichts einfach nur vorstellen, Potter? Dein herrlicher Matisse kommt also in Warschau an. Du packst ihn aus. Er ist ein Geschenk von mir. Du weißt, daß meine Liebe ihn begleitet. Er ist das Zeichen meiner Liebe und meines Verzichts.« Das Problem war, daß er es wirklich sehen konnte. Er sah sich, wie er das Bild aufrollte. Es war der Kopf einer Frau. »Würdest du es an die Wand hängen?«

»Natürlich.«

»Und den Leuten erzählen, wo es herkommt?«

»Was für Leuten?«

»Wenn deine Frau zu Besuch käme, was würdest du sagen?«

»Daß es aus Paris ist.«

»Von einem Menschen, der dich liebt?«

»Das geht sie nichts an«, sagte Pjotr.

»Siehst du?« sagte Laurie. »Du würdest es nicht wagen. Du bist doch nur ein verheirateter Mann, und ein Angsthase. Ein Angsthase wie sonst einer. Du hast sogar Schiß vor einer *Ex*-Frau. An dem Tag, an dem du ihr erzählen kannst, woher dein Matisse kommt, an dem Tag, an dem du sagen kannst: ›Ich bin stolz darauf, daß ein Mädchen mich so sehr lieben konnte‹, da wirst du wissen, daß du kein armer kleiner Angsthase mehr bist.«

Der Matisse war jetzt für ihn genauso wirklich wie das Auto, in dem sie vom Flughafen weggebraust war. Laurie hätte nie im Leben einen Matisse kaufen können. »Matisse« war nur ein Name, das Symbol für etwas Berühmtes und Kostbares. Sie konnte Pjotr der Angst beschuldigen, weil sie gar nicht genau wußte, was Angst eigentlich war; zumindest hatte sie selbst nie Angst gehabt. Pjotr dachte all dies ganz kühl. Ihre Stimme, die seit ihrer Abfahrt in seinen Gedanken gesungen hatte, verließ ihn plötzlich. Sie war mit den letzten Worten: »armer kleiner Angsthase« verstummt.

»Wie still mein Leben jetzt sein wird«, sagte Pjotr zu sich. Doch schien ihm auch, als ob sich seine Seelenqual vermindere und nur noch die schwache alltägliche Sorge zurückließ, die ein Mensch ertragen kann. Ein paar Tage später verspürte er sogar ein langsames Glück, wie ein steigendes Wasser, wie eine vordringende Flut. Er saß in Marias enger kleiner Wohnung voller Nippes und durchhängender Divane und trank mit ihr schwarzen Tee. Er sah die Sonne auf einem Blumenkasten und spürte die langsam steigende Flut. Maria redete über Männer und Frauen. Sie zog Bücher als Beispiele heran und sprang mit Namen von Romangestalten um, als seien sie

Freunde: »Anna lebte eigentlich ja fast auf einer Ebene der Idiotie.« »Wenn Natascha nicht alle diese Kinder gehabt hätte...« »Lavretzky war zu resigniert.« Pjotr entschied, dies könne der klügste Weg sein, an die Wahrheit heranzukommen. Erfahrung hatte ihn niemals der Wahrheit über etwas nähergebracht. Wenn er aus Warschau geflohen wäre, seine Kinder im Stich gelassen und versucht hätte, mit Laurie zusammenzuleben, und dann von ihr verlassen worden wäre, wäre er in Zimmern wie denen von Maria gestrandet. Er hätte sich daran erinnert, das Bett frisch zu beziehen, wenn ein neues Mädchen in Sicht war, hätte Gästen aus der Heimat Tee angeboten, Schriftsteller zitiert, ein komisch klingendes Französisch und ein zunehmend altmodischeres Polnisch gesprochen, bis er schließlich von allen Menschen bis auf eine Handvoll anderer Emigranten verlassen gewesen wäre.

Um zehn Uhr morgens kam Pjotr zum Termin in die Klinik, in der seine Gastgeberin ihre Praxis hatte. Sie hatte ihm einen Plan gezeichnet und ihre Wegbeschreibung in jeder möglichen Form außer Blindenschrift wiederholt. Die Klinik war in einem Backsteinhaus aus dem neunzehnten Jahrhundert untergebracht, Meilen von jeder Metrostation und fern von allen Bussen. Er näherte sich ihr durch Straßen voller abbruchreifer Häuser mit leeren Fenstern. Eine Schwester wies ihn hinaus auf einen vermoosten Hof, der nach Pilzen roch und hinüber in ein niedriges, schäbiges Gebäude, in dem das dämmrige Licht, die Atmosphäre von Furcht und Warten, der Geruch von Äther und Karbol an ein Gefängniskrankenhaus am Inspektionstag erinnerten. Er reihte sich zwischen ein Dutzend Frauen und einen einzelnen Mann ein, die rings um die vier Seiten des Raums saßen. Auf einem Küchentisch, genau in der Mitte, lagen Illustrierte des letzten Winters. Keiner schaute sie an außer Pjotr, der auf Zehenspitzen zum Tisch und wieder zurückging. In dem Zimmer war es so still, daß er hörte, wie eine der Frauen schluckte. Dann kamen vom angrenzenden Raum Geräusche von etwas Schwerem, das zu Boden fiel und Eisenschlössern. Seine Gefängniserinnerungen, die leicht auflebten, sagten ihm: Da stirbt einer. Sie sind hinausgegangen, allesamt, und lassen einen Gefangenen allein sterben.

»Mein Hals«, probte er. »Ich habe kein Fieber, keine anderen Symptome, mit mir ist sonst nichts Schlimmes, nichts, nur ein unheilbarer Luftröhrenkrebs.«

Ein paar Tage später klopfte morgens seine Gastgeberin an die Schlafzimmertür und kam sogleich, ohne zu warten, herein. Seine Schlafanzugjacke war nicht zugeknöpft. Er tastete nach seiner Brille und setzte sie auf, als könne sie ihn bekleiden. Die Ärztin legte ein mit rosa Tabletten gefülltes Glasröhrchen auf den Nachttisch.

»Ich glaube immer noch, daß es die Junggesellenkrankheit ist«, sagte sie. »Aber wenn der Schmerz Ihren Hals verläßt, wo Sie ihn wohl haben wollen, und Sie *hier* etwas spüren«, wobei sie eine unverschämte Hand auf seine Brust legte, »nehmen Sie im Abstand einer halben Stunde zwei hiervon. Sobald Sie wieder in Warschau sind, gehen Sie zu einer gründlichen Untersuchung ins Krankenhaus. Ich gebe Ihnen Ihr Krankenblatt, bevor Sie abreisen, mit einem Brief für Ihren Arzt.«

»Was ist es?«

»Tun Sie, was ich Ihnen sage. Es ist nichts Ernstes.«

»Ich werde mir das Schlimmste vorstellen«, sagte Pjotr.

»Sich das Schlimmste vorzustellen schützt Sie davor.«

Das Schlimmste war keine tödliche Krankheit; es war immer noch ein aus weißem Stein erbautes Venedig, mit weißen Brücken und Statuen. Auf einer schneeigen Straße studierte Laurie vor einem Restaurant die Speisekarte. Hand in Hand mit dem Österreicher sagte sie: »Ich würde lieber nach Hause gehen und mit dir schlafen.« Pjotrs Hand krampfte sich um das Tablettenröhrchen. Er vermutete, daß die Medizin ein Placebo war, aber sie konnte auch ein Heilmittel gegen das Schlimmste sein. Ein Placebo könnte durch Zufall den heimlichen Feind angreifen, der, ohne Wissen der wachsamsten und intelligentesten Ärzte in Paris, Pjotr langsam tötete.

Das Schlimmste stellte sich, wie immer, als etwas sehr Simples heraus. Die französische Lektorin, die im Austausch gegen Pjotr nach Polen geschickt worden war, hatte ihr Thema verfehlt. Als sie festgestellt hatte, daß ihre Studenten materialistisch und grob bürgerlich waren, hatte sie versucht, sie mit revolutionären Ideen zu bombardieren und war des Landes verwiesen worden. Als Vergeltungsschlag wurde Pjotr aus Frankreich ausgewiesen. Marek begleitete seinen Cousin zum Polizeihauptquartier. Er schien ebenso hilflos wie Pjotr und hatte ausnahmsweise keine Lösung parat. Pjotr erhielt einen Aufschub von fünf Tagen, um seine Angelegenheiten zu ordnen. Er würde nun keine weiteren Vorträge mehr halten, und, es sei denn Laurie käme vorher zurück, sie nie wieder sehen. Marek fragte ihn aus – nahm ihn geradezu ins Kreuzverhör: Wer der Reporter gewesen sei, mit dem er im Balzar gesprochen habe. Ob Pjotr ihn beschreiben könne? Ob er Pole, ob er Amerikaner gewesen sei? Und was mit dem schwangeren Mädchen gewesen sei – ob Pjotr sie beleidigt habe, ob er während des Vortrags an jenem Tag dumme und unübersetzbare Witze gemacht habe? Pjotr antwortete geduldig, aber Marek war nicht zufrieden. Es müsse jemanden gegeben haben, sagte er, und meinte damit den schattenhaften Jemand, der sie auf Schritt und Tritt verfolgte, der die Ängste und Phantasien der Emigranten nährte. Nach Mareks Erfahrung hatte der Jemand letztendlich immer einen Namen, war immer aufspürbar. Als kaum zwei Tage später Jemand Pjotr mitteilte, daß er seine Vereinbarung gebrochen habe (da er vorzeitig abreise) und deshalb kein Geld erhalten würde, starrte er die unleserliche Unterschrift an und wußte ganz sicher, daß dahinter kein menschliches Gehirn stecken konnte; es war das Werk einer bürokratischen Maschinerie, die ganz allein vor sich hinarbeitete. Marek fuhr fort zu murren und über den Jemand zu spekulieren, während Pjotr sich auf die Maschinerie einschoß. Es war eine bequeme Lösung und eine, mit der zu leben er gelernt hatte.

Mit Ausnahme seiner Schulden bei Marek, die zu bezahlen er jetzt keine Möglichkeit sah, bedauerte Pjotr nichts an seiner

Abreise. Er schien schon ewig in dem alten Praxiszimmer der Ärztin zu schlafen und nachts ihre verwundete Stimme zu hören, von den schrillen Radionachrichten um sechs Uhr angefallen zu werden, die Tagesgröße des Steins in seiner Brust zu messen, die Läden einem unbarmherzigen Himmel zu öffnen, an den Briefkasten und den Schlüssel und die Nachricht von Laurie zu denken. Plötzlich fiel Pjotr auf, daß er an diesem Tag zweimal im Haus ein und ausgegangen war, ohne nach einem Brief zu schauen. Das war Freiheit! Es war wie die Rückkehr ins Leben nach einer langen Krankheit, wie damals, als seine Frau ihn mit eingeschmuggelter Suppe aus einem Glas fütterte und sagte: »Natürlich wirst du wieder gesund!« Als er Maria anrief, um sich zu verabschieden, nahm sie die Nachricht von seiner Abreise gelassen hin. Pjotr war nur ein weiterer Roman. Sie blätterte die Seiten langsam um. In Romanen muß es notgedrungen gelegentlich einen Schock geben. Sie lud ihn zum Tee ein, als sei er gerade angekommen und als sollten ihre besten Gespräche miteinander noch kommen. Auf dem Weg zu seinem letzten Besuch zwang Pjotr sich, in den Briefkasten zu schauen, aus einem fernen Mitgefühl mit dem Opfer, das er einmal gewesen war. Drinnen lehnte schräg ein Blick auf San Pietro in Venedig und eine Botschaft in Lauries kindlicher Handschrift mit den unvermeidlichen Rechtschreibfehlern:

Es ist forbei.
Mein Freund und ich trennen uns auf ewich.
Ich liebe nur dich.
Bin Montag 8 Uhr zurück. Bitte kome chez moi.

»Liebe« war dreimal unterstrichen.

Pjotr war zum Tod durch Erhängen verurteilt gewesen, aber jetzt wurde ihm die Augenbinde abgenommen. Er trat die Stufen vom Galgen herunter in die vollkommene Sicherheit. Der Henker band ihm die Hände los und zündete sich seine Zigarette an. Ihm wurde ein Paß ausgestellt, der für alle Länder und für die Ewigkeit galt. Seine ersten Gedichte waren soeben veröffentlicht worden. Er hatte sich verliebt, und sie liebte ihn auch, sie war »wirklich verknükt«, und Liebe, Liebe, Liebe war dreimal unterstrichen. Heute war Montag; er mußte noch vier Stunden warten. Der Hof und die graue Straße dahinter wurden so weiß wie das Venedig in Pjotrs Einbildung. Er stand in der verwandelten Straße und sagte sich, daß er dreiundvierzig Jahre alt sei und daß jetzt endlich zum erstenmal eine Frau etwas um seinetwillen aufgegeben hatte. Laurie hatte sich von dem Mann, der Reisen, Freundschaft, Wärme, materielle Hilfe schenkte (irgend jemand mußte ja das Studio im siebten Stock bezahlen) losgesagt, um Pjotrs willen. Sie hatte es getan, ohne ihn zu bitten, für ihr Risiko zu bürgen, ohne jede Garantie. Jetzt verstand er die Geschichte mit dem Matisse, der Liebe und dem Verzicht.

Er begann langsam auf eine Bushaltestelle zuzugehen. Jetzt denk mal darüber nach, forderte er sich auf. Sie ist allein, bis auf diesen einen Bruder, der nie schreibt. Sie hat keinen Beruf, keine erwähnenswerte Bildung und kein Geld, und Geld ist hier im Westen wie Sauerstoff. Gut, sie hat mich, dachte er. Sie hat nur mich, und dabei könnte sie zehn an jedem Finger haben. Das Gefühl, daß ihre silbrige Welt jetzt von ihm abhing, machte das Ganze noch viel rätselhafter und begehrenswerter. Jetzt denk mal praktisch, sagte er sich. Jetzt denk mal praktisch ... Aber er wußte nicht, was er praktisch überdenken sollte; es war ein Teil seiner neuen, aufregenden Rolle als Lauries Beschützer. Wie weiter? Pjotr lebte getrennt, war nicht geschieden. Er würde nach Warschau zurückkehren, sich von seiner Frau scheiden lassen, wieder nach Frankreich kommen und Laurie heiraten. Er fragte sich, warum er bisher so begriffsstutzig gewesen war, warum er nicht früher daran gedacht hatte. Laurie hatte eine solche Regelung nie erwähnt – ein weiterer Beweis ihrer Großzügigkeit. Er würde sich in Frankreich um eine Stelle bewerben, vielleicht an einer Universität in der Provinz. Er würde den Frauen von Ärzten und Notaren Gedichte vorlesen und sie würden sich vorstellen, daß er aus Sibirien geflohen und das, was sie hörten, Russisch sei.

Pjotr hatte vergessen, daß er ausgewiesen worden war,

vielleicht nie mehr in seinem Leben aus Polen heraus oder nach Frankreich herein durfte, daß er Marek Geld schuldete, daß er verstrickt, behindert, gebunden war. Seine Kinder entfernten sich und wurden stumm, als hätten sie außerhalb der Vorstellungskraft ihres Vaters nie gelebt.

Pjotr, der niemals über seine persönlichen Angelegenheiten sprach, erzählte Maria von Laurie. Sein Bericht über die lange Reise, bis hin zur Ankunft der Postkarte, und Marias Reaktion darauf schufen eine dritte Person im Zimmer: ein stilles, edles Mädchen, das ohne eine Spur von moralischer Erpressung Sicherheit gegen Liebe eingetauscht hatte. »Das ist die wunderbare Frau, die du verdienst«, sagte Maria, die aufmerksam zuhörte. Bevor ihn die Glückseligkeit vollends überspülte, war Pjotr noch dazu fähig, Maria und sich selbst als zwei Gestalten wahrzunehmen, die im Kielwasser eines Wracks auf und ab tanzten. Ihre Zuversichtlichkeit der Liebe gegenüber hatte Gefängnisse überdauert. Und doch schien ihm jedes Wort, das er sagte, wie Teil einer langen Wahrheit. Seine neue Laurie ähnelte dem imaginären Matisse, den sie nach Warschau geschickt hatte, und den er mit Staunen und Bewunderung entrollt hatte: Sie war bewegungslos, stumm, sie war schwarzweiß, und sie schaute ihn nicht an.

»Versprich mir eines«, sagte Maria. »Daß du ihr keine Fragen stellen wirst. Versprich es mir.« Er versprach es. Sie beugte sich nach vorn, nahm Pjotrs Gesicht in ihre Hände und küßte ihn. »Ich wünsche dir so viel Glück«, sagte sie.

Seinen ausgepackten Koffer zu Füßen saß Pjotr auf der Bettkante. Laurie lag auf der Seite, den Kopf auf dem Arm. Der Aschenbecher zwischen ihnen hinderte sie nicht daran, die weiße Tagesdecke mit Asche zu bestäuben. Sie war unter der Dusche gewesen, als er ankam und hatte noch einen Frotté-Bademantel an. Ihr feuchtes, dunkel gewordenes Haar lag dicht am Hals und an der Wange an und gab ihr ein straffes, glattes, fremdes Aussehen.

»Ach, es ging ja noch, als wir herumreisten und diese blöden Kirchen besichtigten«, sagte sie. »Aber ich wußte schon von Anfang an, daß es schiefgehen würde. Ich spürte ihm etwas an – eine Art Unzufriedenheit mit mir. Alles, was er bisher gemocht hatte, begann er plötzlich zu kritisieren. Diese Katholiken – die enden doch immer wieder bei dem, was sie einmal waren. Sex war Sünde, Leben war auch Sünde. Nur Gott war in Ordnung. Er sagte, warum ich nicht arbeiten würde, warum ich keine Schwesternausbildung anfangen würde. Er sagte, auf der ganzen Welt wären Krankenschwestern knapp. ›Du könntest so ein nützliches Leben führen‹, sagte er. Es war gräßlich, Potter. Ich weiß gar nicht, was passiert war. Ich dachte, er hätte vielleicht ein Mädchen kennengelernt, das er lieber mochte als mich. Ich drang weiter in ihn, aber er wollte nichts herauslassen. Er zog Vergleiche – das merkte ich. Er sagte: ›Das einzige, woran *du* denkst, ist dein Mittagessen und dein Frühstück‹ – so ähnlich.«

Pjotr sagte: »Was ist das denn für ein Geschäft, das er so begeistert betreibt?«

»Uhrarmbänder.«

»Uhrarmbänder?«

»Deswegen war er in Italien. Um sie zu kaufen. Wir waren in Florenz und Mailand. Venedig waren die Ferien. Du hättest sehen sollen, was für Devisen er eingeschmuggelt hat – schweizer Geld, amerikanisches Geld. Das Zeug fiel ihm aus den Taschen wie Eichenblätter. Er war mit den Gedanken die ganze Zeit woanders. Wir waren gar nicht richtig zusammen. Wir waren einfach nur zwei Reisende, die zufällig ein Zimmer teilten.«

»Du befandest dich nicht zufällig im selben Bett mit ihm?« fragte Pjotr. Er rückte den Aschenbecher aus dem Weg und schob eine Schachtel mit Papiertaschentüchern an seine Stelle. Ohne daß ihr Gesicht sich verzog und ihre Stimme sich änderte, bildeten sich Tränen in Lauries Augen und liefen ihr über Wangen und Nase.

»Ja, manchmal, nach einem guten Essen. Er hat etwas Schreckliches gesagt. Er sagte: ›Manchmal ertrage ich es nicht, dich zu berühren.‹ Nein, nein, wir waren einfach nur zwei Reisende«, sagte sie und putzte sich die Nase. »Wir hatten jeder unsere eigene Zahnpasta, er hatte seine Seife. Ich hatte keine Seife dabei, und als wir so herumreisten von einem Hotel ins andere, da packte er seine Seife schon ein, bevor ich überhaupt gebadet hatte. Ich saß in der Badewanne, und er hatte seine Seife schon eingepackt. Früher war er immer nett gewesen. Ich weiß gar nicht. Ich werde das nie begreifen. Potter, ich schaffe es einfach nicht, jetzt auszugehen. Ich habe den ganzen Tag nichts gegessen, aber ich schaffe es einfach nicht. Könntest du ein bißchen Wasser heiß machen und mir eine Würfelbrühe aufgießen?«

»Uhrarmbänder«, sagte Pjotr in einer Sprache, die sie nicht verstehen konnte. Er schaltete die kleine elektrische Heizplatte an. »Uhrarmbänder.«

»Er behauptete, er täte es für mich«, sagte Laurie, die jetzt flach auf dem Rücken dalag. »Mich gehen lassen, damit ich mir mein eigenes Leben zurechtzimmern könnte. Diese Katholiken. Er wollte nur selbst frei sein, aus einem ganz anderen Grund. Um sich sein Leben zurechtzimmern zu können, nehm ich an.«

»Ist er denn noch jung genug dafür? Um sich sein ganzes Leben zurechtzuzimmern?«

»Er ist jünger als du, wenn das jung ist.«

»Ich dachte, es wäre jemand viel Älteres gewesen«, sagte Pjotr. »Dein allererster Freund. Der dich in den Ferien zu sich nach Hause holte, von der Bishop Purse Schule weg.«

»Ach der. Nein, nein. Bei dem lief es so, daß seine Frau krank wurde. Sie bekam eine fürchterliche Gesichtsneuralgie. Das hat einen Heiligen aus ihm gemacht. Glaub mir, Potter, wenn du dich mit einem verheirateten Mann einläßt, läßt du dich auch auf seine Frau ein. Die arbeiten als Team. Sogar, wenn sie es nicht weiß, weiß sie es doch. Das ist eine Insider-Sache. Sie fuhren in der ganzen Weltgeschichte herum, um immer neue Ärzte zu konsultieren. Sie schrie vor Schmerzen in den Hotelzimmern. Das ist die Krankheit der unglücklichen Ehefrauen – hast du davon etwas gewußt?«

»Ich weiß etwas von der Junggesellenkrankheit. Ich dachte, es sei dieser Venedig-Mann« – er war im Begriff »der Österreicher« zu sagen – »der dich schon gekannt hat, als du noch jung warst.«

»Alle haben mich jung gekannt, wenn man es so nimmt. Oh«, sagte sie, plötzlich wachsam und setzte sich mit trockenen Augen auf, »sitz nicht da und schau so überlegen.«

»Ich stehe ja«, sagte Pjotr. »Ich stehe hier wie ein Hund auf den Hinterbeinen mit einem Schüsselchen Suppe.«

Sie nahm die Schüssel, mit einem Stirnrunzeln, das Undankbarkeit hätte bedeuten können, wäre seine Quelle nicht nur tiefe Gekränktheit gewesen. »Na ja«, sagte sie zusammenhangslos, »mit dir konnte ich ja nicht rechnen, oder? Du kommst und gehst, und du hast diese Kinder. Bei wem leben sie?«

»Bei ihrer Mutter.«

Ein Zittern, wie ein Schauder, überlief sie, und er erinnerte sich daran, wie sie vor langer Zeit gezittert und ihren Kaffee verschüttet hatte. »Wie alt sind sie?«

»Zwölf und sechs.«

»Warum habt ihr das zweite überhaupt bekommen?« (Ihre erste vernünftige Beobachtung.) »Mädchen?«

»Zwei Jungen.«

»Ich hoffe, sie kratzen ab.«

»Ich nicht«, sagte Pjotr.

»Lieben sie dich?«

Er zögerte; wo es um die Liebe ging, hatte er die Orientierung verloren. Er sagte: »Mir scheint, sie verschlingen die Liebe und warten immer auf mehr.«

»Gibt es immer noch mehr?«

»Bisher ja.«

»Dann sind sie wie ich«, sagte Laurie.

»Nein, für Kinder ist das die richtige Nahrung. Die Liebe macht sie groß und stark.«

»Dann ist es nicht wie bei mir. Ich sauge die Liebe auf, und dann ist sie verschwunden, und ich komme mir unterernährt vor. Mögen sie dich?«

»Sie sind aufgeregt und freuen sich, wenn sie mich sehen, aber sie merken es kaum, wenn ich gehe.«

»Das kommt, weil du ihnen Geschenke mitbringst.« Sie fing an zu weinen, diesmal heftig. »Sie werden dich nicht mehr lange brauchen. Sie haben doch ihre Mutter. Ich brauche dich wirklich. Ich brauche dich mehr als sie. Ich brauche jeden Mann mehr als seine Kinder ihn brauchen.«

Pjotr suchte Bettzeug im Schrank und machte das Bett, er fand einen Schlafanzug in einer ihrer Plastikschachteln und das polnische Schlafmittel im Badezimmer. Er zählte die magischen Tropfen heraus. »Jetzt schlaf«, sagte er. Etwas fehlte. »Wo ist deine weiße Uhr?«

»Ich weiß nicht. Ich muß sie verloren haben. Ich habe sie vor ewiger Zeit verloren«, sagte sie und drehte sich auf die Seite.

Pjotr hängte Lauries Bademantel auf und leerte den Aschenbecher. Er spülte die gelbe Schale aus und stellte sie zurück ins Regel. Er mußte ihr noch beibringen, daß er wegging; er kam sich nicht wie ausgewiesen vor, sondern eher so, als habe er sich entschlossen zu gehen, als habe er sein eigenes Schicksal besiegelt. Wer hat dir die *Palmström*-Gedichte geschenkt, fragte Pjotr stumm. Ein anderer Potter? Der Mann, der dich mit fünfzehn nahm und dich dann nach Europa verschiffte, als du anfingst, ihm lästig zu werden? Oder war es der Österreicher? Der Mann in Venedig, der plötzlich vermeint zu sündigen und es nicht ertragen kann, dich zu berühren? Hinten in seinen Gedanken saß ein kleiner ängstlicher, eifersüchtiger Pjotr, für den er wenig Mitgefühl empfand.

Laurie hatte, obwohl sie frisch aus der Dusche kam, einen leicht säuerlichen Geruch an sich, den Geruch, den Schock und Entsetzen auf der Haut hervorbringen. Sie war jung, deshalb war er nicht schlimmer als frische Hefe oder der Geruch von gehendem Brot – die Aura der Lebenden, noch nicht der Toten. Er erinnerte sich an seine Frau und daran, wie ihre Haut, dann ihre Stimme, dann ihr Denken sauer geworden war. »Bin ich häßlich?« hatte sie gesagt. »Bin ich krank? Betrachtest du mich nicht als normale Frau?« Du bist gut, du bist mutig, du bist deinen Kindern eine vorbildliche Mutter, aber ich will dich nicht, zumindest nicht auf die Art, wie du mich willst, war seine Antwort gewesen. Und so wurde sie häßlich, krank, gehetzt – all das, was er an Frauen verabscheute. Ihm kam vor, als sähe er die ersten Anzeichen dieser Vewandlung an der schlafenden Laurie. Sie hatte ihre guten Referenzen verloren, den Stempel des Aristokratischen. Sie war auf eine tiefere Ebene gesunken, eine, die von Pjotrs Frau und Pjotr selbst bevölkert wurde; sie waren Geringere, unfähig, Treue oder Loyalität oder auch nur Achtung im Austausch für Leidenschaft zu gewähren. Lauries silberglänzende Welt, die nur Pjotrs verzweifelte Erfindungen widergespiegelt hatte, schwamm und versank in Venedig. Das ist es, womit Menschen wie Maria und ich konfrontiert sind, dachte er – unsere Erfindungen. Wir gehören entweder in Bücher oder ins Gefängnis, jedenfalls aus dem Weg geräumt. Romantiker sind eine Bedrohung für die zivilisierte Welt. Der Mann in Venedig, der aus der armen Laurie eine Krankenschwester machen wollte, war auch ein Romantiker, ein gefährlicher Irrer.

Laurie lag tief und langsam atmend in einem Schlaf voller bunter Träume – Träume von einem imaginären Matisse, einem wirklichen Bodensee, einem wirklichen Venedig, dunkel und traurig. »Segelferien am Bodensee...« Sogar jetzt noch, wo es gar nicht mehr wichtig war, krampfte sich die Wahrheit dieses einen Traums um Pjotrs Brust wie das Gespenst eines alten Schmerzes. Leise, um sie nicht zu stören, nahm er eine seiner rosa Placebotabletten ein. Er dachte daran, wie sie erschrecken müßte, wenn sie aufwache und ihn in den Klauen eines Anfalls vorfände – im Augenblick würde ihr nahezu alles einen Schrecken einjagen. Er sah noch immer das Auto quer durch die Landstraße jagen, als Laurie damals versucht hatte, vor ihm und dem, was sie die »Situation« nannte, wegzulaufen. Er sah es vor sich, obwohl die Reise nur in ihrer Vorstellung stattgefunden hatte, und dann in seiner. Sie war vermutlich nach Zürich geflohen und war dort, mit Sicherheit, von dem Mann erwartet worden, dessen Geschäft Uhrarmbänder waren, oder sogar... Das spielt jetzt keine Rolle mehr, sagte er. Sie hatte die Wahrheit gesagt, denn ihr Geist war auf der Flucht gewesen.

Er legte sich neben sie, streckte die Hand aus und löschte das Licht. Das Muster der widerscheinenden Straßenlaternen, das an der Decke zum Leben kam, war drei Nächte lang, vor langer Zeit, wie das Himmelsgewölbe für ihn gewesen. Nach der heutigen Nacht würde Laurie es alleine betrachten – jedenfalls ohne Pjotr. Arme Laurie, dachte er. Arme, arme Laurie. Er empfand Zuneigung, Wohlwollen – weniger als er für seine Kinder spürte, weniger als die Verpflichtung, die er noch immer seiner Frau schuldig war. Aus Mitleid strich er ihr über ihr dunkler gewordenes Haar. Kein anderer als Pjotr selbst konnte das Ausmaß seiner Enttäuschung ermessen, als er sagte: Dann war also wirklich gar nichts dahinter, oder? Dann ist das hier alles, was je gewesen ist – nur Zärtlichkeit. Ein ungeheures Gewicht von Selbstanschuldigungen zermalmte ihn und wälzte ihn platt und reinigte ihn in diesem Prozeß und erteilte ihm die Absolution. Ich war unfähig, mehr zu empfinden als dies. Ich habe niemals mehr als Wohlwollen empfunden. Von Anfang an war nichts dahinter. Es war doch nur Zärtlichkeit.

Aus dem Englischen übertragen von Helga Pfetsch

Seine Mutter

Seine Mutter war in einem Krieg volljährig geworden und hatte dann offenbar eine lange graue Zeit, wie einen sich hinziehenden November, durchlebt. »Geht es dir gut?« fragte sie ihn beim Frühstück immer. Was sie in Wirklichkeit meinte, war: Frage mich, wie es mir geht, aber sie war seine Mutter, und deshalb tat er es nicht. Er stützte zwei Fäuste gegen die Schläfen und las ein Buch über Fotografie, während er darauf wartete, daß sie Brot abschnitt und es für ihn auf einen Teller legte. Er blickte selten auf, sah sie eigentlich nie richtig – eine stattliche, unordentliche Witwe mit ungebürstetem roten Haar, die einen alten Pelzmantel über dem Nachthemd trug; ihr letzter Morgenmantel war zu Fetzen verschlissen, und sie behauptete, sie hätte kein Geld für einen neuen. Anscheinend konnte nichts sie davon abhalten, ihm zu erzählen, wie sie sich fühlte oder ihn mit Fragen zu belästigen. Sie brummelte und rauchte und trank so viel starken Kaffee, daß sie gereizt davon wurde, und dann stöhnte sie: »Gott! O Gott, meine Leber! Mein armer Kopf!« In jenen Tagen mußte man sich in Budapest auf dem Schwarzmarkt auskennen, um die Kaffeesorte zu finden, die sie trank, und natürlich gab sie sich mit nichts anderem als den feinsten geschmuggelten Virginia-Zigaretten zufrieden. »Qualität«, sagte sie zu ihm – oder vielmehr zu seinem Profil: »Denk daran, wenn ich einmal gestorben bin, daß mir Qualität wichtig war. Ich habe immer auf dem Besten bestanden.«

Sie hatte gewußt, was es bedeutete, Hervorragendes als selbstverständlich hinzunehmen. Das war der Unterschied zwischen ihnen. Aus ihrer Jugend konnte sie sich weder an Türenknallen erinnern noch an erhobene Stimmen, es sei denn im Lachen. Die Menschen hatten sich treiben lassen wie goldener Staub; ganze Straßen von Leuten, die von Optimismus erfüllt waren, von der Lust am Leben.

Er saß und las und wartete darauf, daß sie ihn bediente. Er war ein Stein aus einer steinigen Generation. Mit ihm zu reden war, als hebe man einen Stein aus dem Wasser. Er leistete keinen Widerstand, aber wenn man auch nur eine Sekunde lang losließ, sank er nach unten und kam auf einem dunklen Meeresboden zur Ruhe. Mehr als einer ihrer sanftmütigen Liebhaber hatte versucht, sich mit ihm anzufreunden, aber sie hatten es jedesmal wieder aufgegeben, wie alles, was sie anfingen. Wie hätte sie, seine Mutter, es aufgeben können? Sie liebte ihn doch. Sie war beschämt, weil es ihr nicht gegeben war, Armeen zu kontrollieren, die Geschichte, seine steinige Wasserwelt. Von dem Augenblick an, in dem er unter der Küchentür auftauchte, passiv, geistesabwesend, im Begriff, das Leben wieder aufzunehmen, nur deshalb, weil Morgen war, fing sie wieder von vorne an: »Geht es dir nicht gut?« »Fühlst du dich wohl?« »Warum kannst du nicht *ein*mal lächeln?« – doch der lauteste Satz blieb stumm: Frage mich, wie es mir geht.

Nachdem er Budapest verlassen hatte (seinen ersten Paß erhalten hatte, mit einer Fußballmannschaft nach Glasgow geflogen und nie zurückgekehrt war), wurde sie ein anderer Mensch – die Mutter eines Emigranten. Sie legte den letzten ihrer unbedeutenden Liebhaber ab und kaufte sich von dem Geld, das ihr Sohn ihr bald schicken konnte, eine weiße Bluse, Kämme, um sich das Haar aus dem Gesicht zu stecken und einen blauen Kimono. Sie erinnerte sich an lange zärtliche Gespräche, die sie miteinander geführt hatten, und sie stand morgens früh auf, um zu sehen, ob ein Brief von ihm gekommen war und ihm dann selbst einen ihrer Briefe zu schreiben, in denen sie alles beschrieb, was sie dachte und tat. In seinen Briefen an seine Mutter stand: Schreib mir, ob du immer noch so oft Kopfweh hast, trinkst du immer noch so starken

Kaffee, erzähl mir vom Wetter, schreib mir die Straßennamen und ob du immer noch Mohnkuchen bäckst.

Sie war nie eine besonders gute Köchin gewesen, aber jetzt kam es ihr tatsächlich so vor, als habe sie für ihn gebacken, vielleicht in ihren frühen gemeinsamen Jahren, die ihr in der Erinnerung als golden und leichter als Distelflaum erschienen.

Samstags nachmittags setzte sie einen Hut auf, zog weiche graue Handschuhe an und ging ins Café Vörösmarty. Es hatte einmal einen französischen Namen gehabt, Gerbeaud, und der Kreis von Emigrantenmüttern, die sich dort trafen, um Neuigkeiten und Bilder von Enkelkindern auszutauschen, nannte es noch immer so. »Gerbeaud« war auch Zeichen einer bestimmten Gesellschaftsschicht und Kennzeichen einer Generation. Wie sie selbst trugen die Frauen Hüte und manchmal Pelzschals, und jede trug eine prall gefüllte Handtasche mit sich herum, die sie nicht einen Augenblick lang unbeaufsichtigt auf einem Tisch abgestellt hätte. Die Briefe ihrer Söhne sahen überfrankiert aus, so wie die, die er ihr jetzt schickte. Früher war sie sich ihres Ranges nicht so sicher gewesen und hatte sich nie so gelassen selbstbewußt gefühlt, so angesehen und geachtet. Wie überall gab es auch hier eine gesellschaftliche Rangordnung. Aristokratinnen waren jene, deren Kinder Europa niemals verlassen hatten; die Ärmsten der Armen würden ihre Söhne wahrscheinlich nie wiedersehen, denn sie waren nach Chile oder Südafrika gegangen. Die Schweiz kam vor Kalifornien. Eine Großstadt sammelte mehr Punkte als eine Kleinstadt. Es gab hier keine Fehleinschätzung ihrer Stellung in der Rangordnung; sie war eine Großherzogin. Mochte Glasgow selbst auch unbekannt sein, so klang doch der Name vertrauenerweckend. Sie hatte auch jedesmal einen neuen Brief vorzuzeigen, was ein weiteres Symbol des Platzes war, den man einnahm, und es waren herzliche Worte, die Sorge um ihre Gesundheit ausdrückten, voller Lob waren über ihr in der Erinnerung bestehendes Geschick mit Pasteten und Kuchen. Manche Mütter waren zu einem niedrigen Status verdammt, nur weil ihre Kinder zu schreiben vergaßen. Andere mußten sich mit Briefen von ausländischen Schwiegertöchtern begnügen, die oft von Tisch zu Tisch gereicht wurden, bis es gelang, sie richtig zu verstehen. Auch hier war sie wieder gefragt, da sie drei Fremdsprachen lesen konnte, was auf eine Vergangenheit mit Gouvernanten und sorgfältigem Schulunterricht schließen ließ. Sie hätte es dabei bewenden lassen können, aber ihre Trumpf-Referenzen waren nur allzu sichtbar. Es waren die Geschenke, die er schickte – die Tücher und pastellfarbenen Pullover, die Ohrringe und Handschuhe.

Es gelang ihr jedoch nicht, das Emigrations-Ritual bis zum feierlichen Höhepunkt zu bringen; das hätte einen Paß, ein Flugticket und eine Reise zu dem abwesenden Sohn erfordert. Sie würde niemals die drei unveränderlichen Geschenke in seine Hände legen können, nämlich Familienschmuck, Familienfotos und einen Kuchen. Jede Mutter, die auch nur in die Nähe des Sohnes einer anderen Mutter reiste, wurde bevollmächtigt, alles drei zu überbringen. Der Transport des Kuchens war lästig, denn die Reisende hatte normalerweise selbst einen zu tragen, aber wer konnte da schon nein sagen? Sie alle kannten den wahren Wert des Kuchens. Man denke nur daran, wie ihr Sohn seinen Anteil an Nährendem einforderte, von einer Mutter, deren Kochkünste immer lächerlich gewesen waren.

Keine war jemals auch nur in die Nähe von Schottland gekommen, und wenn sie sich nicht schon selbst um einen Paß beworben und sich nach Flügen erkundigt hatte, so aus gutem Grund: Ihr Sohn hatte ihr niemals vorgeschlagen zu kommen. Doch auch wenn ihr die Wonne versagt war, einen Granatanhänger in einen Büstenhalter einzunähen, um ihn für eine unbekannte Schwiegertochter außer Landes zu schmuggeln, wußte sie, daß sie sich glücklich preisen konnte. Andere Mütter waren fallengelassen, vergessen worden. Mehr als eine hatte den anderen anvertraut: »Mein Sohn könnte genausogut tot sein.« Sie betrachtete ihn nicht als tot – wie hätte sie das können? – sondern als Münze, die ungehört zu Boden gefallen, wild umhergerollt war und jetzt still dalag. Sie kannte den Namen seines Autos, seiner Straße, sie hatte Bilder davon gesehen, aber was wußte sie schon?

Nachdem er verschwunden war, sobald sie mit Bestimmtheit wußte, daß er am Leben und in Sicherheit war, vermietete sie sein Zimmer an einen Studenten, der drei Jahre lang bei ihr wohnen blieb, unter recht unbequemen Bedingungen, da sie sich anfangs geweigert hatte, irgend etwas, das ihrem Sohn gehörte, wegzuräumen. Seine Bücher waren geheiligt. Seine Schallplatten durften nicht gespielt werden. Die Platten waren einmal recht wertvoll gewesen; es war frühe amerikanische Rockmusik, über Wien hereingeschleust und zu einem mörderischen Wechselkurs verkauft. Auf ihnen sammelte sich jetzt Staub an, wie auch auf seinen Fotoalben – wie auch auf den Besitztümern des Untermieters, denn obwohl sie ihr Haar mit Kämmen hochsteckte und eine fleckenlose Bluse trug, war sie immer noch keine bessere Hausfrau. Ihr Untermieter studierte Forstwirtschaft. Er war ein Provinzler und hatte großen Respekt vor ihr. Sie hätte ihn niemals als Sohn betrachten können. Er schlich herein und hinaus und brachte ihr manchmal Blumen. Eines Tages spielte sie ihm eine Schallplatte vor, die er mit mehr höflicher Ehrerbietung als Interesse anhörte, und sie erinnerte sich, wie sie selbst mit achtzehn Jahren mit der gleichen besorgten Langeweile eine schwülstige Szene aus der »Walküre« angehört hatte, von Sängern, die inzwischen beide tot waren. Einen Studenten in der Wohnung zu haben, gab ihr nicht das Gefühl, mit ihrem Sohn oder auch nur seiner Generation Berührung zu haben. Mittlerweile veränderte sich sein Zimmer. Nicht einmal der Geruch war mehr derselbe. Sie begann sich zu fragen, wie seine Stimme geklungen hatte. Sie sah ihn vor sich, sie träumte oft von ihm, aber ihre Träume und Erinnerungen waren wie Filme, denen der Ton genommen war.

Der Provinzler zog aus, und sie nahm an seiner Stelle einen zukünftigen Kunsthistoriker auf – das Regime produzierte diese Gattung im Augenblick in furchterregenden Mengen – und dieser wiederum wich der neurasthenischen Witwe eines Dichters. Die Dichterwitwe wurde, als es an der Zeit war, von ihren Kindern übernommen, und durch ein junges Bibliothekarsehepaar ersetzt. Dann kamen zwei Personen, die sie sich nicht ganz freiwillig ausgesucht hatte. Sie hätte sie ablehnen können, hielt es aber für klüger, es nicht zu tun. Es waren ein alter Mann und seine schwangere Enkeltochter. Sie schienen bitter arm zu sein; die Enkeltochter arbeitete fast bis zum Ende ihrer Schwangerschaft bis spät abends in einem Plasma-Labor. Nichtsdestotrotz schienen sie mit dunklen, bedeutenden Beziehungen ausgestattet: Kaum waren sie eingezogen, da wurde ihr ein Telefon genehmigt, das ihre Untermieter niemals ohne zu fragen benutzten, und auch dann nur für lakonische Bestellungen – der Großvater, um mitzuteilen, daß seine Enkelin noch nicht zu Hause sei, oder das Mädchen, um den Tag und die Stunde irgendeines Treffens aufzuschreiben. Als die Enkelin ihr Baby bekommen hatte, waren sie zu viert in einer Wohnung, die schon für zwei kaum ausgereicht hatte. Sie räumte die letzten Platten ihres Sohnes und die verbliebenen Bücher fort (die anderen waren schon lange verkauft oder gestohlen), und sie versuchte, einige feste Regeln aufzustellen. Zum einen machte sie es sich zum Prinzip, in der Küche zu bleiben, wenn ihre Untermieter ihre Mahlzeiten einnahmen. Dies war schließlich ihr Heim; es war genaugenommen keine Gemeinschaftswohnung und noch viel weniger eine russische Kommune. Doch sehr viel weiter konnte sie nicht gehen: Nur bei Gerbeaud galt sie ja als Großherzogin. Diese Menschen legten andere Maßstäbe an, und nach ihren Begriffen stand sie, wenn nicht gerade ganz unten auf der Leiter, so doch gefährlich abseits; sie hatte einen emigrierten Sohn, sie erhielt Geschenke und Geld aus dem Ausland, und in Begriffen des Allgemeinwohls führte sie ein Parasitendasein. Sie waren vorsichtig, sogar höflich, aber sie waren ihr einquartiert worden. Sie war von ihnen befallen wie von einer Krankheit, die zu ertragen man lernen muß.

Etwa um diese Zeit – als ihre unordentlichen und verstaubten, aber doch irgendwie keuschen Zimmer ein mit Wäsche beflaggter, nach kochender Milch stinkender Slum wurden, in dem sie selten allein war oder ihre Ruhe hatte – geschah es, daß sie sich allmählich von einer Vorstellung, die sie immer über ihre Ära, ihre Zeit gehegt hatte, zu lösen begann. Wo genau war die Jugend, die sie in so glücklicher Erinnerung hatte? Was war ihre Farbe, ihre Form gewesen? All der goldene Staub hatte gar nicht ihr gehört, – er war ein Teil ihrer Mutter gewesen. Es war ihre Mutter gewesen, die wie Distelflaum dahingesegelt war, gelächelt hatte, drei Diener zur Verfügung gehabt hatte, ihre Mutter, die mit einer falschen, liebenswert linkischen Art dagestanden hatte, einen Arm hinter sich, am Ellbogen gefaßt. Diese simulierte Ungelenkheit erforderte Geschmeidigkeit und Training; sie erforderte etwas, was ihrer Generation nicht gewährt gewesen war, nämlich Zeit. Ihre Mutter hatte ihren Mantel einfach zu Boden fallen lassen, nicht nur, weil es jemanden gab, der ihn aufhob, sondern auch, weil Mäntel ersetzbar waren. Sie hatte eine kleine Brennschere in der Handtasche mit sich herumgetragen. Wenn sie sich mit ihrem Mann gestritten hatte, ging sie zum Bahnhof und kletterte in einen Zug, auf dem »Budapest – Wien – Rom« stand, und ihr Mann hatte es allenfalls für amüsant gehalten, sie zurückholen zu müssen. Während »achtzehn« allmählich ein Alter zu bedeuten begann, über das ihr Sohn längst hinaus war, während er in Schottland älter wurde, heiratete, ein Kind bekam, anfing, englische Wörter in seine Briefe einzustreuen, weiter von fiktiven Apfel- oder Mohnkuchen schwärmte, trennte sie sich ohne Schmerz von einer weichen, bekümmerten Erinnerung, von einem alten grauen Film von Gepäckträgern, die Überseekoffer dahinkarrten, weißen Pelzumhängen, Veilchensträußen, Champagner. Das war vergangen: es war nie gewesen. Sie und ihr Sohn täuschten sich beide, und doch waren sie einander nie näher gewesen. Jetzt, wo sie das Telefon hatte, rief er sie am Ostersonntag und am Heiligen Abend an, und an ihrem Geburtstag. Seine Frau hatte sich auf englisch mit ihr unterhalten:

»It's snowing here. Is it snowing in Budapest?«
»It quite often snows.«
»I hope we can meet soon.«
»That would be pleasant.«

Die Eltern seiner Frau schickten ihr Weihnachtsgrüße mit ernsten biblischen Botschaften, als schätzten sie sie, ihrem

Sohn entsprechend, für oberflächlich ein, für gottlos. Zumindest wußten sie jetzt, daß sie korrektes Englisch sprach; andererseits waren sie vielleicht einfache Seelen; unfähig, sich vorzustellen, daß es etwas anderes als Englisch überhaupt geben konnte.

Sie hatten nicht die Verbindung verloren; auch vernachlässigte er sie nicht. Keiner konnte behaupten, daß er das getan hätte. Er hatte niemals die monatliche Geldüberweisung versäumt, er schickte getreulich seine überfrankierten Briefe und die farbigen Schnappschüsse von seiner Frau, seinem Kind, ihrem Weihnachtsbaum und den Eltern seiner Frau, Seite an Seite auf einem modern aussehenden Sofa. Ein ungestelltes Foto zeigte ihn auf einer Leiter beim Ankleben von Plastikkacheln an eine Küchenwand. Sie verstand die Bedeutung dieses Fotos nicht, auf dem er Jeans und einen Pullover anhatte, der aussah, als hätte ein untalentiertes Kind ihn gestrickt. Sein Haar war lang geworden, es wucherte in braunen Mauseschwänzchen über den Kragen des beklagenswerten Pullovers. Er stand im Profil, so daß sie gerade die Hälfte eines neuen und üppig sprießenden Schnurrbarts erkennen konnte. Auch – und dies mochte der Art, wie er stand, zuzuschreiben sein, weil er das Gewicht verlagern mußte, um die Balance zu halten – sah es aus, als sei er, nun ja, eine Spur füllig geworden. Dies war ein Bild, das sie nie jemandem im Vörösmarty zeigte, obwohl sie es selbst oft betrachtete, bei unterschiedlichem Licht. Was hatte es zu bedeuten, was war die heimliche Aussage? Sie suchte nach der Schrift in unsichtbarer Tinte, die ihren Sohn als Ehemann und Vater beschrieb. Er war achtundzwanzig, er hatte einen Schnurrbart, er arbeitete in seinem eigenen Heim wie ein gemeiner Arbeiter.

Sie sagte sich: Bei mir brauchte er niemals einen Finger zu rühren. Ich habe ihn bedient von dem Augenblick an, als er die Augen aufmachte.

Als Antwort auf das Leiterbild ließ sie von einem Fotografen, einem ehemaligen Schulfreund ihres Sohnes, ein grell ausgeleuchtetes Porträt von sich selbst machen, auf ihrem Schlafdiwan, mit einem aufgeschlagenen Band impressionistischer Reproduktionen auf dem Schoß. Sie trug eine Granatkette um den Hals und hob stolz den Kopf, ohne zu starren oder zu grinsen. Von der Wand im Hintergrund hatte sie ein Wolkenfoto entfernt, das ihr Sohn, damals ein begabter Amateur, aufgenommen hatte, und hatte an seiner Stelle ein gerahmtes Pergament aufgehängt, das bekundete, daß die Familie ihrer Mutter geadelt worden war. In Wirklichkeit war damals eine ganze Stadt auf einen Streich geadelt worden, aber das Pergament war legal und echt. Normalerweise wäre es nicht ihre Art gewesen, derartig mit ihren Pfunden zu wuchern, wie man das ja wohl so nannte, aber die Frau ihres Sohnes fragte ja vielleicht beim Anblick des neuen, stolzen Bildes seiner Mutter: »Was ist das denn, da an der Wand?«

Sie schrieb ihm fast jeden Morgen – das tat sie nun schon seit Jahren. Nachts waren ihre Gedanken morbide, unkontrolliert, und man hätte erwarten können, daß sie ihm von ihren Träumen erzählte oder die unbedeutende Traurigkeit eines ganzen Lebens beschrieb, oder sich die Morgenstunden in Erinnerung rief, als er schweigend gefrühstückt hatte, als das Reden mit ihm gewesen war, als hebe man einen Stein auf. Doch enthielten ihre Briefe nichts davon. Beim Schreiben trug sie ihren blauen, sauberen, jetzt ältlichen Kimono und saß am Ende des Küchentisches, während ihre Untermieter frühstückten und sich endlos stritten.

Sie hatte eine große, nach links geneigte Schrift, von der ihr einmal gesagt worden war, es sei die Handschrift einer Lügnerin. Umgekehrt betrachtet sah der Brief aus wie ein Regenschauer. Es sei merkwürdig, mysteriös, schrieb sie, hier in der Küche zu sitzen, wo die Wintersonne durch das glänzende Fenster schien (in Wirklichkeit war es schmierig; aber sie sah beim Schreiben ein ganz anderes Fenster vor sich), und die Untermieter-Enkelin, deren Name Ilona war, an einem Wochentag noch so spät zu Hause saß. Ilona und das Baby und der Großvater sollten heute früh zu dritt zu einer Beerdigung gehen. Es schien eine erfreuliche Unternehmung, weil jemand sie mit dem Auto abholen würde; das war an sich schon ein Hinweis auf ihre obskuren Beziehungen. Es erklärte, kurz gesagt, warum sie sich nicht rundheraus geweigert hatte, sie aufzunehmen. Sie schrieb, daß man die Radios der Nachbarn schwach hören könne, wie die Geräusche des Lebens, die in ein Fieber dringen, und von Ilona, die für das Baby ein Ei kochte und ein Gesicht auf die Schale malte, um es interessant zu machen, und wie das Kind den Mund aufsperrte, in einem gebrochenen Rhythmus mit dem Händchen auf den Tisch patschte und Brotkrumen flachschlug. Hier, in der alten Küche, teilte sie mit fremden Menschen ein winterliches, verborgenes Vormittagsleben.

Der Großvater benutzte ein Hörgerät, aber er hatte es auseinandergenommen, und jetzt lag es auf dem Tisch wie Teile eines Puppenkopfes. Wenn er es beim Frühstück trug, konnte er das Essen nicht genießen. Auch seine Brille störte ihn. Er schmatzte beim Essen, weil er sich selbst nicht hören konnte; und er sah auch nicht die Schweinerei rings um sein Gedeck.

»Schlimmer als ein kleines Kind!« rief seine Enkelin. Sie hatte ein mürrisch wirkendes kleines Tartarengesicht. Sie riß Seiten aus einer Zeitung, eine für den Fußboden, eine andere als Unterlage für seinen Teller. Er verstreute Zucker und Asche aus seiner Pfeife und Brotrinden und die Teile seines Hörgeräts. Gleichzeitig versuchte er, ein Kreuzworträtsel zu lösen, das er mit einem Vergrößerungsglas betrachtete. Aber trotzdem wollte er immer noch nicht die Brille aufsetzen, weil sie ihn beim Essen störte. Da er taub war, reiste er allein in seinen Erinnerungen und sagte manchmal etwas völlig Zusammenhangloses. Seine Gedanken hüpften hin und her. Er schaute von dem Rätsel auf und sagte laut: »Meine Enkelin hat ein Diplom. Jawohl. Sie hat in einem Krankenhaus gearbeitet. Ja, wirklich. Manche Leute bilden sich etwas ein, wenn sie ein Diplom haben. Sie fangen an, Ungarisch nach der Schrift zu reden. Sie versuchen, wie gebildete Leute zu sprechen. Ilona nicht! Von der hört man nicht ein einziges Wort gutes Ungarisch.«

Seine Enkelin hatte gerade ein Handtuch gefaltet, das sie als Lätzchen für das Kind benutzte. Sie zog ein Gesicht und versteckte ihre Tartarengrimasse hinter dem Handtuch. Man sah nur noch ihr braunes Haar und ihre sich schüttelnden Schultern. Vielleicht lachte sie. Ihr Großvater trug ein wohlwollendes und ziemlich dümmliches Lächeln zur Schau, bis sie aufblickte und brüllte: »Ich hasse dich!« Sie erinnerte ihn an alles, was sie getan hatte, um ihn glücklich zu machen. Sie beschrieb die letzte Wohnung, in der sie gehaust hatten, das Wasser, das in den Rohren gurgelte, den Wanzengeruch. Sie habe diese hervorragende Wohnung gefunden, sie zahle die Miete. Seine kleine Pension reiche kaum für den Kaffee, den er trank. »Dein Sohn war dir zu gut für meine Mutter«, sagte sie. »Auch die hast du unglücklich gemacht!«

Der alte Mann hörte nichts von alledem. Seine zittrigen, sommersprossigen Hände hatten das Hörgerät zusammengesetzt. Er hatte es gerade rechtzeitig eingestellt, um Ilona sagen zu hören: »Es ist schwer, sich von jemandem über anständige Sprache belehren zu lassen, der wie ein Schwein ißt.«

Er seufzte und sagte nur: »Kinder«, so wie man angesichts eines natürlichen Feindes resigniert klingen mag.

Die Emigrantenmutter, ihre Vermieterin, hatte aufgehört zu schreiben. Sie schaute hoch, sah die beiden gar nicht, aber die glaubten natürlich, daß sie sichtbar seien. Sie begannen über die Geschichte ihrer Familie zu sprechen, wie sie es immer taten, wenn sie angespannt und nervös wurden, und alles wanderte in den Brief. Ilona hatte ihren Vater, ihre Mutter und ihre kleine Schwester bei einem Unfall verloren, als sie zusammen mit dem Großvater im Bus unterwegs zu einer Beerdigung in einem Vorort waren.

Beerdigungen schienen die einzigen Ausflüge zu sein, die sie unternahmen. Der alte Mann hörte zu, wie Ilona die Geschichte noch einmal erzählte, aber dann stand er auf und verließ die Küche, als erlaube ihm der Tod seines Sohnes auch nach so vielen Jahren noch keine Unbefangenheit. Als er zurückkam, hatte er Hut und Mantel an. Aus irgendeinem Grund hatte er sie mißverstanden und glaubte, sie müßten sofort zu ihrem diesmaligen Ausflug aufbrechen. Er ergriff die Hand seiner Vermieterin, schüttelte sie auf und ab und sagte dabei: »Vom Grunde meines Herzens...«, obwohl das, worin es schließlich endete nur ein »Leben Sie wohl« war. Er ließ ihre Hand erst los, als er aus Versehen damit auf eine dicke Tasse schlug.

»Er hat uns schon immer in der Öffentlichkeit in Verlegenheit gebracht«, sagte Ilona beim Abräumen. »Aber was sollten wir machen? Er ist schließlich der Vater meines Vaters.«

Das andere Mal, sagte der alte Mann – er war jetzt ruhiger und setzte sich im Mantel hin –, am Tage der verhängnisvollen Beerdigung, hatten sie noch Zeit gehabt, draußen in einem Vorort, wo sie von einem Bus in einen anderen umsteigen mußten. Sie waren einmal um einen gefrorenen Ententeich herumgegangen. Er hatte sich noch gewundert, erinnerte sich der alte Mann, wie viele Menschen an einem normalen Arbeitstag frei gehabt hätten. Sein Sohn habe eines der Kinder getragen; die kleine Ilona sei zu Fuß gegangen.

»Natürlich bin ich zu Fuß gegangen! Ich war zwölf!« schrie sie von der Spüle herüber.

Er habe Angst gehabt, daß Ilona niemals sprechen lernen würde, weil ihre Mutter alles für sie sagte. Wenn Ilona mit ihrer wolligen Hand deutete, zwitscherte ihre Mutter: »Schlittschuhläufer«. Oder sie verkündete: »Dir ist kalt«, und zog einen Schal über Ilonas Apfelwangen.

»Das war meine Schwester«, sagte Ilona. »Ich war zwölf.«

»Vielleicht hätte eine Gouvernante das Kind ja zum Sprechen gebracht, dazu, Wörter richtig zu sagen«, sagte der alte Mann. »Mütter sind unfähig. Sie sagen nur immer ja, ja und versuchen zu wiederholen, was das Kind wohl denkt.«

»Er hat uns immer nur in Verlegenheit gebracht«, sagte Ilona. »Meine Mutter haßte es, in seiner Gesellschaft irgendwohin zu gehen.«

Einmal um den Ententeich herum, und dann kam ein alter Bus angeklappert, und sie stiegen ein. Der Fahrer hatte sich verspätet, und um die Zeit wieder aufzuholen, fuhr er schnell. Am Fuß eines Hügels drehte sich der Bus auf einer Glatteisfläche wie ein störrisches Pferd, schaukelte, gewann wieder Halt, und der Fahrer warf sich über das Steuerrad, wie um es zu beschützen. Ein Militär-Lkw kam den Hügel herunter, der erste von zweien. Ilonas Mutter zog das Baby an sich und zog Ilonas Kopf auf ihren Schoß.

»Acht Tote, darunter die beiden Fahrer«, sagte Ilona.

Dies war ihre Legende, ihr Besitz; wie viele Menschen haben ihre Familie in einem Bus verloren und haben überlebt, um von dem Massensterben zu berichten? Kein Wunder, daß sie und ihr Großvater immer noch zusammen waren. Wenn sie den Vater ihres Kindes nicht geheiratet hatte, so deshalb, weil er nicht wollte, daß der Großvater bei ihnen wohnte. »Du ja«, hatte er zu Ilona gesagt. »Verwandte, nein.« Der Großvater nickte, denn er war daran gewöhnt, das zu hören. Ihr kaltherziges Opfer war jeweils die Krönung seiner Mißbilligung.

Das sei freilich nicht ganz die Wahrheit, schrieb die Emigrantenmutter weiter. Der Mann, der sich für die beiden verwendet hatte, den nicht abzuweisen sie für klüger gehalten hatte, und der möglicherweise der Vater des Kindes war, war selbst seit ziemlich langer Zeit verheiratet.

Der alte Mann sah ausdruckslos und angestrengt aus. Seine Augen waren klein geworden. Er sah aus wie ein Chinese. »Wo wir damals gewohnt haben, konnte man gut mit Kindern wohnen«, sagte er; vielleicht sprach er von einer Gegend, die, wie der Rand eines Aquarells, in Flächen grauer Wohnblocks zerfließt. Etwas hatte ihn erschreckt. Er zog ein sauberes Taschentuch heraus und hielt es sich an die Lippen.

»Ein anderer Militär-Lkw fuhr uns ins Krankenhaus«, sagte Ilona. »Weißt du noch, was du gesagt hast?«

Er hatte einen Krankenwagen in Erinnerung. Er und seine Enkelin waren in Decken gewickelt worden, hatten auf zwei Tragbahren gelegen, Seite an Seite, die Hände ineinander gelegt. So hatte er es in Erinnerung.

»Du hast gesagt: ›*Mutter, meine Mutter*‹«, erklärte sie.

»Ich glaube nicht, daß ich das gesagt habe.«

Jetzt kommt der übliche Streit, schrieb sie ihrem Sohn. Lkw oder Krankenwagen?

»Ich habe es doch gehört«, sagte Ilona. »Ich war bei Bewußtsein.«

»Ich hatte ja gar keinen Grund dazu. Wenn ich wirklich ›Meine Mutter‹ gesagt haben sollte, dann habe ich jedenfalls ›Meine Kinder‹ gedacht.«

Der Regenschauer würde noch weitere Seiten bedecken. Ihr Brief war abgeglitten und glich jetzt ihren nächtlichen Gedanken. Sie begann, ihm zu erzählen, daß sie Schlafschwierigkeiten hatte. Sie habe ein wundervolles neues Mittel bekommen, aber unglücklicherweise mache es süchtig, und der Arzt wolle das Rezept nicht erneuern. Das Mittel schenke ihr einen tiefen Schlaf, von dem sie sich frisch und belebt erhoben habe, als sei sie geschwommen. Während des Schlafs seien ihr präzise und farbige Träume gegönnt, in denen sie wieder ein junges Mädchen war, und Männer, die schon lange tot waren, zu Besuch kamen. Sie saßen bei ihr und sprachen in liebenswürdiger Weise darüber, wie sie zu Tode gekommen waren. Ihr erster Verlobter, der 1943 gefallen war, knöpfte sein Hemd auf, um ihr die Brustwunde zu zeigen. Er entschuldigte sich dafür, daß er ohne Vorwarnung gestorben war. Er wußte nicht, daß sie nicht einmal ein Jahr später einen anderen Mann geheiratet hatte. Der Tod hatte keine Kenntnis von der Liebe über die gemeinsam verlebte Lebensspanne hinaus. In der nächsten Nacht befand sie sich in der Gesellschaft des Vaters ihres Sohnes. Sie standen nebeneinander und kauften Karten für ein Theaterstück, als sie merkte, daß er tot war. Er stand da in seiner Nachkriegsschäbigkeit, diskret, mit versteckten Gedanken, getarntem Gesicht, und er hatte aufgehört, zu den Lebenden zu gehören. Ihr Schmerz war so entsetzlich, daß eine unsichtbare, aber wohlgesonnene Person ihr – damit sie nicht im Schlaf an dem Schock stürbe – vorschlug, irgendeinen anderen Menschen, den sie kannte, gegen ihn auszutauschen, um ihn zu behalten. Er würde niemals das Elend erleben zu wissen, daß er tot war.

Was würde ihr Sohn zu alledem sagen? Meine Mutter ist jetzt in dem Alter, in dem Frauen von toten Männern träumen, sagte er sich vielleicht; wo sie beginnen, unbekümmert zwischen den Toten und den Lebenden zu wählen. Frauen sind sogar im Schlaf raffiniert. Sie wissen, daß sie überleben werden. Warum weinen? Warum diskutieren? Warum sich von Dingen verärgern lassen? Lange Zeit hatte sie geglaubt, daß er fortgegangen sei, weil er ihr Leben einfach nicht sehen wollte. Vielleicht aber war sein Fortgehen so kunstlos, so einfach gewesen, wie er es immer noch behauptete: Er hatte seinen ersten Paß bekommen, war mit einer Fußballmannschaft hinausgeflogen und niemals zurückgekommen. Er war zwischen den Toten und den Lebenden, eine Stimme am Telefon, ein liebevoller Brief voller englischer Wörter, eine Münze, die davongerollt war und irgendwo verborgen lag. Und sie, sie war die verehrte und geachtete Mutter eines großzügigen, eines aufmerksamen, eines getarnten Fremden.

Schreib mir vom Wetter, schrieb er immer noch. Schreib mir die Namen der Straßen. Sie begann eine neue Seite: Vörösmarty Platz, wenn du dich erinnerst, liegt am Anfang der Váci Straße, der ältesten Straße in der Altstadt. Mitten auf dem Platz ist ein kleiner Park. Unser großer Dichter, nach dem der Platz benannt ist, sitzt dort in Marmor gehauen. Steinskulpturen schauen dankbar zu ihm auf. Sie sind dankbar, weil er der Autor der Nationalhymne ist. Es gibt dort Platanen voller Spatzen, und es gibt Bushaltestellen, und sogar eine kleine Metro, die älteste in Europa, vielleicht altmodisch, aber praktisch – sie führt zum Zoo, dem Museum der Schönen Künste, dem Kunsthandwerklichen Museum, der Musikakademie und der Oper. Die alte Schanze steht dort, zumindest eine Wand davon, Rücken an Rücken mit einem neuen Gebäude, in das man geht, wenn man Konzertkarten kaufen will. Die alte Fassade der Schanze liegt seit Ende des Krieges in Trümmern, sie war Maurische Romantik. Der alte Teil, der den Blick auf die Donau freigab, war zu ihren Zeiten – nein, zu den Zeiten ihrer Mutter – ein großer Konzertsaal gewesen, dessen Wiederaufbau aber wegen der modernen Akustik große Probleme aufwarf. Bei Gerbeaud sind die Kuchen immer noch die feinsten in ganz Europa, schrieb sie, und die Preise ebenfalls. Das Café besteht aus fünf oder sechs kleinen Räumen mit Marmortischchen und bequemen Stühlen. Zwischen den steifen Spitzengardinen und den Fensterscheiben stehen sehr wertvolle Porzellangegenstände. Im Sommer kann man draußen auf dem Bürgersteig sitzen. Zwischen den Platanen ist genug Platz, und die Damen mit ihren eleganten Hüten sind durch die Spatzen nicht zu sehr gefährdet. Wenn man hierherkommt, sieht man auch junge Leute und Ausländer, und Frauen, die auf Ausländer warten, aber die meisten Kunden, ja, die meisten, gehören dem magischen Kreis von Müttern an, deren Kinder fortgezogen sind. Das Café öffnet um zehn und schließt um neun. Es ist immer voll. »Du kannst mich oft dort finden«, fuhr sie fort, »und mit Sicherheit jeden Sonnabend«, so, als könnte sie eines Tages aufschauen und ihn dann näher kommen sehen, verwandelt, mit geschwundenem Gedächtnis, ohne sie zu erkennen. Ich hoffe, ich bin nicht in deinen Träumen, sagte sie, denn Träume werden von den Stillen und den Toten bevölkert, und ich spreche ja noch, ich bin noch am Leben. Ich trage einen Hut mit Rand und weiche graue Handschuhe. Ich lese ihnen ihre Briefe in drei Fremdsprachen vor. Dank dir kann ich unendlich viele kleine Kuchen bestellen, kann ich sogar Cognac trinken. Wirst du mich noch kennen? Ich war deine Mutter.

Aus dem Englischen übertragen von Helga Pfetsch

IRINA

An Weihnachten bekam Irina einen ihrer Enkel – den mit dem Spitznamen Riri – geschickt. Seine Mutter mußte ins Krankenhaus, aber das sagte ihm keiner. Der wahre Grund seines Besuchs war die Tatsache, daß Irinas Kinder sich seit ihrer Verwitwung Sorgen über ihr Alleinsein machten. Die Kinder, wie Irina sie bis in alle Ewigkeit nennen würde, waren verheiratet und in den Dreißigern und Vierzigern. Sie glaubten, daß sie nicht wie andere Menschen seien, weil ihr Vater ein mächtiger alter Mann gewesen war. Er war ein Schweizer Schriftsteller gewesen, Richard Notte. Sie trugen seinen Ruf und die Erinnerung an seine puritanische Gerechtigkeit wie ein ungeheures, mit Wasser gefülltes Glasgefäß vor sich her, aus dem sie keinen Tropfen verschütten durften. Sie liebten ihre Mutter, aber bisher hatten sie sich noch nie Gedanken um sie zu machen brauchen. Sie hatten sich niemals darum gesorgt, in welche Richtung ihr Schatten fallen würde, und ob sie in diesem Schatten bleiben oder daraus heraustreten sollten, indem sie sich exzentrisch und kühn gaben. Es waren zwei Söhne und drei Töchter mit insgesamt vierzehn Kindern. Nur Riri war Einzelkind. Die Mädchen hatten einen Industriedesigner, einen lutherischen Pfarrer (ein vielleicht unverschämter Schritt für die Tochter eines militanten Atheisten) und einen Kunsthistoriker in Paris geheiratet. Der eine Sohn war Bankier geworden und der andere Dozent für deutsche Musikgeschichte. Dies waren die geliebten Söhne und loyalen Töchter, denen Irina ihrerseits die Treue gehalten hatte, deren Bilder mit ihr gereist waren und immer neben ihrem Bett standen.

Wenige der Nachrufe auf Notte hatten eine Familie auch nur erwähnt. Einige seiner literarischen Bekannten waren überrascht zu hören, daß es überhaupt Kinder gegeben hatte, wohingegen alle der sanften, stillen Ehefrau Ehre zollten, der er seine Bücher gewidmet hatte und die Mittelpunkt seiner ersten stürmischen Gedichte gewesen war. Diese Gedichte, zum größten Teil konventionelle Verse und selten aus dem Deutschen in eine andere Sprache übersetzt, es sei denn von unpoetischen Literaturwissenschaftlern, wurden für sein Jugendwerk gehalten. In Wirklichkeit war Notte vierzig gewesen, als er schließlich heiratete, und Irina kaum neunzehn. Die Nachrufe bezeichneten Notte als den Letzten eines Menschenschlags, den Endpunkt einer Tolstoischen Linie moralischer Blitzableiter – eine Untergangserklärung, die vermutlich den nach ihm kommenden Schriftstellern gegenüber ungerecht war, und noch ungerechter seinen Kindern gegenüber. Und doch war der alte Mann sogar seiner Familie wie der Archetypus eines geachteten europäischen Schriftstellers erschienen – ein Prophet, ein Warner, allem Bösen abhold, mit brüchiger Stimme nach so vielen öffentlichen Erklärungen. Ansonsten war er kein besonders typischer Schweizer oder liberaler protestantischer Westeuropäer, denn weder sparte noch investierte er, noch verheimlichte oder vertuschte er seine materiellen Vergütungen.

»Wozu soll Geld gut sein, wenn nicht zum Ausgeben?« sagte er oft. Er hatte eine Frau, fünf Kinder und eine alte Sekretärin, die abhängig von ihm geworden war. Zugegebenermaßen stellte er für sich selbst so gut wie keine Ansprüche. Er mietete schäbige, baufällige Häuser, die zu beheizen oder auch nur zu putzen unmöglich war. Besitz zu haben war gegen seine Überzeugung, und er wollte nicht an eine Schranke namens Heim gebunden sein. Sein Zimmer war mit einem einfachen Bett, einer Lampe, einem Schreibtisch, zwei Stühlen, einer Weltkarte und einem schmalen Bücherregal ausgestattet – sonst gab es nichts, nicht einmal Teppiche oder Vorhänge. Wie seine Familie trug auch er drinnen und draußen dicke Pullover und wärmte sich an unzureichenden elektrischen Kaminfeuern. Er aß selten Fleisch – ließ es allerdings seinen Kindern an nichts fehlen – und trank Wasser zum Essen. Er hatte einmal geheiratet – ein für allemal. Gelegentlich konnte er Wein und Lob und Restaurants und schöne Frauen genießen, aber diese schwelgerischen Ausbrüche geschahen am Rande seines wahren Lebens, so weit entfernt von seinen Kindern – und für sie ebenso fremd und verzerrt – wie die Kolonialkriege eines anderen Landes. Er alterte früh, als erwarte er, daß das Alter ihm gut stehen werde. Mit sechzig waren seine Augen schon in Falten von Eidechsenhaut eingesunken. Sein Haar bleichte aus und wurde glänzend wie das Stückchen Stoff von Irinas Hochzeitskleid, das sie in einem Schmuckkästchen aufbewahrte. Es gab Fotos von ihm im dunklen Anzug, mit einem karierten Umschlagtuch – zu der Zeit war ihm schon immer kalt, selbst im Sommer – und mit einem verwegenen Filzhut, der sein Gesicht halb überschattete. Seine Frau ließ gegen Ende immer noch ein paar Fotografen herein – wenn auch nicht viele. Ihr leises: »Er arbeitet« war jahrzehntelang ein doppelt verriegeltes Schloß gewesen. Er sei stark wie Rasputin, sagten seine Feinde; er fuhr fort zu schreiben und zu reden und zu reisen, bis er praktisch nichts mehr sehen und nicht mehr in einen Zug bugsiert werden konnte. Fast bis zuletzt machten er und Irina sich jedes Jahr zu ihrem Zyklus von Reisen nach Venedig und Rom auf, in die Städte, in denen ihre verheirateten Kinder lebten, nach Liège und Oxford zu Preisverleihungen und Ehrungen. Sein Platz im Hotelspeisesaal war schon von der Tür aus zu erkennen, wegen der Tabletten, Tropfen und Pülverchen, die über die volle Breite seines Gedecks aufgereiht standen. Nottes Hypochondrie war bekannt und jahrelang sanft karikiert worden. Seine Söhne hatten mittlerweile die meisten der Originalzeichnungen aufgekauft: Notte, in Kinderkleidung, mit männlicher Würde eine bittere Medizin schluckend (der Nobelpreis war knapp an ihm vorbeigegangen); Notte im Streit mit Louis Aragon und am Surrealismus würgend; eine grimmige weibliche Gestalt namens »Existentialismus«, die ihm den Puls fühlte; Notte, der auf einer Studienreise nach Peking die Asiatische Grippe bekommt. Während der letzten Monate seines Lebens war seinen Kindern aufgefallen, daß ihre Mutter angefangen hatte, Medikamente für sich selbst anzusammeln, als hoffe sie, mit Hilfe eines Spiegelzaubers seine Leiden auf sich abzuziehen.

Wenn die Krankheit ihm wohl anstand, so nur, weil er das Ritual liebte, meinten seine Kinder – und sei es das häßliche Ritual des Schmerzes. Doch Irina war nicht für Krankheit und Leiden geschaffen; sie war dafür bestimmt, vom Ritual seiner Person verbrannt und verzehrt zu werden. Die Kinder glaubten, das Ende seines Lebens werde mit Sicherheit der Tod ihrer Mutter sein. Sie erwarteten nicht gerade, daß Irina den Kopf zur Wand drehen und verscheiden würde, aber ihr Daseinszweck war doch offensichtlich eine exklusive, ja sogar egoistische Allianz mit Notte gewesen. Als ihr Vater alterte, dann wirklich alt wurde, dann alt im Kopf, nörgelig und ungerecht, beobachteten sie die geduldige Sanftheit, mit der Irina seine Schmollereien und Launen, seine fast wahnsinnigen Befehle achtete. Sie nahmen an, daß diese inbrünstige Unterwerfung ihrerseits etwas mit Liebe zu tun hatte, aber es war keine Liebe, die sie je erfahren oder hervorzurufen versucht hatten. Einer seiner Söhne sah Notte weinen, weil Irina einen Toast für ihn mit Butter bestrichen hatte, den er trocken wollte. Sie streichelte lächelnd das silbrige Haar des alten Mannes. Der Sohn fand das unerträglich. Irina würdigte einen starken, stolzen Mann herab und machte ein seniles Kind aus ihm, genauso, wie Notte seinerseits sie versklavt und entwürdigt hatte. Gleichzeitig vermeinte der Sohn ein Geheimnis zwischen den beiden zu spüren, ein Mysterium. Damals, aber dann später nie wieder, fragte er sich, ob dieses Geheimnis nicht vielleicht Irinas Erfindung und geistiges Eigentum sei.

Notte hinterließ ein für solch einen unweltlichen Menschen sorgfältiges Testament. Seine Frau sollte, solange sie lebte, keine Not leiden müssen. Bei ihrem Tode sollte das restliche Einkommen aus seinen Arbeiten zwischen den Söhnen und Töchtern aufgeteilt werden. Es gab keine Geschenke oder Andenken. Das Testament war von einer letzten Verfügung begleitet, die die Kinder wegen der Schönheit der Handschrift und des Charmes der Formulierungen fotokopieren ließen. Irina, begann diese Verfügung, gehöre einer Generation von Frauen an, die von allen Entscheidungen abgeschirmt worden seien, und die in der Sonne und im Schatten des männlichen Schutzes hatten heranwachsen dürfen. Diese Blume, seine Blume, schrieb er, sei von nun an zu hegen und zu pflegen, als sei sie das Kind ihrer Kinder.

»Im Klartext«, sagte Irina beim ersten Lesen in einem Anwaltsbüro in Zürich, »ich bin die Alleinerbin.« Sie trug eine dunkle Brille, weil ihre Augen müde waren, und einen knappsitzenden Hut. Sie sah angespannt und fremd aus.

Nun ja, genauso war es, obwohl Notte es anmutiger ausgedrückt hatte. Verwalterin seines literarischen Nachlasses sollte seine Lieblingstochter sein; ihr vertraute er die unvollendeten Manuskripte und die Tagebücher an, die er fünfundsechzig Jahre lang geführt hatte. Doch bald zeigte sich, daß Irina nicht die Absicht hatte, diese aus der Hand zu geben. Die Kinder liebten ihre Mutter innig, aber auch ohne dieses Element der Liebe hätten sie niemals eine große Sache daraus gemacht; Nottes Anwalt hatte ihnen schon von Erbstreitereien erzählt, die mit labyrinthischen Prozessen geendet hatten, zerstrittenen Familien, Konfiszierungen von Schreibtischinhalten, in Bankgewölben dahinrottenden Tagebüchern, während die Erben sich in den Haaren lagen. Außerdem würde das Edieren von Nottes Schriften Irina beschäftigen, und eine Beschäftigung war jetzt lebensnotwendig. In liebevollen wie in lieblosen Familien stellt sich nach einem Tod gleichermaßen das Problem: Was soll mit der Witwe geschehen?

Irina löste dies zum Teil dadurch, daß sie sich in einer kleinen Alpenstadt eine Wohnung kaufte. Sie wählte ein hohes, gläsernes, städtisch aussehendes Gebäude von der Sorte, die Naturschutzgruppen dazu veranlaßt, Unterschriftensammlungen zusammen mit belastenden Fotos an Zeitungen in Lausanne zu schicken. Die Wohnung bestand aus einer Diele, einer modern eingerichteten Küche, einem Schlafzimmer für Irina, einem Gästezimmer mit einem einzelnen schmalen Bett darin, einem Badezimmer und einem Wohnzimmer mit Couch. Es gab einen eingeglasten Balkonwürfel, auf den mit Mühe noch ein Bett gepaßt hätte, aber Irina benützte den Platz für einen Tisch und Stühle. Sie bestellte rote Lampenschirme und dicke Teppiche und das blasse Mobiliar, das normalerweise an jung verheiratete Paare verkauft wird. Sie fände in dieser engen, neutralen Wohnung offenbar ihre Erfüllung, meinten die Kinder. Sie lasen einige der Interviews, die sie gab, und billigten sie: Sie sagte, auf englisch und italienisch, auf deutsch und französisch, daß sie keine Literatenwitwe sein werde, von Kritikern verachtet, von Nottes Lesern abgelehnt. Ihre schüchterne Entschlossenheit brachte die Kinder zum Lächeln, und mit Stolz lasen sie über ihre »schöne Würde«. Was jedoch ihre angebliche Intelligenz anging – nun, da nahmen sie eher an, daß die Interviewer sprachliche Gewandtheit mit Witz verwechselt hatten. Irinas Ansichten und ihre Art, sie auszudrücken, waren reine Tarnung, einfach nur Teil einer dürftigen damenhaften Bildung, in der die Betonung auf Sprachen und Auftreten lag, Geschichte und Mathematik aber zu kurz gekommen waren. Sie war russischer und Schweizer Abstammung und vermutlich fromm; die Kinder hatten sich nicht zu dieser Seite der Familie hingezogen gefühlt. Die legendäre bäuerliche Kindheit ihres Vaters, sein entlegenes Taldorf hatte die Welt ihrer Vorstellung und ihre gemeinsame Vergangenheit erfüllt. In Irinas Briefen war jetzt eine plötzliche aprilhafte Leichtigkeit, die sie erleichterte und gleichzeitig besorgt machte. Sie wußten, daß dies ein Scheinglück war, ein Mittel der Natur, die Überlebende vor unvermitteltem Kummer zu bewahren. Die Krise würde später kommen, wenn ihre geheimsten Instinkte einen Schutzdamm gebaut hatten. Sie wechselten sich damit ab, an Ostern und im Sommer bei Irina einzufallen, jeweils ein Ehepaar mit nur einem Kind – für mehr war kein Platz. Der Winter war allerdings problematisch, denn gerade dort waren die Schimöglichkeiten nicht gut, und keines von ihnen riß an Weihnachten gern die Familie auseinander. Nicht nur fehlte es in Irinas

Wohnung an Betten, sondern es war auch absolut kein Platz für einen Baum vorhanden. Schließlich bot Irina den Kindern an, sie in regelmäßiger Abfolge zu besuchen. Und so spielte es sich ein. Sie fuhr nach Bern, nach München, nach Zürich, und dann kam das unvermeidliche Weihnachten, an dem es keineswegs so war, daß keiner sie wollte, sondern einfach nur alle etwas anderes vorhatten.

Sie hatte im November dieses Jahres geschrieben, daß sie für längere Zeit Besuch bekommen habe von jemandem, den sie mit altmodischer Seltsamkeit als »eine Person« bezeichnete. Das gefiel ihnen. Besuch bedeutete Gesellschaft im Winter, Lampenlicht um vier Uhr nachmittags, chinesischen Tee, Gespräche, den pfeffrigen Duft von Nelken (ihren Lieblingsblumen) in warmen Zimmern.

Ein oder zwei Wochen lang waren ihre Briefe munter, aber dann merkten sie bald, daß »die Person« eine deprimierende Wirkung auf ihre Mutter zu haben schien. Sie schrieb, daß sie nun schon drei Jahre lang an Nottes Tagebüchern arbeite. Wer sie denn überhaupt lesen wolle, außer alten Männern und Frauen? Seine Moral und seine politischen Vorstellungen seien Fossilien des Liberalismus. Er habe die Brüche in der Weimarer Republik erkannt. Er habe von Anfang an begriffen, was Hitler bedeutete. Wenn er sich zunächst in Mussolini getäuscht habe, so sei er doch schon vor Croce anderen Sinnes geworden und schon wieder rechtzeitig auf der Seite der Demokratie gestanden, um Pirandello anzuprangern. Er habe alles, was er konnte, bis auf das nackte Leben, für die spanischen Republikaner gegeben. Seine Meinung von Stalin sei so weise und unerschütterlich gerecht gewesen, daß er niemals auf den kommunistischen Index gesetzt worden sei – etwas sehr Ungewöhnliches für einen westlichen Sozialisten. Keiner könne behaupten, daß Notte jemals gekniffen oder einen Rückzieher gemacht habe oder stumm geblieben sei, wenn eine Stimme gebraucht wurde.

Und, schrieb Irina, was habe es bewirkt? Er habe geschrieben, sich verbürgt, gewarnt, unterschrieben, erklärt. Und was habe er verändert, abgebogen oder verhindert? Plötzlich schrieb sie den gleichen Brief an alle fünf Kinder: »Dieses Jahr möchte ich an Weihnachten nirgends hinfahren. Ich habe vor, hier, in meinem Zuhause, zu bleiben.«

Sie wußten, daß dies die Krise war, und daß sie Irina nicht sich selbst überlassen durften, aber das war genau der Winter, als alle ihre Pläne querliefen, als die eine Tochter ins Krankenhaus mußte, eine andere in eine andere Stadt zog, die dritte möglicherweise kurz vor der Scheidung stand. Der ältere Sohn mußte Weihnachten bei den Eltern seiner Frau verbringen, der jüngere lehrte in Südafrika – einem Land, in das Irina, als unerschütterliches Spiegelbild Nottes, bestimmt keinen Fuß zu setzen wünschte. Sie schrieben und riefen an und telegraphierten einander. Was sollen wir tun? Kannst du? Wirst du? Ich kann nicht.

Irina hatte keine Lieblinge unter ihren Kindern, mit Ausnahme vielleicht des einen Sohnes, der als Kind an rheumatischem Fieber erkrankt war und eine lange Pflege gebraucht hatte. Ihm vertraute sie jetzt an, daß sie sich manchmal nach ihrer eigenen Kindheit sehne, um dem Zwang zu entgehen, selbst urteilen zu müssen. Sie hatte Heimweh nach einer Zeit, als sich noch nichts kristallisiert hatte und Fehler erlaubt waren. Jetzt, im Alter, hatte sie keine Entschuldigung mehr für Fehler. Jeder Gedanke hatte eine weitreichende Bedeutung; jedes Motiv hatte Ecken und Winkel und war meßbar. Und doch sei alles, was sie sah und dachte und versuchte, noch immer fließend und vage. Die Form eines Tisches im nachmittäglichen Gegenlicht enthielt noch immer ein Rätsel, wartete auf eine endgültige Erklärung. Man suche nach Klarheit, schrieb Irina, aber die Antwort, die man bekomme, sei Blässe, das seichte weiße Licht, das ein Schneehimmel ins Zimmer werfe.

Eine Seite in diesem Sohn wußte um den Tod und um das Sterben, aber der Rest war Bankier und von Grund auf aktiv. Er glaubte daran, daß man, ideale Bedingungen vorausgesetzt, fähig sein müsse, durch einen Tisch mitten hindurchzugehen, was Zeit und langwierige Entscheidungen ersparen würde. Wie alle Kinder Nottes war er jedoch auch in einem sehr klaren Bewußtsein von fester Materie erzogen worden. Die jugendlichen, sehnsüchtigen und vermutlich religiösen Briefe seiner Mutter gaben ihm das Gefühl, fade und alt zu sein. Er erzählte seiner Frau, was seiner Meinung nach drinstand, und sie erzählte einer Schwägerin, was er ihrer Meinung nach erzählt hatte. Irina sei müde. Ihre Augen seien schlecht, vielleicht ein Ergebnis zu ausgedehnter Arbeit an jenen Tagebüchern. Irina brauche keine Erwachsenengesellschaft, die zu morbiden Gesprächen führen könnte; was sie benötige, sei ein unschuldiges Symbol des sich fortsetzenden Lebens. Ein Tier vielleicht. Besser noch: ein Kind.

Riri wußte nicht, daß seine Mutter in die Klinik gehen würde, kaum daß er den Rücken gekehrt hatte. Als Ausgleich für ein zahmes Weihnachten mit seiner Großmutter folgte anschließend ein Schiurlaub mit seinem Vater im Hochgebirge. Es gab auch noch weitere Bestechungsversuche, die seine Hausarbeiten während der Ferien betrafen, und dann jenen vagen Verhaltenszustand, der mit »vernünftig sein« bezeichnet wurde – mehr verlange man ja gar nicht. Sie feierten ein symbolisches Weihnachten am dreiundzwanzigsten, und am nächsten Tag packte er seine Geschenke (eine Uhr und einen Kassettenrecorder) und wurde in Orly West ins Flugzeug gesetzt. Er flog von Paris nach Genf, wo er den eigentlichen Weihnachtsabend in einer fremden, kahlen Wohnung verbrachte, in die eine Tante und eine große Familie von Cousins gerade eingezogen war. Am Morgen wurde er geweckt, als es noch dunkel war, und zum 6-Uhr-Zug gebracht. Auf dem Bahnhof verabschiedete er sich von seiner Tante und fügte hinzu: »Wenn du den Schaffner oder sonst jemand bittest, auf mich aufzupassen, dann –.« Welche Drohung er auch immer im Sinn hatte, er schien bereit, sie einzulösen. Er trug ein RAF-Abzeichen an der Jacke und hatte ein Waffen-SS-Emblem in der Tasche bei sich. Das ließ er lieber nicht sehen. Zu Hause hatten sie ihm schon eines abgenommen, aber er hatte sich in der Schule ein zweites beschafft. Er hatte Asterix-Hefte zum Lesen dabei, schokoladeüberzogene Haselnüsse als Proviant und seinen persönlichen Besitz in einem ziemlich großen Rucksack. Er stieg selbständig in einen anderen Zug um und stieg an der richtigen Station aus.

Man hatte ihm gesagt, er kenne den Ort, aber seine Erinnerung, wenn es eine Erinnerung war, verband sich mit Feldern und einem Picknick. Niemand holte ihn ab. Er teilte sich mit zwei Frauen ein Taxi durch weichen Schnee und zahlte seinen Anteil – sogar mehr als seinen Anteil, was die Frauen ärgerte, weil sie ja nicht weniger Trinkgeld als ein Kind geben konnten.

Das Taxi ließ ihn an einem dunklen, glänzenden Turm auf Stelzen mit Granittreppe heraus. Eine Marmortafel in der Eingangshalle, die wie die Liste der im Krieg Gefallenen in seiner Schule aussah, nannte den Namen seiner Großmutter im achten Stock. Der Lift bestand, wie die Fassade des Hauses, aus dunklen Spiegeln, in die er ernst hineinblickte. Ein intensiver, nachdenklicher Mensch schaute zurück. Er nahm seine Brille ab, und das verschwommene Gesicht wurde noch bemerkenswerter. Seine Großmutter hatte sowohl eine Klingel als auch einen Klopfer an der Tür. Er probierte beide. Ziemlich lange Zeit passierte gar nichts. Er klopfte und klingelte noch einmal. Was er empfand, war nicht Nervosität, sondern ein neues Gefühl, das etwas mit einer fremden, verschlossenen Tür zu tun hatte.

Seine Großmutter öffnete die Tür einen Spalt breit. Sie hatte kurzes weißes Haar und ein blasses Gesicht und blaue Augen. Sie hielt einen Morgenmantel am Kragen zusammen. Sie machte die Tür weit auf und rief: »Richard, mein Schatz, ich dachte, du kommst erst viel später! Oh«, sagte sie, »ich muß ja fürchterlich aussehen. Daß du mich so antreffen mußt, im Morgenmantel!« Sie drehte den Kopf zur Seite und sprach durch die vorgehaltene Hand, was niemals zu tun man ihm eingeschärft hatte, weil nur Lügner den Mund verdecken. Er sah eine dunkle Diele und eine helle Küche, die etwas unordentlich war, und ein großes, mit Vorhängen verdunkeltes Zimmer der Küche gegenüber. Das Zimmer roch muffig, nach alten Zigaretten und nach Erwachsenen. Aber dann schob seine Großmutter die Vorhänge zur Seite und zog die Jalousien hoch, und was dunkle, hügelähnliche Gegenstände gewesen waren, verwandelte sich in eine Couch und einen Bambusparavent und einen runden Tisch und einige Stühle. Auf einem Bücherregal stand ein Gemälde von drei Tulpen, die aus ihrer Vase gefallen sein mußten. Hinter ihnen war ein Himmel, der ganz schwarz war, bis auf einen Regenbogen. Riri packte einen Teil der Dinge aus seinem Rucksack aus – eingepackte Geschenke für seine Großmutter, seinen neuen Kassettenrecorder, zwei Schulbücher, ein Heft, einen Bic-Pen. Der Anbruch seines Weihnachtstages lag schon Stunden hinter ihm, und sein Frühstück hatte sich vor langer Zeit verloren.

»Bist du hungrig?« sagte seine Großmutter. Er hörte ein Telefon klingeln, als sie ihm eine Tasse heiße Milch mit ein wenig Kaffee darin und zwei frische Croissants auf einem Teller brachte. Sie war offenbar nie in Eile, eine Klingel zu beantworten.

»Mein Besuch, der ein Frühaufsteher ist, sogar an Weihnachten, war schon draußen und hat die Croissants geholt. Sehr tapfer, fand ich.«

Er aß sein zweites Frühstück, wobei er die Croissants in die Milch tunkte und hörte seine Großmutter sagen: »Dann muß ich das mißverstanden haben. Aber er hat es ja geschafft... Er hat seine Schi gar nicht dabei. Warum nicht?... Ach so.« Als sie zurückkam, hatte er ein Buch aufgeschlagen. Sie betrachtete ihn einen Augenblick lang und sagte: »Liest du zu Hause beim Essen?«

»Manchmal.«

»So habe ich deine Mutter aber nicht erzogen.«

Er steckte seine Nase tiefer in das Buch, ohne zu antworten. Er las mit leisem Schulzimmergeleier von der Seite ab: »›Go, went, gone. Stand, stood, stood. Take, took, taken.‹«

»Richard«, sagte seine Großmutter. Als er nicht sofort aufblickte, sagte sie: »Ich weiß, wie sie dich zu Hause nennen, aber wie wirst du in der Schule gerufen?«

»Riri.«

»Ich habe drei Richards als Enkel«, sagte sie, »und keiner wird richtig Richard genannt.«

»Ich habe einen Onkel Richard«, sagte er.

»Ja richtig, er ist zufällig einer meiner Söhne. Ich habe Spitznamen nie zugelassen. Bist du fertig mit dem Frühstück?«

»Ja.«

»Ja wer? Ja was? Welche Sprache kannst du übrigens am besten?«

»Ich bin Franzose«, sagte er mit einer scharfen, plötzlichen, harten Feindseligkeit, einem ersten Keim von Spannung, der sie murmeln ließ: »So schnell?« Sie war im Begriff, ihm zu erzählen, daß er kein Franzose sei – jedenfalls kein echter –, als ein alter Mann ins Zimmer kam. Er war dünn und ging an einem Stock.

»Alec, das ist mein Enkel«, sagte sie. »Riri, sag How do you do zu Mr. Aiken, der freundlicherweise heute morgen hinaus in den Schnee gegangen ist, um für uns alle Croissants zu holen.«

»Ich wußte, daß er früh kommen würde«, sagte der alte Mann in einem steifen Französisch, das für den Jungen äußerst komisch klang. »Irina hat ein merkwürdiges Ohr für Zeitangaben und Züge.« Er setzte sich neben Riri und legte die Hände um seinen Stock; seine Hände begannen sofort heftig zu zittern. »Was sagt dir dieses interessant aussehende Buch?« fragte er.

»›The swallow flew away‹« antwortete Irina, die über den Kopf des Kindes hinweg las. »›Die Schwalbe flog fort, mit meinen Hoffnungen.‹«

»Lieber Gott, laß mich mal sehen!« sagte der alte Mann in seinem komischen Französisch. Und richtig, genau das waren die Worte, und da war auch eine Schwalbe in sehr seltsamem Blau, oder zumindest ein saphir-türkisblaues Wesen mit dem Schwanz einer Schwalbe. Riris Großmutter nahm ihre Brille aus der Tasche ihres Morgenrocks, zog das Buch dicht heran und sagte laut und feierlich: »›Die Schwalben werden fortgeflogen sein.‹« Dann nahm sie den Kassettenrecorder, der die

Größe eines Brillenetuis hatte, in die Hand und sagte, nachdem sie den falschen Knopf an- und ausgeschaltet und quälende Verwirrung und Verschwendung betrieben hatte, mit dem Mund dicht daran: »›When will the swallows have flown away?‹«

»Nein«, sagte Riri und streckte die Hand aus, wollte ihn ihr fast aus der Hand reißen. Als habe sie Männern immer nachgegeben, sogar männlichen Kindern, legte sie das Buch hin und den Recorder ebenfalls und sagte: »Mr. Aiken kann dir bei deinem Englisch helfen. Er hat den besten aller Akzente. Wenn er ›the girl‹ sagt, wirst du denken, er sagt ›de Gaulle‹.«

»Irina hat ein merkwürdiges Ohr für Englisch«, sagte der alte Mann ruhig. Er stand langsam auf und ging in die Küche, und sie auch, und Riri hörte sie flüstern und über etwas lachen.

Mr. Aiken kam allein zurück, ein kleines Glas mit einer klaren Flüssigkeit in der Hand. »Der morgendliche Herzankurbler«, sagte er. »Versuch mal.« Riri nippte daran. Es lag in seinem Magen wie ein warmer Stein. »Hat bei dir nicht mehr Wirkung als ein Schluck Milch«, sagte der alte Mann erstaunt und setzte sich wieder dicht neben Riri. »Wahrscheinlich könntest du das Zeug literweise vertragen. Ich kann es schon sagen, wenn ich dich nur anschaue, du wirst einmal ein Trinker werden.« Seine Hände auf dem Spazierstock begannen erneut zu zittern.

»Ich bin nicht mehr der Mann, der ich war«, sagte er. »Durchaus nicht.« Weil er Englisch nicht mit französischem oder sonst einem ausländischen Akzent sprach, konnte Riri ihn nicht richtig verstehen.

Er fuhr fort: »Bin die Treppe im Trouville Casino hinuntergestürzt. Trouville oder diesem anderen. Der Schock hat Gedächtnisschwund bewirkt. Loch im Läufer auf der Treppe – muß wohl so gewesen sein. Bin jahrelang dort ein und aus gegangen«, sagte er. »Habe nie ein Loch in irgendwas gesehen. Jetzt zittern meine Hände.«

»Wenn du das Glas zum Trinken hebst, zittern sie nicht«,

rief Riris Großmutter aus der Küche. Sie wiederholte es noch einmal auf französisch.

»Sie hat ein Ohr wie ein Radargerät«, sagte Mr. Aiken.

Riri nahm seinen Kassettenrecorder in die Hand. In gemessenem Singsang, wie um seiner Großmutter zu demonstrieren, wie man es richtig machte, sagte er: »›The swallows would not fly away if the season is fine.‹«

»Verstehst du, was das alles heißt?« sagte Mr. Aiken.

»Er braucht nicht zu verstehen, was das heißt«, antwortete Riris Großmutter für ihn. »Er braucht es nur auswendig zu können.«

Sie waren auf dem Balkon eingeglast. Das einzige Geräusch, das sie hörten, war das ihrer eigenen Stimmen. Die Sonne, die auf sie herunterschien, war so heiß, daß Riri am liebsten seinen Pullover ausgezogen hätte. Wenn er hinunterschaute, sah er ein Chalet, das zwischen den Schatten von zwei weißen Wohnblocks, nicht so hoch wie das ihre, geklemmt war. Eine große, übriggebliebene Fichte schien plötzlich ihre Äste einzuziehen und eine schwere Schneelast abzuwerfen. Autos fuhren vorbei, Hunde bellten, Kinder riefen – alles in völliger Stille. Seine Großmutter sprach englisch mit dem alten Mann. Riri las, wenn er nicht gerade etwas in den Mund steckte, *Asterix in Brittany*, ohne sich ihre Mißbilligung zuzuziehen.

»Wenn man Menschen Zahlen zuteilen könnte wie Zensuren in der Schule«, sagte sie, »dann wären Kinder Nullen.«

Sie hatte sich in einen Pelzumhang gehüllt, aus dem ihre Hände und Arme hervorragten, als sei der Pelz an bestimmten Stellen geschmolzen. Sie war rosig vom Wein und von der Sonne. Die blauen Augen des Mannes waren blasser als ihre.

»Nullen.« Sie hielt Daumen und Zeigefinger zu einem O zusammen. »Ich war mit meinen fünf lieben Nullen dort, während er... Wahrscheinlich fragst du dich, ob ich jemals glücklich war. Am Anfang, in den ersten Tagen, als ich dachte, er würde mir interessante Bücher zu lesen geben, Bücher, die mein ganzes Leben verändern würden. Riri«, sagte sie und beschattete ihre Augen, »der Kuchen und das Eis waren leider für den Augenblick alles. Dürfte ich dich bitten, für mich den Tisch abzuräumen?«

»Zu Hause muß ich das nicht.« Trotzdem baute er einen wackeligen Turm aus Geschirr und trug ihn hinaus, kam aber nicht zurück. Sie hörten, wie er drinnen wieder von vorne anfing: »›Go went gone.‹«

»Ich habe nur noch das halbe Gedächtnis für Daten«, sagte sie. »Ich vergesse die Geburtstage meiner Kinder bis in letzter Minute und muß ihnen dann Telegramme schicken. Aber ich weiß, daß an *jenem* Tag...«

»Dem sechsundzwanzigsten Mai«, sagte er. »Ich habe nur das Jahr vergessen.«

»Ich weiß noch, daß ich mich jung fühlte.«

»Das warst du auch. Du bist noch jung«, sagte er.

»Nur war ich mindestens vierzig.« Sie schaute auf ihre Hände und Handgelenke, die aus ihrem Umhang hervorschauten, als sei sie erfreut darüber, wie weiß sie waren. »Der Fluß floß so träge, erinnere ich mich. Und die Weiden hingen in den Fluß.«

»Besser gesagt, die Strömung war nach den Frühjahrsregen reißend.«

»Aber kein Wind. Die Wolken waren schwer.«

»Es war spät am Nachmittag«, sagte er. »Wir saßen auf dem Gras.«

»Auf einem Regenmantel. Du hattest am Morgen gedacht, die Wolken bedeuteten Regen.«

»Ein junger Mann ertrank«, sagte er. »Fiel aus einem Boot. Komisch, er versuchte gar nicht zu schwimmen. Das sagten jedenfalls die Leute immer wieder.«

»Wir sahen drei Feuerwehrleute mit glänzenden Metallhelmen. Sie fischten nach ihm, so träge – der ganze Tag war so. Sie hatten einen Enterhaken. Keiner wußte recht, was er damit tun sollte. Sie zogen ihn immer wieder hoch und nahmen einander das Seil aus der Hand.«

»Es sah eher so aus, als suchten sie Seerosen.«

»Einer von ihnen schöpfte mit einem blauen Topf Wasser aus dem Boot. Daran erinnere ich mich noch. Sie hatten den Topf aus dem Restaurant geholt.«

»Wo wir Mittag gegessen hatten«, sagte er. »Forellen und einen Kaffeecremepudding. Du hast deinen stehen lassen.«

»Der Biskuit war durchweicht. Aber die Forelle war ein Gedicht. Und der Wein auch. Die Brücke über den Fluß füllte sich langsam mit Feriengästen. Die drei Feuerwehrleute ruderten ans Ufer.«

»Ja, und einer von ihnen fuhr auf einem klapprigen Fahrrad davon und kam mit einem ausgefransten Seil auf der Schulter zurück.«

»Der Bahnhof war direkt hinter uns. All diese Leute auf der Brücke warteten auf einen Zug. Als das Boot der Feuerwehrleute losglitt, den Fluß hinunter, gingen sie ohne zu sprechen von einer Seite der Brücke zur anderen, nur um das Boot zu beobachten. Diese Stille.«

»Wie die Stille hier.«

»Dies ist eine beabsichtigte Stille«, sagte sie.

Riri spielte seine eigene Stimme ab. Ein blecherner, quieksender Riri sagte: »Go, went gone. Eat, ate, eaten. See, saw, sen.«

»Seen!« rief seine Großmutter vom Balkon. »Seen, nicht ›sen‹. Seine Mutter hat genau den gleichen Fehler gemacht«, sagte sie zu dem alten Mann. »Oh, hör auf«, sagte sie. Er weinte.

»Bitte, bitte hör auf. Wie hätte ich denn fünf Kinder im Stich lassen können?«

»Drei waren doch schon erwachsen«, schluchzte er und wischte sich die Augen.

»Aber das wußten sie ja nicht. Sie wußten nicht, daß sie schon erwachsen waren. Sie wissen es immer noch nicht. Und zusammen machte das sechs Kinder, ihn mitgezählt.«

»Die Sekretärin hat ihn doch bemuttert«, sagte er. »Zur Genüge.«

»Ich weiß, aber sie war doch nicht seine Frau, und er sagte eben gern zu fremden Leuten ›meine Frau‹, ›meine Frau dies‹

und ›meine Frau das‹. Was ist denn, Riri? Kommst du, um das zu Ende zu machen, worum ich dich gebeten habe?«

Er kam dicht an den Tisch. Die runden Brillengläser ließen ihn verzweifelt und finster aussehen. Er sagte: »Welches Zimmer ist meins!« Um ihn hatte sich Dunkelheit gesammelt, trotz des strahlenden Himmels und der Reihe von Eiszapfen, die im blendendsten allen Lichtes glitzerten und schmolzen. Empörung, ein Gefühl, daß es an Fürsorge gefehlt habe – so hatte ihn das Heimweh überkommen. Sie nahm seine Hand (er leistete keinen Widerstand – ein weiteres Zeichen seines Elends), und gemeinsam erforschten sie die Wohnung. Er sah alles – jedes Bild, jeden Schrank, jede Tür – und schließlich war er es selbst, der entschied, daß Mr. Aiken das Gästezimmer behalten mußte und er, Riri, auf der Wohnzimmercouch vollkommen glücklich sein würde.

Der alte Mann ging in der Diele an ihnen vorbei; offenbar war er im Begriff, sich auf eben jenem Bett auszuruhen, das er soeben um ein Haar verloren hätte. Er trug eine Plastikflasche Evian in der Hand. »Magst du den faden Geschmack von Wasser?« sagte er.

Riri schaute keck seine Großmutter an und sagte: »Ja« und brach in ein unerklärliches und nicht endenwollendes Gelächter aus. Er schien Erleichterung über diesen Ersatz für eine Frechheit zu empfinden. Der alte Mann lachte auch, brach dann aber hustend ab.

Um halb fünf, als die Fenster so schwarz waren wie der Himmel in dem Tulpengemälde und anfingen, die Lampen störend widerzuspiegeln, zogen sie die Vorhänge zu und tranken am Tisch Tee. Sie schoben Riris Bücher und Besitztümer zur Seite und legten eine Kreuzstichtischdecke auf. Riri trank heiße Schokolade und aß ein vom Frühstück übriggebliebenes Croissant, das im Ofen aufgewärmt worden und davon köstlich fettig und weich geworden war, eine Scheibe Zitronenkuchen und eine Banane. Dieses Mal half er abdecken und blieb sogar in der Küche, um mit seiner Großmutter zu reden, während sie die Tassen und Teller ausspülte und in die Maschine räumte.

Der alte Mann saß auf einem Stuhl in der Diele und kämpfte mit seinen Schneestiefeln. Er wollte allein hinaus in die Dunkelheit gehen, um einige Briefe einzuwerfen, eine Zeitung zu kaufen und das an Lebensmitteln mitzubringen, was er für die Abendmahlzeit für erforderlich hielt.

»Riri, möchtest du mit Mr. Aiken gehen? Vielleicht solltest du einen Spaziergang machen.«

»Zu Hause muß ich das nicht.«

Seine Großmutter sah ärgerlich aus; nein, sie sah besorgt aus. Sie verkniff sich eine Antwort. Der alte Mann hatte den Kampf mit seinen Stiefeln beendet, und wickelte sich jetzt einen Schal um, setzte eine Pelzmütze mit Ohrenklappen auf, zog einen pelzgefütterten Mantel und wollene Handschuhe an und nahm eine Liste, eine Einkaufstasche und einen anderen Spazierstock, der ein wenig wie ein Schistock aussah. Riris Großmutter stand still da, als träume sie, und beschloß dann (an Riri gewandt), all ihre Bernsteinketten zu waschen. Sie holte ein Weidenkörbchen aus ihrem Schlafzimmer. Es war mit orangefarbener Seide ausgeschlagen und mit lauter Ketten gefüllt. Riri folgte ihr ins Badezimmer und setzte sich ans Ende der Badewanne. Sie krempelte ihre weichen Ärmel hoch und schrubbte den Bernstein mit Kernseife und einer harten Bürste. Sie schrubbte und spülte und fing dann wieder von vorne an.

»Solche Dinge mache ich gut«, sagte sie. »Und jetzt erzähl mir etwas von deiner Schule, es sei denn, du sprichst sehr ungern darüber.«

Zuerst hatte er nichts zu sagen, aber dann erzählte er ihr, wie blöd die jüngeren Schüler waren und was man ihnen alles durchgehen ließ.

»Die jüngeren Schüler sind dann so um die sieben, acht?« Ja, so etwa. »Eine hoffnungslose Generation?«

Da war er nicht sicher; er wußte, daß seine Klasse besser gewesen war.

Sie streckte den Arm aus und holte eine Flasche mit einer Flüssigkeit hinter der Badewanne hervor, und zusammen gingen sie zurück ins Wohnzimmer. Sie stellten eine Lampe zwischen sich, und Irina begann, den Bernstein mit in Terpentin getränkter Watte zu polieren. Nach einer Weile fing der Bernstein an zu glänzen. Der Geruch machte ihm Heimweh, aber nicht auf unangenehme Weise. Er suchte sorgfältig eine Kette aus, als sie sagte, er dürfe sich eine für seine Mutter nehmen, und rieb sie mit einem weichen Tuch. Sie zeigte ihm, wie er die Perlen magnetisch machen konnte, indem er sie in den Handflächen hin und her rollte.

»Das kann man mit Plastik auch machen«, sagte er.
»Wirklich? Wie traurig. Plastik ist eine tote Materie.«
»Bernstein auch«, sagte er höflich.
»Was willst du später einmal werden? Wissenschaftler?«
»Schilehrer.« Er sah sich im Zimmer um, schaute die Regale und Vorhänge und den Klappwandschirm aus Bambus an und sagte: »Wenn du hier nicht wohnen würdest, wer würde dann hier wohnen?«
Sie antwortete: »Wenn du irgend etwas siehst, das dir gefällt, darfst du es haben. Ich möchte, daß du dir dein Geschenk selbst aussuchst. Wenn du nichts findest, gehen wir morgen aus und schauen in den Läden. Ist dir das recht?« Er antwortete nicht. Sie hielt die Kette hoch, die er sich ausgesucht hatte und sagte: »Deine Mutter wird sich daran erinnern, daß sie die gesehen hat, wenn ich mich zu ihr herunterbeugte, um ihr einen Gutenachtkuß zu geben. Magst du alte Münzen? Einer meiner Söhne war Sammler.« In dem Weidenkorb lag ein Lackkästchen, das die Münzsammlung seines Onkels enthielt. Er nahm eine Münze heraus, aber sie bedeutete ihm nichts; er ließ sie fallen. Sie klingelte, und er sagte: »Wir haben jetzt einen Hund.« Der Hund hatte eine Metallmarke am Halsband, die klapperte, wenn der Hund aus einer Porzellanschüssel trank. Durch einen plötzlichen, verschwimmenden Regen erneuten Heimwehs sah er, daß sie etwas anderes in der Hand hielt, ein anderes Lackkästchen, voller alter abgestempelter Briefmarken. Sie zeigte ihm eine Briefmarke mit Hitler darauf und eine mit einem italienischen König. »Ich habe komische Dinge aufgehoben«, sagte sie. »Wie dieses schöne russische Kästchen. Es hat meiner Großmutter gehört, aber wenn

ich einmal tot bin, wird es vermutlich weggeworfen werden. Ich habe allen Schmuck, den ich noch hatte, meinen Töchtern geschenkt. Wir hatten nie Möbel, deshalb habe ich mein Herz an ausgefallene kleine Körbchen und Kästchen voller wertlosem Kram gehängt. Meine armen Töchter – ich hatte herzlich wenig zu verschenken. Aber sie werden Ringe genausowenig tragen können wie ich. Wir alle treten irgendwann unser Arthritis-Erbe an, diese knotigen Hände. Ein echtes Erbteil. Als ich in deinem Alter war, ungefähr, starb meine Mutter an... Man hat es mir nicht gesagt. Sie zog einen Ring unter ihrem Kopfkissen hervor und schloß meine Hand darum. Sie sagte, ich könnte ihn immer verkaufen, wenn ich müßte, und keiner brauchte es zu wissen. Weißt du, damals hatten Frauen ja nichts, was ihnen gehörte. Sie waren wie in Packpapier verpackte, zugeschnürte Päckchen. Wie Päckchen wurden sie von ihren Vätern an ihre Ehemänner weitergereicht. Damit das Päckchen attraktiv aussah, wurde es mit Locken und Klavierstunden geschmückt, und mit Ringen und Goldmünzen und Banknoten und Aktien. Wenn er die ganze Dekoration taxiert hatte, knüpfte der neue Besitzer dann die Knoten auf.«

»Wo ist der Ring?« sagte er. Der Tränennebel war vergessen.

»Ich habe versucht, ihn zu verkaufen, als ich Geld brauchte. Die Dekoration auf dem Packpapierpäckchen war damals schon verbraucht. Alles weggeworfen, weggeschenkt. Nicht von mir. Meine Perlenkette wurde für spanische Flüchtlinge verkauft. Opfer, Gestrandete, die Verwundeten, die Schwachen – sie waren wichtig. Ich nicht. Die Kinder auch nicht. Aber ich hatte meinen Ring. Ich brachte ihn zu einem städtischen Pfandleiher. Das ist ein Laden, wo man Dinge hinbringt und sie einem Geld dafür geben. Ich hatte eine Sonnenbrille auf und stellte meinen Kragen hoch wie ein Spion.« Er sah aus, als verstehe er. »Der Mann hinter dem Ladentisch sagte, ich sei eine verheiratete Frau, und ich brauche die schriftliche Zustimmung meines Mannes. Ich sagte, der Ring gehöre mir. Er sagte, mir könne gar nichts gehören, oder so etwas Ähnliches. Dann sagte er, für das Gold hätte er mir eventuell etwas geben können, aber die Steine seien wertlos. Er sagte, das komme in den feinsten Familien vor. Jemand hätte die echten Steine aus der Fassung gestemmt.«

»Wer denn?«

»Ein Ehemann. Wer würde das sonst tun? Der Mann von irgendeiner – meiner oder der meiner Mutter, oder der meiner Großmutter, könnte auch sein.«

»Mit einem Messer?« fragte Riri. Er sagte: »Vielleicht hat der Mann das nur gesagt. Vielleicht hat er selbst die Steine herausgenommen und Glas eingesetzt.«

»Dazu war keine Zeit. Und es waren perfekte Imitationen in der richtigen Form und Größe.«

»Er hätte ja Glassteine dahaben können, in allen verschiedenen Größen.«

»Die Frauen in der Familie haben nie darüber nachgedacht, ob die Männer vielleicht logen«, sagte sie. »Sie erhoben niemals Einwände dagegen, daß sie enteignet wurden. Ihnen wurde beigebracht zu denken, daß Lügen den Lügner selbst zum Dummen machen. Deshalb waren sie auch die Unterlegenen. Er gab mir den Gegenwert für das Gold in dem Ring, aus Gefälligkeit, und ich ließ den Ring dort. Ich bin nie wieder hingegangen.«

Er legte den Deckel auf das Briefmarkenkästchen, und er paßte; nahm ihn wieder ab, legte ihn wieder drauf und sagte: »Um wieviel Uhr machst du den Fernseher an?«

»Manchmal gar nicht. Warum?«

»Zu Hause darf ich ab sechs Uhr fernsehen.«

Der alte Mann kam mit weiß-rotem Gesicht herein und brachte einen Geruch von Kälte und Schnee mit. Er setzte seine Einkaufstasche ab und nahm Dinge heraus – Schokolade und Flaschen und Zeitungen. Er sagte: »Ich mußte wegen der Zeitungen bis zum Bahnhof gehen. Nur ein Geschäft hat geöffnet, und auch da mußte ich durch den Hintereingang.«

»Ich habe dich doch gewarnt, heute ist Weihnachten«, sagte Irina.

Mr. Aiken sagte zu Riri: »Als ich noch Trinker war, war

dies die beste Stundes des Tages. Wenn ich jetzt ein Glas hätte, könnte ich Eis hineintun. Dann könnte ich Wasser dazugießen. Dann könnte ich, wenn ich Wasser hätte, Whiskey dazutun. Ich weiß, daß das alles in der falschen Reihenfolge ist, aber zumindest habe ich mit einem Glas angefangen.«

»Du hast Wein zum Mittagessen getrunken und Gin anstelle von Tee, und ich glaube, du hattest schon vor dem Mittagessen einen unverdünnten Gin«, sagte sie und sammelte dabei die Perlen und Münzen und das Terpentin ein und machte den Tisch wieder zu Riris Domäne.

»Den hat Riri getrunken«, sagte er. Es war so offensichtlich ein Witz, daß sie den Kopf zur Seite drehte, den Korb abstellte und ihr Lachen hinter den Fingern versteckte, so wie sie es getan hatte, als sie ihm die Tür aufmachte – vor, oh, schon sehr langer Zeit.

»Ich habe keinen Tropfen mehr von irgendwas im Haus«, sagte sie. Das mache nichts, sagte der alte Mann, denn er habe schon gefunden, was er brauche. Riri schaute zu und sah, daß seine Hand, als er das Glas hob, überhaupt nicht zitterte. Was seine Großmutter gesagt hatte, stimmte.

Sie aßen früh zu abend, und dann gab Riri, nach einem heldenhaften Versuch, wach zu bleiben, trotz Fernsehen auf und ließ sich von ihr aus duftenden Leintüchern, tiefen Kissen und einem Federbett sein Bett machen. Die beiden anderen saßen lange am Tisch, beim Licht einer einzigen Lampe und unterhielten sich leise. Sie hatte einen Stapel Hefte vor sich, aus denen sie laut vorlas und manchmal Mr. Aiken etwas zeigte. Er konnte die beiden durch die Ritzen in dem Bambuswandschirm sehen. Ein Weilchen beobachtete er die Schatten, die die Lampe warf, und dann war es, als sei die Lampe ausgegangen, und er schlief tief.

Das Zimmer war voller Hügelformen, wie es am Morgen gewesen war, als er ankam. Er hatte nicht gehört, daß sie aus dem Zimmer gegangen waren. Seine Weihnachtsuhr hatte Zeiger, die im Dunkeln leuchteten. Er setzte seine Brille auf. Es war halb elf. Seine Großmutter wurde am Telefon gerade ein wenig laut; das hatte ihn aufgeweckt. Er stand auf, zog seine Pantoffeln an und stolperte nach draußen zum Badezimmer.

»Antworte mir ja oder nein«, sagte sie gerade. »Nein, er kann nicht. Er schläft schon ein, zwei Stunden mindestens... Lüg mich nicht an – ich finde die Wahrheit ja doch heraus. War es ein Tumor? Eine Bauchschwangerschaft?... Nun schau mal... War sie nun schwanger oder nicht? Was meinst du denn nur mit ›nicht richtig‹? Wenn du das nicht weißt, wer soll es denn sonst wissen?«

Sie wandte zufällig den Kopf und sah ihn und sagte ohne einen Wechsel im Ton: »Dein Sohn steht hier, im Schlafanzug; er möchte dir gute Nacht sagen.«

Sie gab den Hörer an ihn ab und ging sofort weg, damit das Kind allein sprechen konnte. Sie hörte, wie er sagte: »Ich habe eine Art Alkohol getrunken.«

Das war also der wichtigste Teil des Tages: nicht die Reise, nicht die Kette, nicht einmal der seltsame alte Gast mit dem komischen Akzent. Sie erkannte am Ton seiner Stimme, daß das Kind lächelte. Sie hob seinen Bademantel auf, ging zurück in die Diele und legte ihn über seine Schultern. Er nahm sie kaum wahr: Er war auf die entfernte Stimme konzentriert. Er sagte sachlich: »Ja, gut, Wiedersehen« und legte auf.

»Was für viele Dinge du aus deinem Rucksack herausgeholt hast«, sagte sie.

»Er ist ja groß. Mein Vater hatte ihn beim Militär.«

Warum aber bekam er davon plötzlich Heimweh, wo die Stimme seines Vaters das nicht bewirkt hatte? »Es ist schön, wie du für dich selbst sorgst«, sagte sie. »Du bist unabhängig. Man braucht dir nicht zu sagen, was du tun sollst. Natürlich hat deine Mutter auch eine gründliche Erziehung genossen. Einmal, als ich ein Kindermädchen für deine Mutter und ihre Schwestern suchte, kam eine große Bauersfrau, um sich vorzustellen, mit einer schwarzen Schürze und schwarzen Knopfstiefeln. Ich fragte: ›Was können Sie den Kindern beibringen?‹ Und sie sagte: ›Sauber und höflich zu sein.‹

Dein Großvater sagte: ›Stell sie ein‹, und marschierte aus dem Zimmer.«

Seine Mutter interessierte, sein Großvater langweilte ihn. Er trug den Vornamen eines toten alten Mannes.

»Du wirst gut schlafen«, versprach ihm seine Großmutter und zog das Federbett über ihn. »Du wirst zuerst kurze Träume träumen, und gegen Morgen werden sie immer länger werden. Der letzte von allen, kurz bevor du aufwachst, wird wie ein Film sein. Du wirst aufwachen und dich fragen, wo du bist, und dann wirst du Mr. Aiken hören. Erst wird er herumgehen und alle Fenster schließen, dann wirst du sein Badewasser hören. Er wird Kaffee machen in einer elektrischen Maschine, die ein Geräusch von sich gibt wie eine klappernde Tür. Er wird mit viel Gefluche und Geschimpfe seine Stiefel anziehen und hinausgehen, um unsere Croissants und die Morgenzeitungen zu holen. Und weißt du, welcher Tag sein wird? Der Tag nach Weihnachten.« Er schlief schon fast. Neben seiner Uhr und seiner Brille auf einem Tischchen dicht an der Couch lag ein Asterix-Buch und Irinas russisches Kästchen mit den alten Briefmarken. »Hast du dir überlegt, daß du die Briefmarken möchtest?«

»Das Kästchen. Nicht die Briefmarken.«

Er hatte instinktiv den einzigen Gegenstand genommen, den sie gerne behalten hätte. »Aus einem bestimmten Grund?« fragte sie. »Natürlich gehört dir das Kästchen. Es würde mich nur interessieren.«

»Der Deckel paßt«, sagte er.

Sie wußte, daß er am nächsten Morgen schon ewig dasein würde, und daß sie, wenn in vier Tagen Zeit für den Abschied war, ihn daran würde erinnern müssen, daß das Abreisen die zweite Hälfte des Ankommens war. Sie lächelte, weil sie wußte, wie ungern er gehen und wie bald er sie hinter sich lassen würde. »Gestern um diese Zeit...« würde er vielleicht sagen, aber nicht öfter als einmal. Er war eingeschlafen. Sein Mund öffnete sich ein wenig, und das Haar auf seiner Stirn wurde dunkel und feucht. Ein angewinkelter Arm sah unbequem aus, aber Irina griff nicht ein; sein versunkenes Bewußtsein, seine unbewußten Bewegungen mußten unabhängig sein, unabhängig von anderen Menschen, besonders von ihr. Sie liebte ihn nicht mehr und nicht weniger als alle ihre Enkel. Siehst du, es hat alles geklappt, sagte sie zu ihm. Du und deine Mutter und die Kinder, die sich solche Sorgen machten, und mein alter Freund. Alles läßt sich für ein paar Tage regeln, wenn auch nicht für länger. Sie löschte das Licht, und sein Körper war dankbar dafür. Im Geiste war er in diesem Augenblick inmitten einer sonnigen Eiszapfenhelligkeit und fuhr nicht nur Schi, sondern flog.

Aus dem Englischen übertragen von Helga Pfetsch

Von Joyce Carol Oates in der DVA

Bellefleur · Roman
Aus dem Amerikanischen von Elisabeth Schnack · 768 Seiten, DM 39,80

Im Dickicht der Kindheit · Roman
Aus dem Amerikanischen von Eva Bornemann · 335 Seiten, DM 38,-

Engel des Lichts · Roman
Aus dem Amerikanischen von Elisabeth Schnack · 552 Seiten, DM 39,80

Ein Garten irdischer Freuden · Roman
Aus dem Amerikanischen von Isabella Nadolny und Marita Wetzel
446 Seiten, DM 39,80

Jene · Roman
Aus dem Amerikanischen von Isabella Nadolny · 512 Seiten, DM 39,80

Letzte Tage · Erzählungen
Aus dem Amerikanischen von Eva Bornemann · 310 Seiten, DM 36,-

Lieben, verlieren, lieben · Erzählungen
Aus dem Amerikanischen von Charlotte Franke · 384 Seiten, DM 38,-

Marya – Ein Leben · Roman
Aus dem Amerikanischen von Barbara Henninges
ca. 380 Seiten, ca. DM 39,80

Das Rad der Liebe · Erzählungen
Aus dem Amerikanischen von Barbara von Bechtolsheim
und Barbara Henninges · 284 Seiten, DM 36,-

Die Schwestern von Bloodsmoor · Ein romantischer Roman
Aus dem Amerikanischen von Elisabeth Schnack · 880 Seiten, DM 48,-

Unheilige Liebe · Roman
Aus dem Amerikanischen von Helga Huisgen · 384 Seiten, DM 38,-

Im Zeichen der Sonnenwende · Roman
Aus dem Amerikanischen von Barbara Henninges · 254 Seiten, DM 38,-